文学研究

第七辑

安徽大学网络文学研究中心 ◎ 编

周志雄 ◎ 主编

WANGLUO WENXUE YANJIU

时代出版传媒股份有限公司
安徽文艺出版社

图书在版编目（CIP）数据

网络文学研究.第七辑/周志雄主编.—合肥：安徽文艺出版社,2024.1
ISBN 978-7-5396-7948-8

Ⅰ.①网… Ⅱ.①周… Ⅲ.①网络文学－文学研究－中国 Ⅳ.①I207.999

中国国家版本馆CIP数据核字(2024)第025829号

出 版 人：姚 巍
责任编辑：宋晓津　成　怡　　　装帧设计：徐　睿

出版发行：安徽文艺出版社　　www.awpub.com
地　　址：合肥市翡翠路1118号　　邮政编码：230071
营 销 部：(0551)63533889
印　　制：合肥创新印务有限公司　　(0551)64456946

开本：787×1092　1/16　印张：19.5　字数：250千字
版次：2024年1月第1版
印次：2024年1月第1次印刷
定价：58.00元

（如发现印装质量问题，影响阅读，请与出版社联系调换）
版权所有，侵权必究

《网络文学研究》编委会

编　　委（按姓氏音序排列）

陈定家　何　弘　黄发有　黄鸣奋

黎杨全　李　玮　马　季　欧阳友权

单小曦　邵燕君　苏晓芳　桫　椤

谭旭东　汤哲声　王　祥　王泽庆

吴长青　夏　烈　许苗苗　禹建湘

张春梅　周　冰　周兴杰　周志强

主　　编　周志雄
执行主编　许潇菲
主办单位　安徽大学网络文学研究中心

目 录

宏观视野

"人类神话"与未来文明 　　　　　　　　　　　　　　　　王　祥(1)

文学"世界"与基于数码人工环境的文学叙事 　　　　　　王玉玊(22)

网文叙事伦理的特异性与正能量化的可能路径 　　　　　周　敏(34)

早期网络文学的创世快感

　　——论"九州世界"的爽感逻辑 　　　　　　　　　毛睿喆(46)

类型探析

"推理小说与当代文化"·主持人语 　　　　　　　　　　战玉冰(60)

紫金陈的"罪案"书写 　　　　　　　　　　　　　　　　战玉冰(62)

福迩摩斯在香港

　　——莫理斯笔下的福尔摩斯故事改编 　　　　　　　魏　艳(77)

火车、异国人与跨国政治

　　——《东方快车谋杀案》中的"当代" 　　　　　　孙　昊(91)

没有头的神明与会画画的侦探

　　——中世纪题材推理游戏《隐迹渐现》中的谎言与真实　朱嘉雯(107)

名作细读

心是菩提,亦是魔障

　　——网络文学名作《护心》细评

　　　　　　　　单小曦　俞欣悦　杜　虹　季子函　瞿伶真(119)

作家评论

现实题材网络小说"都市人·都市梦"叙写的延续与裂变
　　——以阿耐小说中的"进城"叙事和"城市想象"为中心

　　　　　　　　　　　　　　　　　　　　　　黄　祎　张学谦（144）

丁墨网络言情小说的"现实"与"浪漫"　　　　　　　　郎　静（156）

作品解读

精神症候与人文关怀:《庆余年》的现代性叙事及其内涵

　　　　　　　　　　　　　　　　　　　　　　陈海燕　常保青（167）

回首再观"小白文"热
　　——以解读我吃西红柿《盘龙》为例　　　　　　　许潇菲（177）

新时代创业史:何常在《浩荡》的国家形象建构　　温德朝　邱　艺（189）

文体研究

从"出位之思"到"界面之思":对话体小说的跨媒介书写　　刘亚斌（203）

幼体滞留:"三岁半文学"的情感疗愈功能　　　　　　　琚若冰（218）

新作评介

《生如稗草》:一部生动展现"网络文学原生评论"美学特征的佳作

　　　　　　　　　　　　　　　　　　　　　　　　　杪　椤（232）

文学史书写、IP现象与价值阐释
　　——评夏烈《网络文学的新传统与未来性》　　　　段廷军（238）

去现场,看现实
　　——评崔宰溶《网络文学研究的原生理论》　　　　谭　天（248）

世界"不必当真",但我们"选择相信"
　　——评王玉玊《编码新世界:游戏化向度的网络文学》　蔡翔宇（255）

数字时代,如何研究浪漫爱情的版本更迭
——评高寒凝《罗曼蒂克2.0:"女性向"网络文化中的亲密关系》
项 蕾 谢欣玥(263)

名家访谈

写作纯正的中国古典仙侠小说
——风御九秋访谈录　　　　　周志雄　风御九秋等(272)

《网络文学研究》征稿启事　　　　　　　　　　　　　(300)

宏观视野

"人类神话"与未来文明[①]

王 祥[②]

【摘　要】　本文把网络文学放在神话叙事传统、想象—体验知识谱系视野中,进行神话叙事研究和心理学研究,在"人类神话"概念基础上,重点阐述人类灵魂观与未来文明的关系问题。

【关键词】　神话;神话叙事;人类神话;灵魂观念;未来文明

网络文学是在世界大众文艺的神话叙事源流中发生发展的,是古代神话的后裔,把网络文学放在神话叙事研究视野中,网络文学的形态、创作思维和文化影响等问题会更加清晰,可以帮助人们洞察网络文学发展的可能性,建立有效的评价体系。

依据世界大众文艺和网络文学的发展态势,我提出了"人类神话"的概念,并不断深探网络文学的神话叙事研究。本文重点论述网络文学神话叙事源流、"人类神话"、灵魂观念与未来文明的关系等问题,以彰显网络文学的文化影响。[③]

[①] 本文是国家社科基金重大项目"中国网络文学评价体系建构研究"(18ZDA283)阶段性成果。

[②] 王祥,男,北京人,鲁迅文学院研究员。

[③] 王祥:《人类神话》第一章,宁波:宁波出版社,2022年版。在《人类神话》一书中论述了神话的观念和源流,提出了"人类神话"概念,本文沿用了该书中的基本观念,又有进一步的阐释,并努力在网络文学研究中打通神话学与心理学的通道,对"人类神话"的灵魂观念与未来文明的关系问题,提出了新的见解。

一、神话叙事的源流与"人类神话"

我们必须正视这个事实:网络文学以神话叙事为主流形态。在网络文学常见类型中,玄幻、奇幻、仙侠、都市异能等类,我们可统称为"神幻小说",它们是典型的神话叙事,而穿越架空为叙事引导的历史小说、都市小说和言情小说,是传奇叙事,是模拟神话叙事。它们都有明晰的古代神话叙事渊源,所以网络文学研究宜从神话叙事传统入手。

(一)神话叙事源流简述

神话就是神灵的故事,是角色凭借超自然力创造了神奇事迹的故事。

从智人走出非洲,在世界各地洞穴里画神画怪,直至互联网时代的网络小说,人类造就了神话叙事滔滔不绝的传统。原始神话,史诗,神话叙事形态的小说、戏剧、电影、电视剧,网络文学中的"神幻小说",是一脉相承的。这些神话叙事具有相同的核心观念,即世界上存在着某些掌握超自然力的角色,如神、佛、仙、天使、灵、鬼、妖怪、魔、精灵、矮人、巫师、术士、侠客、魔法师等等,他们都拥有超自然力及其使用技能,如魔法或道术,他们通过一定渠道、方法和仪式驱动着世界的运行,创造不凡事迹。

其中创世神、主宰神又是超自然力的最高体现者,能够凭借至强超自然力创造世界,在他的世界里具有主宰性的作用,以这样的创世神、主宰神为主角的神话就是创世神话,创世神话对于人类文明影响最大。

在人类史上,出现过许多带有文明原型意义的神话体系,如苏美尔神话、希腊神话、《圣经》神话、北欧神话、印度神话、道教神话、佛教神话、萨满神话等等,它们各自构建了完整的世界架构、角色谱系和超能力系统,成为文明建构的蓝本,其叙事支点亦是创世神话。

创世神话是宗教、国家的叙事内核,有神的故事,才能有神的信仰,有普遍的主宰神信仰,才会有"君权神授"观念,才能"授权"某个王、国君、皇帝统治天下人,才会有古代部落联盟和国家,主宰神的威能越大,其"授权"的君王管辖的范围就越大,所以君王们、神巫们就会通过官方的神话叙事夸大主宰神的神通,直至他能够创造、主宰所有的世界。这是古代文明存在的精神基础,人类就是这样在神力驱策下走过来的。如果我们仔细观察,就会发现现代国家建构,借鉴了许多古代神话叙事的方法。

超自然力、灵魂、神仙妖魔鬼怪故事,遍布世界各地的神话—宗教—巫术—民间故事之中,遍布世界文学史,遍布世界电影电视史。若无神话思维,人类的文学艺术即刻被抽掉了灵魂,所有人文殿堂即刻崩塌,人类历史亦将消失。

几千年来,人类的文学艺术一直是以神话叙事、传奇叙事为主流的。在古代小说、戏剧中,神话传统一直表现为显性基因,如古希腊悲剧《俄狄浦斯王》、中国明清神魔小说《西游记》《封神榜》,主要角色是神灵或半人半神,神的意图决定了故事的走向和结局,它们是文人个体创作的神话叙事,网络"神幻小说"续接了这个叙事传统。

而有些文学作品是具有神话背景的传奇故事,如《水浒传》《红楼梦》《三国演义》,主要人物不是神灵,而是普通人类形态,但能够驾驭超自然力,或者来历不凡,如水浒群雄、贾宝玉、诸葛亮,他们的出场、行为模式、结局,有着神、天命等超自然因素在起作用,他们的故事不同凡响,是人间传奇,其故事情节模拟了神话叙事,人物的"命运"(有时是"天命")代替了神,支配了故事的走向和结局,在广义上也可以算是神话叙事。我们从常见的网络历史小说、都市小说中,可以看见这种"模拟神话叙事"的根骨。

欧洲近几百年,逐渐兴起写实的小说,19 世纪初,一些作家、学者提出现实主义文学理论,主张文学应该反映现实、去除超自然力因素。但在世界范围内,神话叙事传统并未中断。20 世纪初以托尔金的《魔戒》、乔伊斯的《尤利西斯》等作品为起点,世界大众文学和现代主义文学正式重返神话—传奇叙事传统,与现实主义文学平行发展,共同创造了 20 世纪至今的人类文学艺术。

托尔金的《魔戒》是现代大众文学的神话再造潮流的鼻祖,是以现代小说形态进行的神话叙事,是现代奇幻小说的重要源头,它以北欧神话与《圣经》神话为原型,创造了自己的创世神话和英雄神话,再造了创世神、巫师、精灵、矮人、魔兽、中土世界、魔法等神话元素,它超越民族意识,站在人类的立场上,关注整个人类命运和人类基本伦理,成为"人类神话"的先声。

百年来,在好莱坞电影、美剧、英剧、日本动漫、韩剧、电子游戏中,新老神灵全面降临。又以近几十年来的好莱坞电影、美剧、美国电子游戏再造神话的成就最为显著。如《复仇者联盟》《正义联盟》《魔戒》《哈利·波特》《权力的游戏》《阿凡达》等系列影视剧,美国暴雪公司的多款游戏经典系列作品,如《魔兽争霸》《星际争霸》《暗黑破坏神》系列,以及神话思维笼罩的科幻电影《星球大战》《星际迷航》等,它们以人类英雄为神奇故事的主体,关注人类文明的命运,以全世界或全宇宙为人类主角舞台,以超自然力,或者是科学逻辑能够解释的超现实的强大力量(如星球大战系列中的"原力"),作为解决问题的方法,宣告了"人类神话"的成型。

这些创作势态直接刺激了中国网络小说的创作,它们在超现实世界架构、超自然力和神灵角色创设方面,给予"神幻小说"创作诸多启发,也激发了网络小说家们回身去中国神话叙事传统中寻求想象资源。

网络文学全面复兴了神话叙事,继承、发展了人类的主要神话谱系。比如奇幻小说继承、发展了北欧神话、希腊神话和《圣经》神话以及欧洲奇幻小说、奇幻电影的世界设定、角色体系和超能力体系。

玄幻、仙侠等类小说继承发展了道教、佛教神话叙事传统,沿袭了《西游记》《封神榜》的一些基本世界架构、角色和神通法术的设定,并且在网络文学整体生态里,发展出新型的华夏神话。散见于先秦、汉代典籍中的古代华夏神话,体系性有所不足,故事情节比较简单,恰恰是在网络文学时代,华夏神话才真正发展成熟,成为茂密的神话森林。

(二)神话观念辨析

这就涉及一个关键的学术问题:现代人会不会创作神话?网络小说创造的神话叙事,算不算神话?

我在《人类神话》这本书中梳理和辨正了一些神话学观念,这里稍作陈述。

神话学学科的建立是近现代的事情,19世纪后期至20世纪上半叶的神话学、人类学经典作者们奠定了神话的基本观念,如爱德华·泰勒认为,神话是原始社会的主要文化遗留物①,马林洛夫斯基说:"存在蛮野社会里的神话,以原始的活的形式出现的神话……那不是我们在近代小说中所见到的虚构,乃是认为在荒古的时候发生过的实事,而在那以后便继续影响着世界。"② J. h. 布鲁范德认为,"神话可以定义为:被当作是远古发生的事件的真实记录而加以讲述的散文故事"③。

在《中国大百科全书·外国文学卷·神话》中,神话被表述为:神话就实质和总体而言,是生活在原始公社时期的人们,通过他们的原始思维不自觉地把自然界和社会生活加以形象化、人格化而形成的,与原始信仰相关联的一种特殊的幻想神奇的语言艺术创作。④

据此,神话只能是原始社会的产物,在现代社会,神话产生的外部条件(原始氏族社会)、内在动机(解释世界)、思维状态(混沌荒诞的巫术思维)已经不复存在,所以现代人可能就不会创作神话,或者直言之,现代人创作的神话叙事就不算神话。

我的看法是,神话学研究应该尊重人类实践的事实:

其一,神话是描述神灵角色凭借超自然力创造了神奇事迹的故事,无论出现在哪个时代,这样的神灵故事,就是神话。古代典籍中寥寥几句的"盘古开天地"等小故事是创世神话,网络"神幻小说"中主角创造自己的世界也是创世神话,数百万言的长篇神幻创世小说可能是更详尽的创世神话。

其二,世界各大神话体系的形成是动态的过程,它们源于原始社会,但成型大多数在国家时代,直至今天的电影、电视、小说作品中,神话要素如世界架构、角色设定、超能力体系还在不断变形再造。任何时代的人类包括现代人类,都需要,而且能够创作神话。事实上,任何时代的人类都确实在创造神话,只是影响大小不同而已。

---

① [美]爱德华·泰勒:《原始文化》,连树声译,南宁:广西师范大学出版社,2005版,第232页。
② [英]马林诺夫斯基:《巫术科学宗教与神话》,李安宅译,北京:中国民间文艺出版社,1986版,第85页。
③ [美]J. h. 布鲁范德:《美国民俗学》,李扬译,汕头:汕头大学出版社,1993年版,第75页。
④ 《中国大百科全书·外国文学卷·神话》,北京:中国大百科全书出版社,1982年版。

其三，神话的载体可以是散文，可以是叙事诗，可以是口头吟唱的史诗、演出的诗剧，可以是小说、戏剧、电影、电视剧、游戏、动漫等文体，重要的是，无论何种文体和传播载体，只要它讲述的是神灵的故事，那就是神话。

自然，网络文学创造的神灵故事就是神话，而且网络文学的主要成就是创造了新型的神话——"人类神话"。

现代人类需要神话吗？会拥有神话—巫术思维吗？事实上，此时此刻约五分之四的人类依然相信他们的主宰神，那些神和宗教都是源自原始人创造的神话。在中国街头，逢年过节，人们用粉笔画一个有缺口的圆圈，向着先人逝去的方向焚烧纸钱，如是等等，都说明现代人拥有并实践着神话—巫术思维。

现代人类也会创造新的神话，世界大众文艺如好莱坞电影、网络文学的神话叙事，就是围绕超现实世界、超能力、神仙鬼怪角色而创作的。世界票房前一百名的电影，大多数是包含着超自然力的幻想类作品，网络小说最受全世界读者欢迎的就是神话叙事作品，它们的世界架构、神灵和超能力的谱系，既有古代神话元素的变形再造，也有独创的神话元素。

所以，神话学者有必要整理神话观念，正视现代人正在大规模创造神话这个事实，让神话学成为活着的学术。

（三）"人类神话"的特征和优势

网络文学正在与世界大众文艺如好莱坞电影一起，为人类创造新的神话，网络文学中的"神幻小说"创世造神的热情和能力，又显著高于好莱坞电影，高于今天任何国家地区的任何文艺形态。"神幻小说"创造的新神话，其数量已经远远超过过去几千年人类创造的神话的总和。

许多"神幻小说"比原始神话和古代文艺中神话叙事的世界架构更宏大，细部创设更真切，神灵角色种类更丰富、性格更鲜明，神通法力的来源更清楚，修炼过程更明确可感，故事情节更精彩，受众的代入感更强。最重要的是它们表现了现代人的人格观、灵魂观和世界观，产生了大量的"人类神话"杰作。许多作品将会产生深远影响，但人们认为它们的文学性不足够、不圆满，也因为人们的神话观念过于偏狭，而导致人们忽视其塑造人类观念世界的巨大潜力。

如不同时期出现的《飘邈之旅》《佣兵天下》《间客》《星辰变》《盘龙》《神墓》《兽血沸腾》《恶魔法则》《择天记》《完美的世界》《凡人修仙传》《放过那个女巫》《修真四万年》《天道图书馆》《诡秘之主》《牧神记》《从红月开始》等等，都可以看作是"人类神话"的代表性作品。

我们还可以列举出数百部优秀网络"神幻小说"，它们在艺术成就上可与明清小说、好莱坞电影同类神话叙事相媲美，让人类的神话叙事整体上进入一个高潮期。我们可以发现网络文学中的"人类神话"与古代神话相比，具有如下特征和优势。

其一，"人类神话"中，凡人经过修炼成长，自立为神，颠覆了原有的主宰神与人类的主宰—臣服关系。

其二，"人类神话"顺应了人类命运共同体意识，创造了人类各种族神灵和英雄团结战斗的故事。

其三，"人类神话"是多神、多元神话，融合了世界各地的神话、历史文化的创作资源，创造了多元神话对一神教主宰神话的强势地位。在"人类神话"的创作潮流中，华夏神话多神传统得到了新生。

其四，"人类神话"对科技发展、对未来社会具有兼容性，帮助人们把神话思维与科学思维相互融合、相互支撑，形成更有弹性、更有创造性的人类精神架构。

其五，"人类神话"是一种"生命神话"，人类生命体在修炼——战斗历程中，变得非常强大，成为最值得人类信赖的力量，为人类生命进化的各种可能性进行了精神准备。

当然并不是每部"人类神话"作品都具有上述全部特征和优势，有些作品主要是表现凡人修炼成神的身心发展轨迹、探索个体生命发展可能性，如《凡人修仙传》这类作品，同样可以看作是"人类神话"。

人类开始大规模地创作神话，这是件攸关人类文明整体性进程的文化事件，但学术界可能尚未做好相应的观念准备和知识准备，所以网络文学、世界大众文艺的神话叙事研究正待后来者。

二、神话叙事的应用场景、作用及其心理机制

神话叙事对人类有什么用？欲对网络文学进行价值评判，就需要正面回答这个问题。

神话叙事对人类精神世界有多重影响，既能通过神话叙事作品的体验本身，直接作用于人类个体，也能影响整个人类想象—体验知识谱系建构，而作用于人类群体、作用于现实世界建构。

（一）神话叙事应用场景

神话叙事的作用与其超现实的应用场景密切相关。

许多现代人认为原始神话和原始宗教—巫术都是愚昧的，现代文明人脑子里装着科学思维，所以就不会有神话思维或者巫术思维了，这是对人类根深蒂固、深入骨髓的误解。

人们忽略了一个至关重要的问题：神话—宗教—巫术—文学艺术，是在超现实情境（如教堂、寺庙或想象中的世界）和超现实心理状态（体验者融入超现实情境，化身为角色如超人、神仙）中发挥作用的，此时人们的心境已经与现实情境隔绝，启动了神话—文学艺术的专属思维模式。人们在面临日常工作任务的现实情境中，就会切换到经验知识系统和实证思维模式。我们大脑中可以同时存在多个应用情境与思维模式的匹配系统，也正是因为如此，我们才能更好地生存和繁衍。

人类创造的知识主要有两个谱系：想象—体验知识谱系与经验—实证知识谱系，分别作用于不同的场景，会启动不同的思维模式。

想象—体验知识谱系来自想象—虚构，以原始神话为典型源头，包括神话、巫术、宗教、史诗、戏剧、小说、电影、电视剧，也包括电子游戏，其主要形态是带有具体情境和角色行为模式的故事，作用于人类的体验活动，形成一个一个想象—体验—认知—伦理的精神模式，成为人类行为的模本（模型、剧本）和创造精神世界的蓝图。

而经验—实证知识谱系源于古代人类的自然世界认知和人类实践经验总

结,通过抽象思辨和实证手段,产生可以重复的规律性成果,成为现实世界运行的原理性解释。它们主要是自然学科和部分社会学科的知识,其成果应该在实践中得到反复印证,证明其真实性和可行性。

这两个知识谱系互相冲突又互相渗透、互相促进,都对现实世界的塑造产生了影响,实证知识系统因为其客观、真实而有用,而想象—体验知识系统,因为有"用"而"真实"。

网络小说、世界大众文艺的神话叙事,以实证知识系统来看待,就是一些神话、鬼话、情话和因果报应的瞎话,完全不能用科学、实证手段证明它们是真的,在客观世界哪里可以找到神仙鬼怪呢?

但是以想象—体验知识谱系的视野来看,它们是有用的,它们就活在我们的体验中,神话与无数的人类意识成果一样,就产生于大脑的某些电流和化学反应中,储存在神经元网络中。虽然我们还不知道我们的大脑为什么能把那些电流和化学反应解释为意识、神仙故事,但我们知道我们能够做到。

想象—体验知识谱系与实证—科学知识谱系,都是人类实践中产生和创造的。一般人都能够在两种知识谱系、两种心理场景之间自由切换,以实证知识的标准来验证神话的真伪,是缺少正当性和必要性的。

在20世纪中期之后,现代文明社会逐渐进入对神话,特别是对异教神话的宽容期,文学艺术代替了宗教的许多功能,或者脱离了宗教的宰制,继续发展神话叙事,丰富想象—体验知识谱系,使得异教神话被更多人类接受,成为公共知识。比如无论基督徒还是道教徒,都可以享受北欧神话基础上发展起来的奇幻电影,而并不觉得"奥丁大神"创造并主宰世界是一种冒犯。文学艺术没有宗教的那种信念和戒律的强制性,可以说,神话叙事的文艺作品是一种"软宗教",在人们的大脑中部分代替了教堂的作用。

我们还要看到,想象—体验知识谱系众多成员是彼此影响的一个广谱家族,一个门类中的神话叙事元素,会在其他门类中繁殖,社会信息传播速度越快,神话叙事元素的繁殖就越开阔多变。如北欧神话的世界架构、生命树、魔法和精灵、兽人,在现代社会,通过小说、电影、电子游戏的变形再造,几年间就传播到世界各地,在中国的网络小说生态中,与华夏神话、印度神话相嫁接,诞生了许多新奇的神灵模样,生命树、魔法、精灵、兽人,都形成了独特的跨小说类型的神话元素谱系。

研究网络小说,不能脱离对世界想象—体验知识谱系及其应用场景的理解把握,否则就容易在门外空谈,或盲人摸象,或张冠李戴。

(二)神话叙事的作用及其机制

那么,神话叙事有什么用?又如何起作用呢?

神话叙事是对人类欲望的表征和规范,它有意识地背离现实世界,肆意地达成所有现实生活中不可能达成的愿望。也正是因为神话与现实不同,神话比现实更符合我们的需要,神话才会有用。神话叙事蕴含着人类自我掌控、自我建构的精神安排,它至少有着这几个方面的作用:

其一,人类通过建构神话世界、神灵角色,建构一个外在于现实世界的、与初始宇宙共生共通的力量源泉,又通过一定仪式,连接这种神力源泉,给予人类以力量、信仰和信念的支持,让个体生命在神的庇护下存活。这样,在神话共信者中,每个人都是一个伟大群体的重要一员,是兄弟姐妹,是家人,如龙的子孙、上帝的选民,都是可以与本源力量相连接的健儿,人类个体就不再单薄、孤立,人类以此战胜孤独感、软弱感,获得健康、安稳和宁静。

其二,人类通过神话世界,寄托理想,安排来生,从而战胜或减轻死亡恐惧。相信我们还有来生,死亡不是结束,隔壁还有天堂……人们以此减少死亡带来的绝望、痛苦、自我否定,愿意把生命用于创造更好的世界。反之,如果没有共同的未来期盼,那么人们也就没有长期打算,只会追求短期利益。

其三,人类通过神话叙事,特别是通过主宰神的意图,来为人类建立精神法度、行为准则,以戒除胡作非为,没有神话,即没有敬畏,也没有发自内心的道德意愿。同时,从"立法者"角度而言,你不是主宰神,你说话就没有约束力,所以你就要扮演主宰神,或者成为"神意"的代言人。

一个具有自主意识的人,总是会围绕一定的生命观、灵魂观、世界观、伦理观,进行自我建构,让自己的生命体变得好用、更有力量,让自己的精神世界变得有序,变得安宁、坚定,而这些精神安排,都离不开神话叙事的想象、体验、认知。

神话叙事在人类精神实践中被证明是有用的、不可或缺的,所以人类才会不断创造、完善神话。全世界各地的人类共同认可、共同创造的事物,那一定是对人类有实际用途,才会被创造、发展出来的。我们当然可以说神灵并不是客观存在,但重要的不是神灵是否"真实"存在,而是这些精神创造是否有用?其心理机制是什么?

我们为什么会对虚构的神话叙事信以为真,能够体验到强烈的真实感?

在神话—宗教—文艺体验活动中,我们会具有相似的沉浸、迷狂、沉醉、狂信状态。在神话叙事的体验中,人们心中往往会涌现着神秘感,让人感到正在与强大的神秘力量相结合,让人们把符合精神需求的想象世界,一个神奇而伟大壮阔、充满戏剧性的世界,当成是实有的世界。

这是人类的自我服务的心理机制在起作用,凡是对我们有好处的叙事行为,我们就会调动自身精神力量,按照对自己有益的效应预期,自我调整认知逻辑,组织自己的心理行为,把当前叙事的情境和故事情节,认作是一个按照时间线索运行的、真实世界里的真实故事,而忽视它的虚构性质,从而让自己能与理想角色、理想行为、理想状态相融合。

比如在"神幻小说"、奇幻电影的体验中,我们自我服务的欲念控制了自己的心理动作,让自己化身为神仙或神奇英雄,自我感知自己无所不能,此刻我们就会信以为真。

如果你在一棵大树前,反复想象它生命力多么旺盛,它能够滋养你的生命和灵魂(如北欧神话中的生命树),如果你在寺院做一些祭拜、修炼活动,如果你每天阅读网络小说中的修炼—战斗—成神成仙的故事,其效应都是一样的,都会让你体验到与神秘力量相连接的状态,这种想象就会对你真的有好处。

这是一种积极的心理暗示,在神话叙事中体验力量的成长和自我肯定,体验强大感,有助于身心机制按照成长所需要的状态运行,有助于增强想象力和灵活运用各种思维程序的能力,我们的生命会从中得到自我治愈和自我建构的获得感和愉悦感。

而且会体验到真实感。

在大脑的神经元世界,人的想象与现实行为都会引起神经元放电,建立神经元联结,形成神经网络①,而阅读反映现实生活的故事与超现实的神话故事,会建立起不同的神经网络,但都能健全我们的大脑功能。当虚构的神奇故事引发我们的强烈的感知觉、情绪和感情活动,特别是高潮体验,我们的大脑就会产生强烈的神经元放电过程和生化反应过程,会广泛激发神经元联结,让我们体验到获得感,大脑就会向我们发出信号:这些生命活动是真的发生过,就会创造出有真实感的感受和记忆。

是的,神话、神灵信念、灵魂观念,由于高潮体验,它们在人们的大脑中形成了独特的、连接许多区域的神经网络,人类的大脑会把这个过程,看作是一个认知过程,反复的神话叙事体验(如定期吟诵某些史诗、某些宗教经典),会不断强化这个神经网络,神话叙事所建构的神经网络,就会被当作是一个认知模型加以运用,它会把人们的精神世界组织起来,提供一种长期的精神支持。正是因为一部优秀的神幻小说会建构起这样的神经网络,阅读它就会给予人们强烈的获得感和欣喜感。

对神话叙事信以为真或建构神灵信仰,都与反复的激动人心的高潮体验有关。我们的生命体倾向于认为,让我们产生高潮体验的事物是真实的、伟大的、神圣不可违背的,这在宗教体验和文学艺术体验中都是一样的,高潮即真理,我们会为高潮体验的合理性和真实性编织许多美丽和神圣的理由,它们就会因为有用而真实。

而有些神话故事,信以为真的人多了,人们就会一起寻找理由证明它们确实是真实存在的,产生公共认知和公共情感,如天堂、伊甸园、天庭、地狱,对于需要它们的人来说,它们就是真的。人们甚至于认为小说《红楼梦》中的大观园是真的,他们在北京或者南京拼命寻找大观园遗址,没有,那就建一个,以承载他们的真与美。

人们创造出这种体验—认知逻辑:可以随时离开现实世界的运行逻辑,而

---

① [美]诺曼·道伊奇:《重塑大脑 重塑人生》,洪兰译,北京:机械工业出版社,2021年版。在该书中,神经学家诺曼·道伊奇描述和总结了神经科学的诸多研究成果,阐释了大脑可塑性问题:人类的行为和想象、一切经验都可以建立大脑神经元联结,改变大脑的功能,人们可以为自己建构一个更好的大脑,从而重塑人生。

与虚构世界相融合,并信以为真,以作精神上的自我服务,这是神话叙事创作和体验最重要的心理机制,也是一切艺术行为的真谛,可能也是许多社会建构的底蕴。这种自我服务的机制,对于人类生存和繁衍具有极为重要的作用。

三、生命—自我—灵魂与人格

神话叙事创造了人类的基础信念。

人类信念系统的核心是生命(身心二元或身心一体的生命体)—自我(意识主体、意志和意愿的拥有者)—灵魂(生命、自我的代表或融合体、结晶体)观念,在信念系统中如同轴心一样,维系着个人的内部秩序和社会秩序,驱动着人类的行为,这是人类生存、发展和繁衍的最重要的支持系统。

人类历史上,由于神话叙事、学术观念的演变,人类的生命—自我—灵魂观念发生重大改变,就会带来剧烈的社会变迁,人类灵魂建构的过程也就是人类文明的诞生、发展、重构的过程。

(一)古代神话叙事的生命—自我—灵魂轴心观念建构

人类文明自开始阶段就有一个显著的倾向,那就是对于人类生存、发展、繁衍非常重要的事物,人类就会把它神圣化,增加其魅惑力和神奇性,把它与主宰神的绝对力量、绝对意志相融合,这是神话叙事创作的主要驱动力。

如把生命、灵魂、祖先、夫妻、儿女、部落、国家、大地与天空,把人类的战争、恋爱、繁殖行为,都神圣化,就繁衍出祖灵神话、创世神话、英雄神话、爱情神话,以及国家神话,让人们崇信之、爱恋之,建立牢固的情感联系,以此把人类组织起来。

在原始社会,乃至许多古代国家,泛灵论是主导性思维,所有的生物都有自己的灵魂,灵魂是生命体带有自我意识的结晶,它会决定人们的行为倾向和人生态度,它可以吸取世界上各种来源的能量,和身体一起成长。许多地区的人们认为,自己是祖灵的后代,体内有着祖先一样的灵魂,灵魂有欲望、有态度,有时如同小小的可以变幻形态的婴儿,能在不同身体中流转,这个灵魂观维系了部落、家族的血脉连心般的团结。道教神话继承了泛灵论灵魂观,在玄幻、仙侠小说中,这种祖传的灵魂观获得了极大的发展。

人类一边创造神灵的故事,一边模仿神灵的行为,建立了自己与祖灵的关系,建构了自己的灵魂,因而建构了人类自己。

神话叙事配合相应的宗教—巫术体验仪式,就具有了管理人类精神秩序的功能,在创世神话、主宰神话发展过程中,人们不断把主宰神人格化,主宰神就越来越像一个庄重威严的父亲,于是人类就有了"天父",就有了管理灵魂的宗教,让人们相信人类的身体与灵魂是主宰大神的作品,应遵守主宰大神订立的秩序规则,让主宰神保护和指导下的灵魂,保持谦顺,明辨是非,履行自己的使命。

在基督教世界,人的生命和灵魂是上帝创造的,死后灵魂受上帝使者的审判,依据在世表现,得到上天堂或下炼狱、地狱的不同处置,道教、佛教世界的灵魂会在人间转世,地下世界的主宰依据灵魂拥有者在人间的善恶表现,判决转世结果的好坏。但是依据生命—灵魂表现而建构伦理体系的意图,东西方宗教都是一致的。

古代神话—宗教的核心关切始终是人的繁衍、人的生与死,为之创造出各种活动仪式。人们去教堂结婚,或者拜天地、拜高堂,洞房花烛,让婚姻得到神力加持,在神的监督下恪守伦理,增强男女灵魂力量相融合的凝聚力,建立婚姻繁育行为的社会属性,婚姻就能稳固长久,从而有利于后代的成长。

而不听神的旨意,就会出现灾难,受到神的惩罚。如在《俄狄浦斯王》中,俄狄浦斯无意中违背神谕,杀父娶母,结果父母子女皆死,自己刺瞎双眼,在痛苦中流亡四方。这样的乱伦禁忌就以角色的死亡、肉体痛苦体验,帮助人类在数千年前,先后摆脱近亲繁殖,从"族内婚"走向"族外婚",推动人类进行大范围的通婚与合作,助推了部落联盟与国家的形成。

人们这样实践着神话叙事,就会增强主宰神的力量,让带有主宰神印记的灵魂观念,成为人们的内部检察官,是非不决,可以聆听"灵魂的声音",这就让人类世界得以相对有序地运行,让人类合作所必须具备的伦理基础更为稳固,为人类的生存与繁衍提供了相对稳定的社会环境,人类就这样在神力加持下繁衍至今。

（二）人格神话的建立和古典灵魂观念的瓦解

欧洲文艺复兴以来，宗教神话被予以新的阐释，上帝还在上方俯视人间，但凡人走上了独立自治的道路，个人权利本位、自由平等的信念，日渐深入人心，科学与工业因此得到发展。

欧洲知识分子相信可以用学术、文学艺术和教育塑造人格，伴随着大学制度和新闻出版事业的兴起，学者、作家等人文知识分子，从神职人员手中，争得了部分精神秩序立法权。他们的理想是塑造出这样的人：具有独立自由的主体意识、真挚自然的情感、理性的思维状态、高明的认知判断能力、美好的道德品质，这些因素融合在一个人身上，可以构成独立而高尚的人格，拥有高尚人格者可以成就伟大的人生，这是现代性文化的观念基础。

"高尚的人格"成为一种新的神话，它似乎在用"情感—人格"这个人性共同体，代替"灵魂"观念，灵魂的力量转移到了"人格"中，在此过程中，文学艺术塑造精神世界的作用上升了，文艺成为神圣的事业，作家、艺术家代替了神父，成为人类"灵魂"工程师，但这个"灵魂"只是崇高化的"人格"，而不是古代可以转世的祖传灵魂。我们看到中国现代文学、当代文学基本秉持了这种人格神话的观念。

但是，我们究竟有没有灵魂、还要不要灵魂呢？在"现代性"学术中，这个问题并没有解决好。在现代工业文明与科技文明中，"科学"占据了人类文明圣殿的顶端位置，科学代替了"灵魂"，成为人类行为的裁判，人们常常说，你这个说法、你这个行为"不科学"，就成为有力的指控。

"灵魂"，就是一个不科学的问题。

现代"科学"对人类"祖传"的生命观和灵魂观的第一重冲击是进化论颠覆了神创论。十九世纪达尔文等人的进化论，证明人类不是神创造的，而是从卑微的动物——猴子经过自然选择一路进化而来的，进化论代替神创论，成为一种新的人类文明的"源代码"，灵魂，自然是不存在的，创世神话与宗教受到普遍的责疑，人们尚无法找到神创论与进化论的可信的观念连接或融合方案。

当代生物学理论对神创论冲击就更大：人是一种携带遗传基因密码的生物，人体是一种用过就扔的基因载体，人类个体主要价值就是繁衍后代，所有思想、情感和感觉,乃至人格,都只是生命体的生物算法,是神经系统的功能显现,"灵魂"是神经活动的光辉或投射的影子。

如此,在科学信徒那里,灵魂神话幻灭,人格神话也同样被消损,古典意义上的人类精神世界已经被消灭了,人类精神秩序的基础也就消失了,那么漫长的人类文明史还有什么意义?当下,未来,人类精神秩序的基础又在哪里呢?

科学对人类"祖传"的生命观和灵魂观的第二重冲击,马上就要到来,人工智能时代与生物科技时代的叠加,人类开始憧憬一个新的文明时代:人类拥有改造自身基因的能力、通过生物科技创造生命的能力,人类制造新型人类迫在眉睫——科学成为"创世神"。

人类可能不会因为核弹、人工智能等等技术工具而毁灭,但肯定会因为不相信灵魂,不崇敬生命,不好好生儿育女,却很"理性"地用科技手段生产更强大、更聪明,也更廉价的人类,这样自然进化而来的人类就只能被取代、消灭。

要阻止科技毁灭人类,我们必须对下述问题做出回答。

工厂里生产的人类还是不是人类?他们与母胎生养的我们在基因上的区别会不会越来越大,人们怎样把灵魂、人格装进他们的身体?

如果人类继续以科技进步为价值指向,自然进化而来的自然人类将被灭亡,那么科技发展的意义何在呢?

进化论与科学发展方向是真实的可信的,但是有了"真实",就能够保证自然进化而来的人类种群一直生存下去吗?要不要在实证知识谱系之外,创造新的更好的神话叙事,以革新人类的信念系统?

消灭了灵魂,这个人类价值观的导航者,人类还信什么呢?

人类的灵魂(或者类似的什么玩意儿)并不是可有可无的,我们要阻止科学掌控人类,就要建立"人类神圣不可侵犯"的信念,把人类的繁衍神圣化,我们就必须把装载信念系统的"灵魂"找回来。

那么,现在谁来塑造灵魂呢?

四、"人类神话"如何重建灵魂

当我们询问,要不要重新塑造灵魂,谁来塑造灵魂,这就会发现现代神话叙事的作用了,虽然人们可能并未意识到"人类神话"的存在。

"人类神话"最重要的作用,是它会通过神话叙事,重新建构灵魂,建构对人类自身的信仰,建构"人类神圣"的信念。只要人类灵魂的构建有助于人类的生存与繁衍,那么我们就会继续塑造灵魂。

现在与未来,是科技昌明的时代,是人类面临严重灭亡危机的时代,也是人类又一个凶猛的神话创作时代。为什么过去几十年,人类的大众文艺会如此猛烈地造神呢?为什么网络文学是以神话叙事为主流形态的呢?哲学、文艺理论工作者,是不是应该正面回答这个问题?

我们应该庆幸,一般人对人类文明的变迁还未觉知,或还在自我怀疑、犹豫不决之中,自发产生的、包装在娱乐产品中的现代神话叙事,其实一直在"无意识"地重塑人类的"灵魂",正如远古那些讲神话讲鬼话的祖先。

尤其是网络文学中的"人类神话",兼顾了神格与人格建构的思想资源,创造出多维度的灵魂面貌。我们来看看"人类神话"是如何建构人类灵魂的。

(一)强化灵魂的自主、自由意识和开放性。

好莱坞电影、美剧、英剧、日剧和日本动漫、中国网络文学中的"人类神话"的共性之一,是尊重人类精神解放的历史潮流,强调人的自主性和精神多元性。

"人类神话"的主角对人类自身充满敬意,不会在任何主宰大神的威压下自我奴役。如果世界上应该有主宰,那就只能是人类自己,他们相信自由意志是修炼成神的主导力量,而精神奴役是成神的障碍。

网络小说中的"凡人神",按照自己的"修炼目标",亲手塑造自己的生命和灵魂,比如源于道家修炼观念的"元婴",就是这样的自由意志和超能力的结晶体,一种既传统又现代的灵魂品种,而每个修炼者可以有不一样的元婴,可以自己定义它的超能力和伦理的性质。这应该是古代道家和现代人都赞赏的生命—自我—灵魂的状态。

人类个体夺回了灵魂塑造的权利，人们可以成为自己的神、自己的先知、自己的主宰，这是未来灵魂信仰的重要基础。

（二）平衡肉体与精神秩序需求

某些古代主宰神话贬抑人类的肉欲，要求人们遵从教条，管制、压抑自己活蹦乱跳的肉体，这是人类失去自主性和创造性的原因之一。没有欲望就没有人类的生存与繁衍活动，欲望是生命体从事各种活动包括神话叙事的原驱力，建立精神秩序的目的是为了规范欲望，而不是为了窒息肉体欲望和创造力，那就失去建构灵魂的初衷了。

"人类神话"主角如《复仇者联盟》《正义联盟》中的英雄们，如许多"神幻小说"主角，他们与北欧神话、古希腊神话、道家神话中的大神一样，追求欲望的达成，为生命的欢娱而激动，但同时他们也追求神格的伟大、人格的崇高，尽力保护人类，创造理想世界，有时候甘愿为了人类生存而牺牲自己。

这样的神话英雄，是人性与神性的结合，对于现代人的灵魂建构更有示范意义。

（三）信念和思维程序的多维混同

"人类神话"软化了人类的宗教信仰壁垒，角色们可以在短期内，体验多个主宰神话情境，灵魂可以吸纳各种不同来源的能量，多种神灵信仰、科技想象与超能力想象越来越融合。

而现代人的生活也与现代神话叙事互相驱动和印证，许多地区的人们可以在科学实验室中进行科技创新，可以与孩子一起观看科幻电影，而周末也可以虔诚地向造物主、主宰神祷告，他又可以在精灵、兽人题材的网络游戏中，在一个自己信奉的造物主原本不可能兼容的虚拟神话世界，按照造物主不能容许的游戏模式行动。

古代宗教往往要求人们只相信一种神话故事，大脑中装配着统一的行为模式，这样，灵魂才会圣洁而宁静。而现代社会和现代文艺鼓励人们在大脑中装配几套思维程序，几套观念—行为模式，随着情境转换而自由切换。这并不说明人类变坏了、不纯洁了，而只是说明人类大脑的功能提升了，"灵魂"的容量变大了,可以兼收并蓄,装得下许多相互矛盾冲突的观念、程序和角色剧本,人的灵魂观念因此变得圆融多变了,人类更有创造性,更能从容应对科技进步带来的挑战,更能安全地生存下去。

但现代人精神负载确实过大了,更容易处于焦虑状态,所以现代人也就需要更多的心理工具,以自我治愈,现代神话叙事主角往往还扮演着治疗师的角色。

(四)凡人神的灵性生活——修炼文明建构

在佛教观念中,人追求自我完善,自我意志舒展和力量成长,这样的自我形态就是"神我"。在道家观念中,灵魂应该自由自在,得道者应以生命修炼、悟求大道为要旨,奉大道而行,而不受世间势力左右。在"神幻小说"中,凡人经过"修炼—战斗—升级",生命—灵魂逐渐丰满、滋润、壮大,既自由又有所作为,于宇宙、世界有功德,因而神格圆满,成为凡人神。而这些生命—自我—灵魂的理想状态:"神我"、得道者、凡人神,他们的进步阶梯都是自主的生命修炼,而不是原有主宰神的外力。

"神幻小说"依据道家、佛家修炼的观念和方法,创造性地再造出许多玄妙的修炼方法、境界、等级状态,人们在"修炼"中,想象与感受自己的生命力量正在不断升级壮大,对自己的生命—自我—灵魂这个信念轴心产生信赖,同时,"神幻小说"把古代宗教神话中主宰神对人的支持护佑关系,替换为一起修炼—战斗—成神的灵魂伴侣、"道侣"、神性兄弟之间的精神支持关系,这就已经具有宗教神话的效果了,是一种在体验中融合生命与宇宙本源力量、消融物我界限的独特文明。

如果说在一神教主宰神话叙事中,人对主宰神的崇拜、人作为神创之物需信奉主宰神的意旨的观念,构成了基督教等文明的核心,孔孟的君君臣臣、父父子子家天下伦理构成了儒教文明的核心,那么"人类神话"通过对佛教、道教思想资源的借鉴,通过对生命修炼的想象,促成人类向生命内部寻求信念,就形成了以生命觉悟、自主修炼成长为核心观念的"修炼文明",它是适用于凡人的文明。

（五）凡人神的故事——拯救人类的灵魂密码

我们从神话叙事和人类社会实践中，可以发现建构人类文明的起点是虚构，虚构是创造的前提。

如前所述，人类有一个根深蒂固的思维程序，反映了人类的根本精神特征，这就是搁置现实，创立一个假定性设想（如上帝说要有光，于是就有了光。如祖灵和修炼者的元婴想象），用虚构的故事，描绘世界来源和人类行为伦理依据，只要这个故事设想是合理的或者是有用的，我们就可以信以为真，且不断用神圣化手段强化它的真实性和真理性，从而为人类精神世界和现实世界建构确立蓝本。

历史学家尤瓦尔·郝拉利在《未来简史》中说："到了 21 世纪，虚构想象有可能成为世界上最强大的力量，甚至超越自然选择，因此如果我们想了解人类的未来，只是破译基因组、处理各种数据数字还远远不够，我们还必须破解种种赋予世界意义的虚构想象。"[①]

古代神话原本是虚构的，却是宗教、国家组织的源代码，现代社会同样是在按照许多虚构的故事运行着。但人们较容易看到科技发展对世界的贡献，却可能看不到攸关人类未来文明的问题：文学艺术的发展提升了人类的虚构能力，故事为人类提供了许多行为—伦理模式。人类个体可以脱离原有的硬性的社会组织体系，而随时按照一个公认的好"故事"，自主联合、自我组织，从而让人类的创造活动与相互合作变得广泛而高效，世界前进的速度也就越来越快。

好莱坞电影与中国"神幻小说"创造出许多"人格"（凡人自主意志）与"神格"（绝对意志与绝对力量）相融合的凡人神话，半人半神的英雄们搁置伦理争议和性格冲突，为人类正义事业而组织起来，打败那些企图用科技手段或超能力改造人类、灭绝人类的反派角色，在关键时刻拯救了人类。

这样的"人类神话"增强了面向未来的人类自组织的神圣性，为人类的自组织提供了许多蓝本，也为人类重新"立法"，让我们信仰人类生命和灵魂神圣

[①] ［以］尤瓦尔·赫拉利：《未来简史——从智人到智神》，林俊宏译，北京：中信出版集团，2017 年版，第 133 页。

不可侵犯,人本身成为信仰。

　　今天我们多创造一些神话作品,未来人类就拥有更多的精神模式可以选择。我们希望未来的人类,能够继续建构值得信赖的"人类神话",希望他们也相信灵魂的力量,信仰人类本身,那么人类就会安全地生存繁衍下去。

　　所以,网络小说就不仅仅是小说或娱乐产品,也可以是人类文明的策划者和保卫者。

文学"世界"与基于数码人工环境的文学叙事

王玉玊

【内容提要】 作为艾布拉姆斯提出的文学四要素之一,文学"世界"并非现实世界本身,而是叙事得以被创造和理解的公共平台,包含文学的形而上学及其有形化方式的"预个性"环节。从浪漫主义到现实主义,文学作品之所以能够被创作和理解,都依托于它们各自所处的不同的文学"世界"。而今天以网络文学为代表的全球流行文艺所依托的文学"世界"便是数码人工环境,基于数码人工环境的文学创作方式可归纳为"数据库"与"模组化"的设定叙事。设定所具有的对现实与理念的双重否定在具体的叙事文本中以肯定性的形式呈现出来,这意味着,作为一种文学"世界",数码人工环境所包含的形而上学体现为克苏鲁式世界图景与"二次元存在主义"的生存信条。

【关键词】 游戏性现实主义;现实主义;文学"世界";数码人工环境;设定

一、数码人工环境:作为新的文学"世界"

"世界"是艾布拉姆斯在《镜与灯——浪漫主义文论及批评传统》中提出的文学四要素中的一个,是作者、作品、读者之外的中介性要素。由于现实主义强大传统的存在,"世界"这个要素常常被等同于现实,是对文学四要素的讨论中常常被忽视的那一个。但在艾布拉姆斯的定义中,"世界"是"由人物和行

---

① 基金项目:本文系 2019 年度教育部重大攻关项目"中国网络文学创作、阅读、传播与资料库建设研究"(19JZD038)阶段性成果;中国艺术研究院基本科研项目"2010 年代中国文艺研究"(2020-1-9)阶段性成果。

② 作者简介:王玉玊,女,中国艺术研究院马克思主义文艺理论研究所副研究员。

为、思想和情感、物质和事件或者超越感觉的本质所构成",也即一切叙事要素的统合,它确实与现实相关,"直接或间接地导源于现实事物",但并非现实本身。[①]

现实主义竭力营造的逼真幻觉掩盖了文学"世界"这一介于现实世界与叙事文本之间的中介性要素,但文学"世界"始终存在,它不仅包括所有的叙事传统、惯例,还包括人对于世界图景及自身在其中所处位置的整体性认知及其被转换进文学叙事的方式与渠道,借用安·兰德的概念,可称之为形而上学及其有形化方式。[②] 如此构成的文学世界,是叙事得以被创造和理解的公共性平台,具体的叙事文本在文学世界这一空间之中持续生成。

文学"世界"既不是现实主义文学诞生之后才出现的东西,也不是一成不变之物。中国古代文学中意象和典故的积累与运用方式便凸显出一种区别于现实主义的文学世界。《诗经》中的"日之夕矣,羊牛下来"(《诗经·王风·君子于役》)尚且是直写眼前之景以寄托思念之情,而后世诗词中常见的风花雪月,大抵皆不仅是自然之物,更是自前人诗文中沿袭而来的兴象与典故,诗人对这些兴象的使用也绝非写生似的如实书写,实景本身远及不上兴象在无数前作中孕育出的内涵与精魂来得重要。叙事作品也是同样,才子佳人与帝王将相往往并非创作者的生活世界,而是文学"世界",还有所有那些对当时的人而言不言自明、无须解释,因而在文学叙事中隐去,但今人要想理解却须添个注释的内容,都见证了文学"世界"的变迁。这种变迁当然与现实世界的物质变迁密切相关,但它更直接地关联着人们理解世界与自身的方式,人们的常识系统、情感与思维方式。

数码人工环境便是今天的文学"世界",基于数码人工环境进行叙事几乎是今天全球叙事性流行文艺的共通特质。数码人工环境的出现与人类生存的技术环境变迁密切相关,随着信息技术的发展和普及,人类开始生存于现实世界与虚拟网络世界的双层结构之中。技术环境的变化带来新的文学想象力环

[①] [美]H. M. 艾布拉姆斯:《镜与灯——浪漫主义文论及批评传统》,郦稚牛、童庆生译,北京:北京大学出版社,1989年,第3页。

[②] [美]安·兰德:《浪漫主义宣言》,郑齐译,重庆:重庆出版社2016年版,第24页。

境,即一个新的文学"世界",这一文学"世界"清晰地共享了数码媒介的底层逻辑,因而可称为数码人工环境。

东浩纪首先在文学"世界"的意义上使用了人工环境这一概念。①东浩纪认为,在当代社会的后现代状况下,以宏大叙事为基础的现实主义的文学世界开始丧失原有的公共性,难以继续担当创作与理解叙事的有效公共平台,数码人工环境于是代之出现。

二、从现实主义到游戏性现实主义

东浩纪将基于数码人工环境的叙事程式称为"游戏性现实主义",这一概念是以"现实主义"为对立项提出的。现实主义本身是一个极为复杂的概念,受意识形态影响,社会主义国家与资本主义国家对这一概念的理解也有很大差异。今天在国内提及现实主义,实际上同时包含着三重面向:

一、现代小说,特别是现代长篇小说的基本体例、塑造人物与铺陈情节的基本方法,这一点与浪漫主义小说,或者并不明确属于浪漫主义与现实主义文学运动的其他现代长篇小说,比如维多利亚时期的英国小说基本上并无区别,在 19 世纪中后期,现代小说这一得益于印刷机的普及的文学体裁在浪漫主义、现实主义及其他小说中均已达到了成熟状态;

二、自然主义式的对现实的如实描写;

三、具有政治倾向性、作为对浪漫主义的反驳的文学创作理念,也就是通常称为批判现实主义及社会主义现实主义等的创作倾向。

19 世纪法国的现实主义运动是直接针对浪漫主义的创作潮流而发生的,因而现实主义必须被视为对浪漫主义的反驳和改造——改造主要体现在上述第二点,反驳主要体现在上述第三点,而上述第一点则是现实主义与浪漫主义的共通之处——显而易见,共性远大于差异。尽管浪漫主义作为一种文学潮流有着不逊于现实主义的复杂和歧义,但我们仍然可以大致勾勒出其基本特

---

① [日]东浩纪:『ゲーム的リアリズムの诞生・动物化するポストモダン2』,(《游戏性与实主义的诞生・动物化的后现代 2》)日本:讲谈社现代新书,2007 年版,第 71 页。

征。以赛亚·柏林在《浪漫主义的根源》中提到浪漫主义起源于人们对建制化的、压迫性的启蒙理性的反抗，人们不再相信普世真理而转向情感主义，激烈赞扬一种理想主义信念，也即"一个人准备为某种原则或某种确信而牺牲的精神状态……人们所钦佩的是全心全意的投入，真诚，灵魂的纯净，以及献身于信仰的能力和坚定性，不管他信仰的是何种信仰"[①]。与此类似，安·兰德在《浪漫主义宣言》中同样强调，相信人的意志是浪漫主义的核心要旨，所以浪漫主义名著、雨果的《九三年》"想说的不是：'看看人们在为多么伟大的价值观奋斗啊！'而是：'当然人们为某种价值观奋斗的时候，人们可以何其伟大啊！'"[②]。作为对僵化的启蒙理性，以及新古典主义的文学教条的反拨，浪漫主义强调民族传统、地方特色等人类的差异性特征，以及最重要的，每一个人的个人性、独特性，他的丰富内在、想象力与创造力，他不受理性教条所束缚的丰沛情感。这个浪漫主义的文学过程与柄谷行人所说的人的内面的发现是重合的。

韦勒克在《文学史上的浪漫主义概念》及《浪漫主义重审》两篇文章中，概述了浪漫主义的词义源流及浪漫主义文学在欧洲各国的发展情况，在此基础上概括出浪漫主义文学实践的三个标准："想象力之于诗歌观念，自然之于世界观，象征和神话之于诗歌风格。"[③]这三条标准所强调的，是浪漫主义的世界图景，即一个有情感、有想象力的丰富而独特的个人，如何与世界相联系。浪漫主义所创造的，是一个新柏拉图主义的宇宙图景，是一个人与万物有机连接的、充满意指和寓言的神话世界。人的想象力在这个宇宙之中被赋予崇高的地位，因为这种想象力正是将人与整个世界连接起来的原初动力。

现代性的发展总是内在地包含着对现代性的反思，浪漫主义作为对启蒙的反思也同样是现代化过程的一环，现代主体的主体性地位在浪漫主义文学中得到充分的张扬和自我表达，通过对骑士小说、哥特小说、传奇故事、古代神

---

① [英]以赛亚·柏林：《浪漫主义的根源》，亨利·哈代编，吕梁等译，南京：译林出版社，2008年版，第16页。
② [美]安·兰德：《浪漫主义宣言》，郑齐译，重庆：重庆出版社，2015年版，第182页。
③ [美]勒内·韦勒克：《文学史上的浪漫主义概念》，《批评的诸种概念》，罗钢、王馨钵、杨德友、曹雷雨译，上海：上海人民出版社，2015年版，第153页。

话等传统的和民间的叙事元素的运用,浪漫主义文学让一个现代的"我"重读、重写了所有这些传统的故事素材,将它们安置于新柏拉图主义的宇宙图景之中,形成了一个成熟的现代文学"世界"——高扬个人意志与理想主义信念的浪漫主义文学"世界"。

法国现实主义运动所要反对的,是浪漫主义的过分的主观性,以及其中暗含的矫揉造作而又无补于世的贵族品位。相对于主观性,现实主义要求对现实世界客观、如实地描写,抛弃对想象力和象征主义的推崇,这是自然主义的倾向;相对于贵族品位,现实主义要求揭露社会的矛盾、批判社会的黑暗,这是批判现实主义的倾向。相比于个人的理想人格的抒发,现实主义更强调某种具有公共性和真理性的社会理想。自然主义的倾向和批判现实主义/社会主义现实主义的倾向之间,实际上存在不可调和的矛盾。"在现实主义中,存在着一种描述和规范、真实与训谕之间的张力。这种矛盾无法从逻辑上加以解决,但它却构成了我们正在谈论的这种文学的特征。在一个新的俄国术语'社会主义现实主义'中,这种矛盾公开地暴露了出来:作家应当按照它本来的样子去描写社会生活,但他又必须把它描写成应该是或将要是的样子。"[①]恩格斯在《弗·恩格斯致玛格丽特·哈奈克斯》一文中提到:"现实主义的意思是,除细节的真实外,还要真实地再现典型环境中的典型人物。"[②]对典型性的追求并非现实主义的独创,但恩格斯所说的"典型环境中的典型人物"实际上意味着在典型人物与典型环境的关系中寄寓对于作者所处时代、社会及其未来必然走向的真理性阐释。恰恰是对典型性的追求,凸显出现实主义尽管"主张直接的深入洞察生活和真实",但"也有它自己的一套惯例、技巧和排他性",[③]现实主义的文学语言并不真的是透明的。

东浩纪所说的作为"游戏性现实主义"的对立项的"现实主义"实际上主要

[①] [美]勒内·韦勒克:《文学研究中的现实主义概念》,《批评的诸种概念》,罗钢、王馨钵、杨德友、曹雷雨译,上海:上海人民出版社,2015年版,第228页。

[②] [美]恩格斯:《致玛格丽特·哈克奈斯》,《马克思恩格斯选集》第4卷,人民出版社,2012年版,第590页。

[③] [美]勒内·韦勒克:《文学研究中的现实主义概念》,《批评的诸种概念》,罗钢、王馨钵、杨德友、曹雷雨译,上海:上海人民出版社,2015年版,第238页。

是指自然主义。这与日本的文学传统有关。从坪内逍遥的《当代书生气质》和《小说神髓》开始，日本现代文学就是通过吸收欧洲写实思想的方式将自己与传统文学区别开来的。而这种写实思想被用来反对江户文学劝善惩恶的教化思想与当时流行的政治小说的政治宣传功能，强调书写平凡而有缺陷的人的本质，具有非常典型的自然主义倾向。此后，日本文学也不断在（经过本土改造的）自然主义式的写实道路上推进，形成了日本文学独特的"私小说"传统。按照柄谷行人在《日本现代文学的起源》中的讨论，表达崇高理想和社会主张的文学作品时常并不被归为现实主义，而被归为浪漫主义。事实上安·兰德的《浪漫主义宣言》有着相似的划分方式，体现出资本主义国家文学史叙述的共性。马克思与恩格斯都曾在青年时代接受过浪漫主义的哲学与文学，社会主义现实主义相比于法国的批判现实主义和自然主义，事实上更多地受到浪漫主义的影响，因为意识形态差异被划入浪漫主义与社会主义现实主义两个不同范畴的作品具有文学肌理上的相似性似乎也并非不可理解。

　　日本的现实主义文学并未如梅塘集团那般走向极端的自然主义，或许是因为日本还有另一股强大的文学传统，我们姑且借用一个影视概念，称之为"情节剧传统"。这一传统以砚友社的尾崎红叶、泉镜花为代表，他们的创作大量借鉴了净琉璃日本传统演剧及江户通俗小说的风格和叙事惯例，常常被改编为净琉璃等形式上演，因而也成为早期日本电影的重要剧本来源。柄谷行人在《日本现代文学起源》中描述了日本文学形象从"化了妆的脸谱"变为"素颜"的过程，[①]这固然是对于文学装置现代化过程的一般描述，也是非常具有日本特色的描述。"化了妆的脸谱"首先便让人想到净琉璃、歌舞伎和能戏，这些演剧形式都是高度程式化的，或者说是高度反自然主义的，其程式化程度甚至可能更高于中国传统戏曲。净琉璃的作者可以将头天登报的新闻连夜写成新剧，第二天公开演出，这是因为作者只需套用既有的净琉璃剧目，对人名和部分情节稍加改写，便能成为一出"紧贴实事"的新剧以招徕观众。也就是说，日本传统演剧有着一个极为成熟的文学"世界"，能够迅速将新事件转换进既有

---

① ［日］柄谷行人：《日本现代文学起源》，赵京华译，上海：生活·读书·新知三联书店，2003年版，第21页、46—47页、59—61页。

的叙事套路和演出形式之中加以解释和表现，而这一文学"世界"留给日本现代文学的遗产，或许就包括对于情节与故事性的执着。东浩纪所说的以"萌要素数据库"为核心的数码人工环境能够在日本率先发展成熟，并得到自觉的理论化表述同样得益于此。

写实与情节剧，这两个实际上相互矛盾的倾向能够在日本私小说之中共存，也再次证明了写实本身并不是以透明的语言如实描写实然之物。安·兰德认为，艺术是作者脑海中的形而上学的有形化，是作者对于人的本性和人相对于世界的位置的有形化展示。对于这一论断，我们或许可以为之补充一个前提：作者脑海中的形而上学并非作者个人的独创之物，他将这种形而上学有形化的方式亦然。这种形而上学及其有形化方式的"预个性"阶段就是文学"世界"的主体内容。而在现实主义之中，现实也必然经由这个"预个性"阶段，才能抵达作者的具体创作实践，在被作者如实接受或进行改造之前，它已经是不透明的了。

东浩纪为游戏性现实主义选择的典型案例是轻小说，相对的，为现实主义选择的典型案例则是私小说。也就是说，东浩纪所讨论的现实主义，实际上就是这种日本的具有自然主义倾向的写实传统。因而，当东浩纪提到宏大叙事解体，导致现实主义失去赖以存在的想象力环境的时候，他所说的宏大叙事确实首先不是政治倾向性或乌托邦理想，而是一些更加基础的东西，比如常识系统，以及对日常生活的理解。

三、数码人工环境的形而上学

包括中国网络文学在内，今天全球流行文化中的叙事文艺往往或多或少脱离了现实主义的文学"世界"，而共享着一个新的文学"世界"，即数码人工环境。

基于数码人工环境的网络文学创作的核心特征是"模组化"与"数据库"。

东浩纪基于一个资深 ACG（动画、漫画、游戏三个词的英文首字母缩写），爱好者的立场与观察，提出以角色为中心的日本 ACG 作品建基于"萌要素数据库""萌要素数据库"中的素材组合形成的"人设"(人物设定),即为与"现实主义"文学中的"人物"相对应的构件。但实际上在数码人工环境之中,世界设定同样也是高度数据库化的。既有文艺作品中累积下来的世界设定数据库,以及类似于电子游戏的数值化的世界运行法则构架机制,共同代替现实世界,成为文本内部世界观的建立基础。"模组化"则指向数据库中的数据被拼装起来的方式。如同计算机程序编码一般,基于数码人工环境的网络文学作品并不是一个密不可分的文学有机体,而是由不同的素材、元件结合而成,各自包含初始值与算法的模块彼此碰撞、交互,就构成了运动之中的故事世界。而每一种元件能否将自身的法则(对于世界设定而言)与意志(对于人设而言)贯彻始终,能否通过这种模块间的碰撞产生最大的叙事张力或情感强度,就成为评判基于数码人工环境的网络文学作品文学性的重要标准。设定数据库及其调用方式,是数码人工环境这一当下文学"世界"的核心组成部分。

  人设与世界设定,概言之,设定作为叙事元件,其基本特征在于双重的否定性:既超离于现实又自绝于真理。一方面,设定叙事成立的前提条件是作者与读者的如下共识:作者与读者皆知设定为假,并非现实之物,但作者与读者共同约定在故事之内将之感知为真。故事之内的虚拟世界之"真",并不来源于对现实世界的模仿,而来源于设定自身的逻辑自洽和运转自如。对于现实主义的文学"世界"而言,具体的叙事作品模仿现实世界的世界观成本最低而效率最高,但对于数码人工环境而言,创设现实世界观与超现实世界观的成本并无差别,因为作者和读者是基于设定而非"现实"讲述来理解故事的,这也就是为什么当下全球流行文艺中超现实设定故事的比重明显增大。另一方面,设定又拒绝通向真理。"萌要素"的"萌"本意是宅男群体因见到可爱的二次元美少女而热血沸腾的状态,这一语源便暗示了包括萌要素在内的所有设定都是自各式各样的人类的各式各样的欲望之中涌现出来,同时又作用于人的欲望的。设定是一种公共的欲望形式。在设定叙事中,无论是多么完美的理想人物,都首先是而且只能是人的欲望的对象,而拒绝成为普世真理或价值的具现物。

  在中国网络文学及二次元青年亚文化社群中,存在将一切设定都进行性欲化理解,进而将一切叙事编织为情欲叙事的倾向。这种倾向一方面是以自我保护为目的的话术,另一方面也在一定程度上反映了叙事文本生产和解读过程中的实际情况,或者说,作为公共的欲望形式的设定,暗示了这种解读路径的可行性。谙熟于数码人工环境的叙事算法的"90后""00后"们,同时也是兼具"宏大叙事稀缺症"与"宏大叙事尴尬症"的一代人,他们渴望英雄故事与庄严史诗,向往忠诚、信仰、牺牲、荣耀等郑重其事的字眼,但当他们真正面对一个一本正经的崇高故事时,却又会本能地为那个受到感动和召唤的自己感到羞愧和尴尬,他们要求自己尽到一个玩世不恭者的本分,在相信之前先怀疑,在感动的同时冷眼旁观。讲故事于是变成一件有点复杂的事情,作者总需要小心翼翼地在庄与谐、深情与自嘲之间找到平衡,既不诱发"宏大叙事尴尬症",又能抚慰"宏大叙事稀缺症"。在玩梗与吐槽之外,对叙事做情欲化解读也是抑制"宏大叙事尴尬症"的良方。故事里深情眷侣携手并肩,为了世间正义赴汤蹈火、肝脑涂地,故事外忍不住红了眼眶的读者依然可以游刃有余地自我辩白:我不过是在看他俩谈恋爱——这便是以自我保护为目的的话术。但与此同时,在中国的互联网空间中,确实不乏将社会新闻、国际关系等非文艺领域的事件重述为情欲叙事的情况,最典型的就是国拟人,即以历史和新闻为素材,为一个国家提取出若干萌要素,构成这个国家的人设,从而将一个国家打造为一个角色,无论是讲述作为个人的"我"与这个国拟人角色的关系,还是讲述两个国家的拟人角色之间的关系,都是以情欲叙事的逻辑想象、覆盖国家与公民、国家与国家间的实际关系。已有不少学者讨论过"二次元民族主义"这一 2010 年前后在青少年群体中兴起的社会思潮,[①]事实上"二次元民族主义"的核心就是国拟人,也即将国家形象转换为人设,将国与人的关系转换为人与人的关系,将"爱国"转换为"爱情",从而迅速唤起强烈的情感共鸣。情欲叙事的扩散与社会阐释力的衰退相关。人归根结底是依靠叙事来理解世界

[①] 相关研究参见林品:《青年亚文化与官方意识形态的"双向破壁"——"二次元民族主义"的兴起》,《探索与争鸣》2016 年第 2 期;白惠元:《叛逆英雄与"二次元民族主义"》,《艺术评论》2015 年第 9 期;郑熙青:《从〈黑塔利亚〉到〈大圣归来〉:中文网络"二次元民族主义"的身份焦虑》,《文学》2019 年第 1 期等。

的,当某一领域缺乏有效的叙事框架时,为对该领域内发生的事件进行理解、做出评判,就必须挪用其他叙事框架,而情欲叙事就像是简单易上手、适用性极强的"万能胶",四处充当临时救急的代偿性叙事框架。

如前所述,文学"世界"包含着形而上学及其有形化方式的"预个性"阶段,浪漫主义对个体想象力与情感的张扬,及其新柏拉图主义式的宇宙图景都是浪漫主义形而上学的有形化方式;现实主义对如实反映现实世界的透明性幻觉的追求亦然。而数码人工环境的形而上学则包含着对克苏鲁式恐怖的知觉,以及"二次元存在主义"的生存信念。游戏性现实主义与其形而上学,并非如现实主义与宏大叙事那般是指涉与被指涉的关系,游戏性现实主义的形而上学一方面被封存在一系列设定要素之中,一方面在创作和阅读的实践层面直接显现出来。

克苏鲁神话是以美国作家洛夫克拉夫特的小说世界为基础的现代神话体系。尽管将克苏鲁神话称为一个现代神话体系颇有争议,但它确实以神话的方式建构了世界图景。在这一设定体系中,地球上古时期的统治者被称为"旧日支配者"(old ones),他们有着不可名状的恐怖力量,一旦从沉眠中醒来,就会带来灭世灾难,而人类如此羸弱和渺小,甚至无法直视"旧日支配者",更遑论理解,他们面对这必将来临的毁灭毫无还手之力。网文作者狐尾的笔在北大分享会上提到,"克苏鲁小说的内核是对未知的恐惧",这种未知就如同"一个东西它放在那里,只能用否定的形式来描述它的状态,它不是圆的、不是方的,不是活的、不是死的,你无法通过自己的想法在脑海中把它呈现出来,因为它就是未知的。不要把未知当作一个可以探索的东西"。[①] 这一说法确实正中克苏鲁设定的核心:对理性之限度的警觉,以及对不可知之物的恐惧。保罗·维尔诺讨论过海德格尔所区分的恐惧(fear)与苦恼(anguish)在今天时代条件下发生的变化。在海德格尔的定义中,"恐惧涉及的是非常明确的事实",比如雪崩、地震或者失业的威胁都会带来恐惧,"苦恼,却没有清晰的引起缘由","纯粹是由于我们的生命暴露于世所引起的"。维尔诺认为,恐惧与苦恼

[①] 引自狐尾的笔在"网络作家进校园:狐尾的笔北大分享会"上的发言,2023 年 6 月 11 日,录音稿整理人:潘舒婷。

的区别"在有实质性社区的地方是有效的",社区中的群体生活以惯例、习俗、法律、统一的社会思潮等方式保护人们免于恐惧的安全,但对苦恼并无效用。但在今天,实质性社区本身不再稳定,"生活方式总是变化多端,面对无节制的、不稳定的生活所需的教养,将我们引向与如此善变的生存环境直接的和持久的关系",恐惧与苦恼的界限变得模糊,人被"全方位地暴露于世界"。[①] 恐惧与苦恼合二为一,就成为"不可名状"(uncanny),这就是克苏鲁世界图景试图呈现的经验与感受。尽管社区本身依然存在,但人们无法再不加反思地、彻底地在一个社区之中得到庇佑,时时体验到"觉得不在家"的风险,因而不得不面对世界的暧昧与莫测,以及深渊般的他者。

数码人工环境的形而上学则包含着对克苏鲁式恐怖的知觉,当然不意味着所有基于数码人工环境的作品都使用克苏鲁设定,而意味着设定本身归根结底的否定性在故事之中将以肯定性的形式呈现出来,以一种明知虚假的明朗清晰,为总是"觉得不在家"的读者提供暂时的庇佑之所,同时并不掩饰在这种叙事内部的明朗清晰之外,存在着不可名状的现实。

"二次元存在主义"则指向面对这种"暴露于世"的风险时的生存信条。由于个体生存于变动不居而又相互交叠的社区之中,原本稳固的习俗与价值观念开始动摇,每一种价值在成为指导行动的原则之前都有必要被重新评估。个人自此成为锚定自身价值的唯一依据,于是,一方面,以"我选择,我相信,我行动,我创造自己的价值与信仰,我为由此产生的一切后果负责"[②]为行动依据的英雄形象大量出现于中国网络文学等全球流行文艺作品之中;另一方面,在文学"世界"的层面上,设定作为欲望的公共形式一旦进入具体的创作和阅读实践,便不断地从其公共形式还原为个体的私人欲望选择,在摒弃一切既定的真理性规约之后,作者与读者重新从欲望出发,探索我所热爱的与我愿意相信的,写作和阅读本身因而就成为一种"二次元存在主义"式的实践方式。

---

① [意]保罗·维尔诺:《诸众的语法——当代生活方式的分析》,上海:商务印书馆,2017年版,第35—39页。
② 王玉玊:《"选择服从"与"选择相信"——"二次元存在主义"的内涵与实践》,《文艺理论与批评》2018年第4期。

文学"世界"的转换并不意味着文学传统的截然断裂,就如同宏大叙事的崩解并不意味着宏大叙事的消失——当"随风潜入夜,润物细无声"的运作方式失效,宏大叙事反而有可能以更强势、更具存在感的方式出现在人们的生活之中。从某种意义上来讲,宏大叙事的显形就等于宏大叙事的崩解,它并不妨碍部分读者仍旧按照现实主义文学的惯例来阅读和理解今天的基于数码人工环境的网络文学及全球流行文艺作品,批评它们耽于幻想或者不够严肃。但现实主义的当代困境与数码人工环境的诞生实则一体两面,现实主义所反映的现实并非纯粹的现实,而是以现实主义文学"世界"为中介的现实,数码人工环境下的设定叙事同样并非无关现实的任意设定,它依然浸透着每一个当世之人对自身生存处境的感知与焦虑,浸透着对今日世界的形而上学理解。

网文叙事伦理的特异性与正能量化的可能路径

周　敏

【摘　要】 网络文学塑造出了一种"新人",他们自利、精明、低调又明哲保身,同时又是目标明确、不知疲倦的奋斗者。但不能用"反道德化"来简单定性或者否定,而应将其放入近代以来的社会文化转型与道德环境变迁中去考察其中的道德空间与道德张力。网文的叙事伦理尽管对传统道德有所解构,但自有其底线、坚持与追求。这是建立在"理性经济人"认知之上的平衡伦理与利益的一种叙事,也是对建立一种可信与可行"道德感"的探索,因此其中存在一定的积极意义。对网文的道德化表达,当然要加以引导,但引导工作,应以尊重网络文学自身叙事伦理的特点为前提,在更多一些的包容与理解中思考转化与提升之道。

【关键词】 网络文学;叙事伦理;正能量;主流化

最近一些年,社会各界对网络文学提出了越来越高的道德化要求,不少网络作家也开始自觉将作品的纯洁性与正能量作为自己的创作理念,例如作为全国政协委员的唐家三少在2018年的全国两会期间就曾公开表示:"我觉得作家要有文以载道精神,我们作家在创作作品的时候,第一要以弘扬真善美、鞭挞假恶丑为大前提来进行创作,第二要致力于创作正能量的作品,网络作家写的作品至少要能给自己的孩子阅读。"阿菩在一次访谈中也表达过类似的意思,不过做了一些修正,强调"要能给长大后的孩子看":"应该写一种愿意给长大后的孩子看的文字,如果一个作者写的东西愿意给自己成年之后的孩子阅

---

① 基金项目:本文系2023年度国家社科基金一般项目"中国网络文学的叙事伦理研究"(项目号23BZW163)以及杭州市哲学社会科学规划课题(编号:M23JC108)成果。
② 作者简介:周敏,男,安徽枞阳人,杭州师范大学文化创意与传媒学院副教授。

读,而且不会感到害怕、羞耻、恐惧,我觉得他的作品就没什么问题。"[1]这种修正是有意义的,它比唐家三少的意见明显更为合理和具有可行性,不过二者背后的追求都是一致的,即都是尽可能地追求作品的正能量化。这与网络文学这些年逐渐向主流化、精品化发展有关系,也说明之前处在"野蛮生长"状态下的网络文学在道德表达上不是很令人满意,被认为是阻碍了网络文学的主流化、精品化发展。

在此背景之下,本文想结合梦入神机、忘语、流潋紫等较早一批"大神级"网络作家的作品,探讨如何认识网络文学的叙事伦理与正能量表达、对网络文学的道德化要求有没有一个"度",以及建立怎样的叙事伦理才能与其发展活力与潜能相得益彰等一系列问题。

一、"修仙者人格"的涌现

对于经常阅读严肃文学或者通俗文学的读者来说,笔者相信,他们在刚接触网络文学,尤其是 2003 年自觉走上类型化道路的网络文学时,应该会感觉到或多或少的"不适应"。这不是对新的媒介的不适应,而是对内容本身。具体而言,是对主人公道德行为的不适应。可以毫不夸张地说,网络文学塑造出了一种"新人",这种"新人"基本上从未出现在以往的文学中,或者更准确地说,以往文学(无论是严肃还是通俗)没有出现过与网络文学类似的主人公。笔者曾用"坏与顺从"这两个词来为这样的主人公画像[2],他们自利、精明、低调又明哲保身,同时又是目标明确、不知疲倦的奋斗者。按照传统的道德标准去衡量,他们不仅不是榜样,反而是有道德瑕疵的人(当然,离不道德还比较远)。这种"不彻底"的中间人物,以往只是作为主角的陪衬而存在的,最终要么得到改造,要么得到教训,或者只是人性复杂的某一个次要方面,但在网络文学中却成了主角,成为作者以及众网友读者所欣赏的人。

---

[1] 《阿菩:写一种愿意给长大后的孩子看的文字》,中国网络作家村公众号,2022 年 3 月 22 日。
[2] 周敏:《"坏"与"顺从":对网络文学主角形象演变的一个观察》,《热风网刊》2018 年冬季刊。

例如《凡人修仙传》(忘语著)的主人公韩立,被网友戏称"韩老魔",虽然出生在一个小山村,但在其成长的过程中,很早就告别了传统意义上的善良淳朴,仿佛天生就是一个为自己打算的精明人。之所以如此说,是因为韩立看似是在尔虞我诈、被人算计的江湖门派中学会了如何自我保存与发展,但从他一开始就谨小慎微的个性以及偶得"小绿瓶"之后立刻就明白"匹夫无罪怀璧其罪"的道理,就可以看出,外界对其个性的影响是相当有限的,恶劣环境只是把他原本的个性尽快剥离显现出来而已。韩立的这一个性,可以被称为"修仙者人格",从一开始就是为修仙做准备的,目标明确,人生规划精准,处处有着数字管理式的精确,利弊得失考量得极其清楚明白,仿佛有一双上帝的眼睛,这其中有着明显的技术主义与高度的理性主义。

之所以如此,可能有以下几点主要原因:一是通俗小说(主要是其中的武侠小说等幻想类小说)自身演变的结果。从金庸、梁羽生、古龙等人创作的新派武侠小说到网络类型小说,黄易起到了非常关键的中介作用,黄易已经不再把侠之行为及其美学意蕴作为小说要表现的主题,而是开始关注人在武道上到底能走多远,关注人对环境的超越以及自身的突破。所有的奇遇、人事纠葛、伦理纷争都是围绕着这一点而展开的。人行为的动机也变得简单、纯粹,同时目标更为明晰。这与网络类型小说把"升级"作为核心关切已经非常接近;二是受到电子游戏的深入影响。电子游戏的一些核心要素,如目标的明确、一定的障碍、及时反馈以及采取积分制、升级制等,都被网络小说所借鉴与化用。网络小说追求玩电子游戏才有的强代入感,其结果是无论是小说主角还是读者都获得了一种对于故事环境与 NPC 的超越感;三是 1990 年代以来的个人化、市场化的社会与文学风尚也是产生"修仙者人格"的土壤,关于这点,笔者在另外一篇论文中有过较为详细的分析[①],在此不赘。在以上三者共同的作用下,网络小说不仅让主人公摆脱了沉重的道德负担,而且也让他们最能看清自己真正想要什么。也因此,围绕着他所展开的所有情节,都要为他所要达成的目标服务,无论人还是事,都有可能为其积累(量变)与升级(质变)提供动

---

① 周敏:《网络文学与 90 年代的连续性》,《文艺理论与批评》2023 年第 3 期。

力,成为一种工具或者说"垫脚石"。在网络小说中,几乎随处可见被"杀人夺宝"后的反杀、有意无意助人之后的馈赠、做各种任务之后的奖励、九死一生之后的大收获等等,总之付出行动则皆有所获,越是付出越有收获,没有好处预期则不予行动。而且,除了天材地宝,各种妖兽魔头,也都可以转化为修炼资源。都是这种逻辑的自然产物。

梦入神机的"吃人流"小说,如《永生》,就是沿着这个逻辑往前再进了一步,也是这个逻辑的自然结果。以往作为他者的人、兽、妖、魔,只是修炼的辅助,需经过几番的转化才能为己所用,像来自妖兽的"妖丹",可以炼制成增长修为的丹药,但依赖主体的炼化,这个过程是相对漫长的,不仅要通过自己的力来消化吸收丹药的力,还要克服耐药性和丹药的副作用等障碍。总之主体自身的努力是主要的。而在《永生》中,他者的力量可以直接转嫁,完全为己所用,人只要成为储能的容器就可以了。书中就曾这样打比方:

> 比如杀死一头老虎,你吃老虎的肉,喝虎骨汤,补充点营养,增加点力气,这个很正常。但是要说,杀死一头老虎,把老虎的力量转嫁到自己身体上,那简直太不可能。

在这种情况下,他者就完全工具化了,主体也只需要胃口好能吞噬即可,自身的努力被降到了最低,甚至之后还让主角拥有了"每吞噬一人,修为就增加一分"的能力,让其吞噬四方。这种功夫或者设定类似于小偷或大盗的行为,在传统的武侠小说里,会遭到全体江湖人不齿,如《天龙八部》里丁春秋的"化功大法",其恶名昭著,原因就在于"难看的吃相",它与剧毒相伴相生,就可见其恶劣,所以它也一定会受到反噬,使用的时候要特别谨慎。相比而言,北冥神功之所以更高明,不在于它能更高效地吸取与转化别人的功力,而在于它脱胎于《庄子·逍遥游》的极高境界以及对道的领悟,且其更在于化解而非吸取。即便如此,使用也要适可而止。毕竟这依然是一种巧取豪夺,而非自己耕耘所得。但这里要再强调一点,就是《永生》的"吃人"或者"修仙者人格",并不能用"反道德化"或者"卑劣""缺德"来对其进行简单定性或者否定,其自身是有着一定的道德空间与道德张力的,如果将其放入整体的道德环境与社会经纬中去考察,甚至不乏积极意义。这在后文中将展开进一步分析,此处只是表明它相对于传统武侠小说道德化表述的差异处。

二、"道德感"的变化

传统武侠小说,或者更大范围的通俗文学乃至传统文学(部分先锋小说除外),实际上都有着比较强烈的道德叙事的特征,这种道德叙事多脱胎于传统农业社会的集体生活。无论是琼瑶小说中的情还是金庸小说中的侠,其实都不是个人性或个人化的,而总是从各种关系中去表现:越是在各种关系中挣扎,越是凸显情与侠的品质。身不由己、自我牺牲,是其中的要义。只有满足了这样的前提,才能够安心追求个人的幸福而不至于让人感觉不适。所以情与侠都是一种伦理性的存在,于是也就可以明白,为什么琼瑶小说的女主几乎总是清一色忍辱负重的"白莲花"形象,而金庸又为什么要强调"侠之大者,为国为民"。在金庸小说里,除了《鹿鼎记》这一反类型作品,作为主角的"侠"根本都不懂得算计与权衡,经常凭一腔热血行事。因此,"侠"的受伤几乎是家常便饭,甚至演化成一种受伤叙事和模式。甚至武功本身也都有了伦理性的特点,有鲜明的正邪之分。直到《鹿鼎记》,才对这一特点有所消解,不过尽管韦小宝处处践行利我主义,没有什么道德包袱,但义气始终也是坚持的。这个形象,在一定程度上,也可以作为网络小说的某个前身。

正如前文分析的,网络小说的主角明显发生了变化。造成这一表征的因素很多,在前文也有所交代,不过归根结底是人们(至少是绝大多数青年网友)的"道德感"发生了变化,所以给了这一现象以生存的土壤。传统的在熟人社会中孕育的伦理观遭受了在城市化、市场化、个体化进程中生成的新伦理观的冲击。这种新伦理观是用来应对陌生化、风险化社会的到来的,不过它还没有足够的时间形成稳定、成熟的系统,而是处于亢奋、杂乱与多变的状态,不少时候还带有一些火气与戾气,因此常常显得挑衅、破坏有余,建设尚远远不足。

网络文学的叙事伦理是在这样的伦理环境下逐渐形成的,它对丛林法则的设定、对他人与集体以及宏大话语的不信任、对个人的推崇、对"闷声发大财"的自觉、对"害人之心不可有、防人之心不可无"的认同、对"老实人"的厌弃、对"以坏制坏"的默认等等,构成了其叙事伦理的基本样貌,同时也是其情节演进的底层逻辑。例如,在常见的集体寻宝情节中,总会有人见财起意,违反约定对同伴下黑手,而主角也常常因此反杀而获得更多的利益,且主角在集体中往往一无所得,而一旦孤身一人或者遭遇团队危机,则一定收获满满。由于小说叙事主线是围绕着主角升级展开,如此的团队危机叙事就几乎成为定律。大门派、有背景有实力的人,都是一种威胁,而且他们常常借天道、功德、良善之名行掠夺他人之实,如《永生》中的太一门、《通天之路》(无罪著)中的玄风门。

资源的有限性,又决定了人人都是竞争关系,且恶性竞争无处不在,变成主流。无私忘我的人因此变得极为稀缺,如果有,也心怀不可告人之目的。如《凡人修仙传》中韩立的三师兄刘靖虽然表面上类似传统的侠义人士,以消灭"邪修"为己任,甚至不惜损害一些个人利益,但叙事人对他表现出了明显的不信任,对其行为几乎处处反讽,并揭露他"大半是为了享受他人的敬仰之色而已",最后还让其死在了自己的虚伪上。实际上,喜欢被人敬仰,是人的正常心理需求,而且还处于马斯洛需求层次结构中的较高层次,所以叙事人在此处想表达的是三师兄的"才不配德"导致了他的自不量力与虚伪,也由于他过分迷恋这种感觉,使得一种正常的心理需求失控,反过来控制住了主体的行为。这一理解的背后,恰恰就是个体化认知在起决定性的作用。总之是尽可能地发展自己,先把自己的实力提升起来再说其他。

不过,尽管网络小说不断地解构道德化行为,但并不是由此走向了反道德,在道德沦丧中追求"爽感"。尽管主角一心追求升级,但也并非为了升级不择手段,而始终有其底线,例如杀人夺宝是最快的获得资源的方式,但主角们几乎不会主动做此选择,因开创"吃人流"而常遭来道德指责的《永生》,主角方寒虽被叙事者描述为"诡计多端,下手狠辣,不择手段",被认为这是"性格优势",但实际上仍在坚持一种最起码的伦理观,如他会认为"弄一个小孩子的东西,脸皮上都过不去吧"。当有人劝他杀死因在拍卖会上竞拍而得罪他的人时,方寒的回答是:"我好歹也是羽化门仙道弟子,为买一件东西,杀人夺宝。倒也不是好事,还是算了。"当然,"杀人夺宝"也不是永远不干,在修炼资源特别有限的前提与设置下,这也是主角获得资源最大化的一种方式。不过,也不会是毫无原则地去做,"杀人"一般是不会的,如果实在要杀,叙事者也会想办法给持宝者安排一个非杀不可的罪行,让人在其被杀时反而觉得畅快,至少没有不适感。所以多数时候的叙事模式是反派们想杀人夺宝,结果反被主角如法炮制。极限状态是主角故意展示宝物并示敌以弱,以钓鱼的方式引诱他人来实施杀人夺宝。如《通天之路》中就有这样的情节,结果是主角全灭前来抢劫杀人的人,获得宝物无数。在"夺宝"时,也不是无条件的豪横,主角们在凭实力施压之余,也会尽可能地给被剥夺者以适当的补偿。但这种对伦理平衡的找补也不是绝对的,多数时候,主角们虽然不选择做一个强盗,但还是会选择做一个"奸商",能占便宜就占点便宜。

绝大多数网络文学的主角,都可以在"理性经济人"的框架内加以理解,所以以奸商自居就显得极为正常,如前面说的《通天之路》,还有《修真世界》(方想著)、《宝鉴》(打眼著)等,主角们都是乐此不疲做奸商,没有任何道德负担。这里面值得多说几句的是打眼的小说,因为常以买卖古董玉器为内容,制假售假自不可免,主角则往往掌握着制假的高超能力,如果完全释放这种能力,就不可避免冒犯读者的阅读伦理,于是叙事者通过制假卖给外国人尤其是日本人的方法,用民族伦理去尽可能地平衡商业伦理。总之,是尽可能不让自己吃亏受委屈,并尽可能地追求伦理与利益的平衡。

三、底线伦理观的正向价值

网络小说所谨守的底线伦理,自然也不是一味个人化的。尽管其对他人和世界充满着深深的不信任,认为只有自己才最靠得住,而自己对道德底线的遵守来自于某种"本心",而完全甩脱"他律性",但伦理不是到个人这里为止,而是以个人为中心,按照亲疏远近向外扩散。邵燕君说得好:"流行网文的主人公们大都保持住了基本的道德底线:人不犯我,我不犯人;不主动作恶,不过分残暴。并且在'合理自私'的基础上,逐渐发展出一种'亲我'主义的价值观:爱自己,爱家人,爱朋友。"①这种底线道德,并非散发着光辉的大道德,而且伸缩性特别强,有时候只想独善其身,而向外,也只能始终围绕着"我"做同心圆式扩散。但这种建立在"亲我"基础上的道德,是一种有着充实可能的道德。

钱穆认为,"得之为德","人生凡遇要得的便该要,而且要真有得,又该得到个相当的分量",又说:"只要却能在真实人生中兑现者,中国人则无不乐于接受。但遇不能证明,不能兑现处。中国人便不肯轻信。"所以中国人"求其能真实在我之内,真实有之己,才说是可信"②。也就是说,道德的前提是有我的,是个人能够体验且能够充分体验的真实。道德下能够容纳食与色,上则"充实而有光辉"。或者说,打通食色(自我体验)与光辉(人生价值与意义的充沛)的道德才是可欲的与可信的,也是真正能够充实与完善人生的道德。在此意义上,网络文学的底线道德,恰恰是追求一种可信的道德,尽管它离有光辉的道德还比较远,但是给出了相对可行的路径,即通过亲我向外发散。如果加以适当且合理的引导,未始不可以达到比较高的境界,所谓"老吾老以及人之老"。

这种道德观,在网络文学中普遍展示,是有其社会与文化的积极意义的。近代以来,不少有识之士就提出改造中国人道德观以应对新的时代与社会发展的问题,如梁启超的《新民说》,陈独秀的《敬告青年》,鲁迅关于改造国民性的一系列言论等,都谈到了中国人在道德行为上的重表不重里、重虚不重实以及由于表里、虚实分离所导致的对道德的超高要求。所以陈独秀在《敬告青年》中才把"实利的而非虚文的"作为切要的倡议提出来,而鲁迅才会反复分析"做戏的虚无党"。尽管从今天看,当时对国民性的看法有其特殊的启蒙与救亡语境,需要再反思与再审视,不过其所表达的在道德问题上的求真求实态度却是切中肯綮的,尤其是在社会转型期,这样的态度十分必要。中国人向来"以伦理为本位",一个可能的副作用是伦理有时候不是为人与社会服务的,反而成为某种压迫性的异己力量或者禁区,轻易不能讨论与分析。当道德成为

---

① 邵燕君:《"正能量"是网络文学的"正常态"》,《文艺报》2014年12月29日。
② 钱穆:《中国思想通俗讲话》,上海:生活·读书·新知三联书店,2013年版,第52—54页。

某种绝对的标准,丧失任何伸缩性的时候,大抵就是这样的时刻。这种绝对的道德标准,一个主要的特点就是,它只承认公,而摒弃私,只谈集体,而不讲个人。而实际上,德与性是一体的,个人与私是人性的一部分,如果完全排除,切断了上文所言的"食色"与"光辉"之间的联系,就会使德失之于可信乃至于沦为虚伪与表演。

网络文学所处的时代,恰恰经历着一个新的社会转型期,并叠加着媒介转型,更应该对道德保持这样的求真求实以及开放包容的态度,以动态的辩证的方式对道德进行拆解与分析,从中寻找对接与转化以及平衡之道,而不能死守着某些道德标准,然后以这些道德标准来衡量一切。2013年陶东风发表文章批评同名网络小说改编的电视剧《甄嬛传》宣扬错误的"比坏"价值观,与此同时,高度肯定韩剧《大长今》,认为后者在恶势力的压迫下仍坚持道德立场与做人原则,才是更值得提倡的价值观。但在本文看来,陶文的观点恰恰是在秉持一种不变的道德观之下做出的。这种道德观确实是完美的,但是在变化了的语境下,也确实是不具有足够的可靠性和可欲性,无法变成具有某种号召力的存在。如果一种道德只是一种理想状态,而难以参与到人们的生活与实践当中,人人都说好,但多数人不想做,那么它也就失去了道德的感召力。这时候,就应该重新思考该如何使其"及物"并产生新的活力,而不是死抱着不放。

关于《甄嬛传》(流潋紫著)是不是在"比坏",甄嬛的个性为何如此,王玉玊在《从〈渴望〉到〈甄嬛传〉:走出"白莲花"时代》一文中给出了比较令人信服的分析,她认为,甄嬛"虽不主动害人,但面对敌人时也不吝惜使用狠辣的计谋和手段",确实"不完美",但"让人觉得可信、可亲、可敬",并赢得了网上舆论的力挺,究其原因,一是像大长今、刘慧芳(电视剧《渴望》女主角)似的"白莲花"们"身上所体现的道德理想趋于瓦解,其所坚守的道德观念在现实的生活中处处碰壁,对于苦难的承担也无法真正让好人一生平安",二是"'白莲花'式女主人公实际上是男性视角下的完美女性",而"女性作者和女性读者越来越自觉地以女性的视角完成对于女性自身的想象和书写",从而引发网络空间中

"反白莲花"浪潮的形成。①

王玉玊所说的这两点,揭示了问题的关键,她是在对网络文学及其所处的社会环境有足够体会的前提下所做出的判断。需要稍微提出一点点不同意见的是,虽然对"白莲花"式女主角的期待,确实有着男性的视角,不仅男性学者向往,男频网络小说也多如此塑造理想女性人物,不过"反白莲花"浪潮,却不是女性特有的想象与书写,而是在相当程度上反映了社会文化的一种普遍情感结构,也就是对那种极端理想道德的不信任但仍坚持一种底线道德,所以男频小说和女频小说在这一点上又合流了。这一点,在前文中已做出展示与分析,在此不赘。想要再次申明的是,以"比坏"来界定《甄嬛传》,即使不从社会文化与男性视角上来思考与观察,也存在一些误解。甄嬛的"坏"与安陵容、华妃、皇后等人的"坏"还是有着某种本质性的区别,她的"坏"并非只是为了生存,相反,她的对手才是只为了自己的生存,后者是纯粹自私和不择手段的。而甄嬛的"坏"却是不得已,她是用"坏"来守护和匡扶"好",是想把不正恢复到正,而且所使用的手段尽管有时候有些狠毒、果决,却并不是无所不用其极,而是基本采取了顺势而为的策略。即使成为最后的赢家,甄嬛也没有感受到特别多的快意,也没有大权独揽,玩顺我者昌逆我者亡的游戏,而还是让渡她的权力,尽力守护自己能够守护的。这才是甄嬛即使"不完美",仍赢得了那么多读者和观众喜爱的原因吧。甄嬛的"坏"是与人们所珍惜的"善"捆绑在一起的,她没有逆来顺受,像宗教信徒一般的"不以暴力抗恶",小说没有采取经典的"人道主义诗性正义",而是恩怨分明,同时在叙事伦理上又尽可能地不冒犯传统,叙事者几乎让甄嬛的每一次斗争胜利都付出了或大或小的代价,所以她一边通过斗得到,一边又在不断地失去。更可悲的,她最珍视的"愿得一人心,白首不分离"的爱情理想到最后彻底宣告破碎,从而造成《甄嬛传》"爽"与"虐"的并存,从而使其具有较强的抒情意味。这与其使用第一人称叙事相得益彰。因此,这哪里可以用"比坏"来形容? 反而是带了一些明知不可为而为之的侠义和牺牲在其中的。不能说,在武侠的世界,动用武力快意恩仇也是

---

① 王玉玊:《从〈渴望〉到〈甄嬛传〉:走出"白莲花"时代》,《南方文坛》2015年第5期。

"比坏"吧？实际上，以直报怨、以伟大的母性来宽恕一切、然后让恶人自我感化的诗性正义，在20世纪90年代以后，就逐渐失灵了，哪怕在文艺作品想象的世界中也难以取得它原本应该取得的效果。相反，像1994年放映周星驰《九品芝麻官》里所表达的"贪官奸，清官要更奸，这样才能治得了贪官"的观点才构成大众普遍的诗性正义想象。这才是这本小说的主要伦理特点所在，至于有人以"叔嫂乱伦"等理由全盘否定《甄嬛传》[①]，则是非常典型的静态道德观，也不是文学批评值得提倡的方法与态度，因此不值一辩。

结 论

经过以上的分析，本文认为，相比传统纸质文学，网络文学确实有着比较独特的叙事伦理，这种伦理表达，尽管有一些挑战传统的意味，因而给人以较大的冲击力，但如果结合近代以来社会文化的演变来冷静思考，可以看到其中的积极意义。在很大程度上可以说网文有今天的繁荣，与这种叙事伦理亦有着很大关联，因为它契合了当代青年人这一网文主要受众的伦理感觉。实际上，这也是一种全球现象，如法国学者吉尔·利波维茨就观察到西方世界已经从强调乃至强制责任的时代步入"时有时无的最低限度的伦理时代"，也即"无痛的利他主义"时代。[②] 而作为网文的从业者、研究者与管理者，对网文的叙事伦理可保持一种宽容的态度，急于用过于洁化的传统伦理观（如"孩子可以接受的"）去改造网文，可能反而会伤害网文的良性发展。当然，必须要重申的是，这里并不是说网文的伦理表达是完美的、完全值得提倡的，它当然需要主流价值观的引导，不用说那些真正的诲淫诲盗之作，即使在本文所分析和认可的那些作品中，也存在一些灰色地带，其中积极性的一面，也仍旧离不开转化与提升。只是引导工作，务必要以尊重网络文学自身叙事伦理的特点为前提，离开了这一点，"空降"一套伦理原则上去，水土不服自然在所难免。

最近一些年，网文从内在的叙事伦理脉络也在向外、向上探索靠拢主流化

[①] 史建国：《新世纪网络小说的伦理叙事》，《百家评论》2014年第5期。
[②] ［法］吉尔·利波维茨：《责任的落寞》，倪复生等译，北京：中国人民大学出版社，2007年版。

之路。这里不仅指现实题材网文的成功与崛起,而且是指原本就是网文主体的幻想类小说自发探索,这后一点可能更为重要。会说话的肘子的一系列作品就是其中的一个典型,如《大王饶命》《夜的命名术》等,都是在讲述一个非主流的二次元少年逐渐理解与认同"大义"的故事。其中,展现了人性的复杂与转变,其叙事伦理既不脱离网络文学的基本特点,又在潜移默化与春风化雨中与主流价值观融合。这样的文学写作经验非常值得提炼,期待在不久的将来网络文学会在内外两重合力中得到更为健康与长久的发展。

早期网络文学的创世快感[①]
——论"九州世界"的爽感逻辑

毛睿喆[②]

【摘　要】"九州世界"中对架空世界的创造是"创生世界"与"创生故事"的集合,进而读者对"九州世界"的审美接受也可分为对情节叙事的审美接受与对创世叙事的审美接受两个层面。虽然"九州世界"的情节叙事显现出精英化的特征,但通过对其创世叙事的解析,可以发现"菲勒斯型圣状"的存在:现实生活中的掌控感越匮乏,读者就越追求世界设定给予的掌控感,好像只要掌握世界设定就能控制一切。与此同时,"菲勒斯型圣状"爽感也显示出:对世界设定的狂热,揭示了曾经遭遇的创伤;曾经的创伤越压抑,对世界设定的迷恋也就越疯狂。

【关键词】"九州";可能世界;审美快感;爽

"爽"被认为是网络文学的最重要特质。无论是作者、读者抑或是网络文学的评论者、批判者,在谈及网络文学时都难以回避对"爽"的探讨、言说。也正是"爽"的特质使中国网络文学传播至海外,在传统印刷文学与西方以超文本、多媒体为特征的网络文学之间形成独特的文体类型。

但有趣的是,在追溯中国网络文学的起源时,"爽"并没有出现在网络文学的起源叙事之中。网络话语里,《第一次的亲密接触》或"榕树下"网站被认为是网络文学的源头,这也符合马季提出的"现象说"[③];邵燕君、吉云飞从网络文

[①] 基金项目:本文系国家社科基金重大项目"虚拟现实媒介叙事研究"(项目编号:21&ZD327)的阶段性成果。
[②] 作者简介:毛睿喆,南开大学文学院2021级博士研究生,研究方向为文艺美学与文化研究。
[③] 马季:《一个时代的文学坐标——中国网络文学缘起之我见》,《文艺报》2021年5月12日。

学发展的"动力机制"出发,提出了"论坛起源说"[1];欧阳友权从网络与文学的亲和历程出发,提出了"网生起源说"[2];吉云飞将不同观点进行总结、辨析,认为"就'文学本体'而言,《风姿物语》是最好的起点;就生产机制层面,金庸客栈会被视为真正的源头"[3]。"爽"在网络文学溯源的逻辑中不见身影,而在上述溯源谈及的网络文学作品中亦不见当下网络文学可以带给读者的"爽"。

那么,"爽"是否不存在于网络文学缘起之时?或是在网络文学缘起之时,"爽"以另一种与当下相异的形态存在?针对如是问题,本文尝试以早期网络文学的经典文本群落——"九州世界"为主要案例,从作者创造架空世界的层面考察早期网络文学的快感逻辑,继而为理解当下网络文学中的"爽"提供参照。

"九州世界"概述

20世纪末至21世纪初,在"榕树下""幻剑书盟"等众多网络文学网站之外,金庸客栈、清韵书院等网络文学论坛也是作者们重要的创作阵地,而"九州世界"就诞生于网络文学论坛的时代中。

2002年[4],受到"魔戒""龙枪"等西方架空世界体系的冲击,清韵书院的几

---

[1] 参见邵燕君、吉云飞:《为什么说中国网络文学的起始点是金庸客栈?》,《文艺报》2020年11月6日;邵燕君、吉云飞:《不辨主脉,何论源头?——再论中国网络文学的起始问题》,《南方文坛》2021年第5期。

[2] 欧阳友权:《哪里才是中国网络文学的起点?》,《文艺报》2021年2月26日。

[3] 吉云飞:《制作起源:中国网络文学的五种起源叙事》,《文艺理论与批评》2021年第2期。

[4] 关于"九州世界"诞生的时间,有多篇文章指出"九州世界"诞生于2001年,亦有作者认为这个时间点是2002年。根据事件亲历者潘海天的叙述,"2002年,……我和一些神交已久的朋友在清韵论坛谈论构建一个东方架空世界的可能,这就是后来的'九州'"。另参考"九州世界"的创作历程:水泡于2021年底在清韵论坛召集作者构建西式奇幻架空世界,后经讨论改为东方文化风格,最终定名为"九州"。可见"九州世界"的确立经历了一段时期,期间也有颇多变动。因而,笔者认为将其诞生定为2002年更为恰当。参见吉云飞:《制作起源:中国网络文学的五种起源叙事》,《文艺理论与批评》2021年第2期;单小曦、盛龄娴、朱臻晖、周越妮、高艺丹、黎杨全:《"九州世界"与精英奇幻写作的尾声——网络文学名作〈九州缥缈录〉细评》,《网络文学研究》2021年第1期;孙金燕:《中国当代奇幻小说叙事风格及其青年文化症候——以"九州"系列小说为讨论对象》,《当代文坛》2022年第5期;谢开来:《在幻想的冰山下:欧美奇幻文学的故事世界和文本系统》,北京:社会科学文献出版社,2022年版,第1页。

位作者尝试构建一个立足于东方文化的架空世界,这个架空世界体系最终被命名为"九州"。早期参与构建"九州世界"的主要作者有七位:江南、今何在、潘海天(大角)、shakespace(遥控)、多事、斩鞍和水泡,他们被称为"九州七天神"①。其中今何在已经因"网络第一书"《悟空传》成名,江南出版了代表作《此间的少年》,潘海天与 shakespace 是中国科幻银河奖获奖者,多事、斩鞍和水泡也都在论坛中具有影响力。在这个合作创世的运动中,"七天神"奉献了众多标杆性作品,例如《九州缥缈录》(江南)、《九州·羽传说》(今何在)、"旅人"系列(斩鞍)、《白雀神龟》(潘海天)、《海国志异》系列(多人合作)等等。而其他参与者的创作也通过独特的视角和表达丰富了"九州世界",例如《魅传说》系列(大嘴巴狼)、《斛珠夫人》(萧如瑟)。在随后的发展中,有更多作者参与到此架空世界体系之中,当中不乏在类型文学领域有所建树的作者,马伯庸、陈楸帆、骑桶人、沧月、飞氘、燕垒生等都创作过"九州世界"体系中的作品;同时,"九州世界"对新人作者的支持也受到好评。②

"九州世界"诞生之时,网络文学中不乏优秀的架空世界题材作品。之所以当时的中国玄幻、奇幻原创作品"以'九州'为首"③,在优秀的作者与精彩的作品之外,也不能忽略整个"九州"世界体系较为完善、细致的设定。

"九州世界"既有完整的天文、地理、种族体系,也有对社会制度、历史发展、科技水平、宗教信仰进行设定,且这些体系与设定不仅在共时轴上丰富饱满,在历时性上也保有一定程度上的动态与自由。"九州"之名取自古代中国的代称,也对应着"九州世界"地理体系中的殇、瀚、宁、中、澜、宛、越、云、雷九

---

① 在"九州世界"构建初期,亦有其他作者在论坛中参与相关讨论,甚至早于"七天神"的加入发布相关作品,但"七天神"作为在设定上拥有绝对话语权的"设定小组",是"九州世界"设定的主要决定者。参见《刘慈欣都想过参与的"中式龙与地下城"最后为什么黄了》,"https://www.sohu.com/a/450728603_258858"。

② 参见《刘慈欣都想过参与的"中式龙与地下城"最后为什么黄了》,"https://www.sohu.com/a/450728603_258858"。

③ 屈畅:《巨龙的颂歌:世界奇幻小说简史》,苏州:古吴轩出版社,2011年版,第241页。

州。"九州"土地上生活着人族、羽族、河络、夸父、魅族、鲛族、龙族七个种族①。"九州世界"的星相学系统主要包含十二颗星辰：太阳、明月、暗月、密罗、印池、岁正、亘白、谷玄、裂章、填盏、寰化、郁非，它们也有各自的宗教含义，为不同组织所信奉。而在历史方面，"九州世界"主要作品的纪年以人族历史为中心，依次为燹、晁、胤、燮、晟等朝代。在"九州世界"以网络论坛为阵地发表作品的时期，以胤末燮初历史为背景的创作在作品数量、参与作者人数、影响力上都高于其他历史时期。在社会制度上，"九州世界"南方诸州由分封制或君主集中制的人族封建政权所统治，北方则主要由部族制的人族游牧民族和羽族占据。②

虽然"九州世界"体系与设定的符号形象源于我国本土文化，但其基础架构与底层逻辑受西方经典奇幻架空世界影响颇多。譬如，在种族这一概念的使用上，"九州世界"直接借鉴了"魔戒""龙与地下城"等西方架空世界的观念，而非运用中国传统文化中的精怪叙事。而在种族的具体形象上，羽族体态轻盈善用弓箭、河络矮小而精通铸造，可以看到西方架空世界中精灵与矮人的影子。

在小说作品和世界设定之外，"九州世界"的魅力还体现在其作品文体上的多种多样。大多奇幻、玄幻作品的文体仅限于小说，部分流行作品会根据小说的内容推出阐释小说世界观的设定集。而"九州世界"作品群虽以小说为主体，辅以阐释世界观的设定介绍，比较独特的是它还包括散文、游记或虚构的民族志文本，例如水泡的《九州纪行》系列托邢万里之名、以游记的文体书写了"九州"的山河。

2003年底，《科幻世界》杂志社推出了《科幻世界画刊增刊·奇幻世界》主推"九州世界"作品，这也正式拉开了"九州世界"走出网络的帷幕，而次年创刊

---

① 奇幻文学中的种族概念与现实世界中基于生物学的人类种族(人种)概念截然不同。在奇幻文学的架空世界中，不同种族可被理解为架空世界中生存的不同物种高等智慧生物，而现实世界中的不同人种或民族在奇幻文学的话语体系里是属于同一种族的，例如"九州世界"中人族又可分为华族与蛮族两个人种或民族(在早期的设定中人族与蛮族被列为不同的种族)。

② "九州世界"的设定曾多次修改，本文的描述主要参照的是网络论坛时期的设定。

的《科幻世界·奇幻版》将"九州世界"带给了更多尚未接触网络的读者。在类型文学杂志上几经波折后,"九州世界"逐步商业化。2005年,江南、今何在、潘海天三人成立公司创办杂志,"九州世界"完全转入印刷出版的传统路线。后来受到创始人内部分裂与网络文学网站发展成熟的双重冲击,"九州世界"的创作逐渐沉沦。虽然之后经历了主要作者换代,不时有新作问世或作品重印,几部主要作品又在近年的IP改编热潮中以剧集的形式重新出现在大众的视野中,但"九州世界"一直没有重现昔日的辉煌。论坛时期的创世与杂志早期的传播是"九州世界"最辉煌的时刻,而这些光芒的余晖也在其完全转入传统印刷出版路线后逐渐消散。

多重世界的创生

"九州世界"虽与网络文学之起源无直接关联,但它从文本风格类型、作品形成的动力机制、发表平台的变化等方面都与网络文学诸起源叙事之逻辑有着联系,因而是具有代表性的早期网络文学文本。同时,这种代表性也使"九州世界"成为一个复杂的研究样本。"九州世界"不仅是其设定,也不仅是具体的作品;不仅是基于互联网的集体文学创作,也不仅是继承传统文学的作者自身才华流露;不仅是创生一个经验生活之外的架空世界,也不仅是在细致甚至严苛的创作规则下带着镣铐舞蹈。

面对如此复杂的文本群落,可能世界叙事学提供了一种兼顾各方的思维模型,可以为进一步进行分析提供解读文本的基础。可能世界叙事学是叙事学研究中方兴未艾的理论范式,它出现于20世纪70年代后期,多利策尔(Lubomír Doležel)、瑞安(Marie-Laure Ryan)等学者创造性地借鉴可能世界理论并将其引入文学研究中,而托多罗夫(Tzvetan Todorov)、艾柯(Umberto Eco)等学者的叙事理论被认为是此学派的前驱[1]。其中,瑞安对可能世界叙事学的

---

[1] 参见 Marie-Laure Ryan. "Possible Worlds in Recent Literary Theory", *Style*, vol. 26, no. 4, 1992.

发展有着重要影响,其理论的提出被评价为"叙事理论将不可能是原来的样子"[①]。

"九州世界"的创生主要涉及可能世界叙事学中对虚构性的探讨,即现实世界、文本世界与虚构世界三者之间的关系。针对这三个世界及它们各自的发展变化倾向,瑞安提出了一个复杂的六重世界系统。[②] 虚构性问题主要涉及其中的三重:现实世界(The actual world),简称 AW,指我们所生活的现实世界,可以明确的是只存在一个现实世界;文本指涉世界(Textual reference world),简称 TRW,指文本宣称是事实的世界,文本所主张的命题在这个世界中被评估真伪;文本现实世界(Textual actual world),简称 TAW,指作者文本所书写的世界,是对文本指涉世界的再现。

这套系统打破了传统的模仿论语义学路径[③],"为文学虚构建立了一种平行本体论,虚构的本体论地位与我们的现实世界有实质上的差异但却一样真实。"[④]进而,文学虚构"与现实中可能或不可能发生的事情无关,而是与虚构世界中发生和可能发生的事情有关"[⑤]。也就是说,这套系统认为文学虚构世界与经验现实世界之间不存在本体论上的优先级。此外,这套系统提出文本中涉及三个有联系却又本体论上独立的世界系统,而不是现实世界、文本世界两个世界系统。这里的突破是,文本中实际上存在着两个世界系统:TAW 与 TRW,而不是一个单一的文本世界。

这三个世界之间的关系可以用重合(identity)与脱节(nonidentity)进行描述,不同的关系可以指示出文本的文体类型:当 AW 与 TRW 重合时,文本是非

[①] David Herman. "Review", *SubStance*, 23.2, 1994, p. 139.

[②] 完整的六重世界系统可参见 Marie-Laure Ryan. *Possible Worlds, Artificial Intelligence, and Narrative Theory*, Bloomington: Indiana University Press, 1991, Glossary.

[③] 传统的模仿论语义学认为虚构世界是对经验现实世界的模仿,根据不同的思路,虚构所模仿的对象或是现实存在的原型,或是具有普遍性的典型,抑或是作者构思出的特例。三种思路的共同点是它们均给经验现实世界以特殊的本体论地位。参见 Lubomír Doležel. "Mimesis and Possible Worlds." *Poetics Today*, vol. 9, no. 3, 1988, pp. 475—96.

[④] 张新军:《可能世界叙事学》,苏州:苏州大学出版社,2011 年版,第 49 页。

[⑤] Ruth Ronen, *Possible Worlds in Literary Theory*. Cambridge: Cambridge University Press, 1994, p. 9.

虚构文本;当 AW 与 TRW 脱节时,文本是虚构文本。与 AW 和 TRW 的重合关系相比,TAW 与 TRW 的关系要复杂得多,需要加入前者是否精确表征(accurate representation)后者这一项目。在非虚构文本中,当 TAW 精确表征 TRW 时文本是准确的表述(经验上为"真"),若 TAW 不精确表征 TRW 则是不准确的表述,甚至是谎言(经验上为"假")。在绝大多数虚构文学文本中,TAW 是精确表征 TRW 的,但相反的状况在逻辑上也是有可能出现的,这被瑞安称为"虚构文本中的不可靠叙事(unreliable narration in fiction)",不过此情况因难以辨别而少见,因为大多数文本中读者直接经验 TAW 而无法对 TRW 形成直接经验。

将"九州世界"与其他不同文体放入这套系统中,可得到下表:

	"九州世界"文本	历史小说	现实主义文学	新闻报道
AW	经验的现实世界	经验的现实世界	经验的现实世界	经验的现实世界
AW 与 TRW 的关系	脱节	脱节	脱节	重合
TRW	"九州"架空世界	与现实世界(历史)相像的另一个世界(部分人物和情节事件并不真实存在)	与现实世界相像的另一个世界(部分人物和情节事件并不真实存在)	与现实世界相同的另一个世界
TRW 与 TAW 的关系	因 TRW 可能变化①,理论上无法保持精确表征	精确表征	精确表征	根据具体文本,不一定精确表征
TAW	文本所再现的"九州"	文本所描述的历史时期	文本所描述的历史时期	文本所描述的世界

通过对比可以看到,"九州世界"文本显露出两个独特之处。

---

① 此处的 TRW 变化不是指历时性的发展,而是指 TRW 有可能因设定改变而出现根本性、结构性的变更。

（一）"九州世界"的三重世界均不同一

"九州世界"的 TRW 与 AW 脱节,且 TAW 时常不精确表征 TRW。这是三重世界系统中各个世界存在最大差异的状况。传统虚构文本中 TRW 与 AW 脱节但 TAW 会精确表征 TRW；在新闻报道中,由于虚假新闻的存在,TRW 与 AW 重合而 TAW 有可能不精确表征 TRW；而三个世界均不同的情况只出现在"九州世界"文本中。其原因是,"九州世界"的设定与故事是分立的。由于参与创作的作者数量众多、整体时间跨度大,观念差异、沟通不畅甚至是设定变更时有发生,这都可能致使作品文本与世界设定不一致,因而出现了 TAW 与 TRW 的分立。

与此同时,"九州世界"中设定与故事也是并行的。在"九州世界"的创作和接受上,丰富的文体与丰满的设定既没有本体论上优先级的差异,也不存在历时性上优先级的差异。不能说"九州世界"首先是作品,也不能将"九州世界"的源头理解为其设定。可以说,"九州世界"展现为可能世界叙事学多重世界平行本体论的具体案例,而不是其理论的逻辑推演。

"九州世界"设定与故事分立且并行的特点并非传承奇幻文学的文类规约,这个特点此前的经典西方奇幻架空世界都不具备。由 J. R. R. 托尔金创作的"魔戒"系列出版了小说、民族志、叙事诗、族谱等十类文本,但除了小说之外均是由在托尔金去世后由其后人整理其手稿编订出版。[①] "龙与地下城"架空世界之下虽有"龙枪"系列等百余部通俗小说的出版,但其之上有商业公司出品的众多规则书、TRPG（桌面角色扮演游戏）模组提供设定规则的支撑。[②] 因而,上述两个架空世界文本在创作或接受上总是存在本体论上的优先级或历时性上的优先级。

分立且并行的状况,揭示了创生"九州世界"的创作不只是创造一个架空世界文本,而是两种创世同时存在:"创生世界"与"创生故事",即对 TRW 的创

[①] 谢开来:《在幻想的冰山下:欧美奇幻文学的故事世界和文本系统》,北京:社会科学文献出版社,2022 年版,第 86—91 页。

[②] 谢开来:《在幻想的冰山下:欧美奇幻文学的故事世界和文本系统》,北京:社会科学文献出版社,2022 年版,第 137—151 页。

生与对 TAW 的创生。这种两种创世并存的创作机制,一方面得益于当时网络论坛相对开放的环境与去中心化且追求共享的观念,即其网络媒介的基因,另一方面则得益于电子游戏等媒介为文学带来了直观的"世界"体验,即其虚构世界的基因。这两段基因至今传承于当今的网络文学之中。

(二)"九州世界"文本中 TAW 与 TRW 关系的不稳定

在传统虚构文本中,TAW 总是精确表征 TRW;一篇新闻报道的 TAW 总是精确表征或不精确表征 TRW,而不会出现变化;但"九州世界"文本的 TAW 理论上无法总是精确表征 TRW。其原因是"九州世界"的 TRW 是由设定确立的,而设定是变动不居的,是被不断修订的。这一方面使读者可以很容易分辨虚构文本中的不可靠叙事,另一方面也使任何一篇文本的 TAW 都无法永远精确表征 TRW。比较明显的案例是"九州世界"的废稿,譬如《最后的姬武神》是《九州缥缈录》系列早期发布的篇章,起初被定为系列故事的结局,后来却因不符合对"九州世界"历史的设定而被驱逐出去,成为虚构文本中的不可靠叙事;又如,"七天神"变更了"九州世界"中龙的设定,这使此前涉及龙的篇章都成为虚构文本中的不可靠叙事。

这种情况是独特的。在传统虚构文本中,不存在特定的设定文本为受众提供了解 TRW 的标准,读者只能以 TAW 的表述为中介形成对 TRW 的经验。虽然这种情况里读者无法分辨不可靠叙事,但是从逻辑上说只有确定的"是不可靠叙事"或"不是不可靠叙事"两种状态。而"九州世界"的 TAW 与 TRW 关系不稳定也与部分作品中存在的"吃书"有所不同。"吃书"指作品的后续情节发展与之前的情节产生矛盾、无法自圆其说,此情况是两段情节的 TAW 出现矛盾,本质上两处 TAW 均为精确表征或价值上的"真",这是一种逻辑错误,而非对 TRW 的更变。"九州世界"的 TAW 与 TRW 关系不稳定则是价值上由"真"变为"假"或正好相反,实质是 TAW 与 TRW 出现了矛盾。

"九州世界"的 TRW 通过独立发布的设定,可以脱离 TAW 的表征而存在。从逻辑上讲,设定理应在创作中限制作品的书写,即"创生世界"对"创生故事"的制约。但是,当作品或 TAW 与设定不符时,作品亦可被理解为指向一个与原架空世界相像却有差别的世界,此时作品文本不只是按照设定行事,还在试图更改设定,或者说在创造世界。这是"创生故事"对"创生世界"的反扑。从而,TAW 与 TRW 的不稳定关系其实质是"创生世界"与"创生故事"的冲突,此冲突的本质则是两种创世对影响力的争夺。

双重叙事的审美快感

"九州世界"是"创生世界"与"创生故事"的集合,这种双重叙事之间的复杂关系也使读者对它的阅读也分裂为两个方面:对故事文本的阅读,即对情节叙事的审美接受,以及对设定文本的阅读,即对创世叙事的审美接受。两种审美接受之间的关系也如两种创世一样,是分立且并行而又存在冲突的,这展示出"九州世界"文本独特的审美张力。因而,讨论"九州世界"的阅读快感,既要讨论读者对情节叙事的审美接受,也要讨论读者对创世叙事的审美接受。

针对"九州世界"的情节叙事,已有学者做出了精彩的分析。单小曦、盛龄娴等通过对"九州世界"的代表性作品《九州缥缈录》细读,认为小说通过书写极限境遇中人的反抗,生成了悲剧性的崇高美。所以,这部小说也因其精英化写作的特点,是网络文学中的异类,是精英化奇幻网络文学的尾声。[①] 孙金燕认为以"九州世界"为代表的中国当代奇幻小说,呈现了当代青年在想象性表达中的世界愿景与价值立场,是现代社会的症候与隐喻。[②] 值得注意的是,上述评论都揭示出,"九州世界"的情节叙事与当下网络文学中主流的"爽文"格格不入的,阅读"九州世界"文本并不"爽"。

各位学者的评价无疑是正确的。"九州世界"的情节叙事本身确实缺乏对"爽"——"处在痛苦中的享乐"[③]——的激扬。这个结论也隐含一种暗示,"九州世界"之类的早期网络文学文本与以"爽"为特点的当下网络文学存在决定

[①] 单小曦、盛龄娴、朱臻晖、周越妮、高艺丹、黎杨全:《"九州世界"与精英奇幻写作的尾声——网络文学名作〈九州缥缈录〉细评》,《网络文学研究》2021 年第 1 期。

[②] 孙金燕:《中国当代奇幻小说叙事风格及其青年文化症候——以"九州"系列小说为讨论对象》,《当代文坛》2022 年第 5 期。

[③] 周志强:《"处在痛苦中的享乐"——网络文学中作为"圣状"的爽感》,《广州大学学报(社会科学版)》2023 年第 3 期。

性的差异,甚至它应该属于"网上传播的印刷文学"①,而不在当下网络文学的探讨范畴之内。但是,在读者对创世叙事的审美接受方面,"九州世界"的阅读快感则呈现出不同的样貌。

在阅读架空世界作品时,读者总会被世界观和设定所吸引,甚至对它的兴趣超过具体的故事本身。面对这种趋势,日本学者大塚英志提出了"故事消费",认为虚构世界中故事的吸引力让位给了其背后的设定或世界观,故事文本只是阅读设定和世界观的入口,真正引发读者审美快感并引发消费的是故事世界的设定以及世界观。② 虽然大塚所探讨的文本与"九州世界"有本体性质上的差异,③但在他的阐释中,准确地描述了阅读活动里世界设定的结构性地位:世界设定对阅读接受具有主导权。

架空世界文本的读者群体总是对世界设定存在眷恋,他们对世界设定的探究隐含着这样的逻辑:不了解设定便无法准确理解故事。从而,探究世界设定实质上是追求理解、阐释故事文本的主动权。那么就可以说,对"九州世界"创世叙事的审美接受本质上是追求一种"全景知识幻觉"。所谓"全景知识幻觉",指的是一种"我掌握了这个世界"的幻觉,它为人们带来对社会的掌控感。④

世界设定这种"全景知识幻觉"的确立离不开"九州世界"丰富的文本体裁和依托网络论坛的讨论环境。一方面,"九州世界"文本群中的游记、编年体文本强硬地明示出设定的具体内容,而在后续更改设定时也同样强硬。但有趣的是,如此强硬地设定在整个"九州世界"的设定中占比并不大。也就是说,这

---

① "网上传播的印刷文学"是网络文学发展的三种取向之一,与中国网络文学的实际发展本质上属于不同的美学路径。参见黎杨全:《中国网络文学与虚拟生存体验》,北京:中国社会科学出版社,2021年版,第12—13页。

② [日]东浩纪:《动物化的后现代:御宅族如何影响日本社会》,褚炫初译,台北:大鸿艺术,2012年版,第54页。

③ 大塚英志探讨的作品中隐含着一个固定不变的世界设定,故事为表层,世界设定为里层,但世界设定可以作为评价具体作品文本的标准。与"九州世界"设定与具体作品分立且并行而又存在冲突的复杂关系不同。

④ 周志强:《微时代的伦理退化症——微信公众号与经验型知识大众》,《探索与争鸣》2017年第7期。

些文本既以强硬的态度塑造出设定的权威感,又为其他追求设定的权威感的作者、读者留有丰富的余地。另一方面,论坛中创作者们对设定的讨论、争论是公开展示的,其结果对文本的影响也是直观可见的。与传统虚构文本在作者脑海中调整设定不同,公开的讨论与直观的结果既为读者展示了设定的权力,又因其讨论地点位于网络论坛而显示出一种开放性。正是上述两点,给世界设定这种"全景知识"赋予了强大的实权感,又使这种权力显得易于获得——实权感与易得性是"全景知识幻觉"的基础。

在这里,读者看到的是,"九州世界"的创世者们可以废除已经在读者间广为流传的"历史篇章";可以通过更改设置将一个种族的确切存在从"九州世界"中抹去;即使在无意间,更改设定的涟漪也会波及众多作者,使其作品变为"九州世界中的不可靠叙事"。可以说,世界设定这种"全景知识"在"九州世界"中的力量,远超过现实世界中任何"全景知识"在现实世界中的力量;与此同时,它又被展现为一种比任何现实世界"全景知识"都容易习得和操控。

当读者在现实生活中难以通过"全景知识幻觉"获得掌控感,他们就会带着这种创伤步入架空世界,去追求世界设定这种替代性的"全景知识幻觉"。现实生活中的掌控感越匮乏,读者就越追求世界设定给予的掌控感。与此同时,世界设定的实权感越强,也就越引发读者的向往。这种阅读快感的生成机制本身就是"爽"的生成机制:"'爽'其实是网络文学释放出来的一种'强迫性重复',它一方面令读者想象性地逃避现实的创伤经验,另一方面则强制性地沉溺于象征性解决痛苦的快乐之中。"[1]与此同时,这些可以创生"全景知识幻觉"的世界设定也显示出一种"菲勒斯型圣状"的特征:好像只要掌握世界设定就能控制一切,就能"把他人按照自己的欲望幻想来设置其位置和角色"[2]。可以说,对世界设定的狂热,揭示了曾经遭遇的创伤;曾经的创伤越压抑,对世界

---

[1] 周志强:《"处在痛苦中的享乐"——网络文学中作为"圣状"的爽感》,《广州大学学报(社会科学版)》2023年第3期。

[2] 关于"菲勒斯型圣状"的爽感,详细阐释可参见周志强:《"处在痛苦中的享乐"——网络文学中作为"圣状"的爽感》,《广州大学学报(社会科学版)》2023年第3期。

设定的迷恋也就越疯狂。

　　但是,无论是文本体裁与网络论坛可以强化对"九州世界"世界设定的赋权,还是其世界设定作为"菲勒斯"的强大吸引力,都只是基于"九州世界"TAW 与 TRW 复杂关系的"抽象性压抑"①,一种似乎可以实现却又永远无法实现的想象性解决。"九州世界"中不仅从读者转化而来的作者数量几乎为零,在其他圈子有所建树的作者"定居"创作的也寥寥无几,掌控设定只是似乎可以寻得却又永远无法真正寻得的权力,对设定的最终决定权依旧在部分作者——主要是核心作者——手里②。

　　所以,"创生世界"的力量所显示出的"菲勒斯型圣状"爽感,其实质是一种在"九州世界"三重世界间不断重复"匮乏—想象性满足"运动的心理机制。AW 与 TAW 以不同方式创造匮乏,读者只好通过一种能将 TRW 符号化、具象化甚至现实化的力量——世界设定,寻求超越规则的欲望满足。

结　语

　　不可否认的是,"九州世界"作为诞生于论坛时期的网络小说,它的时代性使它所引发的爽感与当下网络文学的"爽"有所区别。这种区别既体现在创生读者爽感的叙事层级结构上:"九州世界"引发爽感的是对创世叙事的审美接受而非对情节叙事的审美接受上;也体现在它所创生的爽感形式上:当下网络文学中"爽"之"圣状"有更多种形式③。

　　但是,"九州世界"文本接受中"菲勒斯型圣状"爽感的存在,揭示出了它与当下网络文学的亲缘关系。这一方面展现了,那些诞生于论坛的早期网络文

---

① "抽象性压抑"指一种普遍存在却假装不存在的抽象化的"压抑"。参见周志强《抽象性压抑与文化研究的中国问题》,《济南大学学报(社会科学版)》2018 第 2 期。周志强《算法社会的文化逻辑——算法正义、"荒谬合理"与抽象性压抑》,《探索与争鸣》2021 年第 3 期。
② 值得一提的是,"九州七天神"最终分裂的一个重要原因就是对谁拥有设定"九州世界"的权力、普通作者拥有多大权力等问题存在难以调和的矛盾。
③ 周志强:《"处在痛苦中的享乐"——网络文学中作为"圣状"的爽感》,《广州大学学报(社会科学版)》2023 年第 3 期。

学文本在其精英或传统的情节叙事之外,也许还隐含着某种结构,在创生读者的爽感;另一方面也暗示着,当下网络文学在充斥爽感的情节叙事之外,也许同样还隐藏着某些其他潜力等待人们的探索和挖掘。

类型探析

"推理小说与当代文化"·主持人语

战玉冰

"推理"作为一种文学与文化类型,一方面拥有着一批关于密室、诡计与不可能犯罪的忠实读者,具有强烈的亚文化垂直属性;另一方面又通过影视剧、电子游戏、剧本杀、综艺节目等多种跨媒介形式不断"出圈",产生了相当程度的社会影响。在我看来,推理小说不仅仅是属于"本格粉"与"亚文化"的小众文学类型,更应该成为我们把握整个时代文化的某种入口及方法,本栏目中的四篇文章,皆可以视为在这一思路下对推理小说所展开的讨论。

紫金陈的小说创作从网络文学平台起家,后在推理小说类型中被媒体和读者普遍指认为"社会派",并最终借助网络悬疑剧改编而获得了更广泛的认知和接受。战玉冰的《紫金陈的"罪案"书写》一文,试图从网络文学、类型小说(推理小说、犯罪小说与武侠小说)与影视剧等几种不同的媒介形式出发,对紫金陈的创作进行整体性考察,特别关注其小说中被刻意凸显的"高智商犯罪"与"无证之罪",并指出这两种情节模式其实暴露出作者某种关于正义与知识的想象方式。而小说原作与网剧改编的"对读",也可以为我们理解推理小说中的推理性(游戏性)、故事性与文学性三者之间的平衡,提供一个新的范例/反例。

福尔摩斯作为世界推理小说/侦探小说中最具影响力的文化符号,在其产生之后就一直经历着各种不同艺术形式的改编。莫理斯的《香江神探福迩,字摩斯》系列将福尔摩斯的故事搬到了晚清时期的香港,其中的文化挪移与本土改造都相当有趣。魏艳的《福迩摩斯在香港——莫理斯笔下的福尔摩斯故事改编》一文,从声音运用及社会史的角度讨论了莫理斯的这两部小说。方言与外语的交杂，历史人物与文学人物的改写，真实地理空间与历史事件的征用……《香江神探福迩，字摩斯》从侦探姓名，到核心案件，再到整个故事时空，都为我们展现了一幅多元、混杂与流动的晚清时期香港地域文化图景。

相比之下，孙昊的《火车、异国人与跨国政治——〈东方快车谋杀案〉中的"当代"》一文讨论的对象虽然是推理小说史上的经典"旧作"，实则是在回应当下正在流行的"清消文化"（Cancel Culture），孙昊敏锐地从阿加莎·克里斯蒂的小说中发现了其"保守"的性别、种族与民族观念背后更为细腻、幽微的面相。而在小说《东方快车谋杀案》中，对保守主义与民族偏见观念的"克服"，正是通过小说最后的核心诡计揭秘来完成的。由此，我们可以说，《东方快车谋杀案》中的推理性同时也就具有了政治性。也正如孙昊所言，"当代清消文化的做法，仅是一劳永逸地将其删除，而并无以过去回应当代问题的勇气"。

不同于前面三篇文章还是主要围绕小说来展开研究，朱嘉雯的《没有头的神明与会画画的侦探——中世纪题材推理游戏〈隐迹渐现〉中的谎言与真实》一文，则将关注重心由推理小说转移到了推理游戏。围绕《隐迹渐现》这款中世纪题材推理游戏，朱嘉雯借助艺术史研究中的"修复"这一概念，探讨了游戏交互性为推理文学的叙述性所增添的全新维度。甚至进一步来说，"交互"与"叙事"，本身就构成了游戏研究中的一组核心问题，而其在推理类游戏中的融合，也为我们指明了研究更新颖的推理文化形式的未来可能方向。

总的来看，本栏目四篇文章涉及推理小说的类型叙事与影视改编、福尔摩斯在当代的"故事新编"、经典重读与时下文化热点回应、电子游戏与跨媒介艺术等多个层面。其研究对象虽然各不相同，但在将推理小说作为方法入口，来尝试捕捉更广泛的社会文化现象这一点上，无疑又是彼此相通的。

紫金陈的"罪案"书写

战玉冰[①]

【摘　要】 紫金陈的推理小说创作多从"犯罪者"而非侦探的视角展开叙事,暴露出作者某种关于正义的想象方式。而在侦探与罪犯智力较量的过程中,其小说一方面充满了对于专业知识(如数学、物理、化学、法医、刑侦等)的想象与执迷,即所谓"高智商犯罪";另一方面,相较于现场物证与监控录像等经验理性,小说中更多呈现出对于逻辑推理的信赖,即所谓"推理之王"破解"无证之罪"。在上述两重意义上,紫金陈的"社会派"推理小说其实是去社会化与非现实性的,其虽然并非追求传统意义上的"本格派"诡计与"不可能犯罪",但仍不脱游戏性与幻想性写作的范畴。此外,紫金陈对于小说易读性的追求,将"小说"降格为"故事",部分损失了其文学的复杂性,而相关网剧改编的成功,也正是在这个意义上弥补了小说本身的不足。

【关键词】 紫金陈;推理小说;《无证之罪》;《坏小孩》;《长夜难明》

紫金陈早期的文学创作情况相对比较驳杂,既有都市言情小说《爱不明白》(大众文艺出版社,2005年,署名"陈陈"),也有表现股票市场和商战题材的《少年股神》(当代中国出版社,2007年)与《资本对决》(中国工人出版社,2009年),还有校园怪谈风格的《禁忌之地》(江苏文艺出版社,2011年,该小说网络版原名为《浙大夜惊魂》)。而真正让紫金陈走入大众读者视野并获得广泛关注的文学类型还是推理小说,从"高智商犯罪"系列〔按故事发生先后顺序,包括《设局》(贵州人民出版社,2014年)、《高智商犯罪1:死神代言人》(同

[①] 作者简介:战玉冰,男,复旦大学中文系青年副研究员,主要研究方向为类型文学与电影、数字人文等。

心出版社,2013年)、《高智商犯罪2:化工女王的逆袭》(中国电影出版社,2014年),该系列网络版原名为"谋杀官员"系列,共有四部〕,到"推理之王"系列〔包括《无证之罪》(湖南人民出版社,2014年)、《坏小孩》(湖南文艺出版社,2014年)、《长夜难明》(云南人民出版社,2017年)〕,以及非系列的悬疑推理小说《追踪师:隐身术》(中国友谊出版公司,2018年)和喜剧悬疑小说《低智商犯罪》(天津人民出版社,2020年)等等。特别是"推理之王"系列小说网剧改编〔分别为《无证之罪》(2017年)、《隐秘的角落》(2020年)和《沉默的真相》(2020年)〕的成功,不仅让紫金陈及其小说创作获得了更多的关注,也一度引发了国产悬疑剧的拍摄与制作热潮。

"犯罪者"视角下的"罪案叙事"

和传统侦探小说多从侦探或侦探助手的视角出发,来逐步揭开整个案件谜团不同,紫金陈的很多推理小说创作,都是从"犯罪者"视角展开的"罪案叙事"。比如《设局》和《高智商犯罪2:化工女王的逆袭》两部小说,都是在清楚地讲完了徐策或陈进的犯罪过程后,再开始讲警方的调查与侦破故事。从这个意义上来说,紫金陈小说中的"罪案叙事"并非如克拉考尔所说的"解谜只为猜谜的过程"[①]。而是在他的小说里,"罪案"本身即具有独立被讲述的意义和价值。甚至这些小说在纸质书出版时也被统称为"高智商犯罪"系列,其命名背后已然体现出了对于"犯罪过程"的强调。

从小说实际情节内容上来看,这两部小说中犯罪故事的篇幅也要远超过破案故事的篇幅,犯罪者(徐策或陈进)无论在智力水平、专业知识、心理素质,还是人物塑造丰富性等层面上,都要远胜于侦探/警察(高栋或王格东)。甚至在小说《设局》中,犯罪者徐策竟然成为警察高栋的"顾问",这也就意味着其不仅亲手制造了罪案,还在相当程度上参与并操纵了查案过程的展开和进行。而《高智商犯罪2:化工女王的逆袭》中的犯罪者陈进,也不仅严格按照计划实

---

① 〔德〕西格弗里德·克拉考尔:《侦探小说:哲学论文》,黎静译,北京:北京大学出版社,2017年版,第119页。

施复仇、杀死仇人,最终还通过在法庭上的公开"表演"反转来完成对"仇家"的永久性震慑和威胁。而在这本书的封底宣传语上,也刻意凸显了这是一部"'反类型'罪案小说"[①],这里"反类型"所指的正是本文所分析的从犯罪者视角出发的"罪案叙事"及其相应的写作策略。

进一步来说,作者在书写这两个罪案故事时,其感情倾向也更偏于"犯罪者"徐策和陈进一方,其中不仅有对他们知识和智力方面的渲染,也有对其复仇动机的同情。而这一书写倾向其实也暴露出作者本人的某种关于正义的想象方式,毕竟在小说中,徐策和陈进都是为报"私仇"而设计连环杀人,但这种"私仇"显然又切中了某种社会公共正义缺失的读者心理,进而获得了类似"爽"感的阅读体验。参照邵燕君等学者的概括,作为中国网络文学核心概念之一的"爽","特指读者在阅读网络小说时获得的爽快感和满足感"[②]。而与读者层面的"爽"相对应的网络文学概念就是作者层面的"YY",其"泛指一切超越现实的想望,即'白日梦'"[③]。对应到小说文本内部,"YY"即指小说中徐策或陈进无所不能的犯罪技能、天衣无缝的罪案设计,以及其对整个事态发展过程与结果的充分掌控感。需要说明的是,本文在这里用网络文学的"爽"与"YY"等概念来分析紫金陈的"高智商犯罪"系列小说,一方面想指出紫金陈的这一系列小说最早发表于天涯论坛"莲蓬鬼话"版块,天然自带网络文学的"爽文"属性;另一方面,也是想借网络文学的"YY"与"爽"等概念来试图矫正一般将紫金陈的推理小说归为"社会派"的说法,起码从其早期的"高智商犯罪"系列来看,这些作品更多仍处于幻想性文学,甚至"爽文"的范畴之中,而非立足于社会现实基础之上的罪案写作。

类似的,在《坏小孩》中,张东升杀死岳父、岳母、妻子,与朱朝阳、丁浩、普普三个孩子的"罪恶滋长"两条"罪案"故事线彼此交织,构成了小说的主体情节:从几个孩子不小心"窥见"案发真相,到他们试图借此勒索犯罪者;从朱朝阳一时激情杀死了自己同父异母的妹妹朱晶晶,到利用张东升杀死自己的亲

---

① 紫金陈:《高智商犯罪2:化工女王的逆袭》一书封底,北京:中国电影出版社,2014年版。
② 邵燕君主编:《破壁书:网络文化关键词》,北京:生活书店出版有限公司,2018年版,第227页。
③ 邵燕君主编:《破壁书:网络文化关键词》,北京:生活书店出版有限公司,2018年版,第224页。

生父亲朱永平和后母王瑶;再到其最后刻意制造的案发现场与日记……"犯罪过程"才是这部小说所要表现的核心和重点,而侦探严良的查案故事线在《坏小孩》中基本只是起到了一点补足情节完整性的有限功能。而在《无证之罪》中,朱慧如与郭羽杀死"黄毛"的过程以及骆闻破坏现场的手法都被作者以全知视角事先交代清楚,之后再转入严良侦察、破案的故事情节。小说中对于警方而言的"无证之罪",对于读者来说却恰恰是"无所不知"的(除了最后才揭露出来的骆闻连环杀人的真正动机之外)。直到小说《长夜难明》,虽然这部小说是以警方查案、以逐渐揭开张超"杀害"江阳案与十年前侯贵平案的真相为故事主体框架,但整个查案的过程其实也是被张超等四人通过犯罪的方式所牵引着展开来的。"罪案叙事"在"推理之王"三部曲中仍然构成了这些小说最重要的情节主体,甚至我们如果称这一系列小说为"犯罪之王",似乎也不为过。但由于紫金陈在"推理之王"三部曲中或者加入了双雄对决的情节模式,或者开始关注少年成长、留守儿童保护、儿童性侵与反腐等社会批判性议题,进而使得这一系列小说呈现出较之"高智商犯罪"系列情节更为复杂,或者书写更为严肃、成熟的面貌特征。

  简单总结来说,紫金陈早期的"高智商犯罪"系列小说创作与其说是书写破案过程的侦探/推理小说,不如说更是关注犯案过程本身的"罪案叙事"。而在小说书写过程中,作者的情感态度与书写方式也暴露出其关于正义的想象方式与该系列小说的幻想性文学本质属性。而结合这些小说最初发表于天涯论坛,后来才以纸质图书的方式出版这一媒介形式转变的前后历程,我们完全可以借助网络文学中"YY"与"爽"等概念范畴来指认这些小说中的正义想象,甚至不妨说这些小说在相当程度上具有网络"爽文"的特质。而在其后来更为成熟的"推理之王"系列小说中,"罪案叙事"仍然构成了这些小说的情节主体,但几部小说中书写"罪案"并不再仅仅是为了"YY"和"爽",而是有着更具现实性关怀和社会性批判的具体指向,因此这些小说也呈现出较之前作更为复杂和严肃的面貌特征。

"高智商犯罪":专业知识的想象与执迷

紫金陈笔下的"犯罪者"或侦探,几乎全部都具有关于某项领域极为专业的知识或技能。从《设局》中精通犯罪心理学与数理逻辑学的徐策,到《高智商犯罪2:化工女王的逆袭》中的"化工女王"甘佳宁与化学博士陈进;从《高智商犯罪1:死神代言人》中具备强大反侦察能力的白象县刑侦副局长李卫平,到《追踪师:隐身术》中掌握了最先进的监测、追踪与定位科技手段的电子安防技术负责人夏明;从《无证之罪》中"法医和物鉴两项业务的双料全能专家"[1]骆闻,到《长夜难明》中集合了律师、检察官、刑警、法医四种专业身份背景的"犯罪团伙";甚至在关注儿童犯罪题材的《坏小孩》中,男主角朱朝阳虽然只是一名初中二年级学生,但在小说中也被设定为"数学已经足够好了,几乎都考满分"[2]的"学霸"……在并不算夸张的意义上来说,他们都是数学、物理、化学、法医、刑侦、诉讼等方面的"专家"。此外,这些小说中的"犯罪者"也多半具有超高的智商,比如《高智商犯罪2:化工女王的逆袭》中的陈进就被设定为"智商一百六的博士"[3]。概而言之,除了以喜剧悬疑为底色的小说《低智商犯罪》之外,紫金陈的所有推理作品几乎都可以称得上是"高智商犯罪"。

而当这些智商过人的专业知识掌握者在面对自己的专业知识时,也多是来源于发自心底的热爱。比如《高智商犯罪1:死神代言人》中有着"逻辑王子"之称的徐策,在美国投行拿到丰厚工资的同时,仍旧坚持在大学教书,按照他自己的说法,这是"回归我本科的老本行,数理逻辑",并且他"工作有时候并不是单纯为了金钱,大学教课是我兴趣"[4]。类似的,《坏小孩》中的朱朝阳也是"从心底特别喜欢数学,解难题不是单纯为了考试,而是一种愉悦感"[5]。由此,紫金陈小说中的这些主人公就形成了具有超高智商、热爱某一领域专业知识,

---

[1] 紫金陈:《无证之罪》,长沙:湖南人民出版社,2014年版,第65—66页。
[2] 紫金陈:《坏小孩》,长沙:湖南文艺出版社,2014年版,第10页。
[3] 紫金陈:《高智商犯罪2:化工女王的逆袭》,北京:中国电影出版社,2014年版,第7页。
[4] 紫金陈:《高智商犯罪1:死神代言人》,北京:同心出版社,2013年版,第64页。
[5] 紫金陈:《坏小孩》,长沙:湖南文艺出版社,2014年版,第10页。

并充分、熟练地掌握该项知识的"三位一体"式人设。

在世界侦探小说的人物谱系中，对于这样的人物形象我们其实并不陌生，从福尔摩斯对于冷僻知识的掌握和对侦探技能的痴迷，到阿加莎·克里斯蒂笔下热衷于运用"小小的灰色脑细胞"的侦探波洛，甚至还包括东野圭吾笔下的帝都大学物理系教授汤川学……这类"天才""痴人"与"专家"三重特征兼具的侦探形象可谓比比皆是。关于侦探小说中这一类侦探人物形象的塑造，正如克拉考尔在《侦探小说：哲学论文》一书中所指出，在现代社会中宗教逐渐从人们的日常生活与精神世界中隐退，理性取而代之成为新的宗教与上帝。而在侦探小说中，面对理性这个现代社会的上帝，"侦探也被借予修道士的品质"，他是理性在小说中的代言人，甚至可以"作为理性的人格化"[①]。而克拉考尔在这里所说的"理性"，大概可以分解为使用理性的运思方式、遵循严格的逻辑链条与占有丰富的专业知识等几个层面[②]。但需要注意的是，紫金陈小说中这类"三位一体"式的人设，更多出现在犯罪分子，而非侦探/警察的身上，在某种意义上来说，这可以视为对传统侦探小说理性精神的某种颠倒或错位。

这种小说中的颠倒或错位当然与紫金陈的推理小说以"罪案叙事"为主体的写作方式有关，而其同样也暴露出作者在进行正义想象的同时，对于作为正义承担主体的"犯罪者"的另一番"知识想象"。简单来说，兼具正义使命与犯罪行为的小说主人公，被设定为专业知识和理性思考能力的拥有者，从而具有了展开行为实践（伸张正义/实施犯罪）的能动性，而其所对抗的对象，正是由权力、资本、社会关系、亲情伦理，乃至身高体力等方面所构成的压迫性力量，因此知识和理性就成了这些"弱势"一方所拥有的最强大的武器。比如《坏小孩》中相对于小孩子而言的成年人（朱永平、王瑶、张东升），就具有体力上的优势；而相较于家庭条件优渥的妻子一家，作为上门女婿的张东升则在社会关系、家庭关系、财产能力等方面均处于弱势。对此，已有评论者敏锐指出："大多数观众会把剧（按：指《隐秘的角落》）中的两个主人公张东升和朱朝阳视为

---

① [德]西格弗里德·克拉考尔：《侦探小说：哲学论文》，黎静译，北京：北京大学出版社，2017年版，第82、119页。

② 战玉冰：《早期侦探小说中的理性精神》，《太原师范学院学报（社会科学版）》2021年第1期。

彼此的镜像：张东升是成年的朱朝阳，朱朝阳是少年的张东升。"[1]这里虽然说的是根据《坏小孩》改编的网剧，但结论也同样适用于小说本身。张东升与朱朝阳两个人都热爱数学，且都在家庭关系中遭受压迫和创伤。而小说中张东升正是通过自己的贪欲、算计与城府，杀死了自己的岳父、岳母和妻子，朱朝阳最终也是凭借某种心思、谎言与恶念，摧毁了表面上比他更为强大的成年人。对此，朱朝阳就曾明确说道，"在成年人眼里，小孩子永远是简单的，即便小孩会撒谎，那谎言也是能马上戳穿的。他们根本想象不到小孩子的诡计多端，哪怕他们自己也曾当过小孩"，"成年人眼里，刚出生的婴儿到十几岁的学生，他们都一概视作小孩。几岁大的小孩当然很简单，撒的谎也很容易识破，可是到了十几岁，小孩已经不再单纯了，可是他们还是把小孩想象得很简单"。[2] 小孩子身体上的"不成熟"与内心世界的"过度成熟"之间构成了某种反差感，而这种强弱力量的对比与心底里滋生出来的恶念，最终导致了令人意想不到的颠倒和心生寒意的结局。

　　甚至在《无证之罪》和《长夜难明》等小说中，当直接使用理性的力量仍不足以达到主人公伸张正义的目的时——比如《无证之罪》中骆闻拥有最高超的物鉴技术和充沛的警界资源，但仍不能找出杀害自己妻女的凶手，而《长夜难明》中拥有足够的法律知识与刑侦能力的江阳、朱伟等人，也无法真正揭露出当年侯贵平案的幕后真相和权力腐败——于是，他们只能凭借自己的高智商与专业知识来制造罪案，通过惊天的罪案引发社会的关注，从而曲线抵达自己的真实诉求。在这里，"犯罪"成了"犯罪者"实现另一目的的手段，而理性设计与专业知识则成为"手段之手段"。理性不再是现代知识人昂扬的内在主体性的充分显现，而是其拼命在社会中挣扎与生存的"最后一根稻草"。紫金陈小说中正义的"不张"引发了知识的"扭曲"，原本是为侦探破案所使用的知识、技能、理性、逻辑等武器在这里却沦为了犯罪者变相伸张正义/展开犯罪的工具，其中的变形及其所引发的讽喻效果也由此得到更深层的凸显。

---

[1] 林秀：《〈隐秘的角落〉：恶的诞生与压抑》，《艺术评论》2020年第10期。
[2] 紫金陈：《坏小孩》，长沙：湖南文艺出版社，2014年版，第51页。

换个角度来看,我们在紫金陈"高智商犯罪"系列小说的正义想象方式中,也可以捕捉到一些混入其中的武侠小说文类特征。简单来说,我们完全可以把其小说中犯罪者所拥有的高智商和专业知识、技能置换理解为武侠小说中侠客们的"骨骼精奇""天赋异禀",以及通过修炼秘籍所获得的"盖世武功"。只不过因为小说中故事发生的背景由传统江湖转移到了现代都市之中,因此,侠客们身体能量层面的"武功过人",也就相应被转换为精神能量层面的高智商与专业知识。也就是说,紫金陈笔下的"高智商犯罪"其实不过是一种以"高智商"为手段的"以暴制暴"。陈平原教授在《千古文人侠客梦》中,曾分析过武侠小说"快意恩仇"的类型特点,并借此比较了武侠小说与侦探小说之间的文类差异,其中很重要的一点即在于正义伸张主体与其中渗透的法制观念的不同——"至于武侠小说中着意渲染的'快意恩仇',用法制观念来衡量,本身就是不可饶恕的'犯罪'"①。而紫金陈"高智商犯罪"系列小说中的徐策或陈进,或者是"推理之王"系列中的骆闻或张超,也正是通过违法犯罪的方式来伸张正义的。当然,本文这里引入武侠小说的类型维度来观照紫金陈推理小说中的"罪案叙事",除了在其叙事方式与法制观念层面寻找相似性之外,还有两个原因:一是在于紫金陈早期小说创作的确深受武侠小说写法的影响,比如其《少年股神》与《资本对决》两部小说,就都曾被读者明确指认是在用古龙武侠小说的手法来写股市和商战,武侠式的写法或思维对紫金陈而言是驾轻就熟的,甚至可以说构成了他的某种创作无意识;二是陈平原所指出的武侠小说中"快意恩仇"的类型特征,其中"快意"本身即对应着网络文学中的"YY"与"爽",前者是作者创作时的"快意",后者是读者阅读时的"快意"。这也反过来印证了本文前面所分析过的"高智商犯罪"系列小说所具有的"爽文"特征。

"无证之罪":紫金陈小说的去社会化与非现实性

如前文所述,把小说主人公想象为理性主体与知识主体,以理性和知识的

---

① 陈平原:《千古文人侠客梦:武侠小说类型研究》,北京:北京大学出版社,2018年版,第127页。

力量对抗社会上的种种压迫和不公,构成了紫金陈推理小说的基本模式。更为有趣的地方在于,紫金陈在对待理性本身的态度上,也对经验理性(物证、监控视频)和逻辑理性做出了严格区分,并且在两者中更倾向于后者[①]。这其中最明显的例子就是《无证之罪》中骆闻与严良之间的对决,犯罪者骆闻作为法医与物鉴两个领域的专家,"凭他的专业技能,完全可以做到不留下任何证据"[②]。对于这样的"无证之罪",严良唯一的破解方法就是像解高次方程一样采取"代入法":

> 严良道:"无论高中还是大学,非数学系的学生,能接触到的最多是四次方,不会接触到五次方以上的高次方程。平方、立方、四次方的方程,都有现成的公式代入,能算出答案。而高次方程,现代数学很早就证明了,高次方程——无解。没有现成的公式可以直接求解。那么数学上该如何求解高次方程呢?办法只有一个,代入法。你先估摸着假定某个数是方程的解,带入方程中运算,看看这个数是大了还是小了,如此反复多次,才能找到方程的解,或者,找到最接近方程解的答案。"
>
> 赵铁民疑惑道:"可是这跟案子有什么关系?"
>
> "破案也是同一个道理,大部分案子都很简单,就像四次方以内的方程,通过调查取证,把各种线索汇集到一起,按照固定的常规破案套路,就像代入公式,马上能得到嫌疑人是谁。可是这次案子不同,凶手很高明,案发后留下的线索不足以推理出谁是嫌疑人。这就像我说的高次方程,没有公式可套,常规办法无法找到答案。"
>
> 赵铁民微眯着眼:"常规办案手法找不出嫌疑人,那你的意思?"
>
> 严良用粉笔在黑板上快速地写下三个字——"代入法"。[③]

[①] 本文这里所提出的"经验理性"与"逻辑理性",并非在严格的哲学意义上使用这两个概念,而只是对紫金陈小说中经常出现的现场物证和逻辑思考两项内容所进行的简单概括,特此说明。
[②] 紫金陈:《无证之罪》,长沙:湖南人民出版社,2014年版,第277页。
[③] 紫金陈:《无证之罪》,长沙:湖南人民出版社,2014年版,第207—208页。

我们姑且不论小说中的"代入法"是否真的符合警方调查程序，以及是否可以获得唯一且准确的答案。但小说最后严良战胜骆闻，大概可以理解为逻辑之于物证的一次胜利，或者说是逻辑理性之于经验理性的一次胜利。正如前文所述，紫金陈推理小说中的犯罪嫌疑人或侦探多具有超于常人的专业知识，但进一步细究下来，我们不难发现，这些专业知识竟然最为集中在数学领域。比如《高智商犯罪1：死神代言人》中的"外援"侦探徐策就被设定为"数理逻辑"专家，其人虽然远在美国，但却可以通过严密的逻辑推理帮助警方远程推演案情并发现真相；类似的，"推理之王"三部曲中的侦探严良辞职后也是在浙大数学系任教，因此才有了上面引文中一番将破解"无证之罪"类比为求解高次方程的对话内容；甚至在《坏小孩》中，成年犯罪者张东升和少年犯罪者朱朝阳分别被设定为数学老师和每次数学考试都几乎满分的学生……我们大概可以说，数学天才或数学专家是紫金陈推理小说中出现频率最高的人物类型。有趣的地方还在于，相比起物理、化学、刑侦、诉讼等更具实践性、功用性的专业知识，数学是更为理论化和抽象化的，而这些掌握了大量数学知识的犯罪者／侦探，进入具体的犯罪／破案过程中，其所具有的数学才能就相应转化为严密的逻辑推理能力。这也正是紫金陈最为著名的系列推理小说被命名为"推理之王"的原因，其中作为线索性人物的侦探严良正是最擅长数学／逻辑推理的大学数学系教授。而这种强调侦探具备逻辑推理能力的类型文学传统，我们当然不陌生，在世界侦探小说历史上，这方面最具代表性的例子首推福尔摩斯的"演绎法"，即如福尔摩斯自己所说："逻辑学家从一滴水就能推测出它是来自大西洋还是尼亚加拉瀑布的，而无须亲眼见到或听说过大西洋或尼亚加拉瀑布。生命就是一条巨大的链条，只要见到其中的一环，我们就可以推想出整个链条的特性。"[①]

对于逻辑理性的推崇与经验理性的不信任，导致紫金陈推理小说中案发现场的物证与监控录像往往是不可靠的。比如在《高智商犯罪1：死神代言人》中，警方一直陷入的查案困境就在于凶手到底是如何在布满监控的高速公路

[①] ［英］阿瑟·柯南·道尔：《血字的研究》，收录于《福尔摩斯探案全集》，王逢振、许德金译，北京：中央编译出版社，2013年版，第6页。

上让一辆车凭空消失的？原本是提供现场证据并锁定凶手动线的监控视频，最后反倒成为被凶手利用来迷惑和困扰警方的"障眼法"。同样也是在这篇小说中，案发现场指认林小峰犯罪的物证已经足够丰富，但这其实也不过是真正的犯罪者伪造出来的假象，最后还要依靠徐策近乎数学般的推理才得以解开整个案件的真相。这里隐藏的"潜台词"在于，所谓物证其实并不可靠，物证可以伪造，但逻辑却是不可伪造的，逻辑才是通往真相的唯一路径。类似的，在小说《高智商犯罪2：化工女王的逆袭》中，紫金陈同样为警方设置了一个监控困境——凶手是如何进入并离开一条两头都是监控的胡同的？小说中的犯罪者陈进更是刻意反过来利用了警方最善于利用的监控录像，来给警方查案制造困难，同时也给自己制造了不在场证明："最好的不在场证明，是让凶手在犯罪的时候出现在另一处地方的监控中，警方破案最依赖监控，如果有监控作证，那就万无一失了。"[①]而在小说《追踪师·隐身术》中，所谓最现代的监控、定位、追踪设备，更是被"内行"专家夏明和沈研等人所操纵，原本最为严密的技术，却反过来成了最大的漏洞与破绽。

除了监控录像之外，另一个更为传统且不易被察觉到的经验理性产物就是日记，作为每日记录生活点滴的文字性载体，日记一般具有对过往经验的某种确证性功能，或者可以视为对过往经验的某种固定和型塑。而在《坏小孩》中，原本是作为经验记录的日记最后却成为朱朝阳刻意作伪、并使自己洗清嫌疑的手段。甚至他还有意误导警察，让警察将日记作为经验性查证的依据：

"你们是从什么时候开始接触的？"

"上个月。"

"上个月什么时候？"

朱朝阳回忆了一下，道："暑假刚开始的时候，具体哪天我记不得了，我要看看日记才知道。"

"日记？"

---

① 紫金陈：《高智商犯罪2：化工女王的逆袭》，北京：中国电影出版社，2014年版，第166页。

"我每天写日记,所有事我记在日记里。我记不得了,我好累,叔叔,我想睡觉,我不要待在这里,我要回家,我要回家!"①

在这段看似简单的问询对话中,朱朝阳巧妙借助个体记忆的遗失而引出日记,并通过不断强调自己记忆的不可靠与不准确来引导警察去阅读日记、信任日记并依靠日记。在这里,日记和前文中所举的监控录像与现场物证一样,原本是最牢不可破的经验性证据,最后却成为犯罪者作伪的工具和手段。由此,我们大概可以得出以下结论:在紫金陈的推理小说中,逻辑理性是比经验理性更为有效且可靠的,经验可以伪造,但逻辑却不能伪造。而这一观点,也是为当今国产推理小说,特别是"本格派"推理小说所普遍推崇和奉行的。虽然紫金陈曾多次强调自己的推理小说写作与"本格派"推理小说之间的不同:"我是一个推理作家,但是和国内其他推理作家不一样,我只是以推理作为手段来讲真正的故事内核,而不会专门去写一个'不可能的犯罪'。我并不想写给专门看推理小说的读者看,我将自己的作品定位为推理方面的大众通俗小说。"②而从实际创作情况来看,紫金陈的推理小说也确实与我们一般所理解的"本格派"推理小说有明显不同。但在强调逻辑理性而非经验理性这一点上,紫金陈的推理小说却又和大多数"本格派"推理小说具有高度的一致性。

如前文所述,这当然是对福尔摩斯小说传统的继承,但在作为侦探小说源头性作品的"福尔摩斯探案"故事中,侦探福尔摩斯不仅有根据一滴水而推演出整个瀑布的强大的逻辑推理能力,也有着强大的现场搜证能力,毛发、脚印、血迹,都是福尔摩斯查案时最为关心的线索和证据。而当代推理小说写作对福尔摩斯逻辑与推理传统的继承与发扬,以及其同时对福尔摩斯物证与经验传统的抛弃,都进一步表明了当代推理小说幻想性与游戏性的本质属性,也在某种程度上印证了从"侦探小说"到"推理小说"的文类命名转向。从这一点来看,紫金陈虽然没有写"××馆"一类的完全非现实性、非经验性与去历史化的"本格派"/"新本格派"推理小说,但其在"社会派"旗帜之下的推理小说创作,

---

① 紫金陈:《坏小孩》,长沙:湖南文艺出版社,2014年版,第392—393页。
② 胡兮兮:《紫金陈:我不会去写一个"不可能的犯罪"》,《方圆》2020年第12期。

在相当程度上来说仍是去社会化的。

余论：推理性、故事性与文学性

如何使一部逻辑严密、推理硬核的推理小说同时也是一部具有文学性价值的作品？是一个长期以来很难被回答的问题。与此同时，另一个也经常被拿来讨论的相关问题则是，在保持推理的硬核和故事的流畅两方面，应该如何取舍？将两个问题合并来看，就是在一部推理小说中，如何保持推理性（游戏性）、故事性与文学性三者之间的平衡。对此，紫金陈似乎有着自己肯定的立场和回答："许多创作者写作时认为人物是最重要的，但是我个人认为，情节好看是第一位的。故事一定要吸引人，而人物是为推动情节服务的。情节、人物二者兼有当然好，若是只能取其一的话，我会将情节放在首位。而文笔，就放在第三位。"[①]这一说法背后包含了他对于很多读者诟病其小说"文笔不好"的某种回应。当然，一部作品文学价值的高低绝不仅仅在于所谓"文笔好坏"，而在于其文学文本本身所能提供的阐释空间的复杂性与丰富性。在这个意义上来说，紫金陈将自己的小说"降格"为"故事"，其实是有损于其中的文学性的，而很多读者所批评的"大纲式写作"虽然说法不免有些过于严苛，但也正是抓住了其作品在这方面存在的一些问题，即其小说所提供的丰富性不足——这里并不是说紫金陈小说的情节不够曲折复杂，而是其小说缺少情节之外的意涵和余味。

此处仅举一个方面的例子来略作说明，在紫金陈最具代表性的"推理之王"三部曲中，几乎少有空间地景方面的描写，小说故事一律发生在以杭州、宁波等为原型的虚构城市——杭城、宁城或江城中。而对于这些城市本身的气候环境、街道建筑与人文风貌，我们通过小说近乎一无所知。大概只有在《无证之罪》中，小说才略为提及了一点时令和气候方面的细节：

[①] 胡兮兮：《紫金陈：我不会去写一个"不可能的犯罪"》，《方圆》2020年第12期。

夏季的白天总是格外长,晚上7点,日头恋恋不舍地抛下最后一片余晖,一天的燥热正在慢慢冷却。

　　城西的一条河边,此刻,几个老人正坐在小板凳上纳凉闲话。前面,一对年轻夫妇牵着一条贵宾犬,慢吞吞地闲逛。旁边有个四五岁的小女孩看到小狗,想跑过去逗玩,被她严肃的母亲喝止住了。再往前,公交车站旁有对大学生情侣似乎正在闹矛盾。

　　整个城市的生活因夜的到来而放慢了节奏。①

　　……

　　高温依旧在肆虐。②

　　而这些描写,除了在情节推进层面能够产生缓冲与调剂的效果(所谓"一张一弛")之外,其实也并不能生产出额外的意义和理解。"推理之王"系列三部小说给读者更多的感受是作者擅长讲述一个跌宕起伏、扣人心弦的犯罪故事。相比之下,根据这三部小说所改编的网剧则纷纷在小说文本的基础上做了"加法",增添了很多看似与"罪案叙事"本身关系不大的细节。比如同名网剧《无证之罪》,就将案发地点放到了东北,其不仅在推理诡计层面将"泥地脚印"替换为"雪地脚印",更借助于东北冬天寒冷严酷的气候来渲染罪案本身的悬疑和肃杀氛围。类似的,根据小说《坏小孩》改编的《隐秘的角落》,也突出了湛江作为沿海小城,在盛夏梅雨时节所带来的湿热、黏腻和躁动不安等感受。根据《长夜难明》改编的《沉默的真相》则充分利用重庆空间地景的丰富性和魔幻感,强化了事件本身所带来的震惊感与悬疑性。概括来说,在这几部网剧中,城市地景环境都不是可有可无的背景性存在,而是无一例外地构成了剧集中重要的基本叙事语法。这也正是"推理之王"系列网剧改编较之小说原作更具文学性的地方。当然,其中还包含了视觉媒介较之文字媒介所更具优势的、更为直观的表现方式等其他复杂因素。但反过来说,如何在讲好故事的同时,充分利用一切文学元素为故事本身增添有效的意义,或许也是当代所有推理

---

① 紫金陈:《无证之罪》,长沙:湖南人民出版社,2014年版,第13页。
② 紫金陈:《无证之罪》,长沙:湖南人民出版社,2014年版,第34页。

小说作者们所需要考虑的重要问题。

  总结来说,紫金陈的推理小说创作多是从"犯罪者"而非侦探视角展开的"罪案叙事",暴露出作者某种关于正义的想象方式,而这种正义想象方式的背后,既受到网络文学"爽"感追求的影响,也有武侠小说类型融入的痕迹。在侦探与罪犯智力较量的过程中,紫金陈小说一方面充满了对于专业知识(如数学、物理、化学、法医、刑侦等)的想象与执迷,即所谓"高智商犯罪";另一方面,相较于现场物证、监控录像与日记等经验性证据,其小说中更多呈现出对于数学与逻辑推理的信赖(二者本身就是一体两面的关系),即所谓"推理之王"破解"无证之罪"。在上述两重意义上,紫金陈的"社会派"推理小说其实是去社会化与非现实性的,其虽然并非追求传统意义上的"本格派"诡计与"不可能犯罪",但仍不脱游戏性与幻想性写作的范畴。甚至我们可以说,游戏性与幻想性在相当程度上构成了紫金陈,乃至中国当代推理小说的主流,不论是所谓"本格派"还是"社会派",莫外于此。最后,紫金陈对于小说故事性、流畅性、易读性的追求,将"小说"降格为"故事",都部分有损于其小说文本的复杂性和文学性,而相关网剧改编的成功,也正是在这个意义上弥补了小说本身的不足。

福迩摩斯在香港
——莫理斯笔下的福尔摩斯故事改编

魏 艳[①]

【摘 要】 香港作家莫理斯于2020年及2022年分别出版了《香江神探福迩,字摩斯》的第一卷及第二卷。故事为福尔摩斯故事的巧妙仿作,将英国名侦探福尔摩斯与其搭档华生医生搬到晚清时期的香港,并本土化为来自满洲的福迩与福州人华笙医生。本文分析这一系列本土化策略的两大特色:声音运用及社会史书写。声音方面的写作策略包括利用谐音来呼应原著,及借助不同方言的同音异形特征让声音成为线索。同时,在对福迩探案过程的描写中将虚构案件与真实历史人物、香港街道掌故与社会习俗穿插在一起,以小见大,还原了香港在晚清中西交流史中的独特地位,呈现了一幅晚清香港华洋杂处、众声喧哗的社会图景。

【关键词】 本土改编福尔摩斯故事;香港文学;声音运用;晚清香港

《香江神探福迩,字摩斯》(两卷,之后简称《香江神探》)是香港作家莫理斯(Trevor Michael Morris,1965—)近两年创作的福尔摩斯故事仿作(pastiche),故事以晚清香港为背景,讲述了来自满洲的名侦探福迩与福州人华笙医生自1881到1894年间的十二个探案故事。无论是主要人物还是情节,《香江神探》均与柯南·道尔的福尔摩斯原著巧妙对应,但又深富本土性,将晚清香港历史与掌故穿插其中,探案之余也展现了故事背后宏大的晚清政治变革与香港这座城市中西兼备的特色。本文以《香江神探》的故事为例,分析其声音运用及晚清香港社会史书写这两大特色。文章分为四个部分,第一部分为福尔摩斯故事改编的当代脉络及《香江神探》的创作概要,第二与第三部分分别从声音

[①] 作者简介:魏艳,女,香港大学中文学院助理教授。

运用及社会史的角度讨论具体作品,第四部分为结语。

一、《香江神探》的概况及当代福尔摩斯故事改编脉络

作为最经典的文学神探,福尔摩斯历来是影视文学改编的热门人选,[①]在当代仍不断有各种改编及同人之作。如BBC制作的电视剧《新世纪福尔摩斯》将福尔摩斯与华生的生活由维多利亚时代搬到当代伦敦,华生改用博客来记录案情;美国CBS电视台播出的《基本演绎法》中福尔摩斯生活在现代美国,华生则改为女性,由亚裔美国演员刘玉玲扮演;又如美国作家雪莉·托马斯所著《福尔摩斯小姐》系列中将福尔摩斯改为女性……在这些改编中,福尔摩斯或从当代日常生活中看出端倪,进行逻辑演绎,福尔摩斯的形象也变得更为时尚,性格上注入些许"神经质"的成分,或加入后现代的"反英雄"的愤世嫉俗个性,这些改编均让新一代偏爱复杂人性的观众更容易代入并有新鲜感。[②] 也有的改编受当代流行话语影响,或从性别出发,暗示福尔摩斯与华生的"兄弟情",或注重性别平等,女性也有可能成为福尔摩斯或他的助手。这些不断的改编凸显了福尔摩斯故事在当代仍有旺盛的生命力。

另一边厢,自福尔摩斯故事最早于1896年9月由《时务报》译介到中国,本土侦探小说也有各种福尔摩斯故事的仿作。1904年12月18日至1907年1月25日,冷血(陈景韩)先后在《时报》上发表了四篇福尔摩斯来华探案的滑稽短文,借福尔摩斯来华断案失败来嘲讽本地陋习。[③] 民国时期,勒布朗的亚森罗苹系列故事非常流行,本土作家也常模仿其笔下福尔摩斯与亚森罗苹斗法

[①] 根据2015年吉尼斯世界纪录,福尔摩斯是最频繁被影视改编的文学人物。

[②] Ashley D. Polasek: "Surveying the Post-millennial Sherlock Holmes: A Case for the Great Detective as A Man of Our Times", *Adaptation* Vol. 6. No. 3, pp. 384—393.

[③] 对这一作品的介绍可见拙作《福尔摩斯来中国》(北京:北京大学出版社,2019年版,第175页)。有关清末民初福尔摩斯故事的本土仿写作品整理,见战玉冰编:《福尔摩斯中国奇遇记》,上海社会科学院出版社,2024年版。

福迩摩斯在香港——莫理斯笔下的福尔摩斯故事改编

模式,有的偏向渲染侠盗的神出鬼没,如张碧梧的《双雄斗智记》①及孙了红的《傀儡剧》(1923)②;有的不满勒布朗的安排,坚持正义必胜,如程小青的同人作品《角智记》(1917)③。就福尔摩斯探案故事而言,最著名的本土改编是程小青的代表作"霍桑探案"系列,其中霍桑与包朗的组合模式便对应着福尔摩斯与华生。但与欧美及莫理斯的当代仿作不同,"霍桑探案"系列皆为发生在民国上海的原创作品,与柯南·道尔原作并无直接的对应关系。

莫理斯的《香江神探》系列既延续了这些改编福尔摩斯的实践,也有不少创新之举,探索了西方侦探小说从内容与人物塑造上本土化的新方式。在分析该系列的具体内容之前,笔者先对作者及作品内容做简单介绍。

《香江神探》的作者为 Trevor Michael Morris（1965—）,笔名莫理斯。他出生于香港一个多元文化家庭。父亲有一半中国、一半威尔士血统,母亲则是一半中国、四分之一波斯、四分之一德国血统,妹妹是著名歌手莫文蔚,这样的混血成长背景使莫理斯能从一个中西文化比较的视野进行创作。莫理斯的中英文俱佳,此外,他的优势还在于其专业的法学知识训练与作为影视编剧的丰富经验。莫理斯成绩优异,1984 年赴英国剑桥大学修读法律,1988 至 1989 年修读博士学位期间,曾担任香港基本法咨询委员会研究员与翻译,还曾任香港大学法律学院客座副教授,从《香江神探》一书的多处细节中可见他对香港法律、英国法律、《大清律例》均十分熟悉。2001 年他回到香港,从事影视创作,如参与翻译并制作国家地理频道等平台的纪录片,给本地动画片《龙刀奇缘》(2005)编写剧本并担任监制,《龙刀奇缘》中的武侠元素也在《香江神探》中有所体现。除剧本外,莫理斯也创作专栏,在《文汇报》上开设《东拉西扯》专栏,比较中西文化。侦探小说方面,除了《香江神探》之外,他在香港侦探小说合集《侦探冰室·灵》与《侦探冰室·疫》上发表过三篇短篇小说。

---

① 关于该作品的介绍,见张璇《探与盗的对决》,2023 年 7 月 18 日《长江日报》11 版《悬疑之窗》专栏。
② 1943 年,孙了红将这个作品改写为《木偶的戏剧》。
③ 1942 年程小青重新将这个同人故事用白话文译写,并改名《龙虎斗:福尔摩斯与亚森罗苹的搏斗》。详细讨论,见拙作《福尔摩斯来中国》,第 234—240 页。

莫理斯的《香江神探》采取了类似高罗佩"狄仁杰"系列按侦探活动的时间顺序编排模式,以华笙的视角,按他结识福迩摩斯、一起探案及华笙娶妻生子的时间顺序展开,第二卷的结尾与柯南·道尔原作《最后一案》一样,福迩摩斯与他的对手日本间谍头子毛利安艺在长白山天池之巅决斗,之后被怀疑双双跌落瀑布,不知所终。按照莫理斯的计划,福迩摩斯仍会归来,还有两本甚至外传,"把时间线伸展到百日维新、八国联军等重大事件,一直到辛亥革命作为终结"①。该系列的第一卷《神探福迩,字摩斯》2017年7月由香港的万里机构出版,2020年3月北京时代华文书局引进了同名简体字版,2021年7月该书又再次由台湾远流出版公司出版,更名为《香江神探福迩,字摩斯》,2022年7月,第二卷《香江神探福迩,字摩斯2:生死决战》同样由台湾远流出版公司出版。② 已出版的两卷《香江神探》共十二个故事,每一个故事都与一则或几则柯南·道尔所著的经典福尔摩斯故事相对应,两个版本故事比对的基本资料如下。

莫理斯版本	故事发生时间及历史背景	柯南·道尔原作	故事发表时间	故事发生时间
《血字究秘》	1881年11月	A Study in Scarlet《血字的研究》	1887年	1881年3月4—7日
《红毛娇街》	1882年4月初	The Red-Headed League《红发会》	1891年	1887年10月29—30日
		The Adventure of the Veiled Lodger《戴面纱的房客》	1927年	1896年10月23日
		The Adventure of the Red Circle《红圈会》	1911年	1902年9月24—25日
		The Adventure of the Three Garridebs《三个同姓人》	1924年	1902年6月26—27日

---

① 莫理斯:《写给香港与福尔摩斯的情书——莫理斯的写作Q&A》,《香江神探福迩,字摩斯》,台北:远流出版公司,2021年版,第309—310页。
② 2022年11月24日至12月4日,香港剧场空间剧团曾将其改变为粤语话剧。

续表

莫理斯版本	故事发生时间及历史背景	柯南·道尔原作	故事发表时间	故事发生时间
《黄面驼子》	1883年4月复活节	*The Adventure of the Crooked Man*《驼背人》	1893年	1889年9月11—12日
		The Adventure of the Yellow Face《黄面人》	1893年	1888年4月7日
《清宫情怨》	1884年4月	*A Scandal in Bohemia*《波西米亚丑闻》	1891年	1887年5月20—22日
《越南译员》	1884年9月	*The Adventure of the Greek Interpreter*(《希腊译员》)	1893年	1888年9月12日
		The Adventure of the Engineer's Thumb(《工程师大拇指案》)	1892年	1889年9月7—8日
《买办文书》	1885年小暑	*The Adventure of the Stockbroker's Clerk*(《证券经济人的书记员》又译《株式伸买店员》)	1893年	1889年6月15日
《十字血盟》	1888年10月中旬	*The Sign of the Four*(《四个签名》)	1890年	1888年9月18—21日
《歪嘴皇帝》	1890年3月	*The Man with the Twisted Lip*(《歪唇男人》)	1892年	1887年6月18—19日
《驻家大夫》	1891年3月	*The Adventure of the Resident Patient*(《住院的病人》)	1893年	1886年10月6—7日
《舞娘密讯》	1892年入夏之际	*The Adventure of the Dancing Men*《跳舞的人》	1903年	1898年7月27—8月13日
《谍海潜龙》	1893年3月	*The Adventure of the Naval Treaty*(《海军协定》)	1893年	1889年7月30—8月1日
《终极决战》	1894年4月	*The Adventure of the Final Problem*(《最后一案》)	1893年	1891年4月24—5月4日

由上表可以看出，莫理斯改写的福迩故事与柯南·道尔原著中福尔摩斯的生活时代大致相同，一些年份的调整是为了配合作品中出现的晚清历史事件。①在以下的分析中，笔者以其中具体故事为例，讨论《香江神探》一书中声音运用及社会史书写的两大特色。

二、《香江神探》中的"众声喧哗"

声音是侦探小说中常见的"红鲑鱼"（red herrings，障眼法），是推理构成元素或作者意识形态的体现。在世界上最早的侦探小说——爱伦·坡所著《莫格街谋杀案》中，邻居们都听到了隔壁争吵的声音，但对说话者的国籍各有说辞，最终大侦探杜宾推断这"尖厉的""好多个国家的人都听不出的语言，丝毫分辨不出的音节"根本就是非人的，是大猩猩的声音，有研究认为这一关于凶手的解释背后反映了爱伦·坡对黑人的歧视。②程小青的同人作品《龙虎斗：福尔摩斯与亚森罗苹的搏斗》中的《潜艇图》故事里，程从口音上区分不同国籍，外国人往往都是说不标准的英语，这不免继承了英国侦探小说中对非我族类的刻板印象。相较而言，莫理斯的《香江神探》中，对声音运用得更为多样，并无太多意识形态的指涉，而是充满着各种巧思，是其情节、在地性与文化意涵的设计上一个突出的特色。

首先，莫理斯充分挖掘了中文谐音，或同音异形的各种叙事及变化可能。以人名为例，故事中主要人物的名称多来自柯南·道尔原著的英译，但在翻译时有意识地将他们中国化，加入了本土文化属性。如主角福迩，字摩斯，对应着英文的 Sherlock Holmes（夏洛克·福尔摩斯）的发音，因为书中福迩是中国人，为了合理化他的姓氏，莫理斯将他设定为来自满族镶蓝旗罕扎氏，世居奉

---

① 在2023年的台北书展采访中，莫理斯透露曾尝试在作品中安排福迩与福尔摩斯在牛津大学见面，以"增加侦探小说界作品之间的链接"。《2023台北国际书展/致敬福尔摩斯的香港"神探福迩"，莫理斯：期待更多侦探小说二创》，https://reading.udn.com/read/story/122857/6951993，最后登录时间：2023年7月25日。

② 有关这个故事中大猩猩背后的意识形态分析，见 Thomas Ronald, *Detective Fiction and The Rise of Forensic Science*（Cambridge：Cambridge University Press，1999），第40—56页。

天福中,以福为汉姓。而他的名字则来自《汉书司马相如传》中"遐迩一体,中外禔福",尤其是"中外禔福"四字曾被挂在晚清总理衙门的正中匾额上,有不分远近、中外福安之意,这一典故给 Holmes(福尔摩斯)的中译增加了中西文化和平共存之意涵。福迩的搭档华笙是一个来自福州的汉人,与《血字的研究》中英国军医华生在阿富汗中枪后离开军队休养身体类似,《香江神探》中华笙曾为清朝的武官,参加了收复新疆的战役,不幸被流寇流弹击中,卸甲还家之际,决定来英国殖民统治下的香港见识一下当地生活,因家族世代行医,故来港后以行医为生。他姓华,名笙,字钥翰,呼应了 John Watson(约翰·华生)的发音,但"笙磬同音,笛钥浩瀚"①的传统乐器联想使他最初来港时的传统文人气质跃然纸上。

　　主角之外,配角的名字与职业也呼应着柯南·道尔原著。如《香江神探》中福迩是房东,他的年轻丫鬟鹤心对应着原著里福尔摩斯住所年长的女房东 Ms. Hudson(哈德森太太),中文名虽音近,但"鹤心"一词典出唐孟郊诗句"松骨轻自飞,鹤心高不群",体现了命名者福迩的诗歌造诣。原著中福尔摩斯的兄长 Mycroft Holmes(迈克罗夫特·福尔摩斯)在《希腊译员》与《最后一案》中出现,是英政府官员,《香江神探》中福迩的兄长叫作福迈,同样在对应的故事《越南译员》与《终极决战》中出现,也是政府情报部门高级官员:为清政府军机处三品领班章京,真正身份是指挥大清所有大内密探的机构"粘竿处"总管。② 又如《清宫情怨》对应着《波希米亚丑闻》,原著中与福尔摩斯智力上相抗衡的女歌手名为 Irene Adler(艾琳·艾德勒),而《香江神探》中她的身份更为尊贵,是清宫格格,名字为艾爱莲,有莲花"出淤泥而不染"之意,呼应了文中她决心离开腐败堕落的清朝皇室的行动。原著中 Dr. Watson(华生医生)在《四个签名》中认识了这一案件的女主角 Mary Morstan(玛丽·莫斯坦),之后与其结婚,《香江神探》中与这个故事对应的是《十字血盟》,文中麦绮兰日后成为华笙的妻子。她的姓氏"麦"的发音接近原著中的 Morstan(莫斯坦),英文名为玛丽。与福迩见面后,麦绮兰向福迩出示一份有四个签名的笺纸,告之其中

---

① 《香江神探1》,第27页。
② 《香江神探2》,第327页。

"莫士丹"实为她的父亲,她本姓"莫"。随着案情的发展,福迩发现"莫士丹"的真名是"蒙时雍",为太平天国幼赞王。作者随后在注释中说明,历史上蒙时雍确有其人,"一八六二年和章王林绍璋会见英国外交家巴夏礼（Sir Harry Parkes, 1828—1885）,有写于同年给三位叔父的《蒙时雍家书》传世,为研究太平天国的重要一手史料。"①且这个人物历史上确实不知所终。原著并未用 Morstan 的姓氏大做文章,而莫理斯的改写中,从"麦"到"莫"再到"蒙",三个中文姓氏不但对应了 M 的发音,而且由虚构转向历史真实人物,由探案引出太平天国失败后的一段隐姓埋名的离散历史,剧情上甚至比原著更加曲折。

除了利用谐音来翻译人名,既呼应原著,又增加传统风雅趣味,《香江神探》中还利用不同方言的同音异形特征让声音成为线索。如《血字究秘》中福迩等在死者身上搜到一封信,里面内容为北方的江湖黑话。当福迩解读信中的暗语时,如其中一句"九江八患水患了",指出"九江八患"应为"九江八万",而"水患了"实际上是"水漫了"。②"万"和"漫"字官话发音不同,但粤音是一样的,而且本地写信佬写成了"患",是因为听人口述时粤音不正。这里将"北方黑话"及南北方言差异导致理解有误等元素设计入案件。又如第二个故事《红毛娇街》,它部分改写自福尔摩斯故事《红发会》,文中利用谐音向原著致敬:华笙听到凶徒嚷"红发公司""红毛门徒",福迩告诉他这些人属于帮会组织"洪门",全称是"洪武之门",因为其反清复明的主张。因为粤语"武""毛"两字同音不同声,故造成福建人华笙的误听。而"红发"则指"洪发",是洪门的一个堂口,发有"发达"之意,"公司"是堂口在南洋的惯称。③从"红发公司"到"洪发公司"的解释,这个故事的改编不仅致敬了原著的标题,而且将南洋华侨、华人帮会等历史合理地编排到解决方案中,成功地使这个故事本土化。

《香江神探》中福迩对不同的语言均非常敏感。他虽是北方人,但来香港一两年后"广东话已经讲得跟本地人没有分别"④。除此之外,福迩还精通英、

---

① 《香江神探2》,第37页。
② 《香江神探1》,第50页。
③ 《香江神探1》,第124页。
④ 《香江神探1》,第25页。

日、德、法等多国语言。他在演绎推理小说中,常根据不同方言来判断人物的生活区域,如初见华笙时判断他在新疆军队中隶属绿营,因为"如若长时间身处左宗棠的湘军,言语不免会带有湖南腔"①。在《舞娘密讯》中,他根据涉案人物留日的经历,判断出跳舞的小人密码是日文拼音。在《谍海潜龙》中,他先后用德语、法语与一个"中国人"交谈,最后从对方使用的日语单词"一期一遇"的细节判断出对方原来是日本间谍。小说虽未直接插入英文,但清楚注明香港在英国殖民统治下警察会话时使用的是英文还是广东话。② 福迩在香港探案,有不少本地客户,故小说也会借机插入一些简单的粤语对话或早期粤语英译,例如燕梳(insurance)、山域治(sandwich)、沙展(sergeant)、士担(stamp)、咕哩(coolie)、巴刹(bazaar)等。这些有限度的粤语使用以及清晰列明的一些人物使用英文的手法均增强了该书的香港华洋杂处的南方在地性。

由以上所举可见,《香江神探》中借由混杂的语言反映了晚清时期香港不同于中原地区的混杂文化。这里面有典雅的中式意译,也有富有时代感的粤音英译,有南北方言不同而产生的误解,还有日文、法文等各国语言来呈现彼时香港澳门的国际性。书中保留有限度的粤语对话来呈现地方风味,其余人物无论是英文还是粤语,均由案件的记录者华笙用"晚清年代会用来撰写故事的半文半白中文"重译,既呼应了原作福尔摩斯故事中维多利亚晚期的英文风格,又最大限度方便了不同华语地区读者的理解。

三、《香江神探》中的华洋杂处的晚清香港社会

《香江神探》的第二个特色是将虚构案件与真实历史人物、香港街道掌故与社会习俗穿插在一起,以福迩探案的方式把晚清中西交流、国际冲突等历史脉络相串联,对比本土侦探小说通常只聚焦单一日常案件而回避政治的做法,

---

① 《香江神探 1》,第 29 页。
② 例如《血字究秘》中,星帮办听不懂华笙的北方官话,另一个警官昆士便用英文给他翻译。星帮办不懂之处就用英文发问,"昆士解释后,两个帮办便吱吱喳喳地互相讨论起来"。见《香江神探 1》,第 47 页。这里因故事是不谙英文的华笙记录的,在他耳中,这些对话属于"吱吱喳喳"。

该书从香港看晚清历史,以小见大,从微观到宏观,还原了香港在晚清中西交流史中的独特地位,呈现了一幅晚清香港华洋杂处的社会图景。

以《红毛娇街》为例,这篇作品部分改编自福尔摩斯故事《红发会》,原作是围绕一宗银行盗窃案展开的诈骗活动,莫理斯的香港化改编中加入了地方志与不同种族之间交往的内容。故事围绕中环吉士笠街(Gutzlaff Street)的掌故展开构思,这一街道真实存在,以德国传教士 Karl Gutzlaff(1803—1851,中文名郭士立)命名。民间对这条街还有另一个名字"红毛娇街"。红毛娇真名为吴娇,是疍家人(即水上人,但当时被陆上生活的人群所轻视)。她1842年左右遇到了美国船长詹姆斯后同居,詹姆斯将吉士笠街2—10号的部分物业转赠给吴娇,因为詹姆斯是外国人,吴娇被当地人称为"红毛娇",这条街也叫作"红毛娇街"。1878年12月,该街发生大火,吴娇的物业被烧毁,她申请破产,之后便没有她的记录。吉士笠街邻近伦核士街(Lyndhurst Terrace),该街以英国大法官 Lyndhurst(林德赫斯特)男爵的名字命名,西洋妓院集中于此地。因男士要买花送给妓女,卖花小贩多在此摆摊,民间俗称"摆花街"。

根据这段真实历史掌故,莫理斯构思了一段有人觊觎吉士笠街的一套房产,想将它偷偷改为无牌经营妓馆,安排摆花街的西洋妓女来此做中国人生意,故施计骗房东每日离开住所的案件。故事中除了本地人之外,有两类特殊的族群:外籍人士与华侨。这个故事中的外籍人士有西洋妓女与办案的警员,前者交代得很笼统,在中华文化派的华笙眼中,她们被贬低为"骨粗肉厚、体型臃肿,面容又鼻大唇薄,额突眼凹,与中国传统相学的善貌不符"[1]。摆花街上的西洋妓院的存在显示英殖民统治下种族之间的泾渭分明,"红毛娇"的逸事也说明华人女性与洋人通婚现象时有存在,但始终无法取得名分。

后者有葛渣星、王昆士两位帮办及巡捕房主管田尼。虚构人物葛渣星代表了香港的南亚裔族群,"父亲在鸦片战争时随英军来到中国打仗,香港开埠后没有返回祖国,反而接了妻子过来落地生根。葛渣星在这里长大,熟稔香港人情世故,又会说点粤语"[2]。另一位王昆士(Wong Quincey)有历史原型,故事

---

[1] 《香江神探1》,第112页。
[2] 《香江神探1》,第36页。

中他的身世为莫理斯虚构,"孩童时遇上太平匪乱成为孤儿,幸得洋人收留,带了回英国养育成人,长大后便凭着一口流利英语,毅然来到香港当上差人"①。两人的上司——香港巡捕房总管田尼(Walter Deane,1840—1906)也是真实历史人物,"于一八六七年至一八九二年担任香港警察的最高指挥官,职位等同现在的警务处处长"②。书中虚构他粤语说得非常流利。③《香江神探》中的这三位警官均属于正面角色,勤恳且公正。在第一篇《血字究秘》的结尾,福迩将破案的功劳让给葛渣星与王昆士,因为"在英人的统治下,一个印度人和中国人挣到帮办的位子,十分难能可贵"④,体现了他乐于助人的侠客胸襟。另一篇《驻家大夫》中,有一个凶恶的洋帮办班拿在牢房虐待华笙,田尼赶到后批评他滥用职权,暂停所有的职务。与他同行的律师告诉华笙,班拿此次拘捕华笙并未登记,程序不当。田尼是一位理想化的处事公平的英方警官,但小说并非全部粉饰英国人,也客观道出英国人对华人的歧视:"西人圈子里从来不乏护短徇私之辈,闻说许多英国官民便私底下狠批田尼犯不着为了维护一个中国人而不惜影响手下洋差之间的士气。"⑤这些例子均说明了莫理斯在表现外籍警官与华人的关系时,并未脸谱化,而是有褒有贬。

丁新豹、卢淑樱所著《非我族裔:战前香港的外籍族群》一书,提及了四类战前香港外籍族群,分别是经商(如英商太古洋行)、打工(如印度与英国警察)、传教及逃难。⑥ 19世纪中晚期,香港的外籍人口远高于上海,⑦因此可以说,晚清时期香港地区的华洋杂处最为典型,莫理斯的混血背景使得他对香港的外籍人口尤为关注,《香江神探》虽然探案是虚构的,但加入了各种真实的历史细节来显示外籍族群对香港的治安、教育、医疗及宗教的深度参与,故事中

---

① 《香江神探1》,第37页。
② 《香江神探1》,第145页。
③ 《香江神探2》,第170页。
④ 《香江神探1》,第76页。
⑤ 《香江神探2》,第200页。
⑥ 丁新豹、卢淑樱:《非我族裔:战前香港的外籍族群》,香港:三联书店,2014年版,第217—219页。
⑦ 同上,第221页,但从20世纪第二个十年开始,作为长三角经济贸易中心的上海外国侨民迅速超过香港。此时香港外籍人士有一万多名,上海有两万多名。

出现的外籍真实历史人物还有香港名校拔萃书院(书中为拔萃书室)的校长俾士(George Piercy Jr.,1856—1941),①粤海关副税务司司长赫德(Robert Harts,1835—1911),混血富商何东(1862—1956),以及英资的渣甸洋行/怡和洋行(Jardine & Matheson)、②太古洋行(Swire)、颠地洋行(Dent & Co.)、汇丰银行等。③ 这些晚清外交史、香港教育史及经济史上赫赫有名的人物与机构,在《香江神探》中通过福迩的穿针引线纷纷粉墨登场,显示了晚清时期香港特有的国际性及中西交流的活跃。

除了洋人外,来自新加坡、越南与美国的华侨也在《香江神探》中经常出现。《红毛娇街》中有三位从新加坡来港寻仇的华侨,这个情节受到福尔摩斯故事《三个同姓人》的启发。书中这三位人物是洪门帮会人士,福迩告诉华笙,洪门在海外也有堂口,"公司"在南洋语境中即帮会,他在来香港之前,也曾在南洋住过一阵,"南洋这种海外洪门堂口,有些势力很大;信不信由你,有一个叫作兰芳公司的,甚至在婆罗洲建立了自己的国家"④。兰芳公司历史上确实存在,由广东人罗芳伯(1738—1795)在婆罗洲组织,莫理斯在注释中向读者说明,"一七七七年于坤甸建立了'兰芳共和国',直到一八八四年才被荷兰趁着中法战争,出兵毁灭"⑤。这里"兰芳共和国"的知识与本案情无关,是为了佐证"公司"在南洋是一种华人特殊的组织,体现了莫理斯法学训练背景下习惯援引先例来证明现有陈述可靠的严谨写作方式。《越南译员》中越南华侨已经剪了辫子,他们帮助法国海军做翻译与工程,表现出不一样的身份认同,此时中法战事正酣,其中一人面对华笙对他们是汉奸的指控,回应自己是越南华侨,并非大清国民:"我出生之时西贡已经由法国人管治,在这之前,清朝有照顾过我们的上代吗?"⑥另一篇《清宫情怨》中女主角偷偷跑来香港注册结婚,她的丈夫诺顿祖籍广东顺德,"父亲早年卖身到金山为华工,苦干多年后与人合

---

① 见《黄面驼子》。
② 见《谍海潜龙》。
③ 见《买办文书》。
④ 《香江神探1》,第124页。
⑤ 《香江神探1》,第125页。
⑥ 《香江神探1》,第230页。

作转营金山庄,终于发了迹,还从乡下迎娶了妻子过去成家立室"①。诺顿是土生美国公民,不受《排华法案》限制,两个人在香港注册结婚,是为了获得具有英国法律效力的婚书证明,以便女方进入美国不会被拒。

对华侨处境的关注,是广东与香港地区通俗小说的特色之一,与广东、福建地区华人与南洋的密切交往及人口贩卖的历史有关,著名的作品有周白萍的"中国杀人王"系列。在《香江神探》中,华侨在案件中的形象较为中立,多为配角,因出生成长环境不同,持不同政治主张与身份认同,表现了彼时香港在对外交往中的窗口与枢纽的作用。

书中香港既是福迩与华笙主要探案的地方,也是一种文化选择。华笙原是一位持有中原文化优越感的传统知识分子,刚来香港时,对西方文化多有鄙夷,讨厌洋人,认为"西洋月份极不工整,未必以三十天为期,又不依太阴盈亏、不辨朔望,另外还要硬套上每七日一个礼拜,实在乱七八糟"②。英国下午茶"既然从中国学会了喝茶,却又偏偏要自行其道,喜欢在茶里拌糖混奶,又甜又腻"③。但久居香港,受福迩的影响,也慢慢以更宽容开放的心态来接受西方文化与制度,还娶了信奉基督教的妻子。福迩虽来自北方,但在莫理斯笔下,更有着典型的黄飞鸿式的港式英雄的特色。他与黄飞鸿生活在同一时代,但更精通西学,曾在英国及日本留学,会多种语言,饮咖啡,食英国早餐,探案时会假扮各国人等,如杨佳娴语,代表了"向世界学习改变的近代开明知识分子"④。兴趣上福迩擅长胡琴,能雅俗共赏。他也有一定的武学造诣,擅长八卦拳与太极拳、东瀛擒摔,兵器上除中华剑法,还有西洋剑击及单杖。《歪嘴皇帝》的故事中,福迩不满西洋人殴打中国青年,主动上擂台挑战趾高气扬的洋人,最终获胜,足见其民族气节与正义感。与其原型福尔摩斯相比,福迩的中国性还体现在他待人处世的谦逊态度及"不矜不伐、成人之美的侠客胸襟"⑤。他并不完

---

① 《香江神探1》,第217页。
② 《香江神探1》,第24页。
③ 《香江神探1》,第138页。
④ 杨佳娴:《推荐语》,《香江神探2》,第13页。《十字血盟》中虚构了他与当时开明知识分子,如容闳(1828—1912)、王韬(1828—1897)及郑观应(1842—1922)都是笔友。
⑤ 《香江神探1》,第76页。

美,小说中一开始有抽鸦片的恶习,但经华笙不断劝说,终于决心戒鸦片,改抽温和一点的雪茄。这些细节上的改写都反映出莫理斯笔下的福迩并不像他的原型福尔摩斯那样乖戾。不同于福尔摩斯生活在大英帝国的全盛时期,《香江神探》中福迩所生活的时代正值清廷穷途末路,面临内忧外患,这样的时代背景赋予了他悲剧英雄的意涵。《终极决战》中,福迩接受了日本间谍头子毛利的比武挑战,抱着明知不可为而为之的心情与之决战,两人同归于尽。既是福尔摩斯故事改编,福迩也必然会在类似《空屋记》的故事中重新归来,但这一系列的最大悬念始终是福迩虽为神探,在清帝国"大厦将倾"的宿命下,他纵有才华,个人的归宿又将如何?

结 语

《越南译员》中,福迩与哥哥福迈有一段争执,福迈劝他成为清政府的密探,而福迩则以人各有志如此回答:"在你眼中,香港只不过是个让给了英国人的遐方僻壤,是国家民族之耻;但我偏偏看中这地方,却正是因为它华夷杂处,欧亚合璧。我决意留下,便是为了体验香港洋为中用的种种制度,取长弃短,以备日后为我国自强维新之要务另辟蹊径。"[①]这段话也可以看作是作者莫理斯的心声。《香江神探》是福尔摩斯故事本土化改编的出色实践,民国时期本土仿作福尔摩斯故事往往道德教化口吻明显,而这本书避免了这一弊端。它积极地利用晚清香港的国际性特色,从声音与晚清香港社会史的角度发掘地域书写新的可能,可谓栩栩如"声","历历"在目,兼具趣味与情怀,探索了与世界侦探小说对话的可能。

---

① 《香江神探1》,第260页。

火车、异国人与跨国政治
——《东方快车谋杀案》中的"当代"

孙　昊[①]

【摘　要】 近日,当代清消文化"内容审查"的浪潮波及著名推理小说家阿加莎·克里斯蒂,疑似敏感的内容将在其新版书籍中加以改写或删减。阿加莎[②]小说常被指摘遍布刻板印象,以致关于阿加莎本人的刻板印象也得以成形:其刻板印象服务于英国中心的、排除异国非我族类的保守主义政治观,当代社会的尖锐矛盾则被其营造出的超历史的童话国度所屏蔽。但《东方快车谋杀案》构成对阿加莎刻板印象最为有力的有趣反例,通过重访这一小说的文本现场与历史现场,可发现其间特定的表征空间,展示着一连串随历史变动、复杂而矛盾的意识形态论述与反论述。当代清消文化的做法,仅是一劳永逸地将其删除,而并无以过去回应当代问题的勇气。

【关键词】 阿加莎·克里斯蒂;《东方快车谋杀案》;清消文化(Cancel Culture);跨国政治

引子:从阿加莎·克里斯蒂的刻板印象谈起

2023年3月25日,《每日电讯报》(*The Telegraph*)等媒体报道称,西方"内容审查"的浪潮已波及推理小说领域,当代诸多敏感读者有如侦探一般,开始拿起放大镜审阅起英国著名推理小说家阿加莎·克里斯蒂(Agatha Christie, 1890—1976)的多部小说,细细搜寻着其中冒犯性的蛛丝马迹。为规避争议,哈珀科林斯出版集团(HarperCollins Publishers),阿加莎英文著作的版权所有

[①] 作者简介:孙昊,复旦大学中文系比较文学与世界文学专业博士研究生。
[②] 中文世界多以名而非姓称谓阿加莎·克里斯蒂,本文遵从这一惯例。

者,将在其新版书籍中对疑似涉及性别、种族与非英国本土角色等刻板印象的内容加以改写或删减①。在当代,阅读阿加莎已成为一种可疑的乐趣,其作品中绝妙的推理情节非常遗憾地与其同时代的刻板印象共存,学界尽管也对此一直抱有警惕,但直至近些年,批评之声才尤为猛烈②,甚至颇有同声势浩大的清消文化(Cancel Culture)③相合流的态势,助推着相关内容的修订。

当阿加莎的小说将凶手或嫌疑人角色指派给非我族类的异邦人或异种人,而这一外在威胁随案件的侦破被揭露与消除时,一个屏蔽掉当代社会尖锐矛盾的超历史的童话国度便被建构出来:犯罪不会,亦不能破坏原有的和谐世界,法律与财产得以保全,稳定的社会秩序终将回归。如果同意前述惯常的阿加莎刻板印象(the stereotype of Agatha Christie)的功能性阐释,再论证以阿加莎出身的维多利亚时代中产阶级背景,一类关于阿加莎自身的刻板印象(the stereotype of Agatha Christie)却也被吊诡地形构出来:阿加莎小说"常被评论为满足读者的预测性与中产阶级读者的偏见、保守与阶级意识"④,"在这样一个永远威胁着要逃离我们理性掌控的宇宙里,一个对井然有序有着狂热嗜好的单身小个子男人,为我们营造出一个所有问题都已得到解决的世界"⑤,如此形象甚至被延扩至1920—1945年整个侦探小说的黄金时代,阿加莎仅是个中代表,"黄金时代那段岁月里,英国失业人口上升到三百万,这个数字几乎保持了十年;美国在鼎盛期过后因为经济萧条而经历了一个又一个消沉期,专制统治也上台了。终于,随着蠢蠢欲动的战争爆发,这个时代宣告结束。但是,这一

---

① Carig Simpson:"Agatha Christie classics latest to be rewritten for modern sensitivities", *The Telegraph*, March 25, 2023.

② Kenneth Eckert:"Hercule Poirot and the Tricky Performers of Stereotypes in Agatha Christie's Murder on the Orient Express", *Text Matters: A Journal of Literature, Theory and Culture*, No. 11, 2021.

③ Cancel Culture 是一个异常庞杂而意蕴含混的概念,本文只取其在文化界删减敏感内容的侧面,译作"清消文化",参见林垚:《自相矛盾的公开信与取消文化的正当性》,引自 https://m.thepaper.cn/newsDetail_forward_8607507。

④ 叶雅茹:《空间焦虑与阅读实践:克莉丝蒂侦探小说的日常生活特质》,《英美文学评论》2008年第13期。

⑤ David Grossvogel:"Agatha Christie: Containment of the Unknown", Glenn W. Most and William W. Stowe:*The Poetics of Murder: Detective Fiction and Literary Theory*, San Diego:Harcourt Brace Jovanovich, 1983, P65—252.

火车、异国人与跨国政治——《东方快车谋杀案》中的"当代"

切在黄金时代侦探小说中几乎看不到一丝痕迹"①。

但问题是,阿加莎恰恰也常以非我族类的比利时小个子波洛(Hercule Poirot)作为主角警探(hero),以其局外人视角发泄异国他者对英式刻板印象的反写,不同于以大不列颠人自居的、满载国族优越感与种族偏见的福尔摩斯,波洛常以讽刺口吻取笑典型的英国人,称其冷漠、滑稽:

> "我最喜欢见到英国人发怒了,"波洛说,"他们非常有趣。他们越是冲动,说起话来越是语无伦次。"②

而连载于1933年,出版于1934年的阿加莎最负盛名的推理小说《东方快车谋杀案》(Murder on the Orient Express)则构成对阿加莎刻板印象最为有力的有趣反例,书中渐次登场的国族刻板印象最终被翻转得无关紧要而可消解。波洛登上一辆跨越欧洲、搭载各色国族人等③的豪华火车——东方快车,却不期卷入一起离奇的密室谋杀案,而这一案件的谋划及侦破,正以一种消泯国族界分、抵制异国刻板印象敌意的跨国世界主义精神为动力,原本看似互无关联且颇有敌意的乘客们,也被证实为因一次正义的复仇行动而聚集。个人的国族身份富有弹性,服膺于国际社群的召唤,其间其实潜藏着对当时国际局势的含蓄影射:非人道法西斯势力的崛起,以及国际联盟(League of Nations)的艰难斡旋。

由此,在阿加莎小说中的刻板印象被反复贬斥以致清消的当代,重访阿加莎小说中的刻板印象(the stereotype of Agatha Christie),以重估对阿加莎小说

---

① [英]朱利安·西蒙斯:《血腥的谋杀》,崔萍译,北京:新星出版社,2011年版,第96—97页。不仅文学史家持此观点,历史学家也有类似表述,比如[英]艾瑞克·霍布斯鲍姆:《极端的年代:1914—1991》,郑明萱译,北京:中信出版集团,2017年版,第237—238页。
② [英]阿加莎·克里斯蒂:《东方快车谋杀案》,陈尧光译,北京:人民文学出版社,2006年版,第229页。
③ 分别是美国人赫克特·麦奎恩、法国人皮埃尔·米歇尔、英国人爱德华·马斯特曼、瑞典人葛丽泰·奥尔森、归化的法国人德拉戈米罗公主、匈牙利人安德烈伯爵及安德烈伯爵夫人、英国人阿布诺斯上校、美国人塞洛斯·哈特曼、意大利裔美国人安东尼奥·福斯卡雷里、英国人玛丽·德本汉、德国人希尔德加德·施米特,以及美国人赛缪尔·爱德华·雷切特(即卡塞蒂)。

93

的刻板印象(the stereotype of Agatha Christie)——其小说中遍布的刻板印象服务于其英国中心的、排除异国非我族类的保守主义政治观,当代社会的尖锐矛盾则被营造出的超历史的童话国度所屏蔽——就尤为必要。需要反问的是,《东方快车谋杀案》所映照的是怎样幽微的阿加莎的当代(contemporariness)?当代(contemporary)清消文化所审阅的又是何种侧面的阿加莎的当代?在何种意义上回望过去,我们当代读者才得以成为阿加莎"文本的同时代人(contemporaries)"[①]?

一、"他们还在南斯拉夫……一个巴尔干国家":从火车上的陌生人到异国人

1931年2月26日,《苏格兰人报》(The Scotsman)刊载了一则国际新闻,一位乘坐东方快车出行的巴尔干贵族,罗马尼亚的斯蒂尔贝亲王(Prince Știrbey),向奥地利警方报案,称一名乘客欲在旅途中将其毒害[②]。如果说火车装置将乘客限制在一台快速移动的机器里,乘客不能对之造成哪怕一点点影响,那么孤立的火车包厢又将乘客封闭起来,将这一无助的被动感再次强化,此外火车也将所有不同年龄、阶层、国族之人凝缩于一狭小空间内,其间的乘客每时每刻都遭遇着大量陌生的他者,因此,火车是"一个创伤的地点……旅客之间的相互关系……变成了对于潜在相互威胁的担忧"[③]。"在我们周围有各式各样的人,属于各式各样的阶级,什么国籍、什么年龄都有。这些人彼此素不相识,却要在一起生活三天。他们在同一个屋檐下睡觉、吃饭,躲也躲不开。"刚一登上东方快车,波洛便从其朋友布克先生的话语中敏锐发觉到列车

[①] Giorgio Agamben: *What is An Apparatus and Other Essays*, Translated by David Kishik and Stefan Pedatella, Stanford: Stanford University Press, 2009, P39. 中译参见吉奥乔·阿甘本:《论友爱》,刘耀辉、尉光吉译,北京:北京大学出版社,2017年版,第61页。

[②]《苏格兰人报》1931年2月26日。

[③] [德]沃尔夫冈·希弗尔布施:《铁道之旅:19世纪空间与时间的工业化》,金毅译,上海:上海人民出版社,2018年版,第127—128页。

潜伏的危险,"'可是,'波洛说,'要是出了事呢?'"①。事实上,自火车诞生之日起,便不乏勒索、谋杀等犯罪行为。

东方快车因其豪华、舒适,甫一开通便受到王公贵族的青睐,而每当重大政治事件或国际震荡爆发,各国政要与记者也乘坐跨越欧洲的东方快车往来——当波洛等人为平时空荡的车铺今日却异常紧俏而深感纳闷之时,布克先生给出的便是这样的解释:"哦,一定是被一批新闻记者或一群政界人物占据了。"②因此,东方快车不断穿越国与国的交界,在国别火车站内上下车的陌生人(strangers)就摇身变为在各国间穿行的异国人(foreigners),东方快车也就从袭击与谋杀等犯罪行为的场所蜕变为间谍活动、国际阴谋以及政治暗杀的舞台。一战期间的著名间谍玛塔·哈丽(Mata Hari)就经常搭乘东方快车从事谍报工作③,《苏格兰人报》上的新闻则表明了至阿加莎写作《东方快车谋杀案》的时代,诸如此类的国际阴谋依旧频仍。

如果东方快车装置本身便携带着仇视异国人的诸多讯息,《东方快车谋杀案》中赫伯德太太的一次对话则连带出更为详细的历史语境,以提醒我们对异国人的警惕与敌意也同一连串随历史变动的复杂意识形态论述相纠缠着:

"我们现在究竟到哪里了?"赫伯德太太噙着眼泪问。

有人告诉她,他们还在南斯拉夫,她说:

"哟!一个巴尔干国家。你还能指望什么?"④

一场突如其来的大雪将东方快车阻停在巴尔干国家南斯拉夫的文科威(Vinkovci)与布罗德(Bord)两地间,彼时也正是敌意的极端状态——暴力与凶杀所发生的时间,赫伯德太太对南斯拉夫的刻板印象,便既构成了如此敌意的

---

① [英]阿加莎·克里斯蒂:《东方快车谋杀案》,第21—22页。
② [英]阿加莎·克里斯蒂:《东方快车谋杀案》,第16页。
③ 玛塔·哈丽的生平事迹,可参见 Mary W. Craig: *A Tangled Web: Dancer, Courtesan, Spy*, Stroud: The History Press, 2017。
④ [英]阿加莎·克里斯蒂:《东方快车谋杀案》,第38页。

催发剂,也充当着凶杀——如此敌意之后果——的具象表征。正是拘泥于无休止的分歧与刻板印象,欧洲才在最极端情态下爆发第一次世界大战(World War Ⅰ),因此阿加莎将凶杀时分的东方快车悬停在一战导火索——萨拉热窝事件(Assassination of Archduke Franz Ferdinand)——的发生地巴尔干半岛,就有了别样的深意[①]。

一战极大程度上重塑了英国人的异国感知。"在1914年8月以前,一个通情达理、遵纪守法的英国人除了知道邮局和警察以外,无须注意到国家的存在,而平安度过自己的一生。他可以随自己的意愿居住在任何地方。……他可以周游列国或永远离开自己的国家,而不需要护照或任何形式的官方许可。他可以毫无限制和限度地把手上的钱换成任何一种外国货币。他购买外国进口货就像购买国产货一样,无须另付关税。同样,一个外国人也可以在这个国家度过自己的一生,不需要许可,也不需要到警察局注册。"[②]。自一战始,欧洲各国间平息已久的嫉恨与警惕被重新点燃且愈演愈烈,1929年爆发的世界金融危机尤为加剧各国间各自为战、大树壁垒的分裂局面,甚至短短数年内就激化为更具毁灭性的第二次世界大战(World War Ⅱ)。

波洛本人的经历即可作为英国人异国感知变易的绝佳注脚。塑造这一比利时侦探形象时,阿加莎想起的是她家教区内侨居的大批比利时一战难民:"他们初来的时候,本地居民很同情他们,对他们非常热情,纷纷将家里的仓库布置上家具让他们住,尽可能让他们生活得舒适。可是,比利时人对这些善行似乎并不十分感激,总是抱怨这埋怨那的。"[③]《东方快车谋杀案》开篇波洛与一位法国将军的交谈,当中指涉的便是一战中其协约国盟友法国保卫比利时的

[①] Phyllis Lassner:"The Mysterious New Empire: Agatha Christie's Colonial Murders", Robin Hackett, Freda Hauser and Gay Wachman: *At Home and Abroad in the Empire: British Women Write the 1930s*, Newark: University of Delaware Press, 2009, P40.

[②] [英]A. J. P.泰勒:《英国史:1914—1945》,徐志军、邹佳茹译,北京:华夏出版社,2020年版,第1—2页。

[③] [英]阿加莎·克里斯蒂:《阿加莎·克里斯蒂自传》,王霖译,北京:新星出版社,2017年版,第255页。

战斗①,1916年春,在德国进犯中身受重伤的波洛被运送至法国治疗②。英国同样是其协约国盟友,并接收了大批比利时难民。"一开始,这些比利时难民受到热诚的欢迎……但是,同情心并没有维持多久。……他们在劳务市场的竞争也给当地人带来恐惧。战争还没有结束,比利时人就不受欢迎了"③。

若留意英国人阿布思诺上校初见波洛时,波洛对其心思的补充——"他看了一下赫尔克里·波洛,然后便漫不经心地看向别处。波洛看透了这个英国人的心思,知道他一定在想:'又是个该死的外国人。'"④——读者难免将之代入为"该死的比利时人",那些因战争激发出的同志情谊未等战争结束便已急转直下,比利时人成为切近而遥远的陌生人,被烙上异国他者的刻板印象。尽管波洛对异国刻板印象屡屡戏谑挖苦,但也不可避免地将之共享,凶杀发生后波洛的讯问笔记中,排列在诸乘客包厢位置、作案动机、不在场证明等信息之首的,乃是其国族信息⑤,《东方快车谋杀案》各人物的首要特征以其国族为标识,当这些国族特征被加以感知与辨认,与之联结的刻板印象与敌意便随之启动,破案思绪也常常为其所误导。

二、"你是为国际联盟工作的吗?""我属于全世界":20世纪20年代的世界主义

但《东方快车谋杀案》中的刻板印象实则更为复杂,诸位乘客刻意展现出

---

① "'可是你不也救过我一次吗?'对此,将军也客气地表示,过去那点小事何足挂齿。接着他们谈到法兰西,谈到比利时,谈到有关荣誉、尊严以及诸如此类的事情,然后他们热烈地拥抱,谈话就此结束。"[英]阿加莎·克里斯蒂:《东方快车谋杀案》,第2页。

② Anne Hart:*Agatha Christie's Poirot:The Life and Times of Hercule Poirot*,Bath:Chivers,1991,P14.

③ [英]A.J.P.泰勒:《英国史:1914—1945》,第16页。

④ [英]阿加莎·克里斯蒂:《东方快车谋杀案》,第7页。

⑤ 譬如"赫克特·麦奎恩——美国公民。六号铺位。二等包厢。动机:可能出自和死者的关系?不在场证明(自午夜至凌晨两点):午夜至一点三十分可由阿布斯诺上校证明,一点十五分至两点可由管理员证明。不利的证据:无。可疑的情况:无。"阿加莎·克里斯蒂:《东方快车谋杀案》,第7页。

的敌视态度、模拟出的分裂与敌对局面乃是意图迷惑波洛、延宕凶案侦破的手段,而当这些伪装的刻板印象为波洛所拆穿,互有敌意的陌生人被披露为凝聚在一个共同目标周围的共同体,原本固守的国族价值便开始流动不居,不再强制为个体身份的首要标识[1],随案件揭晓而倒转与开启出的,是一种更为辽阔的世界主义视域。诚如波洛坦言,正是美国式的世界主义为其提供了解密的钥匙:

> 我努力地想,是否还可能在别的什么场合,把这样一些不同的人物聚集在一起呢? 我想出来的答案是只有在美国才有此可能。在美国,某个家庭里很可能聚集着各种不同国籍的人:一名意大利司机、一名英国女家庭教师、一名瑞典护士、一名德国女仆,等等。……这样做,使我获得了一个非常有趣、非常满意的答案。[2]

《东方快车谋杀案》"为读者提供的,是美式多元文化主义(American multi-culturalism)的积极形象"[3]。小说所表征的,乃是"合众为一"(E pluribus unum)的美利坚合众国[4],建立于公民认同基础上的美国,公民身份与共享价值相较国族出身更为重要,不同国籍的诸位乘客因所秉信的正义原则重又集结于东方快车,谋划其共同的正义审判,在此意义上英式异国刻板印象让位给美式世界主义的乌托邦胸怀。

火车是一组矛盾的意象,既是监禁也是自由,既有恐慌也有解放。东方快车诞生的年代,美国是全世界铁路的标杆,率先推出卧铺车以满足乘客长途旅途中迫切需求的舒适性。而比利时人乔治·纳吉麦克(Georges Nagelmack-

---

[1] Kenneth Eckert: *Hercule Poirot and the Tricky Performers of Stereotypes in Agatha Christie's Murder on the Orient Express*.
[2] [英]阿加莎·克里斯蒂:《东方快车谋杀案》,第243页。
[3] Stewart King: "E Pluribus Unum: A Transnational Reading of Agatha Christie's Murder on the Orient Express", *Clues: A Journal of Detection*, 2018.
[4] Stewart King: *E Pluribus Unum: A Transnational Reading of Agatha Christie's Murder on the Orient Express*, P17.

ers），正是在美国乘坐由美国人乔治·普尔曼（George Pullman）发明的普尔曼卧铺车时，才萌发在欧洲成立国际卧铺车公司（Compagnie Internationale des Wagons-Lits）和创立东方快车的想法。1872年，国际卧铺车公司成立。1883年后来被命名为"东方快车"（Grand-Express-d'Orient）的传奇列车正式通车。彼时欧洲处于整个世纪最严峻的相互隔绝之中，小心翼翼地躲在各自边境、偏见与所谓文明使命后，考虑到此，纳吉麦克跨欧快车的开通不啻一个奇迹。

国际卧铺车公司禁止任何海关检查，也不允许警察上车侦查。是车厢领班负责收取各自车厢的乘客护照，并锁到本人掌管的柜子里，在边境停靠时，领班再将这些重要证件出示给当地权力机构。纳吉麦克与列车所经各国政府进行了长期协商谈判后，方才获得这项治外法权①。这趟列车不仅穿越国与国间的边境线，也减缓人与人间的心理防线。东方快车首程旅途结束后，法国记者乔治·博耶（Georges Boyer）在《费加罗报》（Le Figaro）上表示道："旅程开始时大多数乘客彼此互不相识。最后，所有这些不同年龄、社会地位的人都共享着一种深深的共鸣之感，并为这迷人关系的不得不结束而深表遗憾。"②从博耶文字中不难听出火车诞生之初为人们所寄予的"缩短人与人之间距离"的世界主义乌托邦的回声。

"我不是南斯拉夫的警探，夫人，我是国际侦探。"
"你是为国际联盟工作的吗？"
"我属于全世界，夫人。"波洛夸张地说。③

同样，是比利时人纳吉麦克乘坐美国人普尔曼发明的卧铺车时，萌发了创立跨欧的东方快车的想法，而当美国公民赫伯德太太的女儿安德烈伯爵夫人，在东方快车这一象征世界主义的专列上问询比利时侦探波洛是否为国际联盟

---

① ［法］克莱夫·莱明：《探秘传奇的东方快车》，李芳原译，武汉：华中科技大学出版社，2019年版，第56—114页。
② Georges Boyer："L'Orient à Toute Vapeur"，Le Figaro，oct. 20th. 1883.
③ ［英］阿加莎·克里斯蒂：《东方快车谋杀案》，第117页。

工作,后者回答以"我属于全世界"时,也不难听出其间比利时—美国对位法中世界主义乌托邦的回声。但此处更须强调的是,小说设置的这一问一答,更是将19世纪末东方快车超越地理、国族及阶层界限的乌托邦设想链接至20世纪30年代阿加莎当下欧洲的跨国政治情境中,安德烈伯爵夫人问道:"你是为国际联盟(League of Nations)工作的吗?"

若一战标识着国际分歧争端的失控样态,那么是否应设立某种组织在国际矛盾激化前就加以干预调解,便成为战时及战后国际政治的新议题,"一定要通过某个国际组织尽最大努力寻求战争以外的途径,解决国际争端"成为当时各国政治家的共识[①]。早在1916年,阿加莎的英国同胞罗伯特·塞西尔爵士(Lord Robert Cecil)就已为该组织勾画出某些轮廓,不过他不赞成时兴的以战止战策略,而诉诸国际道义等公共舆论手段。1918年一战结束后的圣诞节,美国《纽约时报》(*The New York Times*)刊载宣传文章,宣称国联可联合所有成员国潜在力量,抗衡企图扰乱世界和平的国家。1919年后,美国总统伍德罗·威尔逊(Woodrow Wilson)赴巴黎建议各国组建国际联盟(League of Nations),主张在纠纷扩大、失控前当事国就以和平民主方式解决,并以过程公开、结果公开的公开斡旋处理纠正一战前各国惯用的"秘密外交"[②]。20世纪20年,国际联盟成立,威尔逊总统未能说服美国国会加入而使其缺失了关键性的制约一环[③],尽管如此,国联成立后的几年,也切实在欧洲外交事务中发挥了关键作用[④]。

借一位欧洲外交官夫人安德烈伯爵夫人之口问出国际联盟,《东方快车谋杀案》召唤出的是洋溢于20世纪20年代的和平主义世界理想:所有国际争端都可以以调查和探讨的方式消弭,所有冲突都可通过不懈善意行为缓解[⑤],在世界联合的主基调下,两次世界大战间的欧洲迎来短暂复苏的黄金年代,人们

---

① [英]A. J. P. 泰勒:《英国史:1914—1945》,第80页。
② [英]艾瑞克·霍布斯鲍姆:《极端的年代:1914—1991》,第40页。
③ Paul Knepper: *International Crime in The 20th Century: The League of Nations Era, 1919—1939*, London: Palgrave Macmillan, 2011, P66.
④ 譬如裁定了芬兰与瑞典的阿兰群岛(Aland Islands)争执。
⑤ [英]A. J. P. 泰勒:《英国史:1914—1945》,第224页。

满心喜悦地以为再也不会发生另一次战争。1928年,各国签署《非战公约》(Kellogg – Briand Pact),放弃以战争作为国家政策的工具。1932年,世界裁军大会召开。对德国人的仇恨被搁置,甚至德国也被准入国际联盟,艺术家们由法国转向魏玛德国汲取灵感,国联大会正成为欧洲最高权力机构①。《东方快车谋杀案》中弥漫的异国刻板印象此时正迎来大和解的绝佳时机,在阿加莎小说中并非捕捉不到其伸向当代跨国政治议题的敏感触手。

三、"这种事竟会发生在美国这样一个高度文明的国家":林德伯格案与国际联盟的溃败

《东方快车谋杀案》中的当代指涉并不仅仅在于政经事件,重大社会新闻也构成另一重语境。如果前者树立起和平乌托邦的世界主义理想,后者则暗示了这一可能性的崩解。1932年3月1日,美国著名飞行员查尔斯·林德伯格(Charles Lindbergh)年仅20个月大的儿子小查尔斯·林德伯格(Charles Lindbergh, JR.)在家中婴儿床上被绑架。房间窗台上留有一封勒索信,信中怪异的拼写与字迹令警方专家确信绑架者为仅在美国短暂生活的异国人。林德伯格报警后警方未有线索因而选择交付赎金,但小查尔斯并未得以归还,5月12日,被残忍杀害的婴孩尸体被发现。《东方快车谋杀案》连载过程中,林德伯格案(Lindbergh Kidnapping)未告侦破,直至《东方快车谋杀案》全书出版后的九个月,绑架疑犯才被逮捕,1936年4月3日,嫌犯被执行死刑。

《东方快车谋杀案》中国际主义集结背后的正义诉求,与林德伯格案一样,源于凶手迟迟未得加以惩治,小说中绑架小黛西·阿姆斯特朗、令其一家家破人亡的卡塞蒂"'用贿赂和要挟等手段,竟钻了法律漏洞而被判无罪。……他改名换姓,逃离美国,从此周游各国,靠着手头的巨额财富过日子'"②。同阿姆斯特朗一家有着渊源的十二位国族各异的乘客于是在东方快车上重新凝聚为

---

① [英]A.J.P.泰勒:《英国史:1914—1945》,第209页。
② [英]阿加莎·克里斯蒂:《东方快车谋杀案》,第68页。

正义与复仇的共同体,在追踪到凶手后自封为十二人陪审团,宣判凶手死刑并自行充当行刑人。

但需要警醒的是,东方快车谋杀这一有着浓厚世界主义色彩的筹划本身,恰恰就宣告着美式世界主义的溃败,如此惨绝人寰的凶杀已然"发生在美国这样一个高度文明的国家"①,更令文明的信众震惊的是,真正的凶手却逃脱了公共正义程序的制裁。再次回到安德烈伯爵夫人同波洛的对话——

"你是为国际联盟工作的吗?"
"我属于全世界,夫人。"

波洛不置可否的态度似乎并不想在国际联盟的国际与全世界之间画上等号,这一隐微的罅隙所表征的,是20世纪30年代初世界主义乌托邦理想的受挫以及国际联盟在跨国政治事务中的溃败。如果卡塞蒂绑架小黛西后警方并未及时侦破意味着事前预防撕票的功能失效,那么卡塞蒂逃脱正义的制裁便象征着事后弥补也力有不逮。吊诡的是,国际联盟在20世纪30年代的命运也正经历着由事前调解向事后制裁,乃至制裁失效的转向与溃败。就如霍布斯鲍姆的后世评估所言,"国际联盟的设立,的确属于当时制定和平协议的构想之一,可是却完全失败,唯一的功能只是搜集不少统计资料而已"②。国际联盟本是预防国际冲突的机构,后来却逐渐转向预防跨国犯罪、合作抓捕跨国流窜的罪犯——所以波洛才被安德烈伯爵夫人误认为是服务于此的国际警察。1929年世界金融危机令国际争端加剧,国际联盟在集体安全层面发挥的作用逐渐退化为谴责性的道义力量等诸如此类的非政治价值[3],早已无力制衡那些企图扰乱世界和平的国家。

《东方快车谋杀案》开始连载的前两年,1931年,可被视作国际联盟之世界

---

① [英]阿加莎·克里斯蒂:《东方快车谋杀案》,第136页。
② [英]艾瑞克·霍布斯鲍姆:《极端的年代:1914—1991》,第40页。
③ Paul Knepper: *International Crime in the 20th Century: The League of Nations Era, 1919—1939*, P69.

主义功能分化的分水岭。9月10日,当国际联盟最初构想人之一塞西尔伯爵代表英国政府为国际联盟大会发言,表示在世界历史上几乎没有任何一个时期发生战争的可能性比现在更小的一周后,9月18日,日本军队入侵中国东北。9月22日,中国向国联申诉,这是一次蓄意的侵略①。国联调查后要求各国不承认日本以武力造成的改变,日本因在用尽一切和平手段之前诉诸武力而被谴责。日本以退出国联作为回应,而中国则不得不接受丢失东北的事实②。1933年,德国从世界裁军大会中撤离,随后退出国际联盟。1934年,英国发布《关于国防的声明》,表明已不再信赖集体安全之说,转而重拾武装力量这一传统的安全筹码。至此,在美式世界主义消解异国刻板印象的敌意后,发生在美国的林德伯格案又将这一乌托邦设想的泡沫戳破。

阿加莎将泯灭人性的残暴者视作野兽而欲加以排除,"在这个国家,我们捕杀豺狼,而不是试图让豺狼和羊群和睦相处——我很怀疑这么做是否能成功。……我们为何不处决他?……他们是社会的蠹虫。他们只会疯狂掠夺,带来仇恨"③。同样的策略在《东方快车谋杀案》中也有所施展,并为东方快车等人的审判提供合法性:

> "刚才在餐厅里,他走过我身旁,我有一种奇特的感觉,像是有一头野兽——凶猛的野兽,与我擦身而过。"
> "然而从外表看来,他却俨然是个值得尊敬的人物。"
> "完全正确!他的身体好比一架铁笼子,处处显得威严体面,可是在那铁栏杆里的,却是一头凶猛可怕的野兽。"④

甫一见面,波洛就将卡塞蒂比作随时破笼而出、进犯人类社会的野兽,尽管随后的审判将卡塞蒂永久禁锢在死亡的铁笼中,但他曾逃逸出来、行凶作恶

---

① [英]A.J.P.泰勒:《英国史:1914—1945》,第244页。
② [英]A.J.P.泰勒:《英国史:1914—1945》,第302页。
③ [英]阿加莎·克里斯蒂:《阿加莎·克里斯蒂自传》,第443页。
④ [英]阿加莎·克里斯蒂:《东方快车谋杀案》,第15页。

的事实却已然发生且不可撤销,事后的正义宣泄无助于当事人所经受的灾厄折磨,而只得是一种无望的复仇,甚至可能滋生出更多的对峙与分裂。在《东方快车谋杀案》的结尾,察觉真相的波洛选择为众人保守秘密,但仍掩盖不住其中的惨淡色彩——世界主义理想只是一次暂时而惨痛的补偿,在林德伯格案嫌犯被处死的1936年,也是国际和平秩序的破坏者希特勒蠢蠢欲动之时,而欧洲大陆乃至全世界,也将如小说结局所暗示的那样,难阻从合众与联邦走向分裂与对立的颓势,届时国族间的刻板印象与敌意将以前所未有的残暴形式加以重返。

结语:阿加莎的当代与当代的阿加莎

《东方快车谋杀案》遍布着充满敌意的异国刻板印象,但小说中反复闪烁的世界主义理想反而将其逐渐消解,阿加莎的保守主义并未频频缅怀古老而美好的过去,而将英国社会的新焦虑反复提及,当代尖锐的政经事件也并未被小说中那超历史的童话国度所屏蔽,而是如同刺点一般反复刺痛阿加莎同代读者的神经,《东方快车谋杀案》提供出一个特定的表征空间,展示着这一连串随历史变动、复杂而矛盾的意识形态论述与反论述[①]。

如果说面临非人道法西斯势力的崛起与国际和平秩序的崩解,《东方快车谋杀案》对其所秉信的世界主义理想已有了一丝犹疑,那么另一部同样以跨越欧洲的快车为舞台、以巴尔干国家为背景的作品,《贵妇失踪记》(*The Lady Vanishes*, 1938)——案件发生在布兰德瑞卡,一个位于巴尔干半岛的虚拟国度——则从世界主义姿态直接回撤到国族身份的固守中去。该项目原被指派给美国导演罗伊·威廉·奈尔(Roy William Neill),1936年副导演率组赴南斯拉夫拍夏季外景时不幸折断脚踝骨,事故引发警方调查,"照惯例,官方坚持要审读剧本……摄制组立刻被驱逐出境,理由是剧本的头几页内容具有危险的

[①] 叶雅茹:《空间焦虑与阅读实践:克莉丝蒂侦探小说的日常生活特质》。

煽动性"①,项目就此中断。1937 年英国导演阿尔弗雷德·希区柯克(Alfred Hitchcock)接手,将外景挪至朗穆尔军事铁路的所在地英国汉普郡朗穆尔军营(Longmoor Military Camp)拍摄。批评界多认为《贵妇失踪记》暗含对《慕尼黑协定》(Munich Agreement)的影射,影片上映前的 9 月 30 日,英国首相张伯伦(Arthur Neville Chamberlain)签署这一绥靖文件,而在影片中,大英子民(British subjects)终于凝聚起来共同抵御外敌,布兰德瑞卡这一独裁国家,挫败了绑架其英国同胞的阴谋,意味深长的是无意中参与绑架的英国修女的最终倒戈,她宣誓中的一般现在时态——"我是(am)英国人"——仿若一个永恒的标记,暗示其英国身份的永不褪色,远嫁布兰德瑞卡的大英子民开始向国族内部回归,而英国的国际盟友则在影片中诡异地全然隐匿。《贵妇失踪记》文本内外展露的,是阿加莎的当代的另一丰富侧面,或其直接后续。

　　在《东方快车谋杀案》中,阿加莎保持着与其当代若即若离的关系,她被源自她"生活时代的黑暗光束所吸引","紧紧凝视自己时代,以便感知时代的黑暗"②。而当我们当代读者回望过去,阿加莎的当代又仿佛一个无限扩张的宇宙中那些最远的星系,它们"以巨大的速度远离我们,因此,它们发出的光也就永远无法抵达地球。我们感知到的天空的黑暗,就是这种尽管奔我们而来但无法抵达我们的光,因为发光的星系以超光速度离我们远去"③,我们所重访的,正是阿加莎这一"迟到的当代",但同时代的含义恰恰在于"在当下的黑暗去感知这种力图抵达我们却又无法抵达的"④丰富光束,感知阿加莎对其同时代的凝视,在此意义上,当代读者才得以成为阿加莎文本上的同时代人。但遗憾的是,当代清消文化对阿加莎的审阅并非对历史现场的还原,而是将过去一劳永逸地删除,美国记者安妮·阿普勒鲍姆(Anne Elizabeth Applebaum)将清消文化视作"一个道德恐慌的故事,是文化机构面临群众的反对时对自身的监

---

① [美]唐纳德·斯伯特:《天才的阴暗面:希区柯克的一生》,徐维光、吉晓倩译,海口:南海出版社,2012 年版,第 156 页。
② [意]吉奥乔·阿甘本:《论友爱》,北京:北京大学出版社,2017 年版,第 68 页。
③ [意]吉奥乔·阿甘本:《论友爱》,北京:北京大学出版社,2017 年版,第 70 页。
④ [意]吉奥乔·阿甘本:《论友爱》,北京:北京大学出版社,2017 年版,第 70 页。

管与清除"①,清消文化反而陷入了批评家对阿加莎小说的指摘,它才企图活在一个所有问题都已得到解决的世界,对过去的审查与删除,令其直接关闭了接收阿加莎时代光芒与黑暗的感应器,如果说重访阿加莎的当代意味着意欲借助过去"获得一种能力来回应现在的黑暗"②,那么,清消文化无疑并不具备这一勇气。

---

① Anne Applebaum: *The New Puritans*, *The Atlantic*, Aug. 31st. 2021.
② [意]吉奥乔·阿甘本:《论友爱》,北京:北京大学出版社,2017年版,第78页。

没有头的神明与会画画的侦探
——中世纪题材推理游戏《隐迹渐现》中的谎言与真实

朱嘉雯[①]

【摘 要】 通过在游戏过程中向玩家所呈现的多重选择,中世纪题材推理游戏《隐迹渐现》展现了历史叙述背后真相与谎言之间反复拉扯的张力。游戏中数起命案绵延数十年,历经几代人,一波三折的索凶之旅向我们揭示出历史真相背后暧昧不明的话语建构性,正如作为游戏中主要谋杀动机的大理石神像残躯拥有着不同的阐释可能性,通过一系列悬而未决的瞬间背后玩家的主动选择,《隐迹渐现》凭借交互模式下的话语系统,探索了推理文学的全新叙事空间。

【关键词】 元史学;游戏研究;推理小说

1817 年,当通过海路运抵伦敦的埃尔金大理石雕塑(Elgin Marbles)首度在大英博物馆向公众开放展览之际,这些从雅典帕特农神庙经由斧凿拆卸而下的古代雅典雕塑装饰残片给社会带来了巨大的冲击。展览工程的主导者,第七代埃尔金伯爵(Lord Elgin)托马斯·布鲁斯(Thomas Bruce)在当时的英国诗坛引发轩然大波,浪漫主义旗手乔治·拜伦(George Byron)在长诗中为希腊发出沉痛叹息:"看着英国人的手破坏你的城墙,搬走你残破的神坛;英国人本来应当保护你的古迹——永难恢复,一旦残破……硬把你那些衰老神明送到不相称的北方岛国!"[②]而对于济慈而言,雕塑的公开在帝国主义展演之外存在着另外一层文化向度,那就是古典理想与凡人之间距离的抹除,当实物替代了想象和文字记载,使得人的肉眼能够穿透纸背、毫无遮拦地直接注视雕像本身,

---

① 作者简介:朱嘉雯,女,复旦大学中文系比较文学与世界文学专业博士研究生。
② [英]拜伦:《恰尔德·哈洛尔德游记》,杨熙龄译,上海:上海译文出版社,1990 年,第 73 页。

界限的消解将带来恐怖的下场:"一件件苦心的结构、想象的峰巅、超凡的艺术都告诉我:我必将死亡。"①

正如莎士比亚通过劳伦斯神父之口向我们揭示的那样:"这些残暴的欢愉,终将以残暴收场。"②古典奇观的背后潜藏着难以想象的危险力量,残损的雕像暗示着未知的广阔时空的存在,然而对于过去一无所知因而未能及时心怀敬畏的观者,死亡与沉默成为遗迹艺术品带给他们最终的惩罚——这个植根于文化创伤的古老诅咒,构成了黑曜石工作室的最新作品《隐迹渐现》(Pentiment,2022)中凶手最核心的杀人动机。

Pentiment 一词是艺术史专用术语,指的是绘画艺术中被艺术家在创作过程中有意覆盖的原始内容,经过后人通过专门的修复技术重新还原,再次出现在世人的眼前。Pentiment 源自意大利词语"pentimento",意为"悔悟"或"后悔",常常被译为修饰痕,修饰痕的产生往往来源于艺术家在创作过程中对构图、位置或细节等内容所做的调整和改动。借助红外成像或 X 射线扫描等特定的技术手段,艺术史学者和保护修复专家通过修饰痕,向我们揭示出艺术家最初的创作意图和作品的演变过程,为最终稳定的作品诠释出一套立足于历史和情感变换的全新叙述维度。本文试图解释,《隐迹渐现》如何将艺术史原理作为推理游戏的核心机制与故事主线,并在此基础之上开拓出推理文学的全新叙述空间。

一、层层历史遮盖之下的连环凶案

在《隐迹渐现》开篇,玩家所扮演的来自纽伦堡的 16 世纪的画家安德里亚斯(Andreas Maler),被卷入了一系列发生在巴伐利亚(Bavaria)地区修道院内部的连环谋杀案当中。故事始于 1518 年,还是画师学徒的安德里亚斯在修道院的缮写室内终日工作,为洛伦茨·罗特沃格男爵(Baron Lorenz Rothvogel)委托修道院制作的泥金装饰手抄本(Illuminated manuscript)描绘插图。钟爱书籍

---

① [英]济慈:《夜莺与古瓮:济慈诗歌精粹》,屠岸译,北京:人民文学出版社,2008 年,第 66 页。
② [英]莎士比亚:《罗密欧与朱丽叶》,梁实秋译,北京:中国广播电视出版社,2001 年,第 116 页。

与艺术的男爵,在前来视察的途中与安德里亚斯一见如故,通过交谈建立起了跨越阶级的友谊,在某些情节选项中,男爵甚至会赠送给安德里亚斯一枚自己的信物。然而,就在第二天,男爵被刺身亡,陈尸于修道院的大礼堂中央。通过调查取证和多方走访,安德里亚斯很快锁定了几名具有杀害男爵动机的当地居民,并且得知他们每个人都收到一封鼓励他们攻击男爵的神秘便条。

为了查明凶杀案背后的真相,主人公安德里亚斯需要往返于寓居的阿尔卑斯小镇塔辛(Tassing)和附近的本笃会基耶绍修道院(Kiersau)之间。玩家所需要进行的任务是通过与镇民和修道院内部修士进行交谈,从而在限定时间之内锁定嫌疑人,并掌握足够证据在大主教所主持的公开审判中向其发起指控。无论是收集物证和从镇民与修士的交谈中获取信息,玩家所从事的追凶工作穿插在主人公的日常生活行为当中,安德里亚斯在用餐时间会与镇民或修士一起吃饭,参与到钉马掌、纺毛线、拣树枝等一系列当地居民的劳作中去。安德里亚斯同镇民共同劳动与生活的经历可以帮助玩家更好地了解塔辛小镇与基尔索修道院的前史,同时也成了联结安德里亚斯与街坊邻里的情感纽带,这也使得从他们之中指认凶徒的工作变得格外沉重。在从询问、搜证到最终指控的流程中,玩家无法从任何一名嫌疑人身上搜集到足够定罪的证据,无论选择向哪一名镇民发起指控,安德里亚斯的定罪都是不完美的,其中存在着难以由事实填补的漏洞。

七年后,当功成名就的安德里亚斯带着新学徒重返小镇,谋杀卷土重来,字迹相同的神秘便条再次出现,仿佛在对画家当年的错误推理进行嘲弄。彼时的小镇民怨沸腾,塔辛镇民们向修道院的高额税收发起抗争。这一次被谋杀的受害者正是起义的领导人奥托(Otto Zimmermann),小镇居民坚信谋杀是修道院院长所为,并宣称要合力围攻修道院以擒拿凶徒。试图力挽狂澜、平息民愤的安德里亚斯再次搜求取证,最终又一次指认出一名凶手。嫌疑人逃进磨坊,死于小镇居民点燃的烈火之中。愤怒的镇民并没有就此罢休,甚至纵火焚烧了修道院,为尽可能挽救修道院图书馆的书籍,安德里亚斯奋不顾身地冲进了火焰,从此生死不明。

时间跳转至二十年后,玩家开始扮演年轻的印刷匠玛格达莱妮(Magdalene

Druckeryn)。当父亲克劳斯（Claus Drucker）被一名神秘袭击者攻击卧床不起后，玛格达莱妮临危受命，开始接手他的工作，为新落成的小镇议事厅（Rathaus）绘制壁画。在玛格达莱妮为了寻找绘画素材调查小镇过去历史的过程中，她在修道院废墟中遇到了在火灾中幸存下来、隐居于此的安德里亚斯。两人在教堂废墟之下意外发现了一个巨大的古罗马神庙遗迹，并正面遭遇连环凶杀的始作俑者：小镇神父托马斯（Father Thomas Sprecher）。他主使策划了对男爵和奥托的谋杀，并袭击了玛格达莱妮的父亲克劳斯。托马斯神父陈言之所以这样做，是因为想要阻止人们发现小镇主保圣人殉道者圣莫里茨（Saint Moritz）与圣萨蒂亚（Saint Satia）的真相。

根据塔辛流传已久的说法，莫里茨是一位来自埃及的罗马士兵，后来皈依基督教。他和他的基督教军队被困于现今塔辛郊外的一处地方，风雪饥寒之下他们得到异教徒萨蒂亚的搭救。萨蒂亚引领莫里茨军队来到一处泉水，并在那里领受了受洗仪式。在萨蒂亚受洗的瞬间，冰雪奇迹般地开始融化，大量的食物出现在莫里茨和他的军队眼前。为了感谢这一切，莫里茨在此地建立了城市，塔辛正是由此而来。莫里茨的手被供奉在基耶绍修道院的神龛中，作为圣物接受着来自欧洲各地朝圣者的朝拜。修道院外草原上风化的无头雕像也据说是为了纪念他而修建，它树立在修道院通往小镇的必经之路上，每天都得到镇民和修士的瞻仰。

然而草地上的雕像其实并不是传闻中的圣莫里茨，而是罗马战神马尔斯。罗马战神雕像所缺失的头部流入镇民奥托手中，正是这一发现给他带来杀身之祸。托马斯神父不惜通过灭口以掩盖历史真相，使镇民的信仰免于遭受动摇。他操纵足不出户的阿玛丽修女（Sister Amalie）写下紫色墨水的杀人指示笔迹，逐个抹杀那些他认为接近圣人真相的人。在游戏的尾声，托马斯神父决心摧毁古罗马神庙以抹去异教历史存在的全部痕迹，最终葬身于瓦砾之中。玩家可以替成功逃离现场、决心继续完成议事厅壁画绘制的玛格达莱妮做出决定，选择是否告诉镇民有关小镇主保圣人和托马斯神父的真相，或者向镇民隐瞒有关祖先的真实历史，让真相永久地隐没于黑暗。

不仅仅是结尾对于案情是否公之于众的选择权被交托到玩家手中，在整个游戏过程中，无论是初期作为游戏主人公而活跃的安德里亚斯还是第三幕才正式登场的玛格达莱妮，他们的个人前史都需要由玩家选择来书写。两名主人公在游戏故事主线开始以前的个人成长环境、过往的旅行与游历经历、古典语言技能、神秘学知识、教育背景与宗教信仰等各种特质都由玩家所决定，而他们的特质会经由游戏所具有的对话树（Branching Dialogue）系统，在后续的情节当中直接影响玩家的推理活动。作为一种交互式的对话系统，对话树常见于角色扮演游戏（Role-Playing Game，简称 RPG）和文字冒险游戏（Adventure Game，缩写为 AVG 或 ADV）当中，这种具有交互性质的对话模式通过模拟日常交谈，带给玩家一种同虚拟角色进行交流的体验，使得玩家得以通过不同的对话选项来直接影响游戏的进程和结果。由于玩家可以选择不同的对话选项，不同的问题、回答或行动都会导致不同的情节分支，在游戏中所经历的角色反应和交涉结果都各不相同，每一名玩家都将收获一个面貌不同的故事，正是由于多项选择所带来的参差，创造出了游戏过程中独属于玩家的情感共鸣，使得《隐迹渐现》通过游戏交互性为推理文学的叙述性增添了全新的维度。

二、流血或成圣：谋杀在艺术史视野之下的互动媒介表达

除了日常交流中的选择，在《隐迹渐现》开篇，玩家会被要求决定主人公的知识构成与出身背景，而这些选择会对游戏的发展起到重要的作用。如果玩家选择让安德里亚斯倾心于马丁路德的宗教改革思想，他将更容易从与作为世俗贵族的年轻勋爵的交往中收获友谊，并且在游历归来后更好地理解镇民对于修道院所爆发的不满；如果选择让安德里亚斯拥有学习拉丁语的知识背景，他将轻松地辨识小镇中大小废墟上的铭文，并且能够与上层人士畅谈老普林尼与卢克莱修等古典时代先贤的经典作品；如果选择让安德里亚斯掌握足够的神秘学知识，他将能够认出修道院修士所藏匿的仪式道具并复原它的使用方式，在为谋杀调查取证的环节中取得突破性的进展。在游戏中，每一个关于人物前情的选择都能够帮助玩家以某种特定方式更好地理解安德里亚斯与玛格达莱妮所身处的时代环境，并且创造出不同的人生经历。

与安德里亚斯不同,玛格达莱妮所受到的教育选择是有限的,她仅有的知识来源是安德里亚斯从修道院图书馆替她取阅的一些书籍,无法像安德里亚斯一样与他人讨论社会与政治,关于她所拥有的才能,我们只能从补锅、家务和记账中选取一项,而她在同人交流中所能施展的性格特质,也只有偷听、调情或语带讥讽地对他人进行嘲弄,然而这并不妨碍她成为最终决定小镇历史将如何被叙述的人。正如《玫瑰的名字》中是年轻的阿德索记录下了所发生的一切,而智慧的威廉修士面对图书馆的大火最终承认了自己的失败,是玛格达莱妮而非博览群书、见识广博的大师安德里亚斯首先迈向了探寻过去的道路,并最终成功地发现了它。游戏仿佛在告诉我们,比起我们一开始所能够掌握的素质,是我们的经历和见闻决定了我们最终的视野。正如海登·怀特在《元史学》中所言,历史乃是一种有选择性的言说,可以被视为"叙事性散文话语形式中的一种言辞结构"[1],在《隐迹渐现》当中,关于最终解答和历史真相的言说背后是无穷多个细小的对话选择,正是那些穿插在日常生活事务之中、看似不经意间层层堆叠的言谈,使得塔辛小镇的全部历史在我们的眼前显形。

　　这种聚沙成塔的游戏展开过程,与主人公安德里亚斯的真实历史原型德国画家阿尔布雷希特·丢勒(Albrecht Dürer)的艺术风格不谋而合。根据游戏主创索亚·肯尼迪(Sawyer Kennedy)的说法,被誉为欧洲艺术史上自画像之父的丢勒,其本人的创作与生平奠定了《隐迹渐现》作为冒险游戏的核心表达主题,即艺术家的自我发现。[2] 以自我发现为代表的自画像在西方美术史上有着重大意义,贡布里希在《艺术的故事》中对于丢勒的先驱地位给出高度肯定,指出正是丢勒首开先河,将画家凝视的目光和塑造的手笔首度从宗教性的神明重新转向了凡人,是丢勒使得"一个几乎已被哥特式艺术全然摒弃的目标,现在又为众目所瞩,这就是用古典艺术曾经赋予人体的理想来表现人体"[3]。丢勒本人也曾经在1512年的一封书信中诚言:"对于一名好的画家来说,最有意

---

[1] [美]海登·怀特:《元史学:十九世纪欧洲的历史想象》,陈新译,南京:译林出版社,2004年,第1页。

[2] Jakob Hansen, "How Obsidan Brought the Past to Life in Pentiment", in *Gamereactor*, November 18th. .

[3] [英]贡布里希:《艺术的故事》,范景中译,南宁:广西美术出版社,2008年,第346页。

义的莫过于从内部进行创造,艺术家正是凭借此举来获得永恒,因为对于他来说,这样意味着他可以一直把新鲜的东西呈现给世界。"①这在当时并不是一件轻松的工作,根据德国艺术史学家诺伯特·沃尔夫(Norbert Wolf)的考证,16世纪的镜面研磨工艺十分粗糙,平面镜子的使用被少数人所专有:"十六世纪的镜子大多又小又凸,直到1516年,穆拉诺岛上的玻璃工人才成功地研发出世界上第一批平面的镜子。正因如此,将一张脸从凹凸不平的镜面转移到二维画布上这项工程本身就是一个巨大的挑战。"②丢勒将对己身的观照透过绘画呈现出来所需要克服的困难是我们今人难以想象的,然而这也并没有磨灭他对于自画像的热情,自他13岁起直至他生命的晚年,他始终在进行着自画像的创作。当我们带着关于镜子的掌故再次审视《隐迹渐现》,我们会再次意识到玩家经由选择对于主人公的塑造有着多么重要的意义,当丢勒从斑驳扭曲的镜面上一次次试图窥探与还原自己内心的真实之时,他是否能够想到,当下的今天电子互动媒介技术赋予了玩家以一种前所未有的可能,使得每个人得以透过平整的电脑屏幕来塑造游戏中自己的虚拟化身? 根据拉康知名的镜像理论,个体的自我是通过镜像反射而形成的,当玩家在游戏过程中如同画家通过绘画完成自我表达一般,通过选项来把握自己所拥有的素质和个性,玩家实际上也像创作自画像一样通过层层叠加的大小笔触,不断地重新建构着作为虚拟角色的自己的身份和意义。

正如在艺术史上当人取代神成为了画面中被表现的中心,观看画作的人们也不得不开始思考自身在历史环境与社会生活中的位置一样,在游戏展开的过程中,玩家所面临的多重选择无时无刻不在呼应着主人公作为一名艺术家向其灵魂深处的自我探求,而这些探寻无一不影响到了他面对周遭世界的方式。无论是安德里亚斯身为学徒时期对于爱欲的懵懂激情,还是作为名满天下的艺术大师时对于幼子去世时无法排遣的疲乏与痛苦,还是年轻的玛格达莱妮在父亲去世后决心离开小镇前往布拉格、从此独自立身于广阔世界中的那份勇气与坚定,主人公在玩家的选择之下被塑造成为了一个个能够凭借

---

① Norbert Wolf: *Dürer*, Taschen GmbH, 2022, p. 30.
② Norbert Wolf: *Dürer*, Taschen GmbH, 2022, p. 30.

自己意志力行动的非凡角色。而这些角色也绝非一成不变的，正如艺术家能够通过其特有的艺术风格在画布上表现自己一般，在《隐迹渐现》当中，玛格达莱妮在初登场的林中摘野果时，应该从未想到自己会有离家前往布拉格、在新天新地中施展拳脚的一天，而安德里亚斯由于两度抓错凶手、准备在修道院的废墟中了此余生之时，也绝不会想到自己最终仍然得到了直面真相的机遇。玩家可以通过主动选择不同的对话选项，在游戏过程中逐渐发展和充实安德里亚斯和玛格达莱妮的人生，决定他们被怎样塑造和再塑造，意味着正是玩家在决定这个推理故事被讲述的方式。在指证过程中，假使安德里亚斯指认偷偷施行异教巫术的修士有罪，这说明玩家认为凶案的发生源于修道院内部的信仰不虔诚，假使安德里亚斯在指认中包庇向官员复仇的镇民，这说明玩家发自内心地同情小镇中饱受压迫的百姓，认为谋杀是民众出于正义的反抗。虽然这些指认最终都被证明是不完善的，安德里亚斯和玛格达莱妮仍然正是以这一连串的大小经历为阶梯，最终找到了通向连环谋杀案事件真相的途径。这种由局部勾连整体的主题，贯穿了全部的游戏主线流程和塔辛小镇历经数十年的兴衰，破碎的雕像残片拼合出了事件的完整解答与被隐瞒的全部历史。与此同时，是安德里亚斯与教士、镇民通过日常琐事所缔结的情感和玛格达莱妮生于斯长于斯的光阴，赋予了他们的追寻以异乎寻常的意义，而正是从他们与塔辛每一名住民的交流过程中，他们更好地认识了他们自己。玩家也通过这些充满真实感的细节所组成的经历，建立起了一个只属于自己的视角和立场，每一名玩家都将带着自己独有的立场，来走向游戏尾声的最终解答。

正如贡布里希所言，只有当一名艺术家从真正意义上认识了自己，他才能通过自己去感知和回应他所身处的周遭世界。对于丢勒而言，这种感知与回应所形成的动态系统，建立在画家对于微小细节大量不厌其烦的精心描绘之上："他画出那些速写所凭仗的那种耐心，同样也使他成为天生的版画家，他总是不厌其烦地在细部上再添加细部，在他的铜版上构成一个真实的小世界。"[1]而正是一个又一个的细部与小世界，使得塔辛与它过去的全部历史，纤毫毕现

---

[1] ［英］贡布里希：《艺术的故事》，范景中译，南宁：广西美术出版社，2008年，第346页。

地被呈现在了我们的眼前,正是无数细节的层垒和变迁为连环凶杀提供了许多种不同解释的可能,谎言与真实、仇恨与宽容、铭记与遗忘,正是游离在两极选择之间艰难纠结的主人公在故事中的行动轨迹,创造出了一个个由每一名玩家所独享的阅读空间,如同艺术品在光照之下层层显现的修饰痕迹一般,正是对于过去选择的几度重新审视,使得作为最终解答的真相得以从玩家不断叠加的视域里逐渐生成。

三、第三种修道院凶杀规则与推理叙事的主题革新

中世纪文学研究学者艾伦·盖洛德(Alan Gaylord)在《中世纪谋杀的两种规则》(*Two Rules for Medieval Murder*)当中,根据宗教推理小说的主题模式与叙事技巧,总结出了两种特定的修道院凶杀叙事范式:一种是以埃科的《玫瑰的名字》为代表的哥特式小说,其中怪诞元素、黑暗阴影和情节剧叙事风格构成了小说家对于修道院生活的描绘,修道院在书中被塑造成险象环生、波诡云谲和邪谬横行的阴森场所。盖洛德认为,对于埃科来说正是修道院森严的戒律催生了血腥的谋杀——"暴力与死亡潜藏在教义之内,被凶杀最终激发出来"[①]。而在伊迪丝·帕格特(Edith Pargeter)的中世纪侦探系列小说《卡德斐尔编年史》(*The Cadfael Chronicles*)当中,是修道院的生活与其背后的教义主动地包容了谋杀与死亡,使之"在小说的情节中被和平地埋葬"。

在伊迪丝·帕格特的写作当中,正义往往先于侦探的干预就已经得到了伸张,杀人的僧侣被意外地埋入圣物箱,失落的圣人遗骨奇迹般地复归原处,推理小说中主人公的行事原则在情节的发展中渐渐在教义面前失去颜色。在这里,死亡在叙述中被视为一种寻常的事物,对于死亡的推理也只不过是一系列庞大环节中的组成部分,那就是"调和、谅解和顺从"[②]。死亡与谋杀并不意

[①] Karl Fugelso: *Studies in Medievalism*: XX: *Defining Neomedievalism(s) II*, Cambridge: D. S. Brewer, 2011, p. 132.

[②] Karl Fugelso: *Studies in Medievalism*: XX: *Defining Neomedievalism(s) II*, Cambridge: D. S. Brewer, 2011, p. 145.

味着失去,在帕格特的笔下,"其最深沉的音调并不是遗憾,而是成熟(fruition)"①。在盖洛德看来,帕格特所描绘的死亡永远可以被归纳进《圣经:创世纪》中"稼穑、寒暑、冬夏、昼夜永不止息"②的时间循环之中,象征着神意对于过去的解读以及对于未来的承诺。

在《隐迹渐现》当中,托马斯神父也逃脱了来自侦探和审判的惩罚,他死于亲手自掘的罗马神庙废墟之中,我们或许也可以将这样的情节安排视为神意的显现,然而游戏通过互动选择所不断赋予玩家的自主性使得我们对于案件的终局拥有了新的阐释空间。正如玩家所操纵的安德里亚斯与玛格达莱妮之所以成为追查凶案的侦探,并不是出于自身利益的诉求,而是为了保护身边日夜相对的挚友亲朋在不断地努力一样,托马斯神父也不是为了自己而犯下谋杀的罪行,不同于基耶绍修道院的其他修士,托马斯神父是塔辛小镇的本堂神父(parish priest),他生活在小镇当中,日常的工作与职责就是服务在心灵上感到困顿和迷失的镇民。作为向镇民提供灵魂指引的虔诚监督者,没有人能够比他更加恐惧信仰动摇对于镇民所产生的灾难性后果,他所主导的一系列谋杀不是出于自身考虑,而是来源于他对上帝与神意的服膺。谋杀的背后是恭顺和虔敬,直到托马斯神父通过对安德里亚斯与玛格达莱妮的自白向观众揭晓动机的那个瞬间,《隐迹渐现》才向游戏显示屏背后的玩家首次揭晓他真正的对手——上帝,或者说神意及其有关的一切抽象概念。

正如《玫瑰的名字》中谋杀的罪行来源于权力对于非正典知识的严酷把守,《隐迹渐现》当中虽然并不存在着一本将会引发教义震荡的《诗学》第二卷,托马斯神父也通过对于残损雕像真相的掩盖,在极力维护着教会对于过去历史解释权的垄断地位,这种垄断地位在现实中欧洲中世纪的百年历史中根深蒂固,黑暗的中世纪由此得名。《玫瑰的名字》中《诗学》第二卷的原本由于被凶手吞入腹中,关于教义以及过去历史的真相就此彻底断绝,永远地失落在图书馆的大火之中。所幸在《隐迹渐现》结尾,勇敢的玛格达莱妮通过她的画笔

---

① 同前页。
② 同前页。

告诉我们,哪怕神像的头颅遭掩埋,神庙的地基被湮灭,只要通过创作,真相以及对于真相的解释权将重新掌握在自己的手中。由集体经验所形构的记忆由此传递出了游戏的真正主题与关键概念,旷野中的无头雕像所呼唤的不是神启的显现,而是在暗示着一个充满能量的动态话语场域。而在此期间能够对抗无知所构成的庞大虚空的力量,正是来源于各种微小的日常生活经验与将其捕捉并记录下来的无穷好奇心与非凡技艺。

正如其名 Magdalene Druckeryn,挥动画笔的玛格达莱妮出生在一个印刷工匠之家,16 世纪的印刷术技术革新,在游戏中以一种激动人心的巧妙方式被显现出来。在《隐迹渐现》当中任何一名人物都没有原声配音,当他们开口说话的时候,玩家会听到羽毛笔擦碰纸面或者印刷机打字的声音,根据游戏中人物所受教育的不同,画面上的人物对话框中也会出现不一样的字体,牧羊人和在农田中劳作的贫苦百姓说话显示的是潦草的手写体,修道院修士说话显示的是富有宗教色彩的典雅花体字,而在安德里亚斯去而复返、玛格达莱妮不断成长的数十年间,玩家会惊喜地发现,随着印刷术的普及,大量的塔辛小镇镇民说话开始显示不同以往的印刷体字。对话框中所涌现的印刷体排版除了向我们呈现出一种书籍媒介无法传递的动态奇观之外,令人很自然地想到了本雅明在其著名的《技术复制时代的艺术作品》中所描绘的乐观前景:"艺术品的可复制性有史以来第一次将艺术作品从依附于礼仪的生存中解救出来。"[①]当印刷术的普及使得塔辛镇民打破了教会对于知识的垄断,荒原上的无头残躯不再是接受镇民膜拜的对象,也不再是有关塔辛过往历史的唯一象征,当议事厅中的壁画展览代替宗教崇拜成为艺术品与观者之间新的互动方式,历史的解释权也从此由教士被交付到了每一名普通人的手中,玛格达莱妮绘画的勇气与力量也正是由此而来。而当选择与行动代替静观与服从成为玩家与故事互动的全新方式时,关于结尾真相的言说也变成了玩家自身对于《隐迹渐现》故事意义的一次阐释,这一次,谋杀是否诞生于宗教,宗教是否能够涵容谋杀,都成为不再坚固的命题,谋杀与宗教之间层层缠裹的纠结关系,最终将通过玩家

[①] [德]瓦尔特·本雅明:《技术复制时代的艺术作品》,孙善春译,北京:中国美术学院出版社,2021,第 120 页。

的主动选择被离析和拆解。

当环绕古老神像周身的、曾经一度使英国浪漫主义诗人感到炫目的光晕被机械复制技术所驱散,人们也从单纯的膜拜转向了带有审美旨趣的欣赏,身为凡人的观者也重新获得了在历史面前确认自身的机会,而一旦我们在石像所暗示的无尽时间之流面前把握到自身生命的有限性,我们对于古典雕塑碎片背后所隐含的死亡威胁也将拥有新的理解。通过互动对话系统所展现出许多种不同可能性的《隐迹渐现》所描绘的虚拟小镇塔辛,为我们提供了一个理解谋杀的新视野。正如 X 光线穿透了作画者有意隐瞒的层层修饰痕,是媒介技术所赋型的新兴世界,使得过往的旧罪行得以彰显在人们的眼前。正是那些混乱的、由玩家所挑拣的破碎话语,在游戏中照亮了那个宗教律法所未能言明的黑暗世界,让那些永难恢复的古老神明再度开口,向每一名玩家提供了作为解答的最后证言。

名作细读

心是菩提,亦是魔障[①]
——网络文学名作《护心》细评[②]

单小曦 俞欣悦 杜 虹 季子函 瞿伶真[③]

【内容提要】《护心》通过构建仙界的独特地理环境、术法运行机制和社会体系,塑造妖族的神奇物种和特殊水质,讲述人间的乡村江湖秘事,展现出一个传统性与创造性并存的修仙世界。在人物与叙事层面,作者反套路而行,弱化"金手指",凸显女性主体性,改变宏大叙事,使渺小而真实的人物形象和叙事紧密结合,但存在部分人设割裂的问题。在思想主旨上,小说打开了透视心灵的窗户,对爱恨问题进行了深入探讨,亦展现了对公私、善恶等问题的辩证思考。在审美情感上,作品从辩证性、本质性、多数性等维度呈现了悲剧之美,引发读者对人物悲剧性命运成因的思考。

【关键词】《护心》;反套路;伦理抉择;悲剧

九鹭非香创作的仙侠小说《护心》于 2015 年 5 月连载于晋江文学城,同年 11 月完结,同名电视于 2023 年 5 月播出。作品立足仙、妖、人三界,围绕众人的情爱与利益纠葛,讲述了修仙少女雁回被逐出师门后帮助被肢解的千年妖龙天曜找回身体,并与之共同成长对抗世间之恶的故事。本文将从世界设定、人物叙事、主旨思想及悲剧美学四个维度具体展开细评。

[①] 基金项目:国家社会科学基金重大项目"中国新媒介文艺研究"(18ZDA282)。
[②] 本文为杭州师范大学人文学院《新媒介文艺批评研讨》《网络文学研讨》课程系列成果。
[③] 作者简介:单小曦,文学博士,杭州师范大学人文学院、文艺批评研究院教授;俞欣悦,杭州师范大学人文学院汉语言文学专业本科生;杜虹,杭州师范大学人文学院汉语言文学专业本科生;季子函,杭州师范大学人文学院汉语言文学专业本科生;瞿伶真,杭州师范大学人文学院汉语言文学专业本科生。

一、书写传统的钟灵之境

《护心》的世界由"三界"构成,其设定兼具中国传统文化的化用继承与传统修仙世界的书写延续。小说中"三界"为仙、妖、人,仙是修仙修道者,妖是修炼妖法者,人是不修仙法妖赋的凡人。地域、物种和自然力量都被赋予灵力。小说基于孕有灵力的自然和传统的社会关系,造就了一个有别于现实世界的修仙世界。在社会关系上,仙与妖对立,凡人排斥妖族,崇敬仙门。仙和妖在第一次仙妖大战后以三重山为界线分隔两地,仙门占据灵气充裕的中原,妖族居于灵气贫瘠的西南,凡人则在妖和仙修炼的山峰之外生活。第二次仙妖大战之前,仙、妖、人三界势力之间的局势较为紧张,战后仙妖和谈,从此仙、妖、人地域共享,各自修炼生活,无故互不干涉。以下具体介绍第一次仙妖大战后至第二次战前的三界格局。

仙门的自然"法""域"和社会体制。《护心》通过描写自然与人的关系展现修仙界统一有机整体,这一有机整体包括自然地域、个体属性、修炼术法,以及在这些基础之上形成的仙门体制。

修仙修道者居于灵力充沛的中原地区,生活和修炼皆在山上进行。"仙"被赋予高高在上的地位,他们不仅在能力上优于常人,在地理位置上也拥有"睥睨众生"的优势,与山下的凡人形成对比,这是修仙小说一贯的设定。"中原"这一架空地理空间在小说中属于世界版图的中部,其中各大仙门都有各自的领地,且地理环境各不相同。在中原的三大仙门广寒门、辰星山、云台山中,广寒门和辰星山的环境特点最为突出。广寒门位于山头常年覆盖冰雪的广寒山,山上四季冰封,山门前有用龙心结成的护山结界。广寒门是三大仙门中离青丘最近的仙门。辰星山位于中原的腹地,地处二十八座山峰之上,每座山峰都有专人看管。众山峰以二十八星宿命名,各自独立,自成天然的阵法,这使得辰星山的灵气相比其他灵地更为充沛,此为"天象分野"。中国自古就有分野之说,即天上的星宿和人间的地域相对应,《护心》以此为灵感设置了辰星山的名称与地理环境。另外,星宿与氏族的图腾崇拜有关,因而与动物相对应,其中"心宿"的分野是以狐狸为图腾的国家,而小说中"心宿峰"内关押的恰巧为狐妖,此设定或许也与历史典籍的记载有关。

修仙者的术法具有"五行"特征。相比其他修仙小说所强调的境界高低,《护心》的修仙机制之关键在于自然五行力的相互作用。一般而言,五行指金、木、水、火、土五种物质,五行运动即五种物质的运动。在《护心》中,修仙之人都有各自的五行属性,并主修该属性一系的术法,不同属性的术法之间存在相克或相助作用。但小说并不恪守公认的五行即"金克木,木克土,土克水,水克火,火克金"的运行规律,而是另设有"冰""风"等属性的术法和不同的五行特质与相互作用,如修风系术法者善御风,对气流变化极为敏感;木系和水系术法皆与火系术法相克。术法之间还有属性相助的作用,修仙者可以利用周围环境和自身属性反应产生术法加成,如水系术法在广寒诛妖阵的加持下可令雪花化为利剑;另外,修仙道者并不囿于一系术法,而是可同时运用其他属性的术法。

在社会关系上,仙家门派注重长幼有序,遵守辈分,辈分的排列则体现在宗谱式的传统行辈字派上。在辰星山,法力最强、地位最尊者是清广,往下一辈是"凌"字辈,如清广的弟子凌霄、凌霏、凌雷等,再往下是"子"字辈,如凌霄的弟子子辰、子月等,其他仙门也如此。每个门派各配有特色服饰和武器。小说中形容子辰的装扮是一身青白长袍的辰星山道者打扮,腰佩白玉,手执七星长剑,只寥寥几笔便可见辰星山的门派规定。此外,门派还有特制武器,修仙者多用剑,根据个人属性和所长,其剑不同,如凌霄用冰雪所铸的长剑,子辰用辰星山特制的七星长剑,凌霏使用软剑。仙门之人大都御剑飞行,也可有坐骑。

辰星山、广寒门和云台山虽然同为仙家门派,但都信奉"非我族类其心必异"。他们认为凡是妖族便是恶,是恶必诛,诛妖的仙门便自诩良善与正义。三大仙门对待妖族的态度大体一致,但三者的立场实际有所不同。广寒门由素影作为掌门,敌视妖族,认为妖可以随意诛杀;辰星山由凌霄主持,凌霄心怀慈悲,他的弟子雁回和子辰受其影响,正气凛然,但凌霄的师父清广和素影的妹妹凌霏却恨妖入骨;云台山掌门栖云真人反对无故屠杀妖怪,待妖族如同类。总而言之,仙门内部有两派势力,一是以凌霄、栖云为代表的仙门正派,怀有仁慈之心;二是以清广、素影为代表的妖族对立派,奉行"妖即恶"的处事态度。这些设定体现了九鹭非香反善恶二元观念的态度。

妖族的动物国度和功能水体。妖族大部分都由动植物等自然物种修炼而来,可幻化成人形,其中以动物最为典型,它们各自具有其传统的文化渊源与现世的文化色彩,表现出"兽"与"人"的共通性。妖族栖居西南,此处的两方水域——黑河和冷泉,具有"洗髓"和"疗愈",以及特殊的"仙""妖"转化的功能。《护心》以修仙者雁回和蛇妖的身份变换为范例,展现了该小说特有的仙妖互化设定,体现了作者对仙妖存在方式的独特看法。

妖族中的动物大都为中国传统神话中常见的兽——狐狸、蛇、龙。一是狐狸。狐狸尾巴数量有一至九条,尾巴越多代表其修为越高,其中血统最高贵、术法最强的是青丘九尾狐。九尾狐族具有强烈的宗族血缘观念,青丘国内部按照血缘亲疏,分为国主、皇子、公主、世子、郡主等级别。我国古代即有家、族、宗的区别,"家"指夫妇共同生活所组成的人群最小单位,"族"即放大了的家庭,"宗"是同族之主,所谓"宗族"是由共同祖先界定出来的父系群体[①]。青丘九尾狐的宗族体制具有人类宗族的色彩——由家组成族,族内尊大国主为主,范围扩大至整个妖界,则妖族奉青丘大国主为妖王。二为蛇。小说中提到两个蛇妖,其一是开篇盗取至寒秘宝的百年蛇妖,蛇妖的形态和现实世界的蛇的外形吻合,但身形巨大;其二是一条浑身沾满毒液的九头蛇,有九个头,獠牙森森,口中腥臭,可吞火球,住在青丘以南一魔窟中,是现实中的蛇更具奇幻色彩的异变。三是龙。男主天曜是千年妖龙,至高至强,乃不死之身,身体被分解而不死不灭。龙可以化为人形,也可以以真身遨游天际,或是以火龙的形态飞翔,由魂魄、龙骨、龙角、龙筋、龙心、龙鳞和内丹组成。其中魂魄使他具有意识,可附身于人体,能感应身体其余部位;龙角是吸收和储存天地灵气的至高法器;龙鳞有保护作用,穿戴后可延长凡人寿命,加入护心麟的龙鳞铠甲可使凡人长生不老。

---

① 姚伟钧:《宗法制度的兴亡及其对中国社会的影响》,《华中师范大学学报·人文社会科学版》2002年第3期。

《护心》以现实动物为原型塑造人物的写法是有迹可循的。它参考中国古代氏族图腾,借《山海经》、希腊神话中早已有的夸张变形的动物形象作为小说中妖怪的形象。小说中九尾狐的形象与《山海经》所载一致。关于蛇,《山海经·海外北经》中有上古凶神相柳,"九首,以食于九山。相柳之所抵,厥为泽溪。禹杀相柳,其血腥,不可以树五谷种"[①];希腊神话中有九头蛇海德拉(Hydra),它的血液和气息有剧毒,它的一颗头被斩断后,会立即生出两颗头。而《护心》中的九头蛇头被斩后不会再生长,它口吐毒液,作为反面形象出现。作为图腾的龙则是由蛇图腾崇拜和其他文化崇拜发展而来的综合体,具有神性。《护心》中的龙和蛇是不同物种,但外形相似,且妖龙的内丹可以由九头蛇的内丹取而代之,可见小说中龙和蛇之间的相似性。

妖族大都栖居在燥热的西南地区山林中。在一统妖界的青丘一族的王宫山头上,所有的妖怪都住在树中,巨大的树干被掏空作为大堂,国主用灵气滋养草木,使树无心而不死,树与树间有吊桥相连,树根之下有步道穿行而过,地下土石筑有房间。此外,西南地界有二"神水"。一为"黑河",具有"洗髓"的功能,即吸收修炼者体内修为的能力。黑河位于青丘西南方向的丛林,从黑山流出,表面是流水,河底则潜藏着一座遗存的幻妖族宫殿。从蛇妖在中原、雁回在黑河洗髓可见,洗髓的地方不止黑河一处,中原仙界也有,洗髓并非黑河或妖界独有;这一净化修为的功能不只针对妖族,修仙道者亦可洗髓。二为"冷泉",是青丘国主居住的山峰背面的一处泉水,由青丘国主聚集至纯至净的无根水、施以阵法而成,极具灵气,可接断筋碎骨,起疗愈之效。

不过,黑河对于术法的净化并非"提纯",而是使妖族或仙者的法力流失。修仙者若要从仙法改修妖法,需断筋洗髓,去除仙根,仙法尽失后方可修习妖法。断筋和洗髓是仙妖身份转变的关键,断筋骨是为断仙根,筋骨断后可在诸如冷泉的地方重续,此过程类似于"易筋",而洗髓则有"排除杂质"的意义,是为人物精进功法做准备。在中国古代,传统养生和神仙术中已经有"易筋""易髓"之类的词语。经典网络小说中,金庸的《笑傲江湖》、天蚕土豆的《斗破苍

---

① 滕昕、刘美伶译:《山海经》,成都:四川人民出版社,2019年版,第223页。

穹》等作品也都有"洗髓"这一设定。"洗髓"的设定广泛运用在许多武侠、修仙、玄幻小说中,细微处有所不同。《护心》中的"洗髓"是使主人公失去修为,从零开始修炼,是为仙妖身份转变的情节服务的独特设定。

人间的世俗乡野和仙侠江湖。《护心》的故事主要发生在乡村野外和城镇江湖,凡人不同于仙人和妖族,没有法力和修为傍身的他们会受到生老病死的困扰。在仙侠小说中,"仙""妖"的设置含有强烈的幻想因素,为小说增添了无穷想象的魅力。"人"的加入则拉近了小说与读者的距离,作者通过对中国传统百姓生活环境与风俗的书写,以及人、仙、妖盘错关联的设置,增添了小说的人物复杂性和社会真实性。

乡野是凡人生活的一大地区。《护心》从女主人公雁回下山写起,相比其他仙侠小说,乡村故事在情节中占比较大。男女主人公在铜锣村相遇。背靠山陵的乡村和"穷山恶水出刁民"的设定既是故事的"开始",也是后续"传奇"发展之必要。乡村野地分布在城镇之外,小说中提及两个山村,一是铜锣山旁的村庄,俗言"穷山恶水出刁民",铜锣山村就是"穷山恶水"和"刁民"的结合体:村前有一河流,四周环山,村民以种田为生,但此处却不是"世外桃源",村庄贫穷,物产贫乏,且民风刁蛮落后,村中盛行妇女贩卖。第二个村庄指的是雁回幼时所住的村庄,其设定与铜锣村类似。两个村庄都代表着贫穷落后的乡野人间,也是历史上中国一些传统村庄的投影。

有别于人际关系单纯的乡村,城镇是江湖势力的盘踞点。《护心》中隐含的江湖门派众多,但正式写明的只有"七绝堂"。七绝堂是江湖中一个赫赫有名的中原武林情报组织和暗杀组织。为了求财,其暗杀之人可上至朝堂下至江湖,但不包括皇室与仙门中人。老堂主去世后,少主凤千朔接任堂主,但因年纪尚幼,一直被其叔父凤铭掌控。为了摆脱凤铭的控制,凤千朔故意把自己塑造成贪图美色、毫无作为的形象,暗中发展势力,在几位长老的扶持下慢慢将七绝堂主管情报的权力收回;但凤铭作为副堂主,生性残暴,为人冷傲,功夫极好,仍以辅佐少主的名义掌管着七绝堂的实权。七绝堂和庙堂、仙门多有往来,是联结三界的江湖门派,其中势力错综复杂,副堂主凤铭贪图暴利,为广寒门素影真人办事,从仙门买取狐妖,炼制具有迷情之用的狐媚香。凤千朔得到辰星山凌霄真人的扶持,与雁回联手除去凤铭后完全掌管七绝堂。

作为如此庞大的江湖组织,七绝堂拥有诸多情报点,小说中提及三处,其一是忘语楼,此为永州城的情报点,是七绝堂中最重要的情报机构之一。永州是中原大城,地理条件优越,聚集了大江南北人士,因而容易获取大江南北的消息。忘语楼表面上是一个烟花之地,实际上楼内处处暗含隐晦阵法,无论是姑娘、小厮、后院的厨子还是扫地的大娘,都是七绝堂收集情报的耳目。忘语楼的掌门人名为弦歌,即上文提及的青丘九尾狐一族的郡主,她潜伏在中原数载,被凤千朔视为心腹。七绝堂情报点之二为天香坊,是永州城城南一个炼制香料以售卖给达官贵人的香坊,由凤铭掌管,也是以狐妖血炼制狐媚香之处。其三为小银楼,开在枫崖镇最热闹的街上,此分堂的情报主事脾气古怪但无所不知,名为"都知道"。

"江湖"原本是一个地理概念,进入文学世界后,指涉丰富。在武侠小说中,"江湖"与"庙堂"的意义相对,分别指权力的边缘和中心,仙侠小说也如此,但仙侠江湖已经淡化了"侠"的意义,更重"正义"。武侠江湖强调"人"和"侠义",江湖纷争起于人,止于人,江湖与庙堂的联系与对立更明显;仙侠小说中的江湖偏重"仙"和"正道",庙堂的影响退居其次。仙侠小说中的江湖和武侠小说中的江湖意义相近又有所区别。作为一部仙侠小说,《护心》中的人间江湖作为三界连接的枢纽,固然与庙堂有联系,但势力主体除了凡人掌权者,显然更偏向于仙门和妖族,因此江湖的范围被扩大。武侠小说的江湖中派别独立明显,正派仗义行侠,邪教作恶多端;而在《护心》的仙侠江湖中,仙和妖作为类似于武侠小说中正邪两派的设定,在伦理道德上却是平等的,仙和妖不是派别,而是所修术法的分别。

二、人物与叙事的反套路探索

《护心》试图突破一般修真小说扁平化人物与宏大叙事的传统,在弱化"金手指"、人物合理"人设化"方面做出了尝试,以塑造出更加真实的人物形象。它将叙事立足于小人物,以小人物推动小叙事,以小叙事推动大叙事。《护心》

还试图突破过去网文女性主体性缺失的传统,朝着主体"行动元"的转换迈进了一步。

"金手指"设定的弱化。网文中的人物常凭借各种"金手指"设定达到"爽感"效果,而《护心》中的主人公则与一般网文那种"金手指人物"不同。在当前网文圈,网文通常又被称为"爽文"。曾子涵指出爽文的"爽感"即是对现实的弥补,是对无法完成愿望进行象征性满足后的强烈愉悦感。"爽文"是对现实困境的象征性解决。[①] 黎杨全、李璐总结出来大多数网文作者为了满足"爽感"常使用的叙事套路,其中"金手指"是指给主角带来利好的各种幸运事件,如天赋异能、穿越重生、神灵附体、强悍导师、随身空间、系统模板等。[②] 而在此小说中,作者并未过多采取这种套路。《护心》作为一部网络小说,当然有"爽感"的指向,但是与其他修真玄幻小说对比,《护心》现实主义色彩更为浓重。

《护心》小说中的"爽点"主要体现在女主人公雁回鲜明的个性。雁回是一个很"自我"的人,不受所谓身份和种族的限制,只做自己想做的事。在雁回身上,读者看不到网文中易产生争议的如"傻白甜""恋爱脑"等人物设定,这是一部分"爽点"。但更多"爽点"在于雁回的本质是个"随心所欲"的理想主义者,理想主义是她性格的内核。直接地表达自己的喜怒爱憎,循"心"而行在现实社会中是很难做到的。因此在网络小说中,这就是"爽点",就是所谓对现实的弥补,就是读者可以从《护心》中享受的"白日梦"。《护心》满足了读者的部分"爽感",也将一个理想主义者飞蛾扑火般的陨落近乎残忍地铺开给读者看。因为抛开性格的"爽点",女主人公雁回其实自始至终就是个普通人。作者并未给她强加光环,小说中也没有不合逻辑的升级和逆袭。雁回与其他很多女频修真小说女主人公最大的不同在于她的实力并非处于世界顶端,所以雁回无法救下蒲芳与子辰,最终只能通过牺牲自己来改变这一切。修真世界所呈现出的弱肉强食法则恰恰是小说现实性的突出展现。这一切并不具有"爽

---

① 曾子涵:《论网络文学"爽感"特征的生成机制——以猫腻的作品为例》,《广西师范学院学报·哲学社会科学版》2018年第6期。
② 黎杨全、李璐:《网络小说的快感生产:"爽点""代入感"与文学的新变》,《海南大学学报·人文社会科学版》2016年第3期。

感",反而展现出小说的沉重底色。

然而,这之中也有问题存在,像小说中雁回展现出来的反道德绑架观、反受害者有罪论思想,甚至更突破常规的仙妖无差别的思想,它们的生成背景并未交代清楚。雁回毕竟不像穿越小说女主那样是现代的穿越者,她没有穿越的"金手指"。雁回虽说不是出生在仙门,但也接受了十年仙门的教育,她有这样超越世界背景设定的观念其实是缺乏充分依据的。总体来说,雁回并不是传统意义上的"金手指"人物,她只是一个在她那个世界里具备一部分超前思想的普通人而已。

"金手指"在《护心》中遭到了弱化。主角处于弱势之际,往往就是小说中叙事的转折点。网络小说中情节的转折很多时候也依靠"金手指"来推动,而很多"金手指"的出现其实是经不起推敲的。但是,《护心》的叙事转折处少有不合逻辑"金手指"出现,除去结局中天曜在失去雁回的刺激下,迸发出轻而易举能打败清广的力量这一缺乏合理性的"金手指",其他叙事转折大多通过人物相互帮助来实现,并且这些帮助并非毫无逻辑。在天香坊,雁回和天曜被凤铭发现假冒身份后,被凤千朔救下。凤千朔救雁回天曜是为了自己,也是受了弦歌的请求;雁回后来也帮助凤千朔在换人质时救下弦歌。我们可以看出,小说中每一个人物的行为都符合人物行动逻辑,而非依靠作者胡乱地安排"金手指"。叙事转折处不仅仅追求单一的"爽",也重视讲求逻辑支撑,这使得《护心》在有一定"爽感"的同时,也更多体现出追求现实逻辑的倾向,这使其人物更显真实,让读者有更多的同情感。

"人设化"新路径的探寻。"人设"是网文人物塑造中一个常见的关键词。在融媒体与文学联合发展的大背景下,网络小说人物塑造走向"人设化"。学界也不再回避这一趋势,一部分学者开始了新的网络小说人物"人设化"研究的探索道路。徐志伟、韩金桥认为"人设化"人物将在一段时间内成为网络小说创作的主流,这是符合网络社会逻辑的产物,人们应该思考的不应是网络人物塑造如何去"人设化",而是在做好"人设"的前提下如何让"人设"变得更为鲜活可感。① 在这种新"人设化"的趋势下,《护心》的人物塑造也给笔者带来了思考。其中主人公雁回的"人设化"呈现出来的效果更"鲜活可感",但素影的"人设化"存在些许问题。在《护心》中,作者塑造素影时,在人设与人物心理产生脱节,形成反差的同时,人物行为脱离了人物逻辑,导致"人设"没有真正立起来,只是浮在表面,这使得"人设"无法鲜活可感,通俗点说就是"人设化"失败,进而"人设"崩了。如果用福斯特在《小说面面观》中关于扁平人物与圆形人物的理论②来说的话,素影的形象属于是想圆没圆起来,没有用令人信服的方式圆起来,最终走向扁平化,甚至人物的逻辑也遭到了质疑。

素影的形象可以概括为外表清冷淡漠但内心残忍偏执的极端种族主义者。在素影眼中,妖族都是卑微的蝼蚁,她认为"妖即恶,恶必诛"(《护心》第17章)。这里主要存在一个大问题,那就是素影选择采用美人计和苦肉计去接近天曜的动机并不成立。虽说读者可以认为素影的做法实属无可奈何的选择,但若考虑到素影极度厌恶妖怪、非常爱凡人将军、又很傲气的人设,若动机不够强烈,这样选择总归是缺乏一定合理性的。而作者恰恰缺乏对素影的动机的铺垫和叙述。素影用几乎背叛爱情的方式去魅惑她所厌恶至极的妖怪,又缺乏不得已的理由和动机,反而打着所谓"想留住那段时光、因为爱情"的旗号,这样的行为缺乏合理的逻辑。作者一方面想把素影塑造成为爱跌落"神坛"变得偏执的形象,让读者感受到她的复杂性;一方面又想把作为反派推动情节的作用安在她身上,于是让她去魅惑男主人公;又想让她的人生足够悲剧化,就把凡人将军的死安排在她去骗天曜的中途。然而一开始素影并非是恋爱脑偏执狂的人设,也没有足够的动机触发,她能做出魅惑男主这种事的概率实在太小。作者写素影会害怕会后悔等心理活动,就是想让她更真实复杂,写她为爱跌落"神坛",也是这个目的,是为了突出人物的变化,试图让她从单一的高冷的"人设"走向更为真实的"人物"。可是最终呈现出来合乎逻辑的人物

---

① 徐志伟、韩金桥:《从"人物"到"人设"——融媒体视域下的网络小说人物生成逻辑》,《当代作家评论》2023年第1期。
② [英]E. M. 福斯特:《小说面面观(E. M. 福斯特文集)》,冯涛译,上海:上海译文出版社,2016年版,第151页。

形象却是:素影自始至终就是一个无下限的反派,只是外表看起来仙气飘飘、清冷高贵,所谓高冷,也确确实实变成了她在别人眼中的"人设",显得表里不一。这样的结果与作者的设想大相径庭,这样的人设让人难以信服,很难不让读者觉得人设崩了。招致这样人物行为与人物心理错位的结果的原因是作者想把太多设定放在素影身上,倾向于塑造出足够丰富复杂的反派角色,却缺乏合理的铺垫和渲染。因而这样的人物"人设化"是失败的。

女性主体"行动元"的转换。《护心》中对于主体"行动元"的转换也做出了些许尝试。格雷马斯在关于"行动元"的理论中所提出的三对"行动元"——主体与客体、发出者与接受者、辅助者与反对者。主客关系是其中最为基本的行动元模式。① 行为主体的欲望指向客体。② 在以往的女频网络文学中,主体"行动元"多被设置为男性,女性则多为男性主体欲望指向的对象,也就是客体。作为客体的女主常常因为缺乏主体性而表现为一种工具式的存在。2020—2021年越来越多的言情作品把女性置于主体"行动元"地位,有自己独立的事业线。③《护心》作为2015年的作品,还没有完全到达女性作为主体"行动元"的地步,但也是比较早的有意识增强女性的主体性,并将女性主体地位提高的作品。

在雁回与天曜的关系中,从表层上看主体"行动元"是天曜,客体"行动元"是雁回,因为天曜有"找回身体"的行动线,并且其爱情的欲望指向雁回。但雁回并不是作为工具性的存在,她是具有强烈的独立性和自主性的。因此,虽说天曜的欲望指向雁回,但在这段关系内部,主导权更多是在雁回手上。后期雁回心甘情愿入妖道帮助妖族,不是她妥协于男主,而是她逐渐与妖族志同道合。而之所以说还没有完全达到女性作为主体"行动元"的地步,是因为雁回缺乏自己的独立的明晰的事业线,尤其是前期。前期她的事业线情节走向主要是想查清关于凌霄的真相,具有想查清真相的心理,但这条线缺乏明显独立

---

① [法]A.J.格雷马斯:《论意义——符号学论文集》上册,吴泓缈、冯学俊译,天津:百花文艺出版社,2004年版,第176页。
② 同上,第177页。
③ 李玮:《论女频网络文学叙事结构的新变》,《江苏社会科学》2022年第4期。

的轨迹,并未大幅展开,附属于天曜找身体复仇这一更为突出和主要的线索下,整体叙事还是以男性的事业线为主导。到后期,雁回有明显的事业线走向了,那就是向凌霄复仇,但这时的背景是仙妖大战,她相对来说又不属于仙妖大战中的"大人物",她的复仇叙事相较于仙妖大战的宏大叙事,当然就处于被动从属地位。因而,在《护心》的主角叙事中,还是以男性为主体"行动元",但也已经有女性主体地位的觉醒,女性主导故事的尝试。女主独立自主的性格设定,其实就是一大体现;淡化的女主外貌描写,指向男性角色的身体凝视,也是女性主体地位觉醒的一大体现。男频文、旧的女频文常常会对"美貌"做出场景化呈现,即对女性的身体的极尽细节刻画,而当女性的身体描写"离场",女性内在的主体性就占据了更重要的地位。[①] 女性美貌身体的"离场",女性独立主动的性格的凸显,共同表达出了彰扬女性主体性的话语。女性作为主体"行动元"开始萌芽。从这个层次上说,《护心》其实可以算作当时走在时代前列的言情文,是早期的女频文中较早把握到女频文转向方向的作品。

三、伦理抉择中的道德探究

《护心》是一部蕴含丰富情感的小说,在这些情感中,作者展现的是在关乎伦理的决策过程中对道德的探寻,其中有爱恨的碰撞,有公私的探讨,亦有善恶的争辩,这些问题古来有之。作者将自己对这些伦理问题的思考融入小说中。

情感纷争的矛盾与共存。文学作品通过故事情节来传递情感和主题,而"爱恨"是传统文学作品,也是网络文学,无法避免的主题之一。下文将围绕"爱恨"从三个维度展开论述。

现代性的爱情是该小说倡导的主题之一,在现代性的语境下,爱情这一概念产生了许多裂变。《护心》的爱情观继承了缺憾与不完满、自由与热烈等现代性爱情观念,同时摒弃了传统观念中的不合理因素。雁回与天曜间的情愫

[①] 李玮:《论女频网络文学叙事结构的新变》,《江苏社会科学》2022年第4期。

都是不圆满的,这便是不完满的爱情,但他们并非浅薄地追求肉体欲望的情感,而是向往心灵与灵魂的碰撞。他们超越身份种族的桎梏,克服社会和文化上的障碍,相互包容、理解和尊重,这便是现代性爱情最好的诠释。

《护心》还突破了传统意义上的"门当户对"观念,呈现出一种全新的"爱情至上"的浪漫色彩。雁回和天曜之间虽然种族不同,但两人超越身份,义无反顾地在一起;陆慕生也不在乎种族与身份的差异,与狐族公主相知相爱,虽然最终二者双双殒命,但是"爱情至上"的观念在他们身上体现得淋漓尽致。弦歌与凤千朔算是有圆满结局的一对组合,弦歌为凤千朔违背自己种族的最高誓言,凤千朔为弦歌身陷险地,最终,二者共奔爱与山河。以上几对组合,其面临不同维度与层面的困难与挑战,也正是在这些挑战中,他们的爱情呈现出坚定、勇敢和无畏的品质,同时也散发出强烈的温暖和正能量。

除去打破"门当户对"的观念外,《护心》还打破了传统意义上的"男尊女卑"爱情观念,强调两性平等。在传统思想中,男性通常是家庭和社会的支柱,女性则负责家庭和子女的养育。而在此小说中,女性角色的性格有着与传统性别角色相反的特质。一方面,小说中的女性角色往往是有自我意识和行动力的,如雁回、素影和弦歌等都是个性强烈、独立自主的女性,她们不是男性的配角与依附品,而是与男性拥有动态平衡地位的人物;另一方面,在男女关系方面,《护心》展示了男女平等的爱情,男女之间不再是传统的"父权式"关系,而是相互尊重、平等协商的关系,如雁回与天曜之间的感情就是彼此平等、互相信任的。在这部小说中,性别并不是定义一个人是否被爱和是否有能力去爱的标准,男女角色都有着平等的权利去追求和选择自己心仪的对象。

作为传统"爱"观念的对立面,"恨"是贯穿全文的另一线索,以"恨"为主题的剖析,可概括为守护赤子之心,不为仇恨蒙蔽双眼,其中伤痕疗愈法是其核心。"伤痕与治愈"可以算作贯穿小说的线索之一,无论是作为男女主的天曜还是雁回,抑或是作为支线人物的素影真人,都在"受伤—治愈—恢复"或"受伤—治愈—再受伤"的过程中循环前行。伤痕疗愈治疗精神之痛,愈合人生之苦。对于男主天曜来说,最大的伤痕即为"深爱之人"素影真人的背叛。素影真人以"为心爱的将军制作铠甲"为目的接近天曜,在取得天曜的信任之后亲手"肢解"天曜的身体。天曜在此过程中,不仅受到了巨大的生理创伤,更有难以愈合的心理之痛。由爱转恨的情感变化,构成的天曜的伤痕模式,而对素影真人的报复是其治疗自身的最初方式(以恨养伤)。对于女主雁回而言,其伤痕源自师父凌霄的"背叛"。小说初期展现的凌霄形象,都与雁回眼中清风高洁的师父形象形成强烈冲突。同时,也正是这种形象的反差构成了雁回的伤痕样式,那么对凌霄身边之人(如凌霏)的复仇,就是雁回治愈伤痕的方式,同样也是以恨养伤。雁回被自己完美无瑕的师父凌霄伤害,天曜痛恨于自己爱之深切的伴侣素影,他们二者都遭受了撕心裂肺的背叛,且皆有以恨养伤的阶段——雁回杀死凌霏,天曜报复素影。但是,这一复仇过程虽然爽快激进,可在完成之后,并没有舒心之感。雁回自身也有所言,真正的复仇不是以"恨"作结,而是在报仇之后学会治愈自身。故而,在完成或即将完成他们所谓的复仇计划时,他们都选择了从自身出发,而非归咎于外物:天曜在与雁回的相处过程中,逐渐理解了自己内心痛苦的根源,以及自身幸福快乐的来源,进而通过自我救赎和修炼,逐渐成长为一个更加成熟和坚强的人。雁回则通过外在与内在两方面来治疗自身,一方面,她通过修炼武功强化自己的外在,从而保护自己不受到伤害,另一方面,她通过精神修养以及亲友的帮助,提升自己的心灵素质,从而更从容地应对各种困难和挑战,进而让自己更加坚强和独立。最终,二者通过多种途径进行了伤痛的疗愈,最终走出阴霾,达到自我治愈的较高境界。

爱恨交织也可谓小说行文的一大特点。爱也好,恨也罢,感情无好坏,可做之事,唯有守护本真自我之心。恨是建立在爱的感情基础上变质的爱,而爱与恨并不是非此即彼的关系,它们往往同在。在恨一个人的背后,是对他爱的渴求。当恨不存在时,爱也必随之消解。雁回对凌霄的情感可谓典型。雁回从开始被凌霄拯救与收养,便对凌霄产生了深厚的情感,也许是依赖,也许是爱慕,但至少都是正面情绪,即"负恨"。然而,在凌霄一系列有违师德的事败露后,雁回开始对凌霄产生负面情绪,即"负爱",而在凌霄真正的一面展露后,雁回又对之产生爱、恨、内疚等复杂情绪。同样地,"为你好"之言,说者为"爱",听/受者可能为"负爱",即走向爱的反面。当"为你好"的标签贴在"爱"

的情感之上,就会形成"以爱为名"的肆意与自大。这表面上看起来为了对方好的行为或话语,实际上可能剥夺了对方的自主权,损害双方关系。素影真人与凌霄等人物即为典型。素影真人对所爱之人,将军抑或书生,都冠以一厢情愿"为你好"的名义。陆慕生即使想起前世,仍然一心只认云曦公主,对素影心生厌恶,一再想要逃离,然素影一意孤行,只顾自己的喜欢而不顾陆慕生的心意。这样异化的情感或许根本不能称之为爱,强行将陆慕生留在身边,甚至妄图用含有前世记忆的灵珠再造傀儡,这并不是"为他好",而是对"所属物"强盗式地霸占,因而她最终只会被自己的执拗所伤。事实上,在畸形的爱、"负爱"的背后,都不过是"只爱自己"的内心映射。

  伦理困境下的个人主体性回归。在《护心》这本小说中,作者对公私进行了探讨。公,指的是公共利益,是个人利益之外的利益;私,指个人利益、欲望等。而今,越来越多的人呼吁回归个人主体性,注重自身,然而也有反对的声音出现。由于两方都各有道理,由此便产生了伦理困境。该小说作者将公私之辩置于读者面前,融入了自己的想法,在小说中体现为个人主体性中"私心"的回归,宿命与"私心"选择的纠缠,以及公私之间的冲突。

  首先,是个人主体性中"私心"的回归。私心本就是个人主体性的一部分,一个人没有私念、私利、私欲,没有自己个人的空间,这个人便不是真正意义上的人。[①] 只是在人的成长过程中,由于各方面因素,很多人渐渐摒弃自己的私心。然而,私心无罪。就像《护心》中,凤千朔对弦歌有私心,喜欢弦歌,想要维护她,这本身是无罪的。李贽提出的"童心说"也肯定了人的私心,他认为"私"即人心,有"私"才有心,无私则无心。小说中,弦歌就曾劝雁回"人总要自私一点",意思是作为人,也要顾一下自己的利益和私心。有人认为私心会危害公共利益和社会的发展,而事实上,人有私心才有进步的动力,才能推动社会的发展。私心无害,泛滥的私心才有害。适度的私心不仅是个人主体性不可或缺的一部分,也是社会的良性发展所必需的一部分。雁回义无反顾地去救人,这也是她救人的私心。这样的私心是适度的私心,是对社会友好的。

[①] 李承贵、赖虹:《中国传统伦理思想中的"公"、"私"关系论》,《江西师范大学学报·哲学社会科学版》2007年第5期。

理学家们认为"存天理灭人欲",而实际上,合乎欲望才以为人。在《护心》中,无论是仙是妖,都具有人的情感、人的欲望。主人公雁回虽是修仙之身,但是毫不避讳地展现出她属于"人"一面的欲望。她尊重自己的欲望并大胆追求,有物欲就去挣钱,有情欲就大胆追爱,这也是雁回作为人最本真的一面。李贽"各遂千万人之欲"的思想由此体现。每个人的欲望和追求都是千姿百态的,没有绝对的优劣之分,不存在"俗气"或"高雅"的欲望。除此之外,天曜、蒲芳等人,也都大胆追求并且致力于满足自己的欲望,哪怕付出生命的代价。因为在这个过程中,他们在可能范围内满足了自己想要满足的,做了自己想做的,这也是收获生命的意义和价值的体现。

有时,私心也是真情的彰显,是真我的体现,合乎真心才以为人。个人的主体性,体现在遵循内心的行为,体现在真情实感的流露。就像狐族大医师蒲芳,明知危险重重,却因挡不住对爱人的思念,仍去看望心上人;又如雁回出手救助被关押着的小狐妖白晓露的"自私"等。他们明知不可为而为之,拥有坚持真我的冒险精神。在小说中"仙善妖恶"的大环境下,他们坚持本心,这也就是李贽所提的童心。

第二,宿命与"私心"选择的纠缠。天道好轮回,善恶终有报。一些看似突如其来的灾祸,也可能是源自某些不为人知的因果报应。[①] 宿命论的一部分思想被掺入了小说中,宿命维系着情感,守护着天道。小说中两位主角的相遇看似偶然,实则是命运的安排,护心鳞将两人紧紧捆绑,无法分开。然而,传统的宿命论是一种否认人的能动性、创造性的消极的命运观,而小说中只采用了宿命论的一部分思想,而非全部。只有宿命的守护加上人为的正当努力,才有可能获得善果。倘若做了合适的努力与选择,或能如天曜与雁回一般修得正果;但若是做了不当的努力与选择,则将像修道者兮风和狐族大医师蒲芳一般,招致灾祸。因此,出自"私心"的抉择也显得格外重要,它与宿命紧紧纠缠,密不可分。

在宿命论的观点中,人具有被动性,这就是"不由心"。小说中,雁回不愿

---

① 张照:《宿命与善恶——生死簿问题中的命运观》,《国际社会科学杂志》(中文版)2022年第4期。

与天曜有过多的牵扯,企图离开天曜,但最终还是因为种种原因,无法真正与其分离;抑或是凌霄试图让雁回不要入妖道,但是事与愿违……这一桩桩一件件,都有宿命的干预。各人在各人的生命轨迹中挣扎浮沉,其中种种抉择、种种言行,难说由心、由己与否,结局或喜或悲,也都难说是一人所致。但除去被动性,宿命论观点也提出了人具有主动性的一面,这就是"由己心"。由己心是一种肯定生命的方式,是一种热爱生命的态度,是一种肯定人的能动性的自信。在《护心》中,虽然天曜声称是恨意支撑着他活下来,但是萧老太太的善意和照顾,也是支撑他活下来的原因之一。冥冥之中他其实已经肯定了自己具有去为萧老太太养老送终的生命价值。然而,由己心并不支持人们改变自然规律。因为改变自然规律本身就已否定了生命本身的主体性。人们相信会有来世,希望让身边的人复活,这就改变了被复活者的主体性,因为被复活者的人生并非由自己掌控,而是受制于他人。小说中,青丘国主夫人是寿命有限的凡人,但青丘国主却宁愿堆积思念也不干涉她走向死亡的命运,这是对亡妻这一世生命的尊重;反观素影,却选择为所爱者延长寿命,干涉凡人将军的宿命,这是不尊重他人生命主体性的体现。充分发挥人的主体性,就要拥抱宿命中的必然性,注重后天选择的重要性。而选择本就与宿命紧紧纠缠,这一次的选择可能改变之后命运的轨迹,而命运的轨迹又会影响之后的选择。在这些选择背后,可以看出人的私心私欲,以及不同的私心私欲与宿命碰撞产生的奇妙的化学反应。

  无论是"不由心",还是"由己心",都是宿命与选择相互作用的结果。小说中,在危难之际,雁回不愿意眼睁睁看着没有护心鳞和内丹的天曜斗不过清广,决定遵从自己的内心,将内丹送还,在内丹的帮助下,天曜在最终的战争中取得了胜利。雁回选择拥抱生命中自己必然死去的结局,愿意发挥自己的余热。而正因为她有这样的选择,狐族国王愿意送她入轮回,保其记忆不失。在某种意义上雁回也算是以这样的方式改变了自己的命运。而素影最后的悲惨结局,也是她坏事做尽的报应。

  第三,公私之间的冲突也是小说的一大主题。一般来说,个人合理的私欲应该得到满足,这是自然人性的体现。如小说中,雁回有食欲、情欲,但这种自然欲望并不会影响"公",这只是丰富自己生活、在许可范围内合理满足自己欲望的一种方式,是提升人生体验的一种自然欲望。但若个人的私欲影响到他人,危害到社会时,这种"私"便是自私。在小说开头的小山村里,人贩子周姊为了满足自己钱财之欲,贩卖人口,这样的"私"与他人利益有害,也与公共利益有碍。因此这样的"私"便是以个人私心侵害"公"的利益。而雁回在面对公私冲突时则表现出了更为高尚的态度。在面对危机时,她毅然放弃自己的小爱,用内丹成全世界和平的大爱,这便是"私"让位于"公"。我们可以在小说人物的结局中看出作者的思想倾向。只顾"私"不管"公"的素影、清广等人都结局悲惨,而愿以"私"让"公"的雁回最终得以复活。很明显,作者支持雁回这样符合人性道德的私欲,在肯定个人抉择的同时也认为"公"与"私"应达到平衡的状态。

善恶思辨的继承与突破。福祸相倚,善恶相依,这是道家对事物对立统一的一种哲学思辨。往小了说,善恶是共处于个体中的;往大了说,善恶是处于群体之中的。人性中有善的一面,亦有恶的一面,也可能存在无法判断善恶的一面,如此才是真正的人。同样地,一个群体也绝不可能都是绝对的好人或是绝对的恶人。而这样的哲学思辨,在小说中表现为群体固化观念的立与破,个体善恶的对立统一。

首先是群体固化观念的立与破。《护心》呈现的是一个仙妖殊途的世界。在这个世界里,为仙者必然是良善的,为妖者必定是罪恶的。小说中处处透露着"仙善妖恶"的偏见,即修仙者修的是所谓的正道,是大道;而为妖者修的是妖道,是狭隘之道。这便是群体固化观念的"先立"。

实际上,仙、妖、人三个群体看似定位明确,实则错综复杂,不是纯粹的非黑即白,而存在灰色地带。小说中的所谓"仙善妖恶"的观念越是被不断重复,里面的角色与情节越是与这样的观念不相符合。清广真人是仙人,却不顾仙人道义,干屠妖之事;蛇妖作为一名妖,却对曾经善待他的栖云真人有情有义。然而,修仙者中也有良善者。比如一直都心存善念,甘愿冒着风险去救雁回的大师兄子辰等。这便是群体固化观念的"后破"。小说中并没有特别强调"人"这个群体,而人这个群体实际上是夹在仙、妖之间的,亦正亦邪的一个群体。

从宏观上讲，凡人这个群体更像是沟通善恶的存在，连接黑与白。凡人中，有坑蒙拐骗的道士这样讨人嫌的恶人，也有有情有义的凤千朔这样惹人爱的凡人。"人"这个群体看似没有明确的明面上的定位，实则是整部小说所展现的世界中智慧存在的整体缩影。

先给读者留下"仙善妖恶"的固化印象，再通过具体的人物和情节来打破，展现的便是作者对于群体的善恶观：一个群体中都会有善的个体和恶的个体，因此不能单纯地用"善"与"恶"去定义任何一个群体。

其次，在个体层面，个体的善恶也是对立统一的。康德有对于个体善恶中间状态的道德假设，就是人类的道德是既善又恶的，也有可能既非善又非恶，抑或是一部分是善而另一部分是恶的。《护心》作者在此基础上，强调了善恶所指对象的作用。若有的个体对一些特定群体表现出善的一面，又对其他群体表现出恶的一面，如此接受善意的对象自然就觉得施善者良善，受到恶意的对象也就觉得施恶者险恶，这是行为对象接受者对行为对象实施者的善恶评价；而如果个体所表现出来的恶大于善，那么大多数人就会认为这是恶人，反之，则为善人，这便是群体对个体行为的善恶评价。这便是善恶呈现出来的形式以及评判的主体与角度不同。

小说中的天曜并不是一个完美无瑕的主角，在他身上亦有善恶的对立统一。危难时刻，他为护住雁回，杀了九头蛇，取了蛇妖的内丹。这样的行为放到小说的情境中，好像是合理的，因为杀了恶人可以挽救更多的人，站在整个群体角度，某种程度上也是做了一件好事。但若站在被取了内丹的九头蛇角度看，这与素影为了心爱之人剥天曜的鳞片又有何区别呢？天曜之于九头蛇，是否与素影之于天曜并无区别？此外，在结尾处，天曜看似拯救了世界，实际上只为护住一人。甚至在他察觉到护心鳞在他体内时，他放弃战斗，转头就去找雁回。在关键时刻放弃苍生，只想着情爱，这在任何人看来都是十分荒谬的。可见他心中从始至终都只有小我，小到只能容纳下雁回一人，而无大我。救下苍生只是他为雁回报仇的顺势而为。实际上，天曜是一个亦正亦邪的人物。是善是恶，主要看外因如何引导。而雁回就是极为重要的外因之一。雁回身上的护心鳞不能取，天曜为了护住她就去取了蛇妖的内丹，这时他对于蛇妖而言就是恶的;而之后又是为了雁回,救下了整个妖界乃至于苍生,此时他又是大善者。他是有私心的一个角色,去追寻和保护想要的,并没有拥有传统武侠修真中"侠之大者为国为民"的伟大情怀。若说天曜维持住了善恶的平衡,并且从结果来看表现出来是善大于恶的,那么素影、清广等人便是恶大于善。素影对自己的妹妹极好,清广对徒弟们也有温情的一面,但是这是他们的小善。他们的小善盖不过他们犯下的滔天罪行,总体来说是恶大于善的。由此,个体中的善恶是会随着所指的对象和评判的角度而变化的,个人整体所展现出来善恶的多少也将是大众评判一个人善恶的一个重要根据。

四、悲剧性的多维解读

悲剧色彩贯穿于《护心》的各方面,既包含双线的人物情节,又包括各阶段的故事发展,设置严密。下文将对小说剧情进行重点分析,探讨作品中蕴含的多维悲剧性问题。

辩证之路:选择性的悲剧哲学。小说中,人物的命运被描绘成一条辩证之路,充满了冲突和选择。这些冲突和选择涉及自由意志与命运、牺牲与获取、真相与幻想以及生存与死亡等哲学议题,为故事赋予悲剧色彩。

天曜作为唯一的千年妖龙,面临着与修仙者素影之间的禁忌爱情,展现了个体自由意志的追求和困境。人物的内心矛盾和冲突揭示了自由意志的力量和选择的困境,这正是人物的道德伦理所造成的悲剧性。天曜面临着爱情和自由的冲突,渴望与素影在一起,但受到宿命束缚,无法真正实现自由,这种冲突使天曜内心挣扎与痛苦。这正符合黑格尔悲剧理论,"冲突双方要维护个别化于自身的实体性的伦理力量,这在他们看来是理所应当的"[1],并且他也认为这是有罪的。作品通过对冲突与意志的展示,以及人物在面对冲突和困境时,通过自主选择和行动展现出对自由的追求,凸显人物性格及其行为背后的深层精神内涵。黑格尔将悲剧人物的冲突发展为同一人物内心的两个对立面

---

[1] [德]黑格尔:《美学》(第三卷下),朱光潜译,北京:商务印书馆,1981年,第286页。

的冲突,这种内在的矛盾推动了悲剧情节的发展和人物命运的转折。[1]

人物在面对困境和抉择时做出选择性的牺牲,同时也从中获取了一些东西,这种牺牲体现了悲剧冲突中对立双方各有理由,人物需要在矛盾中做出选择,这种选择往往是痛苦的。小说中,雁回在牺牲与得到之间,将动态平衡的天平进行了加减码,倾向于自己内心的一块圣地。这种选择性的牺牲在悲剧中形成了一种复杂的辩证关系,也展示了人物内心挣扎的悲剧性[2]。另外,他们通过牺牲得到了一些更高尚的东西,或者保护了重要的价值。雁回的牺牲让她留下了天曜的护心鳞,成为两人之间联系的纽带。总而言之,人物为了保护、追求或实现某些价值而做出牺牲,这种牺牲也带来了获取的结果,通过牺牲,人们获得了一些更高尚的品德或保留了重要的关系。

在牺牲与获取、失去与得到的抉择中,还有更深层次的社会与个人剖析。小说中,仙妖之斗,人物对社会公利与个人私利的挣扎抉择,都展现了社会阶级与个人命运的复杂性和辩证性;在人物为了争取自身利益和追求幸福中,他们可能失去了某些物质上的东西,但同时也得到了更多的自由和解放:天曜遭受了被心爱之人背叛的精神缺失与身体被肢解的物质伤害,千年妖龙的社会地位与权力也受到挑战,但在追求自由与真我的过程中获得了内心的解放和成长;人物在追求个人利益和社会正义之间面临着道德抉择:凌霄为保护雁回,为坚守正道,选择放弃自己的权益与幸福,这种牺牲是对正义的坚守与守护。

真相与幻想的辩证亦为作品的重要方面。天曜在面对素影的背叛和欺骗时,经历了幻想的崩溃和真相的揭示。他原本对素影抱有深厚的爱和信任,但当真相暴露时,他的幻想被打破,对素影的信任和情感遭受巨大打击,但同时这也为他提供了成长的机会。雁回通过对自身修炼和力量的揭示,发现了自己拥有五行力量,并能够施展火系法术。这使她逃离了对自己人生的幻想,接受了真实的自我和使命。真相与幻想的对立让人物认识到现实的残酷和生命

---

[1] 吴文忠、涂力:《浅谈黑格尔的悲剧理论》,《人民论坛》2011年第2期。
[2] 翟欣:《悲剧与自由:席勒与黑格尔的悲剧理论之比较》,《华中科技大学学报·社会科学版》2019第2期。

的复杂性。

天曜在与素影的斗争中经历了生死危机,他被束缚在生死边缘的枷锁下,为重获自由与素影展开激烈斗争;雁回也在保护天曜的战斗中,用自己的力量和勇气面对死亡的威胁,展示了对生命的珍视。他们二者都体现了对生存的渴望和保护他人生命的责任感。生存与死亡的对立让人物更加珍惜生命的宝贵,深刻地意识到生命的有限性。他们在生死边缘的摩擦中展现出对生命的无尽渴望和不屈的意志。这种辩证关系深刻地展示了悲剧冲突中生存与死亡的复杂性,对生命的敬畏和追求,对束缚的抗争和对命运的挑战。

行为之根:本质性的悲剧美学。天曜和素影之间的禁忌爱情、雁回的牺牲与获得,以及人物的选择性行为等,都展现了丰富而深刻的人性探讨。这些情节和关系的交织,形成了多元性的悲剧美学,丰富了故事的内涵和戏剧性。

作品中,一方面,人物的选择性行为是悲剧美学的核心。这些选择性行为涵盖了人物内心的冲突、欲望的驱使以及对命运的回应并最终展现为人物的独特意志。天曜对自由、真相和爱情的追求,以及雁回对生命价值和责任的坚守,都是伦理实体内心的冲突与抉择。他们在面对困境时做出了艰难的选择,这种选择性行为体现了伦理实体内心的自我分裂。另一方面,人物的选择性行为背后的精神与内涵展现了对现实和命运的抗争。他们通过选择性的行为来表达对自由、真相和正义的追求,对命运的抗争和挑战。这种对命运的反抗体现了人物内心的抉择和坚持,使得他们的行为充满了戏剧性和情感冲突。

悲剧作品通过对人性的探索和展示,揭示了人类的存在困境和内心冲突。小说中,天曜和雁回的选择性行为以及他们与命运的斗争,体现了他们内心的自我分裂。他们面临素影的背叛、禁锢和死亡的威胁,同时也面临对自由、真相和生命价值的追求,他们内心的挣扎和抉择带来了和解和成长的可能。悲剧作用和人物的本质性探寻共同呈现出人性的复杂性和命运的不可预测性[①]。悲剧作品通过展示人类的痛苦和苦难,触发了观众的共情和怜悯。悲剧人物的悲惨命运和遭遇使人们对生命的脆弱和无常产生共鸣。悲剧作品通过揭示

---

① 付中上:《莎士比亚悲剧中的人文主义精神》,《名作欣赏》2023年第11期。

人类的痛苦和苦难,促使读者反思生命的价值和意义,从而深化对人性本质的理解。这种交织的探索使得小说超越了表面的故事,成为对人性、命运和存在的哲学思考的艺术表达。

　　天曜这一角色的独特意志在于他对自由和真相的渴望。他的行为和冲动源自对束缚和虚假的厌恶,他渴望解脱和寻找真实的自我。小说中描述了他的心灵深处存在一种无法抑制的冲动,这种冲动驱使着他与命运抗争,尽管他知道这个过程充满了困境和悲剧。雁回的选择性行为源于内心的责任感和对他人生命的珍视。她愿意以自己的生命来保护他人,这表现出她内心深处的情感需求和牺牲精神。而雁回这一角色的独特意志则在于她的责任感和对生命价值的坚守。综上,悲剧性的人物命运与其强大、鲜明意志的结合,共同揭示了人物选择性行为的多重层面,丰富了小说的内涵,同时也引发了读者对人类心理和行为动机的思考。

　　传统之延:悲剧性的多维展现。在该作品中,人物命运与悲剧的交织强调人物内心的矛盾和冲突,注重人物性格的刻画和情感的复杂性。通过将两者结合,我们可以更深入地理解人物命运与悲剧之间的联系。

　　根据黑格尔的观点,人物面临的冲突不仅来自外部的社会和命运层面,更重要的是内心的矛盾和斗争。天曜和雁回作为主要人物,都经历了命运的摆布和内心的挣扎,他们的内在冲突和对立推动了悲剧情节的发展和人物命运的转折。天曜作为千年妖龙,被素影所害,失去了满身龙鳞,被镇压在大江南北,他的命运被束缚在诅咒之下,永生永世不得自由。这种命运的安排使得天曜陷入了绝望和痛苦之中。直到天曜的护心鳞意外地落在了雁回身上,他们之间的纠葛和命运的交织也就由此开始。雁回作为命中注定的天曜的伴侣,也承受着悲剧的命运。雁回临死前让幻小烟转告天曜自己会回来,这一举动则体现了她掌控自身命运的意志。同时,天曜作为被"诅咒"的妖龙,他的内心矛盾和对自由的渴望强化了其命运的悲剧性,天曜因为自身对素影的各种情愫与矛盾,使得自身陷入情感的旋涡中,更为痛苦。而雁回对天曜的保护和最终的牺牲则展现了她坚定的信念和命运的无常。由此可见,人物的命运不仅是他们悲剧的所在,也是他们与命运的较量和抗争的场所。这种交织使得人物形象更加复杂和丰满,引发读者对于人类存在的本质和命运的思考。同时,悲剧的审美情感也通过多维的解读方式在小说中得到了展现,丰富了故事的内涵和情感表达。

　　悲剧作为一种文学艺术形式,也有激发读者的情感共鸣和审美体验的功能。通过分析小说中的情节和人物形象,我们可以理解悲剧的审美情感是如何通过多维的方式得到展现的。天曜追求自由和真相的决心与被命运束缚的命运形成了强烈的对比,雁回坚定的信念激发了读者内心深处的情感共鸣,引发了对人性和命运的思考。这凸显黑格尔悲剧理论的"由心灵性的差异而产生的分裂"[1]。另一方面,人物的情感和性格决定了他们对命运的反抗和挣扎。天曜的妖龙本性与他对自由的追求形成了矛盾,雁回的坚定和牺牲也展现了她对命运的无畏态度。这些复杂的人物情感和性格引发读者对人类命运和存在意义的思考。这是莎士比亚悲剧理论的"性格悲剧"[2]。通过对人物内心的冲突和抉择的描绘,读者可以感受到人性的复杂性和矛盾性,同时也能在人物命运的无常和个人抗争中体味到命运的力量。这种多维的审美情感使得读者在阅读小说时产生强烈的情感体验和对人类存在的思考。

　　此外,自然的优美观念和命运的崇高观念共同贯穿于悲剧的发展和人物命运的塑造中。自然的优美观念强调作品形式和人物行动对某种自然规律的顺应,而命运的崇高观念则突显了人物在面对命运挑战时的态度和选择,带给人的感受较为尖锐。自然的优美观念强调美的完美和和谐,通常与秩序和稳定相联系。然而,命运的崇高观念往往打破了秩序,突出了冲突、混乱和不确定性。小说中人物关系一方面顺应命运的感召,遵循自然、欲望等法则,但另一方面又在个人意志的挣扎下充满矛盾与混乱。莎士比亚悲剧理论中强调了命运的力量和无情,人物往往无法逃避命运的摆布。人物受到了命运的安排和限制,面临着无法逃避的挑战。这种命运观念突出了人类对于命运的无能为力和生活中的不确定性。天曜和雁回承受着命运的考验和抉择,他们之间

---

[1] 吴文忠、涂力:《浅谈黑格尔的悲剧理论》,《人民论坛》2011年第2期。
[2] 刘雅:《试比较黑格尔悲剧理论与莎士比亚悲剧思想的异同》,《戏剧之家》(上半月)2013年第3期。

爱与恨的交织、身世的迷离、亲人的背叛等,都被安排得似乎无法改变。人物面对命运的挑战时,常常陷入无法逾越的命运限制和困境,他们的选择和行为受到命运的限制和安排,这呈现了悲剧理论中命运对人物命运的决定性作用[1]。在命运的安排下,人物做出了各种选择,有些选择是出于对他人的牺牲和奉献,有些则是出于自身的反抗和追求。这使得读者可以思考个体自由与命运之间的平衡和矛盾。总结以上,顺应自然的优美与抗争命运的崇高观念在这部小说中共同构成了人物命运的基础和悲剧的发展,为读者提供了对命运、自由和个体选择的深度思考。

---

[1] 张良丛、姜游:《马克思主义现代悲剧观与中国经验阐释》,载《学习与探索》2019年第11期。

作家评论

现实题材网络小说"都市人·都市梦"叙写的延续与裂变
——以阿耐小说中的"进城"叙事和"城市想象"为中心

黄 祎 张学谦[①]

【摘 要】 在中国的现代化进程中,现实题材网络小说与"都市乡土小说",都在通过"进城"叙事和"城市想象"参与着关涉城市发展、人口迁移的宏大主题,塑造着"都市人",叙述着"都市梦"。对比"都市乡土小说",现实题材网络小说呈现出延续与裂变的双重特征,阿耐小说在其中有代表意义。而这种延续与裂变又带来了关于"现实"的新问题和新理解。

【关键词】 现实题材网络小说;都市;"进城"叙事;"城市想象";阿耐

近年来,在政府部门、文学网站、作家主体、阅读市场四方合力下,现实题材网络文学的创作迅猛发展。日前最新公布的数据显示,2021年全国主要文学网站新增现实题材作品27万余部,同比增长27%[②],现实题材作品的新增数量、同比增长率,均超过了科幻题材和历史题材这两大热门网络文学题材作品,现实题材网络文学的成长备受瞩目。通常认为,相较于网络文学,传统文学更加具备观照现实和书写现实的能力,但不仅早期网络文学多以现实题材开端,当下现实题材网络文学还触及改革开放、青年支教、脱贫攻坚、基层工作、抗击疫情等当代社会的各个现实空间和行业事件,且得益于互联网的即时传播和反馈机制,现实记录、专业书写、价值渗透转而成为现实题材网络文学的特征和优势。

---

① 作者简介:黄祎,女,苏州大学通俗文学与大众文化专业博士研究生;张学谦,男,苏州大学文学院副教授。
② 《光明日报》:https://epaper.gmw.cn/gmrb/html/2022-08/11/nw.D110000gmrb_20220811_2-09.htm。

现实题材网络小说"都市人·都市梦"叙写的延续与裂变
——以阿耐小说中的"进城"叙事和"城市想象"为中心

　　现实题材网络小说在从不同角度记叙时代发展时,也触碰到了折射中国社会特征的"进城"叙事,且现实题材网络小说中"进城"往往和"都市奋斗"相关联。近年来《上海繁华》《浩荡》《破浪时代》《大国重工》《扬帆1980》《撩表心意》等有影响力的现实题材网络小说或多或少都有"进城"的设定,而"进城"叙事和"城市想象"也被现代通俗文学和精英文学广泛关注和书写。现实题材网络小说作家阿耐,从2004年第一部现实题材网络小说《食荤者》开始,就一直关涉"进城"叙事和城市故事,而其创作的荣获中宣部"五个一工程"奖的中国首部网络小说,同时还入选了"新中国70年70部长篇小说典藏"的《大江东去》,在"进城"叙事和都市奋斗书写上也具有代表性,探讨阿耐小说的"进城"叙事和"城市想象"特征以及如何理解这些特征,对当下现实题材网络小说的创作具有启发意义。

一、延续:"乡土性"·实况性·"故事连缀"

　　"进城",顾名思义,"(异乡)进入城市"。从"现代通俗小说开山之作"[①]《海上花列传》开始,"进城"就是通俗文学关涉的一个极其重要的主题。十七岁的赵朴斋抱着"还是出来做做生意罢"[②]的"都市梦"进入上海滩淘金,生计没有起色,却沾染上"都市人"的恶习,只顾沉醉进大上海平康里的莺莺燕燕中。1892年开始连载的《海上花列传》开现代小说中"进城"叙事的先河,基本上已是学界共识,同时这也是现代通俗小说和"都市",特指"上海"这样的商业化大都市结缘的开始。《海上花列传》之后,《海上繁华梦》《上海春秋》《人海潮》《人间地狱》等现代通俗小说都有"进城"情节,以此展开对上海"众生相"的勾勒和叙写。

　　在《论"都市乡土小说"》[③]中,范伯群指出在鲁迅提出"乡土文学"的流派概念前,周作人和茅盾批评中的"乡土"更强调"地方特色"之意,而1843年开

---
① 范伯群:《论"都市乡土小说"》,《文学评论》2002年第3期。
② 韩邦庆:《海上花列传》,上海:上海书店出版社,1993年,第4页。
③ 范伯群:《论"都市乡土小说"》,《文学评论》2002年第3期。

埠后的上海"林林总总的书写不完的都市素材""许多的生活面""外乡人来沪"极具"乡土性",范伯群把上述记录转型时期的上海都市文化特性的小说都归入了"都市乡土小说"这个新类型。文学社会学所坚持的关于"文学与社会的关系"的基本观点在这篇文章中始终在映现,正如1800年文学社会学的创立者斯达尔夫人所说,"我的本旨在于考察宗教、风尚和法律对文学的影响及文学对宗教、风尚和法律的影响"①。没有开埠后直升机式发展的摩登上海和由此引发的上海移民潮,以及因此产生的移民意识、价值冲突,没有因科举被废而加入报业或化身职业作家的文人及他们的书写意识,也就不会诞生现代通俗文学独具特色的"都市乡土小说"与极具"乡土性"的"进城"叙事,历史也将丧失一个重要的考察视角。关于历史视角这一点,张蕾《均质效应、社群生活与个人困境——中国通俗小说对现代城市问题的映现》②已展开讨论。应该说,这些是"都市乡土小说"这个类型最为重要的特点和贡献。

当考察现实题材网络小说时,可以发现这种极具"乡土性"的"进城"叙事被现实题材网络小说进行了有效延续,而上述理解"进城"叙事的文学社会学视野也值得被延续。从这个意义上讲,现实题材网络小说可以说是"都市乡土小说"在当代的延续,而开辟这种延续性的正是阿耐。2004年,阿耐的第一部现实题材网络小说《食荤者》问世,小说塑造了金属加工行业民营企业女性高管林唯平的形象。和《海上花列传》一样,《食荤者》在小说开篇就交代了林唯平是一名"进城"工作的独立女性。《海上花列传》是通过赵朴斋和娘舅洪善卿的对话交代出"进城"身份,而《食荤者》是通过林唯平"进城来探望她的妈妈"③直接点出"进城"。《食荤者》全书涉及"进城"的直接描写很少,但寥寥几笔却勾勒得十分清晰,林唯平大学毕业后分配工作进城,经历了不稳定的租房漂泊生活,凭借出色的管理能力在行业里拼搏,最终在城市扎根。进城后的林唯平被工作挤占了大部分的时间,小说也因此将大部分的篇幅分配给了金属

---

① [法]斯达尔夫人:《论文学》,徐继曾译,北京:人民文学出版社,1986年,第12页。
② 张蕾:《均质效应、社群生活与个人困境——中国通俗小说对现代城市问题的映现》,《社会科学》2021年第7期。
③ 阿耐:《食荤者》,上海:上海人民出版社,2004年,第1页。

现实题材网络小说"都市人·都市梦"叙写的延续与裂变
——以阿耐小说中的"进城"叙事和"城市想象"为中心

加工企业在国家政策下发展的全景式描绘和中国商人在资本合作与利益斗争中斡旋的书写。小说中林唯平毕业分配工作六年后因所在企业人事权力斗争而被逼离职和其进城租房买房经历、尚昆转移资金出国再回国投资享受外资税收政策、凯旋公司产品参与ISO9001认证等情节,结合相关史实,大致可以推断林唯平是20世纪90年代左右毕业,故事背景大致为21世纪前后,这些情节也可以说是精准的社会实况记录。20世纪80年代开始,中国社会开始经历新一轮的"乡土性"转变,而这股从上自下的转变最具"乡土性"的根本就蕴藏在经济活动中,如果说"都市乡土小说"的"进城"是一次被动的中国与世界对话的结果,那么阿耐的现实题材网络小说的"进城"则是一次主动的中国与世界对话的结果。

现代文人多以报人职业着眼不同的社会问题,而宏大的社会时代语境和自身的职业敏感度使阿耐着眼"乡土性"中国的社会活动。网络资料显示,阿耐20世纪60年代出生,从体制内辞职后成为浙江一家著名民营企业的高管。改革开放正逢其青壮年,浙江又是最具经济活力的地区之一,在新中国经历前所未有的经济社会巨变时,阿耐也在以职业眼光建构她眼中的"转型"中国社会图景。2004年,阿耐还只是晋江文学城鲜为人知的网络写手,距离痞子蔡在BBS上连载《第一次亲密接触》掀起"全民写作热"刚过去6年,当时最热的现实题材网络小说是慕容雪村2002年创作的长篇小说《成都,今夜请将我遗忘》和2003年创作的姊妹篇《天堂向左,深圳往右》。慕容雪村也同样关注"进城"青年故事,但和阿耐以"进城"青年写宏观社会发展不同的是,慕容雪村更为突出"进城"青年自身的个性及遭遇,这样的"个性化写作"确实为早期"草根生长"的网络小说"平民姿态和平常心态写平庸事态,以撒播感来表征平庸"[1]的观点做了注脚。应该说,慕容雪村突出的是"自我",社会是"自我"的背书;阿耐突出的是"社会",人物是"社会"的木偶。现在看来,2004年《食荤者》对现实题材网络文学的独特贡献正是这种自发的"社会"转向。

《食荤者》后,同样具备"进城"叙事的《大江东去》则展现出了书写激荡时

---

[1] 欧阳友权:《网络文学概论》,北京:北京大学出版社,2008年版,第107页。

代更为广阔的社会空间的转向,从"商场"到"改革",阿耐和现实题材网络小说同步实现里程碑式转变。《大江东去》干脆章节都注明年份,1978—1998年农村经济、个体经济、国有企业、民营企业的发展图景在小说中随着"众生"的行动徐徐展开,《平凡的世界》式以"进城"青年的成长故事书写中国社会发展历程的"宏大叙事",以现实题材网络小说"理想化"叙写的面貌诞生[①]。但是,这种"理想化"的说法还有值得商榷的地方,因为写人物命运或许是理想的,写社会图景却是十分现实的。雷东宝让老猢狲和四宝"进城",是乡镇企业在发展过程中在"基层大队"走在"公社领导"前面的政治压力和"给了小雷家,就缺了别人的粮"的市场压力下寻求出路的真实写照;从村里到城里成为"文革"后第一届大学生的宋运辉,从金州到北京到德国"进城"引进设备,利润不升反降,是技术与经营的真实矛盾;杨巡"进城"吃苦耐劳地闯关东,没有"印把子""红帽子",倒卖电缆得跟着同乡开发票,是个体经济在市场分羹的真实艰难:这些都是改革中最普遍的矛盾。改革小说往往展现的是一个典型的"主要矛盾",而阿耐展现的是错综复杂的现实矛盾集合,政策与市场、守成与创新、利益与原则、干部与群众、集体与个人等等,也正是这些矛盾的激发与解决推动情节的发展。正如范伯群评价"都市乡土小说"的那样,"这种'记账式'的小说,为我们记下了我国现代化过程中的一环一节一链,我们就是通过这环环相扣,节节相连,构成了现代化工程进度的长链,可以看到转型期中的一串蹒跚的步履足迹。社会的进步靠几个抽象的概念或许可以概括,可是能概括并不等于能真正懂得创业维艰的曲折过程"[②],这段话用来评价阿耐的现实题材网络小说竟也十分贴切。从长远来看,这种实况性记录未尝不能成为一种回观历史的有效补充。

雷东宝、宋运辉、杨巡,为现实题材网络小说触碰改革的农村经济题材、国有企业题材、个体经济题材打了"类型"样板。串联三条故事线索,阿耐继承了"故事集缀"这一"都市乡土小说"常用的叙事结构,以家事和业务两个重要的

[①] 张亚琼:《宏大叙事与现实题材网文的"理想化"写作——以阿耐〈大江东去〉为中心》,《当代作家评论》2021年第5期。
[②] 范伯群:《论"都市乡土小说"》,《文学评论》2002年第3期。

交集设计人物,促使三人的故事"穿插藏闪",得以构成鸿篇巨著。同样以"故事集缀"作为叙事结构的还有《都挺好》和《欢乐颂》。相比《食荤者》《不得往生》《大江东去》,这两部小说更加回归日常,但也都没放弃"进城"叙事,苏家三兄妹、欢乐颂小区五姐妹的亲情与友情、冲突与和解,展现的是当代都市家庭和都市女性的群像,随之展开的还有"伏弟魔""啃老族""月光族"等一系列引人深思的社会问题。

二、裂变:"他者"消失·"容器"重构·"文化"困境

关于"城市"的人文意义,刘易斯·芒福德给出了著名的"容器"回答,城市是文化的容器,专门用来储存和流传人类文明的结果。城市的过去、现在与未来容纳着怎样的文明,是什么人的"场域"和"舞台",对这个问题的想象和书写构成了"城市想象"。

在都市乡土小说中,像《海上花列传》进城后的赵朴斋式堕落、赵二宝式沉沦,《上海春秋》进城后陆氏家族的衰败比比皆是,外乡人异化在都市这一"文明之渊,罪恶之薮"(包天笑语)是避不开的命运,这一点和精英文学不谋而合。吴老太爷刚进城,就被"云飞轮船""'子不语'的怪物"等都市文明刺激到殒命,祥子"三起三落"还是挣脱不了命运的捉弄,扮演"都市人"的"都市梦"更是一个骗局、一场竹篮打水、一次猴子捞月。同时,在光怪陆离的文学都市中,失败的"进城"知识青年也数不胜数,高加林、涂自强、陈金芳……为了"都市梦",不管是"进城农民""返乡知青""读书学生",都在城市文明陌生化的冲击和被规训的痛苦中沉浮,却仍离不开"底层"命运,这些构成了20世纪以来文学的主流"城市想象"。

这与都市乡土小说、精英小说的"进城叙事"几乎都坚持"城市/乡村"二元对立的书写有关。有学者统计,当代中国有影响力的专业作家中,差不多80%都写过城乡迁移的叙事类作品[①],大多离不开这样的书写方式。"乡村"是凝视

---

① 徐德明:《乡下人进城——城市化浪潮中的城乡迁移主题小说研究》,石家庄:河北教育出版社,2016年版,第8页。

"城市"的他者,而"城市"在"乡村"的凝视下则从繁荣的表象走向荒诞的本质,"都市梦"破灭了,都市只是吃人的地狱、欲望的牢笼。同时,"城市"和"乡村"本身就是一种空间的隐喻,城市/乡村,可以是物质/精神、颓废/朴素甚至是世界/中国。即使是鲁迅所倡导的乡土作家群体,有时对"乡土"抱有落后、封建的批评心态,但"城市"也绝非进步、文明的"乡土"对立面,现代通俗小说作家、主流作家和批评家赋予"乡土"的意义远远超过"乡土"本身,正如张英进在《中国现代文学与电影中的城市:空间、时间与性别构形》中提到,"围绕乡村积累了一系列相关的概念:文化传统、民族意识、伦理准则、道德正直"[1],从"乡土性"这个词也可见一斑。在精英文学中"乡土文学"始终是主流,"都市"意味着对传统文明和文化地位的冲击,即使是经常书写"都市"的"都市乡土小说",写的也是传统道德的沦丧。

到了现实题材网络文学里,不但"都市"是主流,而且凝视"都市"的"乡村"消失了。早期,安妮宝贝、慕容雪村等现实题材网络小说作家的确还书写了都市的颓废与荒诞,但以阿耐为代表的现实题材网络小说作家尽管一直在书写"进城叙事",却没有"城/乡"的对立,"都市"是有志青年奋斗的"舞台",用宋运辉去往金州总厂的心情来说就是"走向风云激荡舞台"[2],通过对国家政策的了解、知识技能的学习、利益角斗的把握实现步步攀升的场域构成了"城市想象","都市"不再是"乡村人"失败的渊薮,而是"成功"的顶端,"农村"在这个语境里是"一无所有","都市"则变为"功成名就",二者的差异只有"经济"的,没有"文化"的。所以"进城"青年只是一个没有"装备"的身份,再也不是都市乡土小说和精英文学中带着"农村"眼光的"有血有肉"的"个体",无论是宋运辉、安迪、林唯平这样的"进城"成功者,还是樊胜美、关雎儿、邱莹莹这样的"进城"新穷人,"农村"/"老家"并未给他们打上任何观念上的烙印,相反"摆脱贫困"/"生存更好"是他们的内在动力,"读书加持"是他们的通关秘籍,"不违道德"是他们的基本底线,"经济思维"是他们的成功法宝,一般而言能否

---

[1] 张英进:《中国现代文学与电影中的城市:空间、时间与性别构形》,秦立彦译,南京:江苏人民出版社,2007年,第268页。
[2] 阿耐:《大江东去》,北京:北京联合出版公司,2019年,第121页。

成功主要取决于"经济思维"的高低,而这套逻辑与其他网络小说中的"升级神化"也没有太大差异。

"经济思维"取代"乡土中国",是《大江东去》和《平凡的世界》《人世间》的根本区别,也是现实题材网络小说对"宏大叙事"的根本改造。20世纪以来新文学的启蒙传统、人道主义所强调的"人格独立",到了现实题材网络小说中变为了"经济思维"下的"经济独立",因此讨论"经济思维"十分必要。经济思维的根源,如马克思所说,"人们是自己的观念、思想等等的生产者……他们受着自己的生产力的一定发展以及与这种发展相适应的交往形式的制约"[1],经济思维的产生,是中国在土地上摸爬了几千年的人开拓市场的"惊险的跳跃"(马克思语)[2]。房伟追溯以经济理性为核心的小说可以到"西方现代小说鼻祖"《鲁滨孙漂流记》[3],"笛福的小说中'经济动机'的本质,按照逻辑需要其他思想、感觉、行为的模式贬值:各种传统形式的群体关系,家庭、行会、村庄、民族感,这一切都被削弱,包括从精神拯救到消遣取乐等方面的非经济要素的个人成就和享乐的竞争性要求,也需如此"。他同时也指出,宋运辉是和《凡人修仙传》中韩立一样的"经济人",的确如此。

正因此,林唯平被设计陷害失去宫超,她也只是认为自己技不如人,这和20世纪90年代的商战小说也产生了巨大的区别,汤哲声评价"大陆的商战小说还蒙在梁氏小说的巨大阴影下。凡商战创作,必是'商战+爱情'复仇与阴谋、成功与失落并存"[4]。这样的情节在阿耐笔下已经荡然无存,"爱情""复仇"也必须理性,以期成为可持续性的交换。但是,西方的"经济理性"与中国的"经济思维"也有根本性的不同,西方的"经济理性"正如韦伯在《新教与资本主义精神》中论述的那样,"只有当财富诱使人无所事事,沉溺于罪恶的人生

---

[1] [德]马克思、[英]恩格斯:《马克思恩格斯选集》第1卷,中共中央马克思恩格斯列宁斯大林著作编译局编译,北京:人民出版社,1995年,第72页。
[2] 姜念涛、黄胜平:《市场经济与思维变迁》,北京:中国经济出版社,1993年,第4页。
[3] 房伟:《修仙·交易人格·成功学——〈凡人修仙传〉的网生性隐喻景观》,《当代作家评论》2022年第2期。
[4] 汤哲声:《百年中国通俗文学价值评估·史学书写卷》,南京:江苏凤凰出版社,2021年,第266页。

享乐之时,它在道德上才是邪恶的;仅获取财富,只有当其是为了日后生活的穷奢极欲、高枕无忧时,它才是不正当的。但是,倘若财富意味着履行职责,则它不仅在道德上是允许的,而且实际上是上帝的要求"[1]。而从中国土地诞生的"经济思维"却离开了土地的凝视和束缚,这单一的"升级"多少会引发人文主义的担忧,这种担忧让人联想起中国"城市文化批评"的困境:"人文主义范式中的怀旧性,使之在当代都市文化日益兴盛面前呈现出保守主义的倾向。在城乡文化中缅怀乡村文化的优雅,在传统文化和现代文明之间心仪传统文化的荣光,使得人文主义范式中往往会出现'后卫式'的批判立场。而一旦怀旧走向复古,则会演化出更大的文化问题。"[2]这不得不让人发问,宋运辉的"经济思维"是否也可能基于被启蒙的"人性"?对于这个问题的保守态度会不会才是更大的问题?关于这个问题,是否有重构和建构代替怀旧和复古的办法?

三、追问:现实·"异托邦"

不过,人文主义的担忧总是与大众的狂欢相悖,阿耐小说中的"进城"青年和"经济思维"显然迎合了一个更广泛的"白领"时代的群体,正如《白领:美国的中产阶级》中的社会学调查结果:"但是在下层,穷人的孩子切望成为职员,哪怕是那种'不过尔尔'的职员,也已有两代人的时间了。父母尽其可能地供孩子上高中,读工商学院,或是大学,哪怕只有一个孩子能去也行,这样他们的孩子就可以做经理的助理,管理文件,用打字机写信,到学校教书,在政府机构工作,干带点技术的活——总之要得到一项白领工作。在严肃的文艺作品中,白领职业的形象往往带有悲剧色彩;在大众型的小说里他们常常是人们渴望追求的目标。"[3]渴望"扬名立万"的现实欲望和无法"直线上升"的现实焦虑已经被小说中"知识技能+道德底线+经济思维(根本)=功成名就"这一有迹可循的公式、不断加强的线性进步的"升级"和扎根"城市"的结果所抚慰。

---

① [德]韦伯:《新教伦理与资本主义精神》,赵勇译,西安:陕西人民出版社,2009年,第123页。
② 曾军:《文化批评教程》,上海:上海大学出版社,2020年,第164页。
③ [美]米尔斯:《白领:美国的中产阶级》,杨小东等译,杭州:浙江人民出版社,1987年,第5页。

现实题材网络小说"都市人·都市梦"叙写的延续与裂变
——以阿耐小说中的"进城"叙事和"城市想象"为中心

从上述延续性的讨论来看,阿耐小说似乎呈现出了一种"现实"的能力,这种"现实"的能力体现在对社会问题的深刻洞察和反思上;但从上述裂变性的讨论来看,阿耐小说似乎又呈现出一种"超现实"的状况,这种"超现实"的状况体现在对人物发展的线性处理上。这种深刻的矛盾也带来了一个关于"现实"的发问:现实题材网络小说的"现实"是指什么?单纯用"现实主义"似乎已经解决不了现实题材网络小说的"现实"问题,但现实题材网络小说的"现实"问题又是一个既有主流意识形态的介入,又融合了文学自身发展规律的问题,因此如何用"网络小说"言说"现实"也是目前正在广泛讨论的问题。一些研究者积极构建"网络文学现实主义"理论,从网络文学的媒介特性出发思考"新现实"的书写空间[1];还有一些研究者坚持"现实主义"的审美传统,认为网络文学生产机制与现实题材天然对立,短期无法改变"在网络与现实之间游离"的状态[2]。可以说,关于"现实"的讨论也呈现出复杂的矛盾状态。

当然,我们可以直接用网络小说的"爽点"来理解这个问题,以简单方法处理复杂矛盾,以遇见伯乐实现阶级跃升,对于读者来说确实是一大"爽点"。但是这种"爽点"该怎么理解?"爽点"和"现实"是什么样的关系?2011 年,王德威曾经在北京大学开展过一个《乌托邦、恶托邦、异托邦:从鲁迅到刘慈欣》的讲座,"异托邦"是福柯 20 世纪 60 年代提出的概念,在演讲中王德威将"异托邦"的概念引入科幻小说,他称"科幻文学作为一种文类所带给我们的乌托邦、恶托邦的一些想象的空间,还有,这种文类存在在我们的文学的场域里面,它本身的存在,就已经是异托邦的一种开始。它不断地刺激、搅扰着我们,什么是幻想,什么是现实,什么是经典或正典以内的文学,什么是次文类或正典以外的文学,不断地让我们有新的思考的方式"[3]。这个演讲给邵燕君很大的启发,她以此为思考的原点开始以"异托邦"思考"爽文学观",也是一次为"爽

---

[1] 张春梅:《网络文学现实主义的理论问题、当代经验与大众惊奇美学》,《南京社会科学》2022 年第 9 期。

[2] 张亚琼:《宏大叙事与现实题材网文的"理想化"写作——以阿耐〈大江东去〉为中心》,《当代作家评论》2021 年第 5 期。

[3] 王德威于 2011 年 5 月 17 日在北京大学发表《乌托邦,恶托邦,异托邦——从鲁迅到刘慈欣》的演讲,演讲稿在《文艺报》连载(2011 年 6 月 3 日、6 月 22 日、7 月 11 日)。

文"正名。"'爽'文学观强调'虚拟世界'本身的意义价值。在传统文学观里，文学的虚构世界是以现实世界为模仿样本和意义旨归的，无论是现实主义的反映现实，还是现代主义的夸张变形，都是为了帮助人们更准确地'认识世界'，继而去'改造世界'，背后有着明确的乌托邦或恶托邦指向。而在网络文学中占据绝对主流的幻想文学所建构的世界不是现实主义意义上的'虚构世界'，而是非现实主义的'虚拟世界'。"[1]她还借用傅善超提出的"游戏性虚构"的概念，称幻想文学的叙事逻辑是"模拟"而非"模仿"，"真实"是一种混合了"情感真实"和"规律真实"的较为复杂的织体。既然大众文学的场域不仅仅是"科幻文学"塑造出的想象空间，都可以被视为一个"异托邦"，那么幻想文学以外的现实题材网络小说是不是也可以被视为另一个"异托邦"呢？

　　一旦把"异托邦"的概念引入现实题材网络小说，或许可以引发对现实题材网络小说的"现实"问题的新理解。一方面，现实题材网络小说本身被视为一种"异托邦"，与真实社会并立，没有"乌托邦"式"改造现实"的冲动，也没有"恶托邦"式"揭露现实"的痛苦，"异托邦"只是一个真实生活的"他者"。另一方面，作为现实题材网络小说的"文本空间"也可以被视为一个"异托邦"，而从文本而言，现实题材网络小说的"异托邦"性质也正体现在"超现实"部分，因为正是"超现实"的部分，才实现了"模拟"而非"模仿"的逻辑。基于这个立场，现实题材网络小说对于"都市乡土小说"的变异以及之于精英文学的区别，成为更需要珍惜的部分。如此一来，也可以理解阿耐之后"穿越"或者"重生"回到改革现场的现实题材网络小说创作倾向。从网络小说的"虚拟空间"的特性而言，期待现实题材网络小说回归精英文学的"现实主义"文化传统，并以"典型人物""典型环境""挖掘现实复杂深度"来界定和评说，无疑又是一种"城市文化批评"的困境重现，正视现实题材网络小说的"异托邦"现实，或许才是进行妥当判断的开始。

　　现实题材网络文学的特殊性在于，它既是一个真实社会的"他者"，又拥有相对独立的符码和规则，但同时还包含了一部分现实"模仿"的成分。基于此，

---

[1] 邵燕君：《从乌托邦到异托邦——网络文学"爽文学观"对精英文学观的"他者化"》，《中国现代文学研究丛刊》2016年第8期。

现实题材网络小说"都市人·都市梦"叙写的延续与裂变
——以阿耐小说中的"进城"叙事和"城市想象"为中心

一些特性也成为判断的视野。作为"他者",它既提供回观真实社会权力结构的视角,又能成为"造梦"的温床;拥有独立的符码和规则,意味着它能打破能指与所指的常规关系,创设虚拟形象的自由逻辑;"模仿"现实,又体现它对现实的考察。而且,诸多混杂的成分又让平衡也显然十分重要。阿耐小说正是在"模仿"和"模拟"中不断游走,首先实现了文本空间的平衡,进一步又实现了小说与真实社会的平衡,创造出一个拥有完整的人为逻辑的"似真似梦"的空间,使得小说最终成为主流和商业都想打造并想推广的迪士尼式"都市梦工厂"。

丁墨网络言情小说的"现实"与"浪漫"

郎 静[①]

（河北大学艺术学院，保定 071002）

【摘 要】 网络时代的来临，开启了中国言情小说发展的新阶段。与琼瑶开创的"弱女纯爱"言情模式不同，网络言情小说逐渐显现出"女性赋能"嬗变态势。由此，中国言情小说的基调从"纯情"转向了"奔爱"，即"双向奔赴的爱情"。在"奔爱"基调下，网络言情大神各有法宝，其中丁墨以"悬疑"自成一派。但是，当跳出丁墨小说的故事层面，出乎其外看"文体"时，我们却发现了被遮蔽的"现实"和被抽离的"浪漫"。

【关键词】 丁墨；网络言情小说；文体批评

言情小说作为一种小说类型，指的是"以现实生活为题材，着重表现伦理道德、婚姻爱情等世俗人情和因果报应的一种小说。又称为'人情小说''世情小说''才子佳人小说'"[②]，作为审美观照的对象，以兰陵笑笑生的《金瓶梅》为开端。鲁迅先生在《中国小说史略》中以《玉娇梨》《平山冷燕》《好逑传》为例，将其叙事模式概述为："大率才子佳人之事，而以文雅风流缀其间，功名遇合为之主，始或乖违，终多如意，故当时或亦称为'佳话'。察其意旨，每有与唐人传奇近似者，而又不相关，盖缘所述人物，多为才人，故时代虽殊，事迹辄类，因而偶合，非必出于仿效矣。"[③]在这里，鲁迅先生一方面指明了言情小说叙事的核心人物以"才子"为主，通过文雅风流，在功名与爱情的张力中，勾连出与佳人的"佳话"；另一方面，提出了言情小说叙事的近似并非出于仿效，而是基于时

[①] 作者简介：郎静，女，河北大学艺术学院副教授，硕士生导师，主要研究方向为文艺美学与文化研究。
[②] 阎景翰等主编：《写作艺术大辞典》，西安：陕西人民出版社，2002年，第580页。
[③] 鲁迅：《中国小说史略》，北京：中国书籍出版社，2020年，第150页。

代的偶合性。而这一偶合性也成为我们观察时代的一面镜子。

20世纪八九十年代,琼瑶言情小说风靡大陆①,故事的核心人物不再是才子,而是弱女;事件还是在讲男女遇合,但内核已被置换,文雅让位于爱情至上,功名被财产所取代,弱女在痴男财产的庇佑下,爱得轰轰烈烈、理所应当。这一方面暗合了女性对于言情小说调转为以"弱女"为立场的"纯情"之爱的共情,另一方面也标识出在20世纪80年代"现代性跳转"②时刻的来临,大众情感结构的震惊性偏执。此后,中国言情小说的叙事主体依旧是女性,但逐渐显现出"弱女赋能"嬗变态势,而这一"能",到了21世纪以后的网络言情小说那里被发扬光大,集中体现在女性角色的职业化设定上。这一设定不仅终结了爱情至上的"弱女有理"逻辑,而且消解了女性对男性的绝对经济依附,使得女性的"出走"成为可能。由此,中国言情小说的基调从"纯情"转向了"奔爱",即"双向奔赴的爱情"。在"奔爱"基调下,网络言情大神各有法宝,其中丁墨以"悬疑"自成一派。

一、"悬爱三部曲":被遮蔽的文体"现实"

丁墨的"悬爱三部曲",指的是《他来了,请闭眼》《如果蜗牛有爱情》《美人为馅》。其中,"悬"是因聚焦于公安系统重大刑事案件,而"爱"则经由男女主人公携手侦破案件的"双向奔赴"来显现。

在对丁墨小说的研究中,有学者从女性主义视角下看到了"三部曲"中"女

---

① 据数据统计,仅1985—1986年大陆出版的琼瑶小说就有15部以上,1989年湖南电视台协助琼瑶夫妇拍摄的《婉君》《哑妻》《三朵花》创造了当时电视剧收视率的最高纪录(达50%),1999年由琼瑶小说改编的《还珠格格》更是红遍大江南北。见朱鹏飞著:《文学的人学之维》,长春:吉林大学出版社,2013年,第232页。

② 周志强教授用"现代性跳转"来表述中国80年代的社会转型与西方工业革命的不同形态。"时间、空间和心理因受西方文明的影响而产生的跳跃性变迁,其特点是'彻底'——受制于西方现代性形式而表现出与传统中国的决裂态势:具体表现为时间层面上的'突发'、空间层面上的'裂变'和体验层面上的'震惊'。因此,'跳转'就不是'转型'所显示的那样具有充分的合理性,但却具有现实存在的合法性。"(周志强:《景观化中国——都市想象与都市异居者》,《文艺研究》2011年第4期,第93页)

性的成长与突围",主要体现在女性角色职业化,使得女性被动地位被消解,以及在爱情关系里对男性中心意识的摧毁,追求与男性平等的地位。[①] 毫无疑问,当我们入乎其内"看故事"时,丁墨小说确实如此。在《他来了,请闭眼》中,简瑶有女性的温婉聪慧,同时又极其独立、有主见,爱上了薄靳言,却没有为爱失去自我;在《如果蜗牛有爱情》中,性格有些木讷的许诩有着极高的观察和逻辑推理天赋,遇上刑警队被奉为神一样的师傅季白,并没有沉溺在神的光环之下丧失理智,而是以女性的独立和能力激起季白想要征服的欲望;在《美人为馅》中,犯罪心理学高才生白锦曦凭借自己出色的推理和破案能力,成为派出所里的公认的"头儿",其身上的"卡里斯马"特质更是超越了简瑶和许诩,与韩沉的爱情在经历失忆的考验,又随着案件的侦破重新收获。但是,当跳出小说的故事层面,出乎其外看"文体"时,我们却发现了被故事层面所遮蔽的"真现实"。

一部小说的名称可以说是作家与读者"初见"的红线,不仅能够召唤出进入小说文本的不同姿态,提示着阅读经验,而且小说的命名方式还能反映出作者的无意识隐意,从而作为一种文体征候,通向小说的寓言论批评。"他来了,请闭眼"由两个短语构成——"他来了"和"请闭眼"。第一个短语是主谓结构,主语是"他",谓语是"来了";第二个短语充当了宾语,点明了被主语影响的一个动词结果,这个被动者显然是"她"。"如果蜗牛有爱情"由假设连词"如果",连接"蜗牛"和"爱情"构成。在小说中"蜗牛"作为比喻出现了 2 次("而她真的只像一只蜗牛,爬啊爬……"[②]和"不过他本来就没打算陪她的蜗牛速度耗下去,过了一会,两人距离又拉开。"[③]),所比的本体都是女主人公许诩,而在假设句式下,主语"女性"、谓语"有"是否能实现宾语"爱情",则需隐含的大写的"他"来消除疑虑;"美人为馅"是主谓宾句式,在逻辑上暗合了"胜者为王,败者为寇"的语法逻辑,使得"美人"和"馅"之间具有了被凝视和赏玩的同构性,丁墨笔下的白锦曦除了被称呼为"头儿"之外,还成为男主人公韩沉视角中

---

① 张婷:《悬爱题材中的现实关切——以丁墨小说为例》,《黑龙江工业学院学报》2019 年第 6 期。
② 丁墨:《如果蜗牛有爱情》,南昌:百花洲文艺出版社,2013 年,第 90 页。
③ 丁墨:《如果蜗牛有爱情》,南昌:百花洲文艺出版社,2013 年,第 187 页。

的"白美人"("韩沉面沉如水地看着她软得像摊泥似的睡姿。……白美人的确需要被看好,才不会被人欺负去了。"[①]),成为男性凝视下的欲望对象。虽然"头儿"在小说中出现的次数要远远多于"白美人",但"白美人"这一称呼出现的瞬间便将小说试图塑造出女主人公的"卡里斯马"特质彻底解构。由此,丁墨小说第一重故事与文体的背反,借由小说题目的语法分析,得以打开。

在以女性为核心的言情小说叙事中,女性形象的描写同样会产生作者写作意识与无意识隐意游离的缝隙,借由缝隙,文本作为征候爆破出时代的寓言。琼瑶笔下的江雁容是个"纤细瘦小的女孩子,穿着××女中的校服:白衬衫、黑裙子、白鞋、白袜……齐耳的短发整齐地向后梳,使她那张小小的脸庞整个露在外面。两道清朗的眉毛,一对如梦如雾的眼睛,小巧的鼻梁瘦得可怜,薄薄的嘴唇紧闭着,带着几分早熟的忧郁"[②]。从琼瑶的表述中,我们不难发现,江雁容是一个被衣物包裹起来的去除肉身欲望的纯情女性形象,且诉诸父权制社会对传统女性的白日梦想象,这一想象极大地滋润了20世纪80年代大陆读者乍暖还寒的情感结构;而到了20世纪90年代,随着城市化进程的加快和资本的极大涌入,在亦舒那里,女性形象的肉身欲望取代了远观的白日梦想象,并且被放置在与金钱和物欲的张力关系中。例如,《玫瑰的故事》中的女主人公黄玫瑰"出落得如此美丽,蔷薇色的皮肤,圆眼睛,左边脸颊上一颗蓝痣,长腿,结实的胸脯,并且非常活泼开朗",[③]亦舒使用"皮肤""痣""长腿""胸脯"等词语,将一个充满魅力的女性形象拉近到读者眼前。无论是琼瑶笔下的女性描写还是亦舒笔下的女性描写,我们都能经由作者统一语词风格的使用,找到意识与无意识缝隙中爆破出的对应的时代寓言,而这样一种文体分析的尝试,在网络言情小说中却吊诡地失效了。

丁墨在《他来了,请闭眼》中对简瑶的描写:"从外表看,简瑶是个十分斯文秀气的女孩。她长发披肩,身材苗条,肤色白皙,五官清秀。尤其一双乌黑的眼睛,澄澄湛湛像是含着水光,为她增添了几分出众的气质。她穿衣打扮的风

---

① 丁墨:《美人为馅》,南昌:百花洲文艺出版社,2015年,第62页。
② 琼瑶:《窗外》,北京:作家出版社,1991年,第1页。
③ 亦舒:《玫瑰的故事》,北京:新世界出版社,2007年,第3页。

格也是如此：温婉、精致，但绝不夸张，也不马虎。她很懂搭配，普通的牌子穿在她身上，也会显得耳目一新。她讲话的声音也是温温柔柔的，但是绝不拖泥带水。她也会无拘无束地大笑，但举手投足间，总有一份女孩子的娉婷纤柔在里头。这种气质遗传自她温文婉约、性格贤淑的母亲。但简瑶的骨子里也有父亲的洒脱率性。"① 在这里，丁墨混杂了琼瑶式纯情和亦舒式独立女性的生成法则，在远观和拉近之间，保持了读者和故事间的旁观距离。

到了《美人为馅》中，丁墨不再对女主人公的形象进行描写，而是通过动作和对话，"她烦躁地用手撸了撸黏糊糊的长发，不让它们被汗水沾在脖子上。身旁的周小篆看了看她，一脸的不赞同：'既然行动不方便，就别留长发。老大，你干吗在这种无聊的小事上一根筋啊？'白锦曦淡淡一笑，没答，心中却想：你才一根筋！老子好歹是分局警花，还上过电视，形象很重要"②，点出白锦曦"警花"和"长头发"的外貌特征。

丁墨对女性主人公形象描写的文体变化，反映出网络小说故事性与文学性的脱钩。文学性诉诸生命体验，我们在《诗经·卫风·硕人》中，通过歌者"手如柔荑，肤如凝脂，领如蝤蛴，齿如瓠犀，螓首蛾眉，巧笑倩兮，美目盼兮"的"比"，感受到庄姜具象化的"美"；而当喻体直白化，甚至比喻修辞在女性形象描写中消失时，读者从抽象到具象的审美感知过程也被随之抽空，读者仅被告知女主人公"美"，至于"有多美"，在诉诸快感的故事性至上面前无关紧要。由此，丁墨小说的第二重背反借由这样一个问题被打开：在与文学性脱钩的现实境况下，网络小说的故事性又能走多远呢？

如果说一部小说的开头考验的是作者如何最快地打开自己的小说世界"入乎其内"，那么小说的结尾则是作者在"出乎其外"前找到一个暂时稳固的可以被"故事化"的休止符。丁墨的小说以环境烘托开头，引出故事发生的空间；在结尾处，首尾照应，又以环境烘托男女主人公"奔爱"的圆满。

在《他来了，请闭眼》中，丁墨写道："月光如水，铺洒大地，原野间是草木和清雪的芬芳。她的心仿佛也随着这夜色，随着他幽沉的目光，沉沦到某个无边

---

① 丁墨：《他来了，请闭眼》，南昌：百花洲文艺出版社，2014年，第17页。
② 丁墨：《美人为馅》，南昌：百花洲文艺出版社，2015年，第1页。

无际的温柔永恒的地方。"以月和雪的"白",比兴爱情的纯洁,引起男女主人公求婚的大团圆结尾:"'嫁给我,简瑶。'嫁给我,心爱的简瑶。我唯一的女人,令我怦然心动的女人。我的人生曾经寂寥。我曾经身处茫茫人海,却宁愿孑然一身。直至遇见你。温柔的你,无与伦比的美好的你。言语无法表达。如果一定要概括,那就是——我爱你,以我全部的智慧和生命。"①

在《如果蜗牛有爱情》中,同样是环境烘托,"放眼望去,霖市阳光灿烂,高楼林立,花团锦簇,景色清新又繁荣",在明媚的环境下,"他噙着笑,专心致志地开车。而她靠在他肩上,望着明净的蓝天白云,不知不觉就睡着了。春日正好,你我满心欢喜,缱绻相依。不惧他日风雨如晦,不负此生似海深情"②。

到了《美人为馅》中,丁墨采用了双时空(江城和长江上游的小镇)并置结尾,男女主人公所在空间依旧是环境烘托,"江城最美的建筑,都修筑在长江旁。它们头顶的霓虹,都已经亮起。偏偏天光还未全暗,那些灯终究还是显得颜色黯淡了些,交织照耀着江水。而长江,又宽又直的灰色长江,就在这两岸寂静中,缓极地流往前方。江面上除了慢慢行驶的船,什么都没有"。在宁静温馨的氛围中,"苏眠的眼眶不知不觉就蓄满了泪水。韩沉已经回来了。他轻轻推开阳台的门,什么也没说,只从背后环抱住她。苏眠握着他的手,两人静静相拥,直至夜色完全降临。而她的身躯,因为有他,终于变得温暖"③。男配一人隐姓埋名在长江上游不知名的小镇独自生活,他的思念借由长江水流向苏眠。

从故事的层面看,丁墨小说的结尾满足了女性读者对美好爱情的所有想象,"我唯一的女人,……我爱你,以我全部的智慧和生命""你我满心欢喜,缱绻相依""两人静静相拥,……因为有他,终于变得温暖",男性的唯爱、陪伴、温暖极大地延长了读者在阅读之后的沉浸体验时间。在合上书回味的时刻,女主在职场的成长,以及与男主双向奔爱并获得爱情的结局的"蜜感",足以使读者忽视故事之外的文体层面。我们还应该看到,三部小说结尾表述中,主动

---

① 丁墨:《他来了,请闭眼》,南昌:百花洲文艺出版社,2014 年,第 281 页。
② 丁墨:《如果蜗牛有爱情》,南昌:百花洲文艺出版社,2013 年,第 514 页。
③ 丁墨:《美人为馅》,南昌:百花洲文艺出版社,2015 年,第 273 页。

性动作的发出的主语都是男性,薄靳言求婚,季白开车,韩沉环抱,女主均处于被动或者依靠的宾语位置,故事所试图营造的女性成长主题与作者表达语法逻辑的错位,打开了丁墨"悬爱"小说的第三重现实背反。

二、《挚野》:被抽离的野性"浪漫"

与丁墨此前大热的"悬爱"式网文风格相比,《挚野》去掉了"悬"的成分,而聚焦于"挚爱"的"浪漫",并借由"摇滚乐"赋予这份"爱"以"野性"的特质。

故事线索并不复杂,以男主人公岑野为首的朝暮乐队因租下了女主人公许寻笙古琴工作室的地下室而初识;在湘城小有名气后,朝暮乐队决定参加双马视频主办的全国乐队比赛,去实现期待已久的摇滚梦。故事沿着乐队比赛的赛制——地区海选、复赛、四强赛、半决赛到地区决赛,男女主人公在若即若离的暧昧中逐渐走进了彼此的音乐和生命,许寻笙成为乐队的琴手"小生",放下过去的爱情伤痛,走进了乐队主唱岑野的心里,岑野也在潜移默化间唤醒了许寻笙深藏心底的爱情。从湘城遭遇黑幕弃奖,到申阳喜提冠军进军全国赛,再到在北京拿下全国赛冠军,朝暮乐队烈火烹油的摇滚成名之路和成员生死相托的情谊在达到顶点的一刹那,瞬间被名利场的诱惑所浇灭。两年之后,功成名就的大明星岑野以"荒野"的艺称再次出现在许寻笙的生活中,而从"挚"到"荒"的变化,丁墨触及了资本去情感化的"异化"逻辑,但依旧搁置了现实矛盾,将结局生硬地拉入"情感复魅"的套路里。在一场名誉危机的公关处理中,岑野重新获得了许寻笙的爱情和曾经乐队兄弟的友情。

在人物形象的塑造上,《挚野》也延续了丁墨一贯的人物塑造风格。男主人公岑野与《如果蜗牛有爱情》中的季白、《他来了,请闭眼》中的薄靳言、《美人为馅》中的韩沉一样,均是帅气、聪明、傲娇、有才华的年轻男性。在《挚野》中,丁墨着重凸显了男主人公带有痞气的"野性"特质,其中描写岑野"双手插裤兜"的短语在小说中出现了22次之多。在中国传统文化的人际礼仪交往中,见面握手表示友好,双手自然下垂相叠听言以示礼貌,双手在人际交往中是肢体语言的重要符号。而双手插裤兜的行为,一方面宣扬了唯我独尊,拒绝流于传统规训的个性;另一方面也以放浪形骸的外表掩藏着内心的孤独与不安。而这一反传统的野性形象,其文化意义则在于给大众庸常乏味的日常生活提供一种"爽"的快感。正如此前大热的中国动画电影《哪吒之魔童降世》,影片中的小哪吒,化着烟熏妆,双手插兜,满脸坏笑,迈着吊儿郎当的步伐,哼着自嘲的打油诗"我是小妖怪,逍遥又自在,杀人不眨眼,吃人不放盐",以桀骜不驯的言语和行为对抗着世人的成见。这一现象级的观影热潮恰恰说明了大众被此类形象支配的隐秘冲动。而冲动心理产生的深层机制则在于对一种"缺失"的想象性补偿,即冲破现实稳固的自我-他者关系式结构,一个不被秩序化,完全解放的身体。

相较于岑野放荡不羁的"野性",女主人公许寻笙的性格关键词则是沉稳、大方、独立、自信。她与男主人公岑野之间浪漫爱情的逐渐发酵,丁墨使用了动词"投喂"。"投喂"本义是给动物喂食,"投"的动作表明行为发出者"人"在物理空间上居高的姿态,而"临下"的接受方是动物;后来,该词引申到二次元漫展上,粉丝给自己喜欢的角色分享自己喜欢的零食,以此表达"深爱"的方式。这里的"分享"也不具有"发出-接受"的对等性,而依旧是粉丝对"角色"施以的主人占有式的想象。随着该词在网络媒介上的传播,其意指范围扩大到大众日常生活中,指涉人与人之间"投喂"外卖、礼物等。而该词逻辑中,"人"对于"动物""角色"的置换,则标识出大众心理空间中"临下"一方的全面胜利。

"投喂"在小说《挚野》中出现了7次,更有趣的是,无一例外,"投喂"这一动词的行为发出者(主语)都是许寻笙,而接受者(宾语)都是岑野。主宾的固定位置首先标识出这段爱情关系中女性被赋予的居高俯视视角,也暗合了当下女性读者在网文中对于"爽"这一快感的沉浸式想象;其次作为被投喂方的岑野在玩世不恭的野性外表下,又被贴上了"犬系男友"的标签——忠诚、开朗、阳光,即使受到乐坛黑幕的打击,也能很快地告别颓废,走出阴霾。野性的张扬与犬系唯一性的忠诚,满足了女性对于他者完满的爱情迷思,也将所谓"浪漫"的情调氤氲到了极致。小说到这里,可以说成功地完成了题名"挚野"的能指表意。

但是,当我们将视线透过表层的身体快感,聚焦到"挚野"语义所内含的深层社会学想象力时,得到的却是被抽离所指的"摇滚乐"和"浪漫"。

摇滚乐,20世纪50年代在美国被正式命名,以声乐主唱加乐队和声以及电吉他等节奏低音乐器伴奏,由弱拍重音表达强悍的反叛情绪,这一反叛情绪根植于二战后"生育高峰期"出生的青年人与父辈迥异的世界观分歧。因此,到了60年代,摇滚乐强势地传达出青年一代对社会变革的革命性诉求,这一诉求到了70年代,逐渐被规训、被型塑,而更多地表现为青年人的自我焦虑;到了80年代,无论是反叛,还是焦虑,摇滚乐彻底地沦为文化工业的产物。此后,摇滚乐就在自主文化与文化工业之间被撕扯着,在抵抗的颠覆与声音技术整合的缝隙中,努力营造出60年代革命的激情记忆。

同样,"浪漫"一词根植于"双元革命"(即英国的工业革命和法国大革命)。霍布斯鲍姆在《革命的年代(1789—1848)》中指出,"从狭义上说,作为富有自我意识和战斗性倾向的浪漫主义,出现在1800年左右的英国、法国和德意志,以及滑铁卢战役后的欧洲和北美广大地区。从广义上来讲,浪漫主义支配了法国大革命以来欧洲几种富有创造性的艺术……而无论其内容如何,浪漫主义都是一种极端的信条。……拿破仑像撒旦、莎士比亚、永世流浪的犹太人和其他逾越日常生活规范的人一样,成为浪漫人士神话般的英雄之一"[①]。不难看出,在霍布斯鲍姆的论述中,构成"浪漫"精神内核的关键词是:自我意识、战斗性、极端的信条,以及对日常生活规范的逾越。因此,无论是"挚"所指向的浪漫,还是"野"所依托的摇滚乐,其深层意义都应标识出象征界借由语言所建构的社会稳定秩序关系的断裂和崩塌。

在《挚野》中,不难发现,摇滚乐的出现始终贴合着男女主人公的爱情线展开。第一首曲子是许寻笙初次在地下室里的工作室听到岑野的歌声,歌词以第一人称"我"展开抒情,抒情对象是第二人称"你"(姑娘),情感高潮的部分是"亲爱的姑娘,我愿意漂泊,我愿意流浪,我不曾真的放纵,请你不要真的遗忘",丁墨将其描述为"反抗之音,所有乐器黯然失色,只有他的歌声,穿破空

[①] [英]艾瑞克·霍布斯鲍姆:《革命的年代》,王章辉译,中信出版社,2014年,第297—298页。

气、穿越墙壁来到她的耳朵里,也来到她的心里"。在这里,歌词本身的表意和作者描述话语之间形成了一个有趣的裂隙,歌词中点明了"我"的"不曾真的放纵","你"的"不要真的遗忘",预设了"你"在通往未来的那个方向。"我"与"你"之间,处在稳定的爱情关系秩序中;而作者话语将其指认为"反抗之音",这里的"音"显然是抛开了歌词的单纯的声带嘶喊声,这是声音技术对摇滚精神内核的全面胜利。

第二首曲子是朝暮乐队参加海选的《天降发卡》,第三人称抒情,"黑色发卡"与"寂寞的鬓边花"形成对比,以物见证人"前尘往事都是风里飘白马,说过的话,啼声嗒嗒,望不见身影,四面是天涯"。这里,丁墨没有对曲子做直接的描述,而是通过"在灯光与旋律中,评委们的脸也渐渐看不清了。他们都陷入了另一个世界"进行侧面描写。从歌词来看,作者表意中的"另一个世界"显然也没有召唤出实在界的大爆发,依旧是象征界物是人非的伤感迷思由物稳固地勾连出来。

第三首曲子是半决赛参赛曲目《城兽》,这是许寻笙第一次以古琴演奏加入朝暮乐队。古琴声和岑野的嗓音、吉他"相互追逐、相互放纵,缠绕在一起",也引出了后来两人爱情的初次试探。歌词中,以"这个城市曾经有过古兽""曾经燃起战火"标识出历史的时空坐标,以第一人称"我"标识出照进历史的现在。在丁墨描述的歌曲"最热烈的嘶吼"部分,"我"是一个不惧怕"贫穷、病痛、饥饿、孤独"的"困在这城市里的兽",充满了要"踏破千山万水",冲出城市牢笼束缚的强烈意志。有趣的是,这一看似就要打破象征世界秩序的努力却被歌词的最后一句"看到我的名字终于铭刻在荣耀碑上"给彻底地解构了。"我"的终极目标不是要成为超脱世俗名利的超人,而是借由"纪念碑"在宏大历史中凝固记忆,建立身份,塑造文化认同,显然这依旧不是摇滚的精神内核。

第四首曲子是决赛参赛曲目《初见》,依旧有许寻笙的古琴加入,但与之前两人的爱情初探不同,在这首曲子中,岑野不仅唱出了对许寻笙的表白,也抹平了许寻笙内心隐秘的爱情伤痛。曲子高潮部分的声音,丁墨描写为"最高亢、最自由、最深情""极速回旋一飞冲天""宛如天籁般高亢宏大";歌词是"我不要山哭海啸华梦一场你我终成空,我只要见你念你想你为你天高地也厚,那么多爱人离人路人痴人人人迷了路,请你跟在我的身旁请你伴我去飞翔",其中"我不要""我只要""跟我伴我"表达出了抒情主体对于"你"的强烈情感指向,而现场听众(网文读者)作为每一个"你",都沉浸在"我"所建构的唯一性爱情迷思中无法自拔。他们包括丁墨自己都未曾意识到,摇滚乐的"革命冲动"已经被悄然地置换为"同质化生活"的喋喋不休。

结 语

中国网络文学发展的三十年以来,对于"爽"感的追捧成为其创作的核心导向。女频文的"爽点"集中在穿越重生复仇、双向奔赴的浪漫爱情;男频文的"爽点"多以金手指开挂升级打怪,草根成功逆袭名利场为主。但在文体风格上,网文呈现出去所指化且能指无限飘浮替换的境况,最直接的体现就是网文情节的拼贴性和结局的情势所不必然性。拼贴是说故事线上可以随时添加故事块,而让网文无限冗长;情势所不必然性是说结局可以停在任何一个故事块结束后,而忽视对人物形象内在生命自主力的整体性和完整性的关照。网文"爽感至上"的背后暴露出的是现实结构性的无解困境。重生复仇指向了职场性别歧视对女性的重压,双向奔赴的爱情是对世俗情感中"影子爱人"[①]缺失的想象性补偿,金手指开挂和草根逆袭暴露出的是丛林法则的残酷和阶层身份的窘境;网文作者无意识的"能所脱指"的背后暴露出的是社会学想象力缺失的困境。而直面双重困境,是未来网络文学打开纵深感的真正破局之路。

---

① 影子爱人指那种如影随形,不计较个人得失,完全出于无功利性目的,一切只为彼此的"无我唯他"的 CP(配对,指情侣或搭档)。

作品解读

精神症候与人文关怀：
《庆余年》的现代性叙事及其内涵[①]

陈海燕　常保青[②]

【摘　要】　作为互联网时代的特定产物，网络文学以构建引发时代共鸣"情感共同体"来反映现代社会的文化特征与精神症候。《庆余年》以瑰丽的想象力构建"异托邦"，并赋予其负载意义，以玄幻书写投射、映照现实。在现代价值观念的映照下，塑造了具有现代觉醒意识、追寻平权和渴求权利意志的各色人物，描绘人物间的矛盾冲突，隐喻现代社会中人的精神面貌和人际关系的疏离与异化。小说呈现了现代语境下人与自然、人与社会和人与自我的三重危机，并对现代性困境进行了深刻的反思，以其切实的人文关怀为当下网络文学精品创作提供了可贵的经验。

【关键词】　网络文学；现代性；《庆余年》；现代性危机；人文关怀

引　言

现代社会的不确定性滋生了焦虑和不安，读者亟须缓解压力、寻找宣泄的出口。网络文学通过构筑"异托邦"的想象世界，在这片具有"精神逃逸"色彩的场域内表述被不断压抑的现代性话语。通过书写"爽感"来满足读者的白日梦，然而部分作品却忽略了深邃思想的表达，缺乏人文关怀。正是这样，"以爽文写情怀"[③]的《庆余年》值得被关注。

[①] 基金项目：四川网络文学发展研究中心资助项目"虚构题材网络文学现实转向实现路径"（项目编号：WLWX-2022012）阶段性成果。
[②] 作者简介：陈海燕（1978—），女，湖北襄阳人，教授，博士，硕士生导师，主要从事网络文化研究。常保青（1999—），女，河南安阳人，硕士研究生，主要从事网络文学研究。
[③] 猫腻、邵燕君：《以"爽文"写"情怀"——专访著名网络文学作家猫腻》，《南方文坛》2015年第5期。

《庆余年》被誉为猫腻的封神之作,最初在2007年发表于起点中文网,先后入藏国家图书馆和中国国家版本馆,是网络文学中的精品佳作。近年来衍生出的电视剧、有声剧等跨媒介产品获得广泛好评,入选"2019年度中国网络文学IP影响力排行榜",突破了文学的藩篱,保持着长盛不衰的生命力。小说的现代性叙事和人文情怀充满了可挖掘性,在玄幻空间中隐喻、映照现实,给予现代人精神慰藉。小说呈现了现代性的三大危机,对现代性进行了反思,彰显了人文关怀,实现了文学价值和商业价值的"双效合一"。

一、叙事策略:现代性叙事空间的构建

《庆余年》以现代价值观念烛照虚构的玄幻时空,以现代思想内核冲破封建制度的禁锢。"异托邦"世界的搭建反映了"现代性"社会秩序构建的本质特点,映射社会现实并给予人文关怀,虚幻弥合现代社会的精神缝隙。小说塑造的人物形象肯定了人的个性与价值,隐喻现代人的精神面貌,人物关系的异化和疏离则反映出现代社会人际关系的紧张。网络文学通过构建"异托邦",使读者暂时逃离现实,缓解现代社会的焦虑。

(一)玄幻空间的异托邦隐喻

1."异托邦"世界的搭建

鲍曼认为,现代性的本质就是建构现代秩序,"造园抱负"则是现代性追求现代秩序的表征。但由于在建构过程中存在着不完美的偶然性,导致无限焦虑、思想禁锢、人性压抑的产生,"矛盾性成了现代性的主要苦楚和最揪心的担忧"[①],亟需构筑逃离和宣泄的出口。

《庆余年》搭建的"异托邦"是发生在核武器战争地球毁灭后,人类文明陷入"历史轮回"而倒退到封建王朝,庆国人将"神庙"视为珍宝,认为它是一切神奇力量和奇思妙想的来源。"神庙"是上个文明的人类在北极创建的军事博物馆,其中有解说员、机器人、大量军事武器和武功秘籍。人类将所有的文明数

---

① [英]齐格蒙特·鲍曼:《现代性与矛盾性》,邵迎生译,北京:商务印书馆,2013年版,第23页。

据都输入了神庙中的超级电脑,力图依靠高度智能的计算机程序完成地球文明复兴的任务。同时留下旧文明人类的记忆数据,准备在核辐射降到最低、地球适合人类生存时重生。神庙遵循四大定律:

> "第一定律,神庙不得伤害人类,也不得见人类受到伤害而袖手旁观。第二定律,神庙应服从人类的一切命令,但不得违反第一定律。第三定律,神庙应保护自身安全,但不得违反第一、第二定律。第零定律,神庙必须保护人类的整体利益不受伤害,其他三条定律都是在这一前提下才能成立。"[①]

神庙的最高定律"第零定律"看似是在服务人类,为社会建构秩序,但实质是人类世界的操控者。这与鲍曼所述的现代性的"造园抱负"一致,"园中的野草,一种不请自到的、漫无计划的、自生自灭的植物,增强了强加于自然的人为秩序的脆弱性,它们让园丁们想到需要对田园进行不间断的管理和监视"[②]。鲍曼将现代性的秩序建设比作园丁的花园管理,通过拔除园中影响秩序的野草,使花园按照理想园艺设计生长。神庙试图扮演园丁的身份,引导、控制新人类文明的发展。神庙使者会执行清理任务,消灭掉自认为威胁到人类文明发展的祸害,叶轻眉和范闲作为唤醒民众反抗的启蒙者,就是神庙官方指定的必杀对象。小说结尾,由于能量值太低,加上选择的天脉者不服管束,世上再无神庙,也意味着现代性追求的完美秩序本身就是一大悖论。

2."异托邦"的负载意义

人可以通过模拟自身的生存环境,将现实因素打破重置,构建异托邦。"镜子像异托邦一样发挥作用,因为当我照镜子时,镜子使我所占据的地方既绝对真实,同围绕该地方的整个空间接触"[③],异托邦作为镜子式的反映面,能

---

① 猫腻:《庆余年第七卷 朝天子》,起点中文网 https://www.qidian.com/chapter/114559/22514466/,(2009—02—07)[2023—08—10]。
② [英]齐格蒙特·鲍曼:《立法者与阐释者》,洪涛译,上海:上海人民出版社,2000年,第67页。
③ [法]M.福柯,王喆法:《另类空间》,《世界哲学》2006年6期。

够反映现实。网络文学塑造的架空幻想世界,消解了理性的枷锁,负载了青年一代的价值取向与精神症候。

现代社会生活的重压之下,人们面对种种不公平的社会现象而愤懑、无奈,网络小说塑造的异世界提供了短暂地获得快感和满足感的渠道,在虚拟的时空中暂时抛却现实,实现跨越阶层的梦想,消解日常生活中的心理压力。在雄奇瑰丽的"异托邦"和虚拟空间中,小说人物的思想及生存际遇实际上是现代人精神的投射。《庆余年》主人公范闲从一岁起就精打细算,不敢松懈地想要抓住一切机遇,这其实就是对现代社会草根阶级的映射。《庆余年》加入了玄幻小说中常见的"金手指"元素,主角范闲借助重生、穿越而成为先知,一次次趋利避害,并意外地获得系统的能力,一路开挂:一岁练习霸道真气,四岁师从三大用毒高手之首的费介,变得百毒不侵、医术高明,六岁习武,十六岁入京掌管"内库"财权,凭借剽窃从旧人类时代背诵的《红楼梦》及诗词记忆,在文坛一炮走红……借助高人指点和玄幻力量一路开挂,弱者群体代入小说中的人物,他们凭借"金手指",在"异托邦"世界中肆意狂欢、宣泄快感,"白日梦"的背后是现代社会弱者的焦虑。

(二)现代价值观念下的角色映照

1. 人物形象投射现代人的境遇

现代性追求个体价值和自由解放,"现代性是一种追求主体地位的现代精神气质,对启蒙的主体追求,对主体的理性的推崇是其根本内涵"[1]。《庆余年》中叶轻眉和范闲两个拥有21世纪记忆的人物,努力在封建王朝中做自己,并启蒙引导人民觉醒。

叶轻眉是具有现代觉醒意识的女性,她以"他者"的身份进入庆国父权社会,但始终坚持自由平等的现代价值观念,没有被封建社会异化,就像西蒙·波伏娃在《第二性》提出的"是独立的个体,并不是男性或者男权主义下的附属品,是拥有自我欲望的主体"[2]。她行商能汇天下之财,从政能玩转京都,

---

[1] [美]波林·罗斯诺,张国清译,《后现代主义与社会科学》,上海:上海译文出版社,1998年,第4页。

[2] [法]西蒙·德·波伏娃:《第二性》,陶铁柱译,北京:中国书籍出版社,2004年,第54页。

是具有现代觉醒意识、平等意识的独立女性和思想启蒙家。站在"现代"启蒙立场上,创立了监督皇权的检察院,并撰写铭文:"我希望庆国的国民,每一位都能成为王,都能成为统治被称为'自己'这块领土的,独一无二的王。"①用自己的智慧和力量深深改变着社会。

不同于母亲叶轻眉试图改变世界的启蒙者身份,范闲是被迫卷入残酷的权利纷争当中,只想在残酷的世界生存下去。虽然从小就具有21世纪的现代意识,但在封建王朝生存了16年的范闲,免不了历史对个体的影响,依然会被封建思想浸染、塑造,凸显了人与社会环境的从属关系。在现代意识和贵族身份认同的冲突下,成为古今思想交锋的矛盾体。他一方面追求自由,藐视皇权,意图冲破封建社会的束缚,怀着"命运"公平、人人平等的情怀,向下人灌输生而为人、无贵贱之分的平权理念;另一方面又享受着封建贵族身份带来的特权和优越感,在毒杀毫无背景的对手贺宗纬时,表现得尤为突出:"你肯定不服,不服我怎么有个好父亲、好母亲……然而天命所在,你有什么好不服的?"②这种"出身论"思维隐喻着现代社会阶层的代际流动性较弱的事实,阶层跨越难度大使社会成员上升的通道变窄,社会不公平的现实问题由此显现。

2. 人际关系的异化与疏离

鲍曼曾指出:"把社会成员铸造为个体,这是现代社会的特征。"③现代性社会的纯粹关系是一种漂浮的存在,若双方没有利益存在,纯粹关系便不存在。在现代社会中,每个人都以自我为中心,诉求"个人至上"的自由主义,导致人与人之间的关系疏远和功利化。在自我欲望得到满足时,应该将"他者"和"自我"置于什么样的位置,值得身处现代社会语境中的现代人深思。

海德格尔认为现代性的病根在于权力意志的过度膨胀和僭越,权力意志带来信任危机和人情冷漠。在波谲云诡的权利中心,遵循弱肉强食的丛林法则,人人为获得至高无上的权力而不择手段。《庆余年》展现了现代困境中的

---

① 猫腻:《庆余年第七卷 朝天子》,起点中文网 https://www.qidian.com/chapter/114559/21999087/,(2008—12—07)[2023—08—17]。

② 猫腻:《庆余年第七卷 朝天子》,起点中文网 https://www.qidian.com/chapter/114559/22280978/,(2009—01—08)[2023—08—18]。

③ [德]贝克等:《个体化》,李荣山等译,北京大学出版社,2011年,第1页。

人际关系图谱:范闲信奉"宁肯自己去害死别人,也不要被人害死自己"①的利己主义人生哲学;庆帝为维护皇权而置妻子叶轻眉于死地,又利用儿子范闲引出阴谋背后的黑手;陈萍萍一面疼爱范闲,一面又将范闲视为棋子,不惜牺牲自己也要完成自己布下的"棋局";二皇子李承泽善于伪装,表面对范闲鼎力相助,暗地里却计划谋杀。由权力意志引发了信任危机,表面平静和谐的人际关系实则汹涌湍急、各怀鬼胎,因为权力和利益联系起来的关系一击即破。

范闲的恋爱婚姻观念也展示出现代社会人的关系的异化,他一方面对妻子林婉儿表现出从一而终的忠诚,另一方面却四处留情,有北齐圣女海棠朵朵、密探司理理、女皇战豆豆等红颜知己和小妾柳思思,享受"楚留香式"的风流生活。鲍曼提出"流动的现代性",认为流动性是现代性的本质特征。在他之前,马克思在《共产党宣言》中就提出,在现代性社会"一切新形成的关系等不到固定下来就陈旧了,一切固定的东西都烟消云散了"②。身处快速多元的现代流动社会,个体的生活范式也是自由流动的,现代人的婚姻观念也发生着剧烈变化,家庭的稳定性受到冲击,范闲的风流正是现代婚姻困境的映射。

二、三重危机:现代性的反思与矛盾呈现

现代性是一把双刃剑,它促进了经济、政治、科技的发展进步,极大改善了人类的生存状况,但同时也应看到其浅薄和危险,在快速发展的现代化进程中也暴露出种种危机隐患。正如吉登斯所说:"现代性是一种双重现象(双重特性),现代社会制度的发展以及它在全球范围内的扩张,为人类创造了数不胜数的享受安全的和有成就的生活的机会,但是现代性也有其阴暗面。"③现代性带来人类精神的萎缩,精神物欲化、病态化、虚无化,表现为人同自然、社会、自我的三重疏离或异化,具象化为生态危机、社会危机和人的危机。

---

① 猫腻:《庆余年第一卷 在儋州》,起点中文网 https://www.qidian.com/chapter/114559/22280978/,(2009—01—08)[2023—08—18]。
② [德]马克思、恩格斯:《马克思恩格斯选集(第一卷)》,北京:人民出版社,1972年,第254页。
③ [英]吉登斯:《现代性的后果》,田禾译,南京:译林出版社,2000年,第14页。

（一）人同自然的冲突：生态危机的隐忧

现代性主张人类应该运用科学和理性，对自然展开"祛魅"，摆脱对自然的崇拜和恐惧，它将人类从蒙昧状态下解放出来，同时由于无止境地对自然开掘，导致了生态危机。克海默尔与阿多诺在《启蒙的辩证法》一书中指出："人类的理智战胜迷信，去支配已经失去魔力的自然。知识就是力量，它在认识的道路上畅通无阻：既不听从造物主的奴役，也不对世界统治者逆来顺受。"[①]现代性的发展观是以技术进步和自然资源无限性假设为基础的，这就决定了它必然带来科学技术的异化、人与自然关系的异化和生态危机。

小说《庆余年》描写的世界是在人类世界被杀伤性核武器摧毁后，重新生长出的新文明。猫腻借小说呈现现代人的生存状态，表达出对现代性危机的反思，并希望在文明冲突中找到人类的生存之道和不同文明的共存之道。他设计出一个后人类时代，在这里人类不仅可以与核辐射共存，还可以用核辐射转化为真气修炼内功，将核辐射称为"天地元气"。在科技文明高度发展之后，应该怎样处理人与自然的关系，摆脱现代性危机，避免人类文明走向灭亡，这是作者猫腻要表达的忧思，也是现代性应该深思的一个重要问题。

（二）人与社会的疏离：崇高精神的虚无困境

查尔斯·泰勒在《本真性伦理》中提到现代性的隐忧，在"成为自己"的背后，潜藏着一个正在衰落的道德理想"本真性"。随着现代性的发展，人们不断对世界"祛魅"，转向对内的自我确证（inwardness），不再屈身于存在之链中既定的位置，关注自我的"现代自由"的诞生也代表着强调集体的神圣秩序的衰退和解体。"有人把这表述为生命的英雄维度的失落。人们不再有更高的目标感，不再感觉到有某种值得以死相趋的东西。"[②]

现代性的进程伴随着个人主义的凸显和强化，现代社会尊重个体权利，但任由其绝对扩张必然会诞生个体本位的消极后果。现代性强调"个体化"，摆脱了传统共同体中崇高的集体信仰，崇高精神面临虚无困境。"'我将如何去

[①] [德]马克斯·霍克海默、西奥多·阿多诺：《启蒙的辩证法》，渠敬东等译，上海：上海人民出版社，2003年，第2—3页。

[②] [加]查尔斯·泰勒：《本真性的伦理》，程炼译，上海：上海三联书店，2012年，第21页。

生活'这一问题只有在如吃穿住行等日常生活的琐事中方能得到答案。"[1]网络小说中的成长叙事更多是聚焦人物本身,社会中的"大事"在小说中的人物看来也只是"生活"。《庆余年》中的范闲具有强烈的利己主义思想,有着杀伐果断、虚伪冷酷、自私自利的黑暗面。为了保留个人后路,擅自与敌国北齐暗通款曲,经营自己的势力,且毫无愧疚之心,传统意义上的家国认同受到了挑战。范闲遵循"穷则独善其身,富则妻妾成群"[2]的人生准则,传统"达则兼济天下"的儒家精神隐匿,个体本位上升为人生价值追求。这反映了现代社会青年的精神症候,"社会主义革命年代曾经试图建构的'阶级感情',早已被消解殆尽;另一方面,或主动或被动地置身于'现代化'大潮的个人,自然也丧失了所谓'前现代'的有机社群,丧失了'乡土中国'传统社会的家族归属感"[3]。现代社会的青年人更关注自我的生活及情感,宏大叙事式微是当代文学的一大症候,偏重私人情感及成长的叙事往往能够激发青年一代的情感共鸣和认同。

(三)人与自我的矛盾:自我认同的危机困境

从传统社会走向现代社会,人追寻个体自由,获得了更多的自主性。然而,现代性追寻理性秩序的建立,试图约束、训导人的行为,这又使个体面临新的束缚,"即使是我们中间最快乐的人……也不能无忧无虑地生活"[4]。范闲对贵族身份认同与现代意识互相交织的矛盾性,入仕而不屈从于入仕表明了理想与现实的矛盾,体现了现代语境中人的自我认同危机。

现代性充分肯定个人的享乐权利,但忽视了对个人价值的追问,致使人类精神世界的"无家可归"。沉浸在现世"凡人的幸福"的追求当中,人的信仰被浅薄化,功利主义、享乐主义也接踵而来。现代性带来了个体分裂,人被机器主宰,被金钱物化,渺小的个人在时代洪流面前迷失方向。《庆余年》中的王朝

---

[1] [英]安东尼·吉登斯:《现代性与自我认同:晚期现代中的自我与社会》,夏璐译,中国人民大学出版社,2016年,第14页。

[2] 猫腻:《庆余年·后记之春暖花开》,起点中文网 https://www.qidian.com/chapter/114559/22703762/,(2009—02—28)[2023—08—21]。

[3] 林品:《"二次元""羁绊"与"有爱"》,《中国图书评论》2014年10期。

[4] [英]齐格蒙特·鲍曼:《流动的时代——生活于充满不确定性的年代》,谷蕾、武媛媛译,南京:江苏人民出版社,2012年,第110页。

庆国是弱肉强食的霸权主义社会,食物链上层统治阶级为获权力不择手段,将庆国的子民异化为"他者",所有人体现的都是工具价值,而不是人本身的价值。当有人违背统治阶层的意志时,就会像杂草一样被拔除。叶轻眉威胁到庆帝的皇权时,即便是曾经相爱的恋人,也会被设计杀害。庆帝为保皇权不择手段,在追逐名利的旋涡中不断迷失,无力自拔。

三、人文关怀:现代性困境下的情感抒写

现代性是矛盾的,在给人们带来生活上的便捷的同时,也带来人文精神的缺失。"人文精神是对人性的全面关怀,对人的全面价值,尤其是精神文化价值格外重视,不仅给予现实关怀,而且予以终极关怀的思想观念。"[1]如何在现代性语境下弥补人文精神的缺失,是当下网络文学应该思考的一大问题,网文不能一味地追求"爽"感,而应该承担起"文以载道"的社会责任,坚守"文学是人学",给予读者人文关怀。被称为"最文青的作家"猫腻,在小说中关注现代社会个体生命如何获得意义,做到了现代性困境中的人文关怀。

(一)自省与救赎的情感慰藉

"'中国式的救赎'是一种主体精神的自律,是道德焦虑引发的自我反省与救赎"[2],通过自我反省认识到自己的错误与罪过,并通过各种方式来弥补。《庆余年》中的庄墨韩是北齐帝师、北齐文坛著书立说的大家,至死不渝地坚持为优秀文化作品作注,是天下读书人膜拜的对象。为了救出胞弟肖恩而不惜构陷范闲抄袭,不料适得其反,反害其身。意识到自己的错误时,亲自向范闲道歉,临死前以书相赠,将一生的作品托付给范闲,希望范闲能够守住文坛的传承。这个情节设置对现代社会有一定的隐喻意味,庄墨韩的名字浓缩了先秦时期对中华文化产生了深远影响的思想家"庄子""墨子""韩非子"的姓氏,他的失败隐喻着当下中国传统文化受到各种文化冲击的事实。而范闲发自内

---

[1] 朱立元:《试论当代"人文精神"之内涵——关于人文精神之我见》,《学习与探索》1996年第2期。
[2] 李姣:《论现代性困境中迟子建小说反现代性的人文关怀》,闽南师范大学2021年硕士论文。

心对庄墨韩著书立说精神的敬佩,是对年轻一代肩负继承中华传统文化精髓重任的正向激励。

面对现代性带来的种种困境,猫腻似乎在《庆余年》中给出了一种现实出路,即发扬中国传统文化的优势,避免落入西方极端自我中心主义的陷阱。中国传统文化追求人与自然、人与人关系的和谐,强调群体的重要性,提倡"修身、齐家、治国、平天下"的情怀,这些都将成为我们建构新型自我认同的有益的资源,也是我们透视现代性的重要参照点。

(二)赋予人间温暖与爱

现代性造成了人与人之间的信任危机,理性思维和个人主义导致社会关系越来越冷漠,人世间的脉脉温情在现代性进程中逐渐丧失。在《庆余年》中不仅能看到人与人之间的隔膜,也能体会到人性的温暖,小说中人物虽充满了钩心斗角和尔虞我诈,但也不乏善良的品质。王启年虽然贪图钱财、刁钻狡猾,但却疼爱妻儿,并怀有古道热肠和侠肝义胆;庄墨韩虽受威胁诋毁范闲,但却有严谨的治学精神和传承文化的社会责任担当;沈重虽心狠手辣,但却时刻将国家的安危放在第一,是北齐的忠臣;肖恩即使被严刑逼供也没有透露神庙的秘密,遵守当初对叶轻眉的承诺,虽杀人如麻但却拥有守信的优秀品质。猫腻对人性仍然充满希望,希望通过温情来化解世间的冰寒。

结 语

《庆余年》通过构建异托邦世界,隐晦地勾勒出了现代社会的精神症候,触碰到了现代社会青年一代的隐性心理,使读者产生共鸣。反思现代性的悖论和危机,引起对现代性语境下的人与自然、社会和自我关系的人文性思考,并以"自省与救赎""温暖与爱"弥补现实缺憾,试图寻找到现代性困境的出路。对当今网络文学如何表达现实情怀、创作动人心弦的高质量作品,提供了可贵的审美实践经验。

回首再观"小白文"热
——以解读我吃西红柿《盘龙》为例

许潇菲[①]

【摘　要】　作为初代小白文的重要代表作,《盘龙》是一部堪称文化现象级的网络文学作品。从传统文学性的尺度而言,《盘龙》有着诸多不可忽视的弊病。但它自成体系的叙事结构、成熟老练的情节套路,却为后世小白文创作打开新的视界,提供一条通往经典的道路。《盘龙》通过少年英雄的主角形象打造,结合刷副本、打怪升级等电子游戏叙事要素,塑造一个将丛林法则奉为圭臬的假想世界,而主角的修炼、升级、复仇之路,又透射出一股强劲野蛮的生命力量。与当代青少年的生存境况产生紧密的精神连接,形成强烈共鸣。此外,小说将东方神话的救母主题和西方悲剧的王子复仇主题结合,不仅拥有浓郁的西幻色彩,也有东方玄幻的旨味,这直接助推《盘龙》顺利出海,并取得优秀成绩。而这一切的成功,正是小说在秉持"娱乐无罪"的小白文立场的前提下获得的。这让人得以进一步审视大众阅读兴趣与传统文学标准之间的矛盾和博弈,反思套路存在的合理性,以及小白文背后对现实的指涉。

【关键词】　《盘龙》;小白文;电子游戏;套路;网文出海

2009年6月,《盘龙》完结,这部三百多万字的鸿篇巨制在当时有着无可匹敌的人气,在中国网络文学的发展轨道上铭刻一记深重的脚印。下半年,《九鼎记》问世,人们记住了"我吃西红柿"这个不断带来惊喜的作者,戏称2009年为"番茄年"。那一年,无数年轻男孩的梦里出现了一个戴着盘龙戒指的武者形象。身量巨大的血睛鬃毛狮、力大无穷的紫睛金毛猿、毁天灭地的九头蛇皇、携带着毁灭雷电的恐怖雷龙,还有那强大到极致、能叫天地变色的魔法力

---

① 作者简介:许潇菲,女,安徽大学文学院博士研究生,主要研究网络文学。

量,一次又一次地震撼读者的心灵世界。那一年,经过十年磨砺,网络文学百花齐放,众多爆款网文接踵而至,正满心期待着新时期的到来。

  时至今日,在媒介与技术革命浪潮的推动下,中国网文已有足够的底气与众多文艺种类并驾齐驱。"主流"的关注、官方意识形态的把控、不断完善的评价体系,让人们对网络文学的功能性和目的性产生更高的期待。站在当下的高度上回望过去,《盘龙》的弊端实在是过于明显:文笔粗陋浅白、剧情单调而冗长、人物塑造幼稚,思想深度接近于无,更无法承担寓教于乐和文以载道的传统使命。在性别对立问题渐趋紧张的今日来看,《盘龙》还通篇充斥着被女性主义者所厌恶的"大男子主义"气概、令人窒息的父权话语体系。"小白文"一词便是专门用来形容此类作品的。文本浅白、内涵不足、情节模式化是它的基本特征,同时也是传统文学观所极力反对、抵制的特质。但是凭借它高居榜首的阅读量、读者乐此不疲的再创作、风靡海外的热度,可见在读者的眼中,《盘龙》绝对是一个精彩的好故事。不同立场所导致的反响差异,将精英文学批评与大众文艺解读之间存在的割裂无限放大:传统文学视域中绝对的弊端,却是读者眼中充满吸引力的、不可或缺的部分。然而他们不在乎,也不必在乎来自"正统"文学的指摘,"YY无罪,做梦有理"[①]是他们的宣言。

  由此可见,站在精英文化立场对以《盘龙》为代表的"小白文"进行文学性上的批判没有太大意义,深究其精神内核和思想深度更是注定收获寥寥。比起这些,本文更想探究的是"小白文"的创作方法是否存有隐在的现实指涉,从而拥有一定的积极干预能力?它的"缺点"在大众视角的解读下,是如何变成爽感的来源?具体到作品《盘龙》上,它又是凭借什么在海内外收获大批忠实读者?以及最终,我们该以何种姿态来面对文学的娱乐性,承认娱乐的现实价值?

---

  ① 关于"YY无罪,做梦有理"一说,最早可考至署名为dryorange的网友,以《YY无罪 做梦有理》为题于发表在《流行阅》的创刊卷中。"YY"是"意淫"的拼音首字母缩写。"意淫"一词最早见于《红楼梦》中,代指精神层面的高级情欲。而在互联网上,"YY"泛指一切不着实际的白日梦。

一、少年英雄,百炼成钢

《盘龙》甫一问世,就被归类于男频的类别中,在作者和读者之间完成了双向筛选的第一步。与作者我吃西红柿并列"小白文"大神的唐家三少,就自觉锁定自己的潜在读者群体,即集中于8—22岁的青少年男性。这个年龄段的少年更容易被直白刺激,同时被带有浓烈的个人英雄主义色彩的主题吸引。虽然不能将其完全复制于我吃西红柿的创作经验,但也可以确认,《盘龙》从一开始就锁定了男性青少年作为阅读主体。优秀的网文写手虽然被捧为"大神",但他们始终对读者抱有高度的忠诚。故事的内容剧情、人物的行为方式、行文的叙事手法,都是为了戳中这个读者群体的"爽感"而存在,比起传统文学作者的惨淡经营和夫子自道,网络小说的创作过程更像是作者与读者的博弈,最终的成品则是双方协商后所达成的共识。因此这种新型创作方法产生的人物角色,往往与大众心理和时代潮流连接得最为紧密。

《盘龙》以林雷秉承父志,为母报仇为主线索,连接起一连串的奇遇和冒险,引申出无数或惊险刺激或瑰丽奇幻的场景。《盘龙》的故事框架极为庞大,涉及的人物角色层出不穷,但作者始终锁定林雷的行动轨迹作为主要视角,作为故事的主角,他也当仁不让地拥有占比最大的篇幅,是小说中"爽感"最主要的来源。林雷的身上寄予着青少年的普遍愿望,拥有接近完美的特质。他勤于思考,刻苦钻研,有着绝对强大的实力,并以此征服、奴役他人。他幸运无双,于无意中捡到拥有神秘力量的盘龙戒指,并得到圣域大法师德林爷爷的指导,而于偶然间收服的宠物贝贝,竟是大陆第一强者贝鲁特的孙子。他富可敌国,精湛的石雕技术为他带来丰厚的第一桶金,后期随着帝国的建立,更坐拥无可计数的财富。除此之外,他还有一位美丽贤惠的妻子、出生入死的兄弟、严厉慈爱的父亲。在冒险的过程中,他坚持正义、爱憎分明,摧毁光明教廷得报大仇、凝聚剑意斩杀奥夫的桥段令人拍手称快。其余角色,哪怕是林雷的宠物兼好兄弟贝贝、妻子迪莉娅、导师德林柯沃特,他们的形象无一例外的简单粗略,人物的"存在"(Dasein)意义是空洞的,是只为主角一人而存在的"工具人"。聚焦于男主角身上的镜头视角,潜在地满足了青少年读者渴望被关注、被认可的心理需求,让读者在不知不觉间与林雷产生"共情",乃至"共鸣",继而接受小说中蕴含的对男性生活经验的总结和隐喻。具体到小说《盘龙》中,则包括漫长升级之路对事业/学业的隐喻,以及"纯情"设定对青少年爱情观的指涉。

小说的设定在最一开始并不复杂,大体可分为魔武两套修炼体系,分别对应着魔法师、战士职位。但是由于故事剧情的发展需要,体系内的等级逐渐细化,层次愈加繁多。两套职位内各有九个提升档次,第十次飞升被称为圣域魔法师、圣域战士。在圣域之上,则是神的领域。成神的途径有两种:炼化神格与独立成神,神级有三个档次,下位神、中位神、上位神。当上位神再次突破,就成为能够创造属于自己位面的主神,主神亦有下位、中位、上位三个档次。主神之上还有分别掌控命运、毁灭、死亡、生命四大规则的至高神。但这并非《盘龙》世界能力的巅峰,凌驾于至高神之上的,是被称为"鸿蒙掌控者"的存在(这个称号比我吃西红柿后作《吞噬星空》中的"神王"要显得文雅些)。它需要融合四种主神之力,鸿蒙掌控者被赋予无与伦比的力量:能够冲破宇宙轮回,超脱域外,掌控鸿蒙,创造宇宙,是统御所有位面的顶尖存在。由此可见,主角将要面对升级之路仿佛是一眼望不到头的珠峰,攀登起来永无止境。

积累财富——增强力量——获得尊重(实现目标),几乎是所有"小白文"主角的行动轨迹。为了与不断提高的力量标准相匹配,《盘龙》中的林雷几乎没有任何娱乐需求,以类似苦行僧侣般的意志潜心修炼。即使他在自家宅邸中修养,也时刻想着"修炼《龙血密典》,苦修身体。放松的时候还时而进行雕刻来提高精神力,在温泉池水中还进行冥想锻炼精神力",可见"林雷的修炼,融入生活中的每一刻"。单调的修炼并未让读者感到乏味,正相反,这样的桥段与他们的生活在本质上极其相仿,却以玄幻的手法表现出来,营造出一种"熟悉的陌生"感,极具吸引力。近年来,"内卷"一词风靡大街小巷,用来比喻过于激烈、永无止境的内部竞争。虽然词语本身出现的时间较晚,但它所形容的竞争却在近几十年来的中国社会中愈演愈烈。《盘龙》里所极力渲染的丛林法则,又何尝不是现实的艺术化缩影,只不过在这个世界中,林雷是残酷"内卷"下的最终胜利者,是名副其实的"卷王",承载着无数在现实"内卷"中喘不过气的青少年的希望。

　　作为傲立于无人之巅的强者,林雷在小说中也有着令无数少女心动的魄力,但他同样延续了我吃西红柿小说的"单女主"设定,始终忠诚于与妻子一人的婚姻,这在玄幻"小白文"中极其少见。不过相对于我吃西红柿其他作品《寸芒》《星辰变》《莽荒纪》中几乎开场就去世的女主角,《盘龙》算是感情描写较为丰满的一部。它在林雷苦修生涯中插入一段甜蜜却无果的初恋,并慷慨地为这段剧情赋予大量笔墨。林雷与初恋艾丽斯之间从相识到相知的过程朦胧又美好,最终却因为女方变心,不能一起相伴。这段变故给16岁的林雷造成巨大打击。在两人分手后再次相遇时,林雷忍不住说出心声:"艾丽斯,我不单单喜欢你的优点,也包容你的缺点。我认为两人在一起,就是相互容忍,相互谅解的过程。没有两个人在一起可以完美无缺,没有一点矛盾的。"这段话展现林雷有着与年龄不相匹配的成熟情感观,与前后文的粗糙产生了巨大的反差,甚至可以称之为突兀。因此与其说是人物角色的感悟,不如说作者在小说中夹带了属于自己的"私货",以恰到好处的力度触碰到青少年在成长过程中将要面临或正在面对的青春阵痛。指涉读者该如何平衡事业/学业与爱情的关系,如何在两性相处模式中找到属于自己的位置,并为此提供一个文学样本。

　　《盘龙》作为玄幻爽文并不会直接反映现实,而是构建了一个与现实社会有着相似本质和运行规律的文本世界,引导读者在其中发掘出与自己生活经验相对照的部分。它通过塑造一个有着强烈事业心、成熟爱情观的主角,来抚慰男性读者在现实社会中所遭受的挫折与伤痛,满足青少年对个人英雄主义的一切幻想,并在一定程度上在读者心中树立了积极的自我暗示,即只要潜心修炼(学习/工作),就能收获绝对的力量,获得他人的尊重。

二、游戏元素,传统叙事

　　电子游戏属于当今青少年较为熟悉的娱乐元素之一,虽然它常常被指责为盲目暴力的、引人沉溺其中的载体,是毫无意义的时间浪费,但类似的批评在任何一种新型媒介出现时都风行一时。撇开电子游戏本身的利害问题,它对中国网络文学,尤其是玄幻网文叙事方式所产生的重要影响却是不容忽略的。电子游戏在现实世界之外画了一个"魔圈",一如网络文学在精神与物质的双重社会之外,构造了一个"自说自话"的异托邦。为了更好地与受众对话,它们不断提高模拟现实、抓住本质的能力,做得甚至比传统文艺形式更好,但它们贴近现实的最终目的却是为了远离现实。所模拟的真实也不过是"混合了'情感真实'和'规律真实'的复杂织体"。而当电子游戏叙事作用到文本写作时,则体现在地图场景切换、刷副本升级、收集道具等具体要素的借鉴,有着独特的美学意义。

《盘龙》以林雷的行动路线作为整部小说的主要线索,以林雷的动机解释剧情上的因果关系,采用第三人称全知视角,是完全按照时间顺序进行的单线叙事。由于作者爱好金庸武侠小说,不仅塑造的人物侠肝义胆、快意恩仇,在写作中也在一定程度上延续了中国传统章回体小说的叙事习惯。而对电子游戏元素的借鉴,则让这部小说有了更为强烈的时代特征,在继承传统手法的同时,也开创了诸多全新的写法。文学的娱乐性被前所未有地强调和重视。

随着剧情推进,《盘龙》中的场景更迭速度极快。故事开始于玉兰大陆上一个不起眼的乌山镇,为了报杀母之仇,林雷刻苦修炼实力飞涨,最终灭掉光明教廷大仇得报。但在这一过程中,德林柯沃特为了保护林雷而去世,为了抓出杀害德林爷爷的凶手,林雷进入玉兰大陆的一个小位面中刻苦修行,飞升至神域。为了追求更强大的力量,他带着妻子和好友进入四大位面之一的地狱,遭遇并加入了八大家族与四神兽之间的战争。为了复活在战争中去世的亲人,林雷踏入冥界,作为交换条件代表冥界加入位面战争,在战后复活了父亲和兄弟,但得知母亲的灵魂仍然被控制着。此后,林雷在各个主神的位面之间穿梭、谈判,并以高昂的代价赎回母亲。但却在偶然间发现自己被光明主宰所欺骗,自己的母亲并未得到允诺的自由。最终林雷在与光明主宰奥古斯塔的厮杀中进入鸿蒙空间,成为金榜第二人,鸿蒙掌控者。这种行文和情节安排在今日已然成为一种爽文写作的常见手法。北大邵燕君教授在采访猫腻时提出,这是东西方写作传统的结合——"大扣"加串珠式的套路。即以某个主要线索的推进为中心,继而围绕它引申出一系列串珠似的故事。这种套路之所以能沿用至今且不易突破,是因为经过时间和资本的检验证明,此叙事模式最契合中国读者的阅读习惯,有着广泛的适用性,也因此能带来最大的爽感。

由此可见,林雷在《盘龙》中的历程,更像是一部电子游戏的主线剧情。通过遇见各个关卡的人物、领取任务、完成任务、领取最终奖励,从而得以进入下一个"副本",领取新任务,重复上一个关卡的行动。为了让玩家对双方实力有着大概的了解,一些易于量化的属性如人物的生命值、可供分配的技能点等,都会被以明显的方式加以强调。那些不断获得的经验值、魔法、武器和金钱,都需要角色在战斗中进行战略性的部署分配。我吃西红柿将这一表现手法复制到小说中,对财富金钱、力量等级等数据进行极力渲染,使其甚至可以与人物的实力挂钩,譬如《盘龙》中的道森商会,就试图以一亿金币的夸张价格雇用林雷。而林雷也通过雕刻石像贩卖、修炼提升实力的方式,来不断提高自己的价值。

频繁快速地切换"副本"、直观明显的数据属性,与无尽的升级体系、重复单调的冗长剧情正恰合,源源不断的新鲜刺激足以让读者忽略重复的套路,乐此不疲地持续阅读下去。随着林雷对力量的不断追求,实力一步步飞升,故事开始层层展开,场景也愈加恢宏。有生命的金属城堡、危机四伏的众神墓地,乃至浩渺无垠的宇宙,都呈现在读者眼前。为了防止等级划分过细带来的审美疲劳,作者极力夸大等级差异所带来的巨大差距。同一个等级体系内,哪怕一级之差也会造成实力的悬殊;而不同的体系中,一个世界傲视群雄最强者,则可能是另外一个世界最低等的存在。这就意味着每当林雷升一级,就要面对更强悍的对手,解锁更广阔凶险的世界。这快节奏的升级速度和场景更迭,不断地满足读者对后续故事的好奇,对林雷最终将会取得的成就,也抱有越来越高的期望。

《盘龙》不是游戏类网文,但它一定是将电子游戏元素在网文中运用得最为得心应手的一个。它将行侠仗义的武侠色彩与新媒体时代的"赛博"英雄相结合,放大了传统小说的武力因子和阶级划分,创造了一个远离现实的异想世界。然而值得注意的是,这个异想世界并没有太多"乌托邦"的理想色彩,正相反,《盘龙》所描绘的是被残酷的"丛林法则"所支配的世界。实力高强的人可以随意决定他人的生死,正如小说中所说,"在玉兰大陆上,贵族的地位可是比平民高得多了。特别是那种大贵族,甚至可以随意杀死平民。而林雷,连芬莱国王都不敢用身份压他,林雷无疑是芬莱王国最上层的那种大贵族"。小说中随处可见来自强者对弱者的奴役、支配和控制,譬如林雷就对在自己练功时不小心闯入的侍女大加惩罚,不过他"仁慈"地免去军棍之刑,而是代替以二十软鞭。这种通过力量悬殊所获得的杀伐特权,正如游戏中提高人物等级后,获得一身神级装备回新手村"虐菜"的快感。或许其中确实包含有悖人权的"返祖"成分,有着对人类心灵深处欲望的隐秘对接。但高喊着"做梦有理"的青年读者们显然也承认了做梦这一前提,那么在此共识的基础上,追求爽感又有何罪呢?

《盘龙》对电子游戏元素的运用,使其与青少年的娱乐生活无缝对接,基于兴趣产生的阅读行为,更有利于读者接受小说所叙述的故事。此外,林雷在升级体系内的无限攀爬、小说场景环境的不断转换,又对青少年面临的紧张学业竞争、因升学带来的人际关系变动,进行了极具真实感的模拟。形成一个虚构空间与现实空间叠加、传统武侠小说要素与电子游戏特征碰撞的开放性文本,以供读者与自己的生活进行对照、代入,继而提炼出独属于自己的经验和意义。

三、西体中用,迈步出海

除了在叙事框架上体现出东西结合的风格特色,《盘龙》中处处可见的文化杂糅,更是让其成为中西文化荟萃的精神盛宴,使其畅销海内外,成为难以超越的"小白文"传奇。纵观《盘龙》的世界,我们可以看见擅长近战搏击的战士,以远程攻击为主的法师,有使用光明治愈魔法的牧师,还有操纵尸体的黑暗牧师等职业设定,不同的职业各有擅长专精的领域,也难分优劣。这不难令人联想到,《魔兽世界》中的战士、人族牧师、死亡术士,以及《地下城与勇士》中的鬼剑士、魔法师、圣骑士等职业,再往前追溯,甚至可以追踪到西方玄幻题材的鼻祖,托尔金的《指环王》系列。

西幻游戏所蕴含的文化基础更容易得到海外读者的认同,同时对于熟悉游戏的国内读者来说也并不陌生。文中还设定了光明教廷和黑暗教廷两大信仰派别,虽然对教义语焉不详(或者是出于"小白文"的缘故,对主线剧情无甚影响,被有意省略),但仍能看出是以现实生活中的西方宗教为原型展开的创作。除此之外,小说中的一国之首为国王,下有众多大臣;人物之间的交往也仍以西方古典贵族礼仪为主。可见虽然《盘龙》所呈现在读者眼前的是个幻想的世界,但小说对西方文化元素的借鉴仍然有迹可循,在读者的认知范围内营造真实感十足的异域风情。

《盘龙》有着显而易见的西方文化元素,同时也处处体现着东方思维模式,其中最为明显的就是浓厚的宗族观念。小说中有着众多家族,最为强大的有龙血战士、不死战士等,他们的能力都来自遥远的祖先血脉。与西方的家族强调个人权利不同,中国的宗族以血缘关系为核心纽带,以"父权制"为基本法则,强调等级秩序、承担义务。而林雷故事的开始,就是继承父亲的遗志,振兴没落的巴鲁克家族,并为死去已久的母亲报仇。作为巴鲁克家族的一分子,他自觉承担起长子应尽的所有义务。于是他不断磨炼自己的能力,一步步收回家族战刀、抚育弟弟、迎娶迪莉娅、建立巴鲁克帝国、毁灭光明教廷,乃至生儿育女,再次形成一个令人闻风丧胆、势力庞大的家族。林雷也顺理成章地成为这个大家族的首领,所有家庭成员都以他为尊。林雷在宗族体制内的地位攀升,极易引起生长于浓厚家族氛围的读者的共鸣。

《盘龙》不仅以血缘家族为文化核心,更引申出乡土中国人际交往的核心要素——"人情"。林雷从众神墓地取回三枚神格后,与妻子迪莉娅商量如何分配。迪莉娅的提议十分有考量:她提出一枚给亲人,一枚给要拉拢关系的德斯黎,最后一枚备用,待其他强者来索求时给他,让他们欠自己一个人情,方便日后开口请求帮忙。林雷与室友之间的兄弟情谊也始终真挚未变,他们之间也以此情感为基础,互相有所请求,义薄云天。林雷等众强者都是比肩众神、寿命无限的超然之人,他们向来我行我素,最厌烦被帝国、教会等规矩束缚,但其行事思维却仍然受乡土式世俗人情影响,遵循着简单直接的"礼尚往来"原则。作者这样的设定显然做过一番考量,西方的社交法则强调的是个体之间的独立性,而你来我往、有来有回的"人情味"则更为中国读者所熟悉。即使是对于涉世未深的青少年来说,在求学过程中,除了学业本身,良好的人际关系、两肋插刀的兄弟友情在正常情况下也是不可或缺的人生体验。

除了对角色行动准则的设定,小说的一些细节之处同样有着古老的中国文化意蕴。如主人公林雷精通地、风二元素,经常在环境幽静的地方进行感悟修炼,蕴含道家"道法自然"的思想;他将绝技"大地脉动"修炼到256重后,就不再继续叠加,而是致力于将这几百重震动浓缩至轻飘一剑之中,有着返璞归真的真意。儒家思想有着强大的包容性,强调中庸之道。《盘龙》中大多数人都只有一种职业,而林雷走的却是魔武双修的道路,只是表现得更像个战士,因此在与人对战时总能出其不意。而在领悟速度奥义时,林雷醒悟:一味地追求快或慢都是偏道,只有快慢合一,似慢实快,才是奥义的真谛。另一位天才奥利维亚,在小说中是林雷的镜像人物,也是兼容黑暗、光明两元素,实力远超众人。不偏不倚、兼容并包的武学思想深得儒家真传,将中国色彩的功夫之道代入玄幻的修炼之路。东西方文化因子在《盘龙》中短兵相接,交融碰撞,形成的最终集合体,就是小说重点描述的主人公林雷。

林雷的全名为林雷·巴鲁克,中国的名加上西方的姓,这背后所蕴含的心理本身就很耐人寻味。他那"中西合并"的姓名,仿佛是为了象征他的性格,既有西方的独立、理性,勇于追求合理欲望,不怯于展示自己的力量和强大;同时也具有中国传统的重视亲情、责任担当,以及甘于为大局而牺牲小我的觉悟。他有着独立自由的思想,不盲从于各种高高在上的权威;他毫不掩饰自己对于强大力量的渴望,也拥有旁人难以比拟的苦耕精神;他倾向于单独活动,但是也享受亲友的陪伴,与儿女共享天伦之乐;他本质善良友好,但也睚眦必报;他对自己的能力有着充分的自信,却也时刻深知自己的不足与渺小。林雷的思维模式同时带有两种文化的特征,是中西方文化碰撞的产物。这使他在实力磨炼上积极进取,在为人处世上端正淡泊,在亲情中尊长爱幼,在爱情上深沉专情。在两大文化底蕴的加持下,林雷已然成为一个具有时代特色、接近完美的"好男人"。令青少年心生向往,对应该承担的社会责任、将要做出的努力产生初步的了解,并思考自己最终该成为怎样的人,具有一定的积极意义。

值得注意的是,他也是全书中唯一一个有着中国名字的人。除了林雷,小说中其他人物角色姓名更是五花八门。有贝鲁特、迪莉娅等西方姓名,有突厉雷、字贴儿这样带着异族特色的姓名,甚至还有帝林、星伊、冰瑟琳等信手拈来的网络游戏化的原创名称。这样驳杂的风格在小说中并不突兀,这种与现实生活常理相悖的现象,反而让《盘龙》构造的玄幻世界更为"真实"。

中西文化在小说中的兼容,令《盘龙》不仅在一众升级流爽文中开辟出自己的道路,更为它风靡海外市场打下扎实的基础。在传播学领域,中西融合的价值观更易于翻译并被海外所接受。如果纯粹从中国的经验出发,反而难以被外人所接受。当今社会,迈出人类命运共同体的第一步,是文化软实力之间的角力。网络文学作为新媒体的文化产物,是我国面向世界的前沿窗口。如何应对众多不同价值观的涌入,在取其精华去其糟粕的同时,发挥出网络文学真正的魅力,《盘龙》用自己的实践,给出了一份值得参考的珍贵答案。

四、总结

近几十年来,网络文学的飞速发展,让原本被传统文学和精英解读所遮蔽的现象显现出来。人们开始意识到文学本质上的娱乐性,继而大方地承认了它的实用价值,极具目的性地从中获取快乐、宽慰、畅快等情绪。量产的需要促使着文学网站平台的诞生,媒介与资本市场一拍即合,将网络文学纳入市场的资金链,以资本的方式运营生产。

这促使人们开始思考,对于新媒体文学的批评应该以何种姿态出现,文学是否只有"文学性"唯一一种评判标准。《盘龙》为代表的"小白文"已经证明了,"套路"能最大限度地激发阅读兴趣,具有实用性;剧情重复单调却借鉴电子游戏的叙事方式,具有时代性;思想浅白缺乏内涵,却融合东西方文化特征,具有一定的技术性。在大众解读的过程中,"小白文"所谓的缺陷,都成为读者阅读爽感的重要来源。各种缘由在于,《盘龙》的意义并非产生于文本中,而是诞生在阅读行为发生后。只有由读者阅读后,与其所处的社会进行对照和重新编码,小说才真正变得有意义。它以妙趣横生的故事指涉现实,以隐藏在文本下的比喻指涉读者的生活经验,在遥远的异托邦对现实世界做出回望和模仿。它大胆抛弃精英文学所寄予的厚望,将娱乐读者作为首要目的,在无数次创作中最终确定了自己的价值基石。反乌托邦文学所谓"娱乐至死"的根源在于意识形态而非娱乐本身,"娱乐无罪""做梦有理",是在对"小白文"进行分析前所应秉持的立场。

《盘龙》早已在十年前结束了它的故事,然而它所开创的"小白文"写作方式、在学术界所引起的批评讨论却从未停止过。直至今日,我们仍然能在无数玄幻作品中看到《盘龙》的影子。它促使我们不断思考,"小白文"的解读方式是否有更多的可能性,现实与幻想之间的距离究竟有多远,文学与非文学的界限在哪里,网络文学的评价体系完善的道路还很漫长。这些问题的答案在遥远的未来等待着,值得我们投入更多的精力去研究、探索。

新时代创业史：何常在《浩荡》的国家形象建构[1]

温德朝　邱　艺[2]

【摘　要】 当前网络文学创作正经历着现实主义审美转向。何常在紧跟时代步伐创作的网络小说《浩荡》就是一部史诗性作品，该作取材于中国改革开放四十年的宏阔背景，详细叙述了主人公何潮在改革开放浪潮下的创业奋斗史，深刻反映了"深圳速度""深圳奇迹"背后的艰辛历程。某种意义上说，《浩荡》是时代的一面镜子，是新时代的创业史，是社会主义现代化建设这一波澜壮阔历程的文学审美表达。何常在站在时代美学的制高点上，真情倾听时代发展的铿锵足音，聚焦小人物与大故事、小渔村与大都市、小情怀与大感动三个层面，忠实记录改革开放四十年来深圳乃至中国社会从富起来到强起来的发展变迁史，为世界呈现了一个真实可信可敬的中国形象。

【关键词】 新时代；创业史；《浩荡》；国家形象

凡一代有一代之文学，文学与时代发展同向同行，"作品的产生取决于时代精神和周围的风俗"[3]。改革开放以来，中国发生了翻天覆地的变化，从当初一个比较贫穷的经济体一跃稳居世界第二大经济体，为世界经济发展贡献了独特的中国智慧和中国方案。在此过程中，中华大地涌现出了无数英雄人物，

---

[1] 基金项目：本文系江苏省社科基金项目"汉画像的跨媒介叙事研究"（21YSB004）、江苏省高等教育学会"十四五"高等教育科学研究规划课题"汉语言文学专业课程思政建设模式的构建与实践研究"（YB094）；首批江苏高校新文科研究与改革实践省级重点培育项目"汉文化助推乡村振兴的政产学研协同育人机制创新与实践研究"（JSXWK047）；江苏师范大学文学院教研课题"基于读书会的汉语言文学专业本科生阅读学习共同体构建与实践研究"（2021JY012）阶段性成果。

[2] 作者简介：温德朝（1983—），男，哲学博士，江苏师范大学文学院副教授、"一带一路"研究院特约研究员，东南大学艺术学院博士后，江苏省"青蓝工程"中青年学术骨干，研究方向为文艺美学。邱艺（2002—），女，江苏师范大学文学院本科生。

[3] ［法］丹纳：《艺术哲学》，北京：人民文学出版社，1983年版，第32页。

汇聚了无数的精彩故事。如何以文学的名义，讲好中国故事，建构中国形象，是当代作家义不容辞的使命。习近平总书记在中国文联十大、中国作协九大开幕式上的重要讲话中强调："中国不乏生动的故事，关键要有讲好故事的能力；中国不乏史诗般的实践，关键要有创作史诗的雄心。"[1]网络作家何常在紧跟时代步伐创作的网络小说《浩荡》就是一部史诗性作品，该作取材于中国改革开放四十年的宏阔背景，以主人公何潮在深圳的成长经历与感情发展为主线，深刻记录了他在改革开放浪潮下的创业奋斗史，充分反映了"深圳奇迹"背后的艰辛历程。《浩荡》取得了良好的艺术和社会效应，成功入围2018年中国作协重点作品扶持名单，成为"讴歌新时代、庆祝改革开放40周年、庆祝中华人民共和国成立70周年主题专项"的唯一一部网文作品，为现实题材网络文学建构中国国家形象提供了可资借鉴的蓝本。

一、小人物与大故事：记录改革开放四十年中国人的创业奋斗事迹

中国转型时代是一个深切呼唤英雄且英雄辈出的时代。大约类同于"宰相必起于州部，猛将必发于卒伍"的英雄成长轨迹，改革开放洪流巨浪淘洗出来的成功企业家，大多发迹于社会微末，他们的创业奋斗史贯穿了改革开放发展史。他们不仅是改革开放四十年的亲历者、见证者，更是改革开放四十年成果的创造者、受益者。何常在《浩荡》选择物流、高新科技产业、金融、房地产等四个与老百姓生活息息相关的行业作为切入口，精心塑造了何潮等一批生动鲜活的人物形象，再现了深圳特区成立初期小人物的创业奋斗史，以及深圳改革开放四十年来的创新转型发展奇迹。

小说主人公何潮，出生于河北石家庄，毕业于北京师范大学英语系。1997年7月1日，香港回归，普天同庆。这一天对国家来说意义非凡，对何潮个人而言也意义重大。就在这一天，何潮那铁定心要去美国的女友艾木和执意留在

---

[1] 习近平：《在中国文联十大、中国作协九大开幕式上的讲话》，《美术》2017年第1期，第10页。

国内发展的他分手了。失恋悲伤之际,何潮决定南下当时众人皆不看好的深圳创业。要知道,那个年代的北京高校毕业生除选择出国留学之外,大多青睐留在北京进机关、进央企,追求稳定高薪的生活节奏。表面上看,何潮的选择"离经叛道"、不合常规,其实这是他深思熟虑的结果。他仔细研究了深圳特区从成立后一直到1997年来每年的经济增速,相信深圳奇迹将持续发展到难以预估的地步。事实证明,何潮当初的研判十分准确,非常富有前瞻性。何潮的远见卓识在日后种种事件里也得到佐证:比如二十世纪末,当周安涌等人还认为房地产行业未来前景不可限量的时候,何潮已经预见即将到来的"互联网+"时代对快速物流的巨大需求,决定开创以"快"为优势的利道快递,2019年利道快递乘着时代东风成功上市;再比如2004年,小灵通的发展如日中天,一众企业大力拓展小灵通生产线,何潮却断言小灵通最多还有三年红利期,未来将是智能手机的天下。他反其道而行之投入大量资金研发芯片等智能手机核心元件,以防过度依赖进口,将来受制于人。正是如此,何潮和众人联合创办的三成科技才得以在之后的美国制裁夹缝中存活下来,并在全球市场站稳了脚跟。小说中余知海曾评价何潮为"弄潮型"人才,这样的人才以眼光卓越和布局长远取胜,其走的每一步都能踩在时代鼓点之上,无数普通人在他们的引领之下开启了新的生活模式。在深圳改革开放四十年的发展历程中,"弄潮型"人才比比皆是:马化腾创立的腾讯集团从一个仅有五人的小企业快速成长为全球最有影响力的互联网公司之一。他提出了"互联网+"的概念,创新研发QQ、微信、移动支付等虚拟网络功能,带来了一场深刻的信息传播和在线支付革命;任正非创立的华为集团跻身5G时代全球技术领先企业之列,推动中国高新技术产业快速崛起,让我国通讯产业在世界范围内引领风骚。《浩荡》的主人公何潮身上,或多或少闪现着这些人物的影子。

　　创新是时代发展的主旋律,作为深圳改革弄潮者,何潮拥有可贵的创新品质。何潮南下深圳伊始,在周安涌女友辛有风的推荐下进入了庄能飞创办的元希电子加工厂。元希电子实质上只是倒卖国外零部件的工厂,就技术而言毫无科技含量。庄能飞试图转型之际,何潮帮助他设计了一套以技术主导市场的技工贸易方案。何潮不愿看到元希电子成为发达国家的垃圾回收站或下游组装厂，没有科技含量的代加工只会让元希电子受制于人，随时可能被人替代。相反，如果走自主研发创新之路，自己掌握电子制造业的核心科技，就会在激烈的市场竞争中拥有更多主动权。接下来，当何潮、江阔、庄能飞为进入小灵通市场共同创办的三成科技陷入韩国客户金不换故意设局制造的破产危机时，何潮毅然拒绝了周安涌提议的品牌代工之路，反而决定拿出三成科技百分之二十的产能和资金来研发生产中国人自己的手机。在接下来的智能手机曙光初显时代，何潮超前部署三成科技驻美办事处着手研发手机芯片技术和独立操作系统。正是三成科技前后持续十几年的技术储备和研发积累，使其能够在2018年美国突如其来的全面制裁中存活下来。习近平总书记在参加全国政协十二届一次会议科协、科技界委员联组讨论时的重要讲话中指出："过去三十多年，我国发展主要靠引进上次工业革命的成果，基本是利用国外技术，早期是二手技术，后期是同步技术。如果现在仍采用这种思路，不仅差距会越拉越大，还将被长期锁定在产业分工格局的低端。在日趋激烈的全球综合国力竞争中，我们没有更多选择，非走自主创新道路不可。我们必须采取更加积极有效的应对措施，在涉及未来的重点科技领域超前部署、大胆探索。"[①]《浩荡》以文艺审美的形式，以生动形象的案例，积极回应了习近平总书记的殷切期盼。

每个人都是大时代里的一粒小沙子，如何在瞬息万变、波谲云诡的商业斗争中坚守初心，如何抵御灯红酒绿、物欲横流的消费主义诱惑，如何为中国社会主义现代化建设添柴加薪，是摆在当代企业家面前的时代答卷。对一个优秀的企业家来说，不断增长的财富数字只是成功的标志之一，而对所经营事业的忠诚和责任，才是企业家的"顶峰体验"和不竭动力。从这个角度说，何潮是一个成功的、合格的企业家，他身上闪耀着伟大的"企业家精神"。小说第五卷第三十七章，何潮指出利道快递上市不是为了套利，不是为了割韭菜，而是为了更好地服务广大消费者；利道快递的国际化，也不是为个人积蓄私利，而是为中国社会积累原始财富。在万物互联的新时代，"快递"作为其中关键一环，

[①] 中共中央文献研究室编：《习近平关于科技创新论述摘编》，北京：中央文献出版社，2016年版，第35页。

新时代创业史：何常在《浩荡》的国家形象建构

应该为国家经济新跨越提供保障服务，以实际行动感恩和回报国家。与周安涌、顾潮等同行相比，何潮的站位和格局无疑是高远的。周安涌一心想的都是生意，在他眼里公司仅仅是赚钱的工具而已，充其量只能算是个"商人"。顾潮在全国范围内投资炒房，割韭菜式地聚敛财富，充其量只能算是个"投机商"。何潮认为，商人应当存有良知情怀、担当社会责任，这样的人才能够担当起沉甸甸的"企业家"分量。2017年9月，中共中央、国务院发布的《关于营造企业家健康成长环境弘扬优秀企业家精神更好发挥企业家作用的意见》，集中阐释了新时代"企业家精神"的核心内涵和理论要义。习近平总书记在企业家座谈会上的重要讲话指出，企业家要增强爱国情怀，把企业发展同国家繁荣、民族兴盛、人民幸福紧密结合在一起，主动为国担当、为国分忧，带领企业奋力拼搏、力争一流，实现质量更好、效益更高、竞争力更强、影响力更大的发展。[①] 为众人抱薪者，当为时代铭记。何常在的《浩荡》用史诗般的视野和笔调，讲述了深圳改革开放洪流中小人物劈波斩浪的大故事，一个个渺小的个体汇聚一块，聚沙成塔、集腋成裘，共同书写了中国经济腾飞的"春天的故事"。

二、小渔村与大都市：俯瞰改革开放四十年深圳市的翻天覆地变化

改革开放政策落地之初，邓小平同志就曾深刻指出，中国社会主义市场道路本质上是先富带动后富，最终实现共同富裕。这意味着，共同富裕并非同步富裕，而是设立特区、试点先行，以点带面、整体提升。深圳是中国改革开放的首批试点，1979年宝安县更名深圳市，1980年设置经济特区，1981年深圳升格为副省级城市。2021年，深圳特区生产总值首度突破3万亿元，全市规上工业总产值首次突破4万亿元。从南粤边陲默默无闻的"小渔村"，到现代化的国际大都市，深圳仅用了四十年左右的时间，这种跨越式发展创造了世界经济发

---

① 习近平：《在企业家座谈会上的讲话》，《中华人民共和国国务院公报》2020年第22期，第6页。

展史上的奇迹。站在"两个一百年"历史交汇点的特殊关口,回望和俯瞰改革开放四十年来深圳市发生的翻天覆地的变化,无疑具有特殊的意义。

1997年是香港回归祖国怀抱的重大年份,也是《浩荡》第一卷展开叙事的重大政治历史背景。这一年深圳经济特区进入了设立后的第18个年头,《浩荡》男主人公何潮大学毕业南下深圳,正式落足庄安涌创办的元希电子加工厂。作为一位高明的讲故事人,何常在如此设计情节绝非随意为之。20世纪90年代中后期,深圳凭借自身优越的地理位置、价格低廉的劳动力、务实优惠的外商投资政策等,吸引了众多港台地区IT产业、日韩通信设备制造企业前来建立全球加工基地,深圳特区存在大批类似"元希电子加工厂"这样的中小型代加工企业。以香港与深圳的关系为例,深圳经济特区在地理位置上无可比拟的优势就是毗邻香港,这儿既是内地远眺香港的一扇窗户,也是香港了解大陆的一面镜子。那时,香港和深圳形成了"前店后厂"的基本格局,深圳制造以承接大量香港转移到内地的劳动密集型产业为主。恰如小说第一卷第二十七章所言,"早年香港将落后的低端制造业产业转移到了深圳"。第一卷第十六章,元希电子加工厂面临资金链断裂的危机,来自香港的美女投资人江阔受邀前来投资,她实地考察了元希电子厂的周边环境、硬件设施、生产现状及未来前景。第一卷第四十一章,江阔的哥哥江安登场,比起江阔对大陆市场的重视,对深圳未来发展前景的看好,江安的看法似乎更符合那个年代港商普遍存在的优越心态,即"香港看欧美,深圳看香港,人要向上看,不要往下瞧"。这确实是符合实情的,当时香港正经处于由制造业转向服务及金融业的第三次经济转型阶段,位列亚洲四小龙之首,人均GDP是内地的50倍左右;而深圳还停留在依靠承接香港转型过程中迁移的低成本、劳动密集型制造业为主的初始阶段。改革是摸着石头过河的实践探索,尽管深圳在巨大改革红利和制度红利的双重驱动下初步实现了经济腾飞,经济总量已达1130亿人民币,进出口总额已达450亿美元,并且仍以每年两位数的速度持续增长;但还没有建立起完整健全的不动产产权制度、行政审批管理体制、科技创新管理体制等,支撑企业做大做强的核心科技高度依赖进口。深圳所谓的"世界工厂"再加工,实际上多数只是对国外进口来的新旧零部件进行来料加工或重新组装,甚至仅仅是将旧零件翻新成新零件再次倒卖出售而已。何常在选择这样安排情节,其实是对深圳特区20世纪90年代发展中存在不足与弊病的折射。

　　1998年,香港回归之后的第二年,影响深远的亚洲金融风暴汹涌来袭,港深关系拐点悄然完成。《浩荡》第二卷便在此语境下展开叙述。小说第二卷第三十八章,原本财大气粗、如日中天的香港家族企业江氏集团被东南亚金融危机扫荡,其下辖房地产产业、酒店服务业、运输行业均遭受重创。江氏集团的遭遇是当时香港万千企业的一个缩影,金融危机之下香港股市大幅波动,房地产行业接连崩盘,消费市场大幅萎缩,经济气候进入了寒冬。值此危急关头,中央政府及时伸手救援,为香港经济托底,帮助刚回归不久的香港稳定秩序、渡过难关。经此一役香港经济发展还是有所阻滞,而深圳经济却在短暂的寒冷后迅速回暖,呈现出持续发展的强劲势头,与香港形成了一定反差。1999年,随着澳门的回归,亚洲金融危机的解除,国际国内经济发展环境日渐清朗,香港逐渐恢复往昔活力,深圳也迎来了新一轮腾飞机遇。小说第三卷第十四章,从金融危机中复苏的江氏集团最终意识到香港的战略大后方乃祖国大陆,于是积极转变投资策略,将主要资金投入目的地由海外转向深圳。香港回归后历任特首的施政报告,均提出积极发展与内地的关系。如果说过去多年深圳的发展离不开香港辐射和带动,那么随着深圳经济的快速发展和城市规模的日益扩大,它逐渐成为保障香港回归后经济社会繁荣稳定的定海神针。

　　进入新世纪,电脑、手机、互联网等高科技产业在中国大陆井喷式发展,由数字数据引爆的数字经济新业态前景十分广阔。加拿大学者哈威·费舍《数字冲击波》大胆预言:"数字王国虽然以简单化和简化的二进制语言'1'和'0'为基础,但随之而来的新信息社会赖以存在的却是想象力和创造力,这也将成为新经济的主要资本。"[①]一贯得时代风气之先的深圳,敏锐地嗅到了互联网即将带来的颠覆性社会变革及其面临的新机遇和新挑战。《浩荡》中的何潮是深圳最早做好吹响前进号角准备的少数人物之一,利道快递积极抢抓互联网时代数字经济扩张的东风,上兵伐谋超前谋篇布局,业务量呈几何级倍增。随着

[①] [加]哈威·费舍:《数字冲击波》,黄淳译,北京:旅游教育出版社,2009年,第263页。

中国政府顺利加入世界贸易组织,北京奥运会取得圆满成功,国内经济整体呈现出欣欣向荣、快速发展的良好态势。中国GDP总量从2000年的全球第六突飞猛进到2008年的全球第三,成为仅次于美国、日本的全球第三大经济体。深圳借助WTO带来的发展新契机,推动构建全方位、多层次的对外开放体系,持续引进高新技术和知识密集型企业,着力打造全国高新技术产业集聚区和制高点。2008年,深圳市GDP达到7806亿元,位居全国第四,日益成为社会主义现代化国际大都市,北上广深四个全国一线城市的格局更加明朗清晰。至此,深圳模式已经不再完全依赖中央政府给予的优惠政策扶持,而是逐渐从追求规模的粗放型发展转向追求质量的内涵式发展,从追求"深圳速度"转向追求"深圳质量",努力发挥优势、再创优势,继续保持改革开放桥头堡的领先地位。深圳一改过去单纯发展制造加工产业的旧格局,围绕高新技术产业重点开展以建链、延链、补链、畅链、强链为核心的引资引智工作,加强原创核心技术研发,避免对美欧日韩等发达国家的过度依赖。小说第四卷第十七章,何潮语重心长地劝诫周安涌,要真正投入技术力量研发手机关键部件和核心技术,而不是单纯模仿国外品牌,高价购买国外芯片和技术专利。与此同时,深圳市政府制定了特区内外一体化发展规划,积极推动特区外农村城市化。第四卷第六十四章,作者借江离之口说:"2004年深圳政府将全市土地国有化,不再由乡政府或村委颁发建房用地许可证明,村级单位改为股份合作公司,深圳成了中国第一个没有农村的城市。""社会主义的本质是解放生产力,发展生产力,消灭剥削,消除两极分化,最终达到共同富裕。"[①]自2006年起,中央政府决定取消农民缴纳农业税,全面终结"以农养政"的时代,正式开启"工业反哺农业,城市支持农村"的时代。在这方面,深圳人先行先试,无疑又走在了全国前列。

2009年以来,深圳特区聚焦建设国际创新城市,大力发展以新能源为代表的高端制造业和以金融、互联网为代表的现代服务业,这些行业日渐成为深圳科技创新支柱产业。比如,腾讯、华为等企业的孕育发展壮大,正是得益于深

---

① 邓小平:《在武昌、深圳、珠海、上海等地的谈话要点》,中共中央文献研究室编:《十三大以来重要文献选编(下)》,北京:人民出版社,1993年,第1854页。

圳成熟包容的市场环境。《浩荡》第五卷故事叙述由此展开,第五卷第五十章,作者通过江阔回顾了深圳经济体量一步步超过香港的历程,深入剖析了深圳是如何在科技创新的道路上掌握主动权,并创造出了难以复制的"深圳奇迹"。互联网深刻改变了信息传播方式和人类生活方式,2014年至2018年我国积极壮大互联网共享信息服务,推动实现了从"4G并跑"到"5G引领"的发展跨越。这一时期深圳牢牢把握住了时代发展的鼓点,拥有腾讯、华为等优质ICT企业,集聚上市信息科技公司超过80家,累计成立国家级高新技术企业1.4万家以上,无论是互联网产业还是传统金融行业均位居全国第一,成为我国乃至全球最具科技创新活力的城市之一。第五卷第五十三章,何潮与江离对2017年7月1日中央政府在香港签署的《深化粤港澳合作,推进大湾区建设框架的协议》寄予厚望,对大湾区发展前景充满信心。大湾区建设将粤港澳三地的制度差异转变为互补优势,深圳在其中发挥着核心引擎作用。深港合作开启新征程,深圳与香港在经济体量上已是并驾齐驱、旗鼓相当,不再处于"前店后厂"的不对等经济关系中,致力建设高度一体化的"深港共同体"。《浩荡》用长达六卷的篇幅叙述了四十年来深港关系的变化,这也是改革开放四十年间深圳大地上发生的翻天覆地的变化。

  深圳从一个贫穷落后的小渔村发展成为一座包容开放的国际大都市,不仅指的是物质财富积累和迅速增长,更包括文化软实力的跃迁提升。小说第三卷第二十八章,江离计划在深圳成立一家文化公司,何潮却提出反对意见,认为深圳还没有足够肥沃的土壤可以沉淀出独特的城市文化。为了验证自己的判断,第三十章中何潮做了一个简单测试,他给自己二十多个经济实力不一、所处社会阶层跨度较大的朋友都送去了同一场歌剧的门票,但最终只有三分之一的人到场观看,更多朋友选择了去周安涌预定的KTV唱歌。当何潮等人进入剧场时,发现表演现场也仅有三分之一的上座率,而同样歌剧在北京、上海等文化底蕴深厚的城市上座率超过90%。这个测试表明,当时深圳人还没有营造出高雅的文化氛围,没有培养出富有品位的文化底蕴,相比阳春白雪的歌剧欣赏,更青睐下里巴人的KTV喝酒唱歌。何常在接受澎湃采访时说,这个情节取材于他听来的故事:"我的一位朋友在深圳经过几年奋斗,有了一定地位和金钱,一次他买了十几张歌剧团的演出票分给各行业的朋友,演出那天他到了现场,发现除了他没有朋友来看演出。他一一打电话给这些朋友,大家不是在 KTV 就是在酒吧。"①深圳发展初期被称为文化沙漠,街头行走的老板大多是暴发户,分秒必争地忙于赚钱花钱,并不注重文化品位的提升。马克思的《资本论》指出,推动实现人的全面而自由的发展是人类追求的崇高目标,共产主义是"以每个人的全面而自由的发展为基本原则的社会形式"②。建设中国特色社会主义现代化,要坚持物质文明和精神文明两手抓、两手都要硬。邓小平在中国文学艺术工作者第四次代表大会上的祝词中指出:"我们要在建设高度的物质文明的同时,提高全民族的科学文化水平,发展高尚的丰富多彩的文化生活,建设高度的社会主义精神文明。"③近年来蓬勃兴起的文化城市理论认为,文化是城市的无形资产和核心竞争力。城市文化缺失在城市发展初期不会太明显,但当城市发展到一定规模后,后期会制约城市向具有独特标签的国际大都市、世界知名城市迈进。何常在在创作谈中说:"深圳发展很快,确实有过这样一个只注重经济不注重文化的阵痛的阶段。从文化沙漠到现在的文化大都市,深圳是一步一步地走过来的。"④2020 年 10 月,习近平总书记出席深圳经济特区建立 40 周年庆祝大会并发表重要讲话,宣布支持深圳建设中国特色社会主义先行示范区、创建社会主义现代化强国的城市范例。对一个人来说,40 岁意味着人到中年;对一座城来说,40 年意味着城到鼎盛。就深圳来看,从小渔村到大都市的转变,既是从文化沙漠到时尚文化之都的跨越升级,也是从浅滩之鱼到展翅之鹏的华丽转身。

---

① 杨宝宝:《何常在新作〈浩荡〉:用网文写改革开放四十年》,澎湃新闻网,2018 年 7 月 4 日。https://www.thepaper.cn/newsDetail_forward_2237312
② [德]马克思:《资本论》,第 1 卷,北京:人民出版社,1975 年,第 649 页。
③ 邓小平:《在中国文学艺术工作者第四次代表大会上的祝词》,陆贵山编:《马克思主义文艺论著选讲》,北京:中国人民大学出版社,2019 年,第 345 页。
④ 杨宝宝:《何常在新作〈浩荡〉:用网文写改革开放四十年》,澎湃新闻网,2018 年 7 月 4 日。https://www.thepaper.cn/newsDetail_forward_2237312

三、小情怀与大感动：弘扬改革开放四十年所形成的开拓进取精神

中国改革开放铸就的伟大改革开放精神，是中国共产党精神谱系的重要组成部分。站在"两个一百年"的交汇点上，面对新一轮国际国内竞争，唯改革者进，唯创新者强，唯改革创新者胜。习近平总书记在庆祝改革开放40周年大会上的重要讲话中指出："40年来取得的成就不是天上掉下来的，更不是别人恩赐施舍的，而是全党全国各族人民用勤劳、智慧、勇气干出来的！"[①]深圳是一座年轻的移民城市，改革开放四十年来无数年轻人奔赴与闯荡、开拓与进取铸就了深圳特区经济腾飞的伟大奇迹，这些青春的身影抛洒着奋斗的汗水，在深圳这片热土上奏响了举世瞩目的乐章。可以说，深圳是一个从无到有、从弱到强的奇迹，从小渔村到大都市再到国际化城市，深圳的发展史就是改革开放四十年最真实可信的中国人奋斗史。

《浩荡》人物众多，整体形象立体鲜活、有血有肉，构成了庞大的人物图谱。他们在改革开放时代洪流中，攻坚克难、勇敢拼搏，展现出了开拓进取的时代先锋精神，带给读者无限的情感共鸣和阅读感动。小说第一卷中，元希电子厂破产，庄能飞潜逃，工厂被抵押。一贫如洗的何潮，被三个保安赶出工厂流落深圳街头，那一夜瓢泼大雨中他蜷缩在路边的长椅上。身处困境的何潮沮丧但并不气馁，他下定决心回到华强北，说服之前遇到的送货客和仔等人一起创业，决心在物流行业闯荡出一番新天地。白手起家创业无疑是一件艰苦卓绝的事，最初物流公司连何潮在内一共只有三个送货员，他们在送货过程中还要对客户信息、最优路线等进行记录分析，可谓体力劳动和脑力劳动的双重消耗。难能可贵的是，何潮始终保持昂扬向上的斗志，以充沛的热情全身心投入工作。第一卷第五十四章，何潮创建的利道物流平稳起步，进入稍有盈利的阶

---

① 习近平:《在庆祝改革开放40周年大会上的讲话》,《中华人民共和国国务院公报》2019年第1期,第10页。

段。他旋即表态不能满足于接货送货的现状,及时筹划建立自己的客户群、关系网,全方位布局物流行业,坚持走规模化发展之路,其开拓创新精神可见一斑。小说第二卷中,利道物流迅猛发展,快速抢占市场,占据了深港澳地区三成以上市场份额,且仍在持续攀升中。利道物流高速增长的业务量,让同行们急红了眼,星辰快递老总张辰决定下手将何潮赶出深圳并趁机吞并利道快递。张辰是深圳关内四霸之一,阴险狠毒、手下众多,号称"罗湖辰哥"。第二卷第七十四章,张辰联合余建成、周安涌假借公平比赛给何潮设局,规则是比拼快递从香港经深圳运送到广州的速度,输者从此退出深圳和其他广东市场。他们暗地里安排内奸运输途中破坏何潮的快递运输车辆,妄图趁机取胜强占利道快递市场。虽然何潮知道取胜机会渺茫,但还是沉着应战,精心设计安排运输途中每一个环节。他带领利道人逆势而为,以百折不挠的勇气破解一道道难题、化解一次次危机,在最后比拼中险胜张辰的星辰快递。小说第三卷中,利道快递遭遇了创业以来最大的危机,先是金不换故意设局陷害三成科技,紧接着顾两经营的一帆快递乘人之危挖走利道大量加盟商,双重夹击把利道快递拖入了生死存亡的泥沼。屋漏偏逢连阴雨,恰在此时何潮千辛万苦留存下来牵制金不换的证据又被人骗走。别无选择的他决心背水一战,当机立断做出全面放弃加盟商的决定,转轨布局建立直营直送网点。何潮带领利道团队拧成一股绳:江离为利道快递改制制定切实可行的战略方案;和仔、高英俊等人负责对各片区加盟商进行改制劝留;罗三苗等人协助何潮选址建设新网点……全体利道人团结一致、同心同德,以自觉的担当意识和积极的开拓精神与企业共进退,最终赢下了这场狙击保卫战。小说第四、五卷中,步入互联网时代的利道快递紧跟时代步伐,继续秉持以快取胜的战略,攻城拔寨、开疆拓土,牢牢占据行业发展制高点。2019年10月,利道快递成功上市,市值突破了2000亿,在"互联网+"时代创造了新的创业神话。从白手起家到异军突起再到强势崛起,这不仅是利道快递的奇迹,更是深圳发展的奇迹,是一代代深圳人在用"开拓进取"作答时代提问的奇迹。另外,《浩荡》还描绘了多次遭遇创业失败却又屡屡重新站起,创造辉煌奇迹的庄能飞;不甘心开一辈子出租车,四处与有识之士交谈寻找未来发展方向,立志有所作为的出租车司机夏正;谋划筹建文化公司,矢志改变"文化沙漠"深圳,努力培育独特城市文化的经济学家江离;起点较低但一心向学,通过自学考试提升学历层次的售货员郑小溪等人物形象。这些血肉丰满、真实可信的小说人物,无不彰显出一代代深圳人在改革开放四十年奋斗历程中表现出来的开拓进取精神,无不以坚韧不拔的勇气和昂扬向上的斗志去面对人生中各式各样的难题,为社会的发展、城市的进步贡献出自己的力量。

改革开放四十年来所形成的开拓进取精神,不仅体现在商海弄潮儿身上,还体现在特区政府工作人员身上。《浩荡》第二卷第五章刻画了余知海和武陵春两位恪尽职守、勤政爱民的深圳政府官员形象。他们在招商引资过程中为了能够获得更多投资机会,无论工作多么繁忙、日程安排多么紧张,都会抽空与前来深圳考察的港商、台商保持三天一电话、一周一面谈的沟通频率。余知海身为深圳市南山区主抓经济的副区长,骨子里崇尚儒家持正守中之道,从来不以官员自居,尽量将自己放低到服务社会、服务百姓的角色中,哪怕应邀参加周安涌的婚礼,首先想到的也是借机结交更多商界朋友,为南山区招商引资以及经济发展寻求新的机会。1934年,鲁迅在《中国人失掉自信力了吗》中说:"我们从古以来,就有埋头苦干的人,有拼命硬干的人,有为民请命的人,有舍身求法的人……虽是等于为帝王将相作家谱的所谓'正史',也往往掩不住他们的光耀,这就是中国的脊梁。"[1]《浩荡》借何潮之口赞扬了深圳"小政府大市场"的模式,"深圳正是有如余知海一样的一批务实高效的官员存在,才有了今天的气象"。关键少数起决定性作用,深圳崛起的密码在于敢闯敢干,在于争先创先领先精神之弘扬。"看准了的,就大胆地试,大胆地闯……没有一点闯的精神,没有一点'冒'的精神,没有一股气呀、劲呀,就走不出一条好路,走不出一条新路,就干不出新的事业"[2]。深圳党员干部牢固树立大局意识、发展意识和服务意识,为了全市经济发展埋头苦干、拼搏实干,力戒官僚主义、形式主

---

[1] 鲁迅:《中国人失掉自信力了吗》,《鲁迅全集》,第六卷,北京:人民文学出版社,2005年,第122页。

[2] 邓小平:《在武昌、深圳、珠海、上海等地的谈话要点》,中共中央文献研究室编:《十三大以来重要文献选编(下)》,北京:人民出版社,1993年,第1853页。

义、享乐主义,不要"嘴皮子"、不搞"花架子"、不做"半吊子",坚决把责任扛在肩上、落到实处,争做改革开放的桥头堡和排头兵,为全国兄弟地市树立了可资借鉴的榜样。

　　统而论之,文学乃"国之大者",是时代前进的号角,在深度与广度两个层面对社会历史生活进行凝练概括。恰如茅盾所谓:"文学是表现时代,解释时代,而且是推动时代的武器。"① 1960 年,中国青年出版社推出了柳青《创业史》单行本,这部作品深刻反映了中国农业社会主义改造的曲折历程以及农民思想情感转变的艰难进程,被誉为"经典性的史诗之作"。2018 年,何常在创作的现实题材网络小说《浩荡》在书旗小说连载,作品以史诗笔调全面系统地展现了改革开放四十年来深圳商业崛起的过程,热情讴歌第一代深圳人敢闯敢干的开拓进取精神。某种意义上说,《浩荡》就是新时代的创业史。所不同的是,柳青《创业史》是农村题材小说,何常在《浩荡》是城市题材小说,但从本质上看,二者都是时代的一面镜子,都是社会主义现代会建设过程中作家经历中国巨大变革产生的复杂体验的文学审美表达。何常在站在时代美学的制高点上,坚持以人民为中心的创作理念,真情倾听时代发展的铿锵足音,聚焦小人物与大故事、小渔村与大都市、小情怀与大感动三个层面,忠实记录改革开放四十年来中国社会从富起来到强起来的发展变迁史,为世界呈现了一个真实可信又可敬的中国形象。

---

① 茅盾:《话匣子·文学家可为而不可为》,上海:良友图书公司,1934 年,第 111 页。

文体研究

从"出位之思"到"界面之思"：
对话体小说的跨媒介书写[①]

刘亚斌[②]

【摘　要】 "出位之思"是佩特引入文学批评界的，主要指一种媒介表现另一种媒介的艺术风格。随着科学技术的发展，媒介的意义和作用愈加重要。新媒介时代文学书写与媒介兴盛相互促成，具有某种能动关系。对话性书写模仿日常现实的交流，追求在场性真理的敞开。由于文字媒介的主宰性，其他在场性的媒介功能遭到忽视，"出位之思"就是用语言媒介去达到绘画、音乐等其他媒介的功能和目标。网络聊天借用界面技术模拟面对面的对话，建构虚拟的在场性美学；传统文学充分发展语言的多义、技巧性和跨媒介出位，对话只是其中一种艺术手法；对话体小说则采用聊天模式，以纯然的对话形式去讲述故事情节，篇幅短小，语言上具有极简化的生活倾向，并与图符、音响和影像交互参与，通过虚拟性操作、选择和游戏式的点击生成，增强用户的代入感和在场性沉浸体验，使文学跨媒介书写由"出位之思"走向"界面之思"，助力新媒介时代文艺话语的新变和转型。

【关键词】 对话体小说；界面之思；出位之思；媒介化

德语中"Andersstreben"并非文艺批评术语，由批评家佩特（Walter Pater）将其引入英国文艺批评界，用于讨论文艺复兴时期艺术类型之间的关系，钱锺

[①] 项目基金：国家社科基金后期资助一般项目"界面生产视域下新媒介文艺转型机理研究"（22FZWB085）和江苏高校哲学社会科学研究重大项目"网络文学的媒介变革及空间转向"（2022SJZD135）的阶段性成果。

[②] 作者简介：刘亚斌（1976—），男，文学博士，浙江外国语学院中国语言文化学院副教授，研究方向为新媒介文艺理论。

书先生将此类跨媒介艺术行为说成是"出位之思",并非直接将其作为对译词①。"Andersstreben"是个合成词,"Anders"是"另外"之意,"sterben"的意思是"追求"②,其合成本身便存在交互性,而其内涵则有自我超越或跨越界限之义,佩特将其运用于审美批评,便含有媒介间的融合、跨越和超出行为。本文深受这一提法的影响,同时觉得还有反思和拓展的余地,遂以"界面之思"替代之,结合新媒介时代艺术媒介和对话书写的关系,具体探讨界面生产视域下新型对话体小说(Chat Fiction)的跨媒介性质与意义。

一、艺术话语中的跨媒介之思

尽管文学与绘画、音乐、雕塑和戏剧等其他艺术在使用媒介或材料上存在不同,但表达共同的艺术之道使其相互间发生关系。作家创作的灵感源自某幅绘画作品或一场音乐会,还可能希望语言文本达到其他艺术效果,形成文学创作中的跨媒介现象及其理论反思。在西方文论方面,浪漫主义时期"艺格敷词"(源自希腊语"Ekphrasis")多指文学描写中的绘画效果,巴赫金的"复调小说"借音乐术语表达文学众声喧哗的特性;在中国文论里,苏轼提出"诗中有画、画中有诗"的诗画关系理论,现代闻一多倡导诗有"音乐美""建筑美""绘画美"的"诗学三美"说,等等。中西文学和文论都在试图打通各种文艺门类之间的壁障,实现其媒介或材料上的出界与跨越之美。这一话题既引起了比较文学界的关注,也使得新媒介文艺思考迫在眉睫。

早在20世纪中叶,钱锺书先生率先反思与会通中西方文学的跨媒介理论话语,并用"出位之思"这一说法加以概括。在论文《中国诗与中国画》里,他阐释了自己的说法:"一切艺术,要用材料来作为表现的媒介。材料固有的性质,

---

① 叶维廉曾为"出位之思"注释说:"源出德国美学用语Andersstreben,指一种媒体欲超越其本身的表现性能而进入另一种媒体的表现状态的美学。钱锺书称之为'出位之思'。"见叶维廉:《叶维廉文集》(第2卷),合肥:安徽教育出版社,2003年,第240页。

② 潘建伟:《论艺术的"出位之思"——从钱锺书〈中国诗与中国画〉的结论谈起》,《文学评论》2020年第5期。

一方面可资利用,给表现以便宜,而同时也发生障碍,予表现以限制。于是艺术家总想超过这种限制,不受材料的束缚,强使材料去表现它性质所不容许表现的境界。"如画家原本用线条和颜色来表示迹象,却要超出或丢弃迹象去写意;而诗人应该用语言文字去抒情达意,却偏不感发言志,反去表现色相,兼具图画的作用。钱先生进一步说,这种"出位之思"不限于中国艺术,"若就艺术品作风而言,裴德《文艺复兴论文集》论乔治恩尼画派所谓'艺术彼此竞赛',高地爱赞铁锡安画诗所谓'艺术的换位',跟我们上面所说,毫无二致",而且艺术换位并非局限于诗画,还要加上音乐,"中国南宗画派跟神韵派诗都想掠取音乐的美,不但要超迹象,并且要超语言思理"①,诗、画和音乐之间都能互通和跨界,运用在己媒介的跨界出位,将对方媒介之长处表征出来。

　　钱锺书所说的"出位之思"主要从艺术媒介的表现及其风格而言,其意是指艺术家总是跳出所使用媒介的局限去表达另一种媒介所擅长的艺术美,用叶维廉先生的话说就是"甲媒体可以疏离其本身的表现性能而进入乙媒体的状态"②,"诗中有画、画中有诗"是作为使用材料之媒介的越界行为,媒介是在亚里士多德诗学意义上说的。统而言之,文学的媒介是语言,其目标是抒情言志;绘画是线条和颜色,目的是迹象色相;音乐是声音,要求和谐统一,三者可互为跨界和出位。可是,媒介出位并非随意性的,过于片面的强调可能导致艺术之间粗浅的比附与杂陈。因此,佩特等人特别重视在己媒介的把握,"拥有各自独特而不可转化的感官魅力的各门艺术,也有着各自独特的呈现想象的模式,对各自的材料手段负有责任"③,艺术批评首先要确定不同媒介的界限,对其区别做出正确理解和运用,然后才能考虑"出位之思",并最终在会通和跨越的基础上创造新的美学。自近代以来,艺术本位、艺术自主或自律论以及为艺术而艺术的主张都是某种基于自身的理论,先要求划分和廓清各种边界,在康德理性批判的意义上探讨艺术问题。"出位之思"需要弄清楚艺术所使用的

---

　　① 钱锺书:《中国诗与中国画》,载顾森、李书声主编:《百年中国美术经典文库·第1卷·中国传统美术(1896—1949)》,深圳:海天出版社,1998年,第102页。
　　② 叶维廉:《叶维廉文集》第二卷,合肥:安徽教育出版社,2003年,第261页。
　　③ [英]沃尔特·佩特:《文艺复兴》,李丽译,北京:外语教学与研究出版社,2010年,第165页。

媒介领地,然后再来抑制、疏离与超越自身媒介,使之出离、进入并表现另一种媒介风格,达到不同媒介的功能跨越,成就异质性的审美境界。由此,"出位之思"的基点便决定其最终的统一和创造只是在立足于自身媒介的基础上对其他媒介功能的含纳和互通,力求出现新的艺术效果,如诗歌用语言来表现画面,绘画以线条和颜色来抽象写意,音乐用声音和旋律激起画面感、表情达意等,所有出位都是基于自身本位,用自身的媒介材料去表现其他媒介材料的功能及其风格。

当下,随着新媒介技术的发展,媒介的意义和作用愈加重要,其含义不再是作为艺术表现手段的材料,而是扩展到作为媒体的媒介,如现代时期的报刊和当代互联网、电子化与数字媒体等,它们成为现实生活的组成部分,拥有自己的运作机制和产业化体系,其社会影响也越来越大。新媒介在技术上发展成一种虚拟化的世界空间,具有强大的载体性、包容性和生成性,能逐渐形塑出模拟化现实的元宇宙。也就是说,文学、音乐、影视和绘画等作品都能共享在互联网平台上,不同艺术媒介可相互穿插、交织和重叠,制作出超链接、超文本、跨媒介的真正的文艺型作品,并通过界面来播放、阅读和交互创造。人工智能和软件程序的开发使得各种专门化网络 App(手机软件)应运而生,对话体小说亦不例外,国外出名的有 Hooked、Taps、Yarn 和 Amazon Rapid 等,国内则有"话本小说""快点阅读""克拉有读""迷说"等,它们承载着海量对话作品,创作、阅读和评论一体化,即时更新、互动与生成。可以说,新媒体时代文学读写与媒介技术相互促成,具有某种能动关系,因此更有文学的媒介实际与技术条件去反思文学跨媒介、多媒介书写活动,探讨界面技术支撑下对话体小说与其他媒介艺术之间的互动关联。事实上,对话体小说在语言运用上由传统文学的复杂性、技巧化和书面语转至极简化的生活倾向,于创作文本中则从语言媒介的出位跨界到与图符、音响和影像间的交互参与以及审美活动的在场性模仿移向虚拟性的操劳和生成,使文学创作中的跨媒介理论由"出位之思"走向"界面之思",促进了新媒介时代文艺话语的新变和转型。

二、对话书写的语言变化

  从人类文明史而言,由结绳记事到文字发明,记录的重要性超过记忆,人类用龟甲、泥板、岩壁、竹简、兽皮和绢帛等记载族群历史,直到纸张和印刷术出现。这些载体只是为了更好地保存和传播经验知识,展示其中介性的工具作用,并没有影响意义和知识的传达。整体上,信息传递主要还是通过语言的媒介功能实现的,即便像客观物体、图像勾画和身体姿势等其他表达媒介,无论精心挑选和设计与否,都无法撼动其中心地位,语言成为人们生活最重要的交流工具。但是,语言与意义的关系并不简单,传统文化中就存在两种悖论性的表述:一是在高度重视意义的情况下,语言只是达意的手段。庄子曾言,"荃者所以在鱼,得鱼而忘荃;蹄者所以在兔,得兔而忘蹄"(《庄子·外物》),其目的在"鱼""兔","荃""蹄"只是工具。放到语言和意义关系上,语言则被中介化,"得意忘言",同时也不足以传递出完整意义,"书不尽言,言不尽意","圣人立象以尽意"(《周易·系辞》),"象"比"言"更能达成"意"。二是与庄子观点针锋相对,没有"荃""蹄"作为工具,那"鱼""兔"是无法得到的;没有工具性的语言,对意义的捕捉是不可能的。进一步说,"执所言而意得见"(《墨子·经上》),语言是能表达心中所想的。在语言达意不可或缺的状态下,像文学那样依赖语言工具,那就只能发挥其表达魔力,讲究各种文学技巧和手法,如传统小说中人物刻画的细致传神、场景描写的精确到位和故事叙述的跌宕起伏,以及通过精彩的对话呈现人物形象,揭示其隐秘心理和无意识等,使文学意义和境界完美地呈现出来。寻根究底,所谓的文学技巧和手法仍是语言的熟悉和运用。传统文学要挖掘语言自身的图像意蕴,而无论其"象"是图形之"象"(图像),还是音声之"象"(音像),都只能通过语言去形构,以达到圣人所言之"以象尽意",这便要求语言的"出位之思"。文学是语言的艺术,语言是文学活动的本质特征,是文论话语体系的基础和前提,语言能力的高低决定了作家创作的水平。文学写作力求语言媒介的出界和跨越,刘勰曾言"夫隐之为体,义生文外,秘响旁通,伏采潜发"(《文心雕龙·隐秀》),其"隐"的实质乃启用语言媒介的超越性,从而让作品感发兴味、旁及互通和宛在目前。

在人类历史上,对话是早期先民共同生活所需。自文字发明后,各民族历史就开始了对话的记载和书写。古希腊时期柏拉图的哲学就是对话录形式,而先秦时期的《论语》亦是语录体。中西方早期对话的著名文本虽然不是现在所说的文学作品,但是依然有其书写的巨大影响和文学的价值功用。柏拉图《对话录》有多种形式,可分为狭义对话、形式对话和广义对话,其中有的"各种声音被平等对待,兼容并包,结局开放"[1],有的则严格按照程序进行,有的是为了赢得论辩,还有的是宣讲式的隐性对话。朱光潜认为,柏拉图对话所用的方法是一种"由浅入深的正名定义的辩证法",然其"文笔流利而生动,于琐事见哲理,融哲理于诗情",是一首散文诗,"节节引人入胜",其"胜境于此可叹为观止"[2],文学性昭然若揭,语言唤起即视感和画面性,读者可想象对话中各色人物的音容笑貌、性格特征和场景氛围。《论语》也有许多篇章是谈话性质的。孔子随时点拨学生,他们在日常生活和经验交流中点亮理性之光,碰撞出道德火花。如果弟子有不同答案,则可表现出境界的差异。《论语·公冶长》记载:"颜渊、季路侍。子曰:'盍各言尔志?'子路曰:'愿车马衣裘与朋友共敝之而无憾。'颜渊曰:'愿无伐善,无施劳。'子路曰:'愿闻子之志。'子曰:'老者安之,朋友信之,少者怀之。'"师生这场言志主题的对话,孔子与弟子都表达自己的志向,读者依稀可见当时的教学情境,了解每个人的志向立场,体悟儒学士人的思想定位和成长境界,而其人物性格、神态和精神风貌,尤其是孔子作为教师或圣人的典范,使人难以忘怀。对话书写体现不同思想和境界的交锋,更涉及语言媒介的出位,即其各种艺术审美的意涵和运用,不仅在"语言艺术、个性描写,故事记叙"等方面施加影响,而且其"首创的语录体,也常为后人所效法"[3],语言作为媒介并非仅是通向思想、结论的桥梁或中介,其本身就是巨大的能量场,形塑自身以开拓视听世界。

---

[1] 王晓菁:《文科无用?对巴赫金对话理论的再思考与再应用——评〈巴赫金的启迪:人文科学中的对话性方法〉》,载周启超主编:《外国文论与比较诗学》(第8辑),杭州:浙江文艺出版社,2022年,第263页。
[2] 朱光潜:《朱光潜全集》(第9卷),合肥:安徽教育出版社,1993年,第462—463页。
[3] 谭家健:《先秦散文艺术新探》,北京:首都师范大学出版社,1995年,第16页。

综上所述,对话书写原本就有其文化传统,是人们生活中口头交流的延续和复写,各民族历史记载重要对话,用以传承本部族的经验知识,其体式可谓源远流长。进入近现代后,契诃夫、海明威、沙叶新、王蒙和莫言等中外作家都有过对话体文学写作,基本上沿用传统文学书面语的跨媒介特性。然而,对话体小说却是建立在网络交际的基础上,呈现出文学社交化倾向。现代都市的工作和生活、交通的便利和迅捷、作息时间的紧凑和人口流动性的强化等社会现实条件让文学书写只能满足于简捷快速的感性化要求。美国女作家珍妮弗·伊根(Jennifer Egan)曾在推特发布作品《黑盒子》(*Black Box*),一分钟一条推文,每日持续一小时,总共十个晚上时间[①],其社交性、聊天化导向表征出当代新小说的精神品格。流风所及,对话体小说篇幅只有五分钟左右(不超过十分钟)的阅读长度,长篇则以"话"的形式连载出现,每一"话"也是数分钟读完。在传统文学中对话是重要的写作手法,寄寓于小说所重视的人物和行动,以及所组成的故事情节中,与其他手法互相配合,以构建意蕴丰富的文学世界。即便作为一种特殊体裁,对话仍是充满文学性的,言外之意,辞约旨丰,用语言本身去追求深广化的、图像性的境界意涵,或者理性化、逻辑性的哲理奥义。但是,在对话体小说中,除了必要的、简单的事件背景和人物关系介绍外,基本采用"一应一答"的对话形式,极其简化地突出事件经过、线索脉络和情节转变,语言更接近现实生活,使用网络流行语,讲究快速、浅白和感性化的辞达效果。网名笨丫的《升职》讲述了职场中以提拔副科长为名,上级性骚扰女员工的故事,内容都是围绕日常工作事务的聊天、整理资料、写演讲稿、冲杯咖啡、被同事嚼舌头、闺密帮其拍视频做证据等,女主角孟怡共有 25 句话,其中"好的,科长""好""谢谢你""嗯"等话语就占了三分之一,而整个故事中的每个事件都是一句话讲明,如"冲杯咖啡"事件,实际上只是科长说"帮我进来冲杯咖啡吧",孟怡回答"好的",事件就结束了。既没有传统小说对话中伴随的人物心理、动作、神态的刻画和所处环境的描写,也没有对话文体出于精神意蕴、审美境界和哲理推导的言辞考究,网络对话体小说抑制语言自身的蕴藉要

---

① 杨扬、王子涵:《对话式交互阅读的兴起:技术背景、媒介特征、业态创新》,《出版发行研究》2022 年第 11 期。

求和跨媒介性,回归语言本身的交际性意义,言辞韵味不足、文学性偏低,最后只能以"脑洞大开""谜语悬疑"或"情节突转"吸引当下读者和粉丝群体,适合新媒介时代泛娱乐化产业的运营和构建,当然也反映了现代社会人们生活困境、焦虑和批判的现实诉求。

三、中介、媒介化和媒介互动

新媒介时代对话体小说的英文名称是 Chat Fiction(聊天小说),利用网络技术和软件开发,其界面采用微信和 QQ 的对话框样式,Chat(聊天)本身就突显出小说的聊天性质,只不过读者无须打字交流,只需点击屏幕就能阅读对话内容。显然,对话体小说利用界面的交互性,模拟社交软件的聊天室,小说内容和情节推进是通过对话完成的,读者阅读则需要人机互动的配合。溯源起来,对话体小说的兴起是由一款 App 的发布与上线带来的。2015 年美国女工程师普莉娜·古普塔开发设计的 Hooked("上瘾")推出测试版本,短短一年后,这款网络对话小说 App 登上了美国 App Store(软件商城)的榜首[①],下载量已达千万级别,其成功模式已引起网络关注,随后风行世界。实质上,对话体小说是新媒介技术介入文学活动的产物,其产生与整个新媒介文学活动密切相关。

移动端技术的普及让读者可随时随地阅读,而生活节奏的加快让人难以长时间阅读,更多的是利用通勤、等候和课余等碎片化时间进行,文学书写上便体现出快浅短碎的感性化和多媒介综合的泛娱乐性特征。许多文学名著不再是文字印刷的阅读形式,而是有了听书、画书等多种样式,如已拥有不少市场份额的喜马拉雅听书 App,还有麦尔维尔名著《白鲸》被做成"表情文字"(Emoji),其新颖性颇受读者的好评。纽约公共图书馆也曾将小说名著如《爱丽丝梦游仙境》与卡夫卡《变形记》等以节录缩减的形式,结合网页贴心设计,加上灵活的翻页,还邀请插图画家共同参与,打造数字阅读新模式,用以适应

---

① 王鹏涛、朱赫男:《文本与媒介融合共生:网络对话体小说 IP 价值链构建路径研究》,《编辑之友》2022 年第 10 期。

新媒介时代手机读者的需求。Hooked创始人普莉娜·古普塔尝试过将文学作品拆分，以适合手机的短时阅读，给文字加上插图，甚至采用漫画的做法，想方设法提高读者的阅读量，但效果都不甚理想。读者早已熟知其中套路，根本提不起兴趣，最终采用聊天对话模式，其阅读量才大大超出意料，投喂读者的对话体小说浮出水面。中国网络文学自带互动式的聊天性质，社交氛围浓厚，"本章说"让读者可在小说任何一处插入评论，组建交流社区，体现"社交阅读"和粉丝化的特性，与对话体小说将社交性聊天作为文本形式一脉相承。某种程度上说，小说文本的聊天形式和多媒介互动效应，可能是文学书写的未来方向。

传统文学重视语言艺术，增强其视听效果；对话体小说则反向而行，保持日常交际的本色。从媒介理论来看，媒介确实是两种事物之间联系和沟通的桥梁，但并非仅仅是中介、手段或工具，只具有单一的中介性功能，而是媒介自身也能自成一体，拥有自己的属性与世界。因此，如果将语言当作中介，那么说话只是为了传达意思，让对方清楚自己想要说的，即辞达而已，语言在此就变成了纯然的交流工具。但是，在传统文学创作中，语言显然不是中介性的，而是媒介性的，有追求意蕴多义的一面，而且还有其跨媒介性，要求换位到节奏韵律和视觉形象的一面，它们是不属于语言特性的其他媒介的艺术风格。对话体小说则回归语言的辞达和交际性，降低语言媒介的主宰性和文学性，将语言跨界及其审美的部分空间让渡出来，让其他媒介参与进去。它们作为独立存在的媒介发挥作用，充分展现其自身功能和意义，与语言媒介互动互渗，文学作品就此获得整体化的在场性美感和延展化的效果。

换言之，"出位之思"体现出传统文学的优势，是语言书写，特别是印刷技术所带来的积极成果，重视语言文字的跨媒介效果，以达到超出其自身的音乐、绘画等其他艺术媒介的特性和审美风格，而"界面之思"则是语言媒介回归其自身原初性，即日常交流的功用，同时利用界面平台，与其他独立共存的媒介重叠、互动，生发出新的文学世界。与"出位之思"利用语言媒介靠近并达到其他媒介的目标和效果不同，"界面之思"强调作为主要媒介的语言与其他媒介的共在、融合和生成。前述小说《升职》中，最后科长约孟怡在紫竹公园见面,孟怡说了句"好"就结束全篇,随后出现一则紫竹公园人工湖发现一具女尸的新闻,并附上"详细进展请关注http:dudian.com",将网络新闻放入小说文本中,交代故事的结局,小说阅读延伸至新闻报道,同时引发社会公众对职场性骚扰而导致的恶性事件的持续关注,文学、新闻和社会通过对话文本关联起来,表现出用户作者对小说文本和新闻报道相结合并予以社会化的文学观念和整体化的媒介效应。

悬疑对话小说《凌晨一点》(作者:朴风)讲述了一名叫桃子的人深夜走在巷子里的故事。文本没有明确桃子性别,其头像只是一位戴着帽檐宽大的帽子的女性拎着红色箱包。有位"附近的人"(也是主角名字),头像是《V字仇杀者》(*V for Vendetta*)中主角的经典造型,知道巷子附近刚发生重大杀人事件,凶手还在附近,便在怡景小区自家二十楼上用望远镜查看状况,刚巧桃子走进巷子,便提醒其注意杀人犯,并告诉桃子如何避开且安全归家。可是桃子害怕,"附近的人"便不得不下楼去救助,结果自己反成了"猎物",到底谁是凶手,结局如何,文本中都没做清晰的交代。桃子的头像如此貌美、时尚,略带点娇弱之风,富有女性的知性魅力,对话者的头像却是如此英勇、霸气,让人胆战心惊,拥有仇杀者的力量,小说结尾却完成了全方位的倒转,"附近的人"外强中干成为"牺牲品",桃子可能是蛇蝎美人的"胜利者"。在两人聊天对话中,还出现微信视频,"附近的人"想告诉桃子到底该如何避害。显然,口语对话比书面写作更直接、更简捷、更能说清具体事务,在紧急情况下能达到理想的避难效果,但桃子害怕被凶手发现而不敢接通。当电话视频界面真的出现在文本中时,评论区近三百条留言中,大部分读者都在讨论该项设置,均表示十分害怕接听。小说作者充分利用音频嵌入文本的手法,制造出恐怖的效果。假如将对话页面背景设成深夜小巷图景,加上暗黑系配乐,相信更能增添小说的悬疑恐怖氛围,让读者全身发麻颤抖。事实上,多媒介互动和共振已是对话体小说的常用手法,甚至在读者的评论中,用户都可自己制作图像、播放音乐和出口发声来表达感受和看法。"出位之思"需要挖掘语言的意象性和韵律性等其他媒介功能,激发读者的想象来达成整体效果;在对话体小说中则可借助语言与其他媒介,如音轨、影像和图景等构建文学空间,让读者仿佛身临其境,弥补网络时代全民化用户写作在文学技巧和语言能力方面的缺陷。也就是说,基于网络技术、人工智能和软件程序的界面平台,让不同媒介发挥共在互融的作用,既降低了用户创作的门槛,又能制造出别样的在场感知和沉浸体验,从而迈入全新的审美世界。

四、对话在场性的模仿与虚拟

毫无疑问,人类各民族历史记载的对话有其日常交流的现实根源。直言之,如果艺术是模仿现实的话,那么文字记载或文学创作的对话书写,显然是模仿人们面对面交流(face-to-face conversation)的场景,以便读者通过语言去想象当时状况,领悟并确认其在场性真理。巴赫金曾将对话形式作为真理之途,提出"复调小说"理论,延续了西方哲学自柏拉图《对话录》以来的在场中心主义,"真理不是产生和存在某个人的头脑里的,它是在共同寻求真理的人们之间诞生的,是在他们的对话交际过程中诞生的"[①]。真理是在场的,对话、交流呈现出真理的道路,要身临其境、现场参与,感受其氛围、体悟其过程,亲自行于其中,真理才得以敞开。"对话不仅现出一种事理的全面相,而且也绘出它所由显现的过程;用生物学术语来说,它不仅是一种'形态学'(morphology),而且是一种'发生学'(genotics)。"[②]简要地说,真理、事相是由对话现场和过程显现出来的。这样,作为书面语言的文字要去模仿口头语言的对话,恢复其在场性和过程性,才能接近、领悟与把握真相。法国哲学家德里达(J. Derrida)将这种对话真理称为语音中心主义,并详解出符号文字本身的延异性与播撒性,从而达到对语音真相的解构与批判。

中国传统文论中常讲的"弦外之音""话外之音"是指外在于语言(声音)本身义的别样意蕴;"象外之象""境外之境"也是指由自身境界进入异质时空的韵味显现;而"诗中有画""画中有诗"则是指超越在己媒介的跨界风韵。总

[①] [俄]巴赫金:《陀思妥耶夫斯基诗学问题》,白春仁、顾亚玲译,石家庄:河北教育出版社,1998年,第144页。

[②] 朱光潜:《朱光潜全集》(第9卷),合肥:安徽教育出版社,1993年,第462—463页。

括而言,无论是书面文字还是口头语言,都存在某种出位和超越现象,都是延异的、播撒的,难免跨媒介之用,所以,它们只是真理敞开面向的不同,并非存在优劣差别。拥有相同的跨越功能使对话的语音在场性真理可以由符号文字复现出来,采用注重在场性和过程性的对话形式即能达到。不过,虽说文字能够复现声音的在场性,但方式毕竟不同,具体该如何达到呢?印刷时代文字媒介主宰了文学创作市场,可即便是文学作品采用对话形式,面对面交流所包含的其他媒介功能,诸如面部表情、声音传播和身体姿势等,仍然是无法直接呈现的,其局限性暴露无遗,对话性书写只能通过语言文字去敞开现场性与过程性,使其具有某种可视性,并能在读者脑海里重现出来,于是语言的跨媒介性便派上用场,真理借助于其出位而进入现场并呈现自身。

说到底,要通向口语在场的真理之途,对话性书写就必须解决具身性问题。因此,柏拉图《对话录》和《论语》等中西方经典文本都在运用语言跨媒介性来复现对话参与者的肉身在场性,将人物对话过程中的精神风貌、性格特征及其场景氛围加以呈现,那么对话体小说又会怎样呢?事实上,face-to-face(面对面)和 interface(界面)具有同构性。对话双方身体之间都存在间隔距离,话语被传递给对方以获取回应。只不过,前者是通过具身性存在完成的,对话是在场的,也是口语化的;后者则是拟身性交流的,是虚拟在场的,是文字性的。通过界面进行的网络对话与互动,模拟的就是面对面的即时交流,不过,语言上主要还是对话写作中的书面形式。对话体小说采用聊天模式,读者通过点击去复现网络对话,但在软件和界面技术的支撑下,其他媒介要素参与进来,更接近面对面的交流。总之,在面对面交流中,身体空间、人物样貌、声音特性和风姿神气等在场性要素都发挥作用,其对话就是身体在场性的"说出自己",在辞达的基础上还传递出具身性特征,此时的说话不仅是作为日常交流的意义传达,还能通过声音口吻、身体姿态等判断对方的品性和潜在的"话外之音";当肉身性在场对话转到面对印刷文本的对话形式,其书写则主要通过语言媒介去呈现在场性真理,使其具有视听性,能在读者面前敞开来,其他媒介的功能必须转化成语言文字,作为内在要素由其含纳、统一与展现,形成语言媒介的"出位之思";随着语言载体由物质化的纸本形式转到虚拟化的数字界面,载体媒介不再是工具性中介,而是通过其并置、交互和生成功能让语言、图像、声响等媒介要素共同到场,对话体小说使其他媒介要素之功能突显出来,与语言媒介一起打造真理的在场性和过程性,突出新媒介时代虚拟性的实践美学与代入体验的艺术世界。

在夏小祈小说《温泉镇》里,作者善于利用图像配合文字达到审美目的,只要人物有固定的对话场所,其真实图像便被设置为页面背景图,如主角在酒店吧台、房间和休息区等场所聊天,页面背景图对应并随地改变,甚至直接贴出场所图明示对话场所,然后读者点击阅读内容,不似传统文学那样花费诸多笔墨去描绘场景和暗示意义,图文结合反而营造出一种真实的临在感,同时背景音乐响起,读者真有种自己住在酒店的感觉。小说讲述的是城市中的一对小情侣苏瑾和陈格跑到温泉镇去旅游散心,陈格其实是镇长的儿子,苏瑾的职业是文学杂志编辑,温泉镇的男人得了一种怪病,为了防止镇里女人逃跑,便利用非法手段拘禁她们,苏瑾则被蒙在鼓里。故事如何发展直至结局,需要读者做出选择。选项按钮设置在对话某个时段或场景中,而读者阅读到此要进行选择,以决定不同的情节内容。小说共有三种结局:苏瑾发现真相后拒不屈从被陈格囚禁,过上暗无天日的生活;苏瑾在酒店老板的帮助下逃离,素不相识的老板是其笔友且崇拜她,于是两人重新开始一段恋情;苏瑾在温泉镇姑娘的帮助下逃出,利用自己的身份曝光囚禁事件,赢得个人英雄的称号。小说试图把所能想到的结局"包圆",无外于此,人生就是道选择题。

传统文学在对话中经常隐去称呼,读者要根据其言语才能判断出谁是说话者;采用聊天模式的对话体小说,其界面左右两边分别是对话双方的头像和称呼,这种直呈言说者的做法反倒是更像日常生活中熟人之间的聊天。用户点击阅读界面出现对话内容,仿佛在窥视或偷听两人对话。由于网络聊天惯例,用户习惯性地将右边角色作为自己,对话界面也多将右边角色设为主角,以增强代入感,尤其是"CP粉"读者爱读明星同人作品,容易产生与明星对话的错觉,或者看到作品中自己所爱的CP在一起,"内心就会有极大的幸福感",

此时的"心满意足"甚至"比本人亲身恋爱更加令自己幸福"[①],其欢喜、替身和归属的情感极为强烈。对话体小说采用点击方式来展示对话内容,类似于电子游戏的做法,用户打开情节内容和角色行径图,成为角色行动及其世界的触发者和引领者,代入感十足,不自觉就沉迷其间。小说《温泉镇》还添加了节点选项,导向不同的情节内容和最终结局,仿佛读者在抉择"自己"的人生。在整个阅读过程中,对话界面时不时有评论框跳出让用户写感悟,读者亦可用"条评"模式进行,最后还有评论和粉丝区网聊阅读体验,甚至可利用"捏脸"技术塑造角色、公开喜好。在数字虚拟空间内,对话体小说让用户身体和心智都得以在场互动,理性思考和身体实践相得益彰。界面文本的游戏做法彰显出媒介之间的互鉴、互动和互融,文学与游戏两种媒介共同构建出实践美学的世界,而图像、音响等其他媒介的介入、重叠和交互,让其艺术空间全媒介化,展现立体式的对话氛围。换句话说,对话体小说在虚拟操作实践与文学审美行为中实施双向交互,动脑、动心和动手三位一体、整体运作,运用"阅读、写作和执行"[②]三种基本操作来实现自我塑造、互动合作和跨媒介书写的现实意义,并通过界面的虚拟空间完成新时代艺术审美的全媒介转向。

结　语

　　界面和面对面之间的关联使得"界面之思"成为可能,对话体小说提供了与"出位之思"相异的新视角,体现出新媒介时代的文学新变。具体地说,面对面交流一直是真理寓居的场所,也是其具身在场性的敞开。印刷时代语言文字的主宰性,让语言不再仅是中介,还是媒介功能的全面化,即从只起沟通、传达和理解功能的社会日常交流,转变为具有丰富意蕴、形象塑造、情感表达和审美风格的文学对话世界,由此"出位之思"的基点依然是语言媒介的本位性,由语言文字去达到绘画、音乐等其他媒介之表现风格和效果。依靠电脑技术、

---

① 王姚嬉姮:《网络对话体小说受众心理分析》,《东南传播》2020年第6期。
② [意]弗洛里迪:《第四次革命:人工智能如何重塑人类现实》,王文革译,杭州:浙江人民出版社,2016年,第67页。

AI 和软件编程开发,界面建构的虚拟平台具有并置互动、容纳构建和生成创造的特性,为书面语言模拟现实对话提供了技术条件,对话体小说则模拟网络聊天模式,篇幅短小精悍,即便长篇也采用多"话"式,确保用户快速阅读,以适合现代社会的节奏;在语言方面,突出极简化的生活风格,具有网络性话语特色。不过,如果让对话体小说回到语言的日常性意义,那么其文学性则会存在丧失的危险,从而弱化文学创作的意义,甚至让文学成为可有可无的存在,为此,网络文学在语言和技巧上一直饱受严厉的批评。就语言来说,其传达意义有三个层次:首先是作为日常交流的辞达意义,其次是基于语言自身的深层含义,最后是语言的跨媒介韵味。后两者都可达到辞美的要求。因此,对话体小说可在运用对话形式高水平讲述故事情节的基础上,提升语言的多义性、蕴藉性,强调钱锺书、佩特等人所说的在己媒介的把握责任,淡化语言的媒介性,以适当方式让渡于其他媒介,使语言能与音响、图像和影视等共同打造整体临在的现场感;加上点击阅读的模式类似于游戏,读者可沉浸式体验角色,文本选项则使对话体小说有不同的情节发展和结局,增加读者的实践参与,体现身心共同"上手"的虚拟在场性,构建文学媒介化的新美学精神。

幼体滞留:"三岁半文学"的情感疗愈功能

琚若冰[①]

【摘　要】 近年来,以萌宝为主角的"三岁半文学"在网络言情小说中兴起,其背后蕴藏着深刻的文化心理机制。本文以康拉德·洛伦茨的幼体滞留理论为基础,首先从成人儿童化趋势、萌文化流行、情绪经济泛滥、"云养娃"迷群形成的文化现象着手,分析"三岁半文学"诞生的直接诱因。其次从风险社会对疗愈文化的群体依赖、边缘群体寻求个体经验的创伤书写两个角度探析"三岁半文学"流行的文化心理机制,合理分析"三岁半文学"的疗愈之益与停滞之弊,理性探索其长远发展。

【关键词】 三岁半文学;网络文学;情感疗愈

"幼体滞留"是奥地利动物学家康拉德·洛伦茨提出的观点,指人类年纪越大越会对"类生物幼体"(大眼、大头、短鼻等特征)的生物表示青睐。这种现象的主要生物学原因是从生物延续的演化性适应角度考虑,类生物幼体的可爱属性将会激发人类的养育之心,从而实现生物的代际延续。尽管当前社会生育率和生育意愿都呈现下降趋势,但这并不妨碍"幼体滞留"理论在社会文化中的高度适配。婴幼儿与动物的表情包、"宝宝"的自我指称、"三岁半文学"的流行,从图画到语言再到文学作品,具有萌系特征的类生物幼体已经不仅仅具有单纯的生物延续意义,同时还肩负着重要的情感治愈功能。这一特性在"三岁半文学"中尤其突出。

"三岁半文学"是近年来网络言情小说中的后起独秀,以温暖的家庭叙事

---

① 作者简介:琚若冰,女,上海大学文学院创意写作专业2022级博士研究生,研究方向为创意写作与网络文学。

从一贯重爱情、轻亲情的一众网络言情小说中杀出重围。"三岁半文学"的名称起源于2020年4月20日,微博ID"阮阮扫文推文"发的微博"#不负责任瞎科普#"中提到"三岁半文学(又称杨红樱文学),即主角是年龄只有三岁半的儿童文学。举例:×××妹妹三岁半,××公主三岁半,×××反派三岁半"。2020年12月6日,豆瓣ID为"西红柿炒鸡蛋"的网友在"矫情文字评鉴小组"发布帖子"进来就起三岁半文学名",意在讽刺"三岁半文学"同质化的取名方式。此后,"三岁半文学"逐渐成为这一类作品的指代词。在微博"三岁半文学"广场不乏自发地使用"三岁半文学"这一名词的网文推荐博主和读者。

从狭义来说,"三岁半文学"的定义正如"阮阮扫文推文"的定义,即主角年龄为三岁半、标题中以"三岁半"格式命名的小说。但从广义来看,年龄和标题的"三岁半"只是这类作品的指代标签,"×岁半"的格式命名在古早言情网络小说中屡见不鲜,将幼童和亲情结合的三岁半小说却鲜少有之。2021年4月,许婷和肖映萱在论文中如是解释"三岁半"写作潮流:"这类小说通常以幼童为主角,讲述主角的成长与亲情故事。《影帝他妹三岁半》走红后,晋江文学城首页出现了大量标题中含有'三岁半''四岁半'等关键词的小说。"①

"三岁半文学"的开山之作被公认为晋江网文作家江月年年的小说《影帝他妹三岁半》,这是作者成绩最好的一部小说,也是"三岁半文学"迄今评分最高的一部,晋江评分9.8分,位居晋江文学城完结高分榜总榜第46名(言情小说榜第11名),前十三章章节最高点击量为1388204,最低为702440,平均点击量为795550.615,豆瓣评分7.8。此后,以"三岁半"命名的网文日趋壮大,如《团宠反派三岁半》《动物之主三岁半》《国民闺女三岁半》《沙雕千金三岁半》《黑化女配三岁半》等。在晋江文学城搜索关键词"三岁半",出现296篇小说,已更新184篇,其中2020年之后开始更新的小说有175篇,约占95%,且多篇点击量过七位数,更轻易获得晋江推荐位。截至2023年2月23日,晋江奇幻言情榜最新的完结小说《这个闺女有点甜》免费章点击量平均数达12472.4375。"网文大数据"网站的"三岁半"关键词数据显示,100条相关数据中,番茄免费

---

① 许婷、肖映萱:《从"一夫"至"多宝":数字人文视角下女频小说的情感位移》,《文艺理论与批评》2021年第4期。

小说便占据79条,2023年3月5日《福宝三岁半,她被八个舅舅团宠了》在番茄免费小说的读者人数有114.4万,这说明"三岁半文学"在下沉市场具有庞大的受众。

在典型的"×岁半"命名之外,"三岁半文学"还与"对照组""养崽文""团宠文"等元素自觉融合,如《在爸爸带娃综艺里当对照组》《和影后妈妈上实习父母综艺后》《反派们的团宠小师妹》等作品。从历史纵向角度考察,"三岁半文学"的渊源要追溯到"总裁文""多宝文"中聪明伶俐、惹人喜爱的宝贝形象,这两类作品中的幼童主要承担助攻男女主爱情线的工具人作用,而在"三岁半文学"中却摇身一变,成为小说叙事的主体。"三岁半文学"在世界观设置、人物形象塑造和叙事方式上还只是在其他类型小说基础上进行的创造性写作,尚未发展出自己独有的文学类型,目前只能作为准文学类型。但是"三岁半文学"盛行的背后潜藏着社会文化心理的运行机制,是文学对作者和读者的双向疗愈。

一、长不大的成人:儿童化叙事与萌文化的流行

波兹曼认为,电视媒体无原则的信息民主消弭着成人与儿童的界限,迫使儿童的言行举止过早地与成人无差别,同时电视只能提供"12岁儿童的心智"的节目,并且"不可能设计出其他智力层次的节目",使观众的心智维持在12岁的水平,导致儿童"成人化"的同时,成人也在"儿童化"。[①] 这里的"成人儿童化"是指成人不再具有深度思维的能力,然而随着社会压力的增大,部分成人却自发沉浸在儿童化叙事中无法自拔。

(一)儿童化叙事的典型:"三岁半文学"

儿童化叙事指以孩童口吻表达成人世界的社会化与社交功利化特质,通过低攻击性、高亲和性的儿童化语言弱化成人的社会身份,在不完备的虚拟童话语境中赋予个体诉求合理性。成人与儿童的身份错位是儿童化叙事的特

---

① [美]尼尔·波兹曼:《童年的消逝》,吴燕莛译,北京:中信出版集团,2015年,第274页。

色,以童话方式助推成人勇敢表达自我。"三岁半文学"被网友戏称为"杨红樱文学",意在指其是网络小说的儿童文学,具有儿童化的叙事视角和温情正向的主题内容。

　　天才儿童是"三岁半文学"的第一主角,他们肩负着拯救他人的重要命运。作者通过儿童化叙事融合了儿童成人化和成人儿童化的社会现状,让成人化的儿童和儿童化的成人相互碰撞,对成人世界规则简单理解的孩童意外点化混沌之中的成人,彰显大道至简的本色。如松庭的《团宠师妹总以为她是龙傲天》中,萌娃主角简单粗暴的方式反而误打误撞解决大人难题,具有喜剧效果。但就此判定"三岁半文学"是儿童文学未免过于武断。尽管"三岁半文学"和儿童文学都是以儿童作为第一主角和叙述主视角,同时具有强烈的幻想元素,但二者的叙述声音和聚焦者呈现出不同的状态。"三岁半文学"的故事叙述者是幼童,感官经验接收者却是成人,它是以成人为主要接受者、将儿童作为治愈成人成长的良药、以孩童天真的视角看待世界的"成人童话"。而儿童文学的故事叙述者和感官经验接收者都是儿童,是以儿童为主要接受者、以儿童成长为具体表现内容、叙事语言适应儿童心理发展的文学。既然并非儿童文学,那么"三岁半文学"归属于哪一类型?"多宝文"与"三岁半文学"又有什么关系?

表1 "三岁半文学"与儿童文学、"多宝文"的对比图

	"三岁半文学"	儿童文学	"多宝文"
世界背景	玄幻异能+娱乐圈/穿越/仙侠	儿童闯荡现实世界	霸总娇妻带球跑
人物设定	治愈系女童	顽童	天才男童
爽感机制	主角是团宠,并能轻松解决大人很难解决的问题	儿童独当一面的成长	助攻打脸

　　由表1可知,"三岁半文学"继承了儿童文学温情成长的主旨和"多宝文"非富即贵的豪门背景,"多宝文"中幼崽的主要任务是促进父母关系的黏合,而"三岁半文学"则更加广阔,是为了治愈更多成年人的创伤,幼崽更像是善良温暖等美好品质的化身。

221

作为准文学类型,"三岁半文学"在娱乐圈文、穿越文、仙侠文中均有出现,其中娱乐圈文更为常见。亲子真人秀节目为娱乐圈"三岁半文学"提供了主要舞台,在娱乐圈"三岁半文学"作品中,女主意外登上亲子类真人秀节目,被观众熟知,收获一大批粉丝,并且扭转可能会被网络暴力和封杀的明星亲人的命运。粉丝文化是该类作品重要的文化背景,娱乐圈与粉丝文化直接挂钩,小说中对娱乐圈生态的描写实质是当下娱乐场的真实再现,真人秀节目的内定剧本、有后台者的有恃无恐、网友们反复横跳的态度,现实的同时又具有讽刺感。幼童的走红与萌文化和"云养娃"迷群的形成密切相关,幼童的可爱激发了网友怜爱的心理,即"幼体滞留"理论的生效,同时幼童的成长过程通过网络媒介得以具象化,这增强了幼童与网友的情感链接,以"云养娃"的形式满足了网友的情感需求。

穿越文和仙侠文的情感模式较为相似,幼童和亲情成为故事的主体。"三岁半"仙侠小说往往将背景设置在仙侠文中,意在通过主人公改变师门原本的悲惨命运。由于仙侠小说对父母亲属的血缘之情不甚看重,作者往往描绘师门中人上下一心亲如一家,实质上仍然是另一种亲情的延续,如松庭的《团宠师妹总以为她是龙傲天》、浮岛的《反派们的团宠小师妹》。穿越文如春溪笛晓的《盘秦》《闲唐》《玩宋》等系列作品,都是现代人穿越到古代成为古代名人或其亲属,以幼童的身份长大成人,改变历史的温情故事。主人公可以参透宫廷谋略,轻而易举获得统治权,但他只想留住父子亲情。对故事的温情重写是"三岁半文学"的共同主旨,旨在改变反面人物的大众认可度,通过爱与温情感化和重构反派形象,强调人心本善,恶意的因缘际遇才产生反派,只要报以善意,反派自然可以向善,蕴含着善良乐观的价值观。在"大女主"大行其道、"白莲花""圣母心"被嗤之以鼻的时代,"三岁半文学"的儿童化叙事为原始的温情提供了栖息之地。

(一)萌文化、情绪经济和"云养娃"迷群

"萌文化"源自日本,原指动漫爱好者看到少女角色时产生的热血沸腾的精神状态,传至中国后含义逐渐扩充,强调对可爱事物的喜爱,从动漫圈扩展到社会,形成独特的青年亚文化。朱琴认为从心理学角度来讲,"萌文化"的流行本质上源于现代人对孤独自我的慰藉和对本真自我的渴求。① "萌文化"的高度亲和力满足了成人儿童化的情感需求,纯真可爱、无攻击性的事物让人们放下心防。年轻人通过"萌文化"的标签获得身份认同,形成固定的群体符号。群体效应带动了萌物的流行,展示出巨大的经济潜力,商家利用个体渴望在社会互动中得到认同的心理发展了"情绪经济"。

"情绪经济"是从 2018 年开始的消费趋势,商家敏锐地捕捉到青年群体的情感需求,适时推出成本低、效益显著的"情绪营销",奈雪的茶"摆烂打卡点"、迎合丧文化与喜茶形成对比的丧茶,这些都与当下年轻人心理状态有关。"内卷""摆烂"等热词的流行充分说明了当代青年身处于一个激烈的竞争环境中,很难看到上升空间和跃迁希望。此外,疫情一定程度造成了经济下行,在萧条的经济市场,年轻人很难进入就业市场,即使进入也面临着较大的工作竞争、严苛的工作标准和不稳定的工作风险。在这种情况下,情绪经济、治愈经济的繁荣便顺理成章。情绪经济的本质是情感劳动和情感消费,社会学家霍克希尔德提出情感劳动(Emotional Labor)的概念,指出情感的商业运作已经成为服务业、零售业等行业的重要内容,满足特定期待的情感以文字、图片、音频、视频等媒介信息形式在数字平台上(以及在不同数字平台之间)传播和交换。② 网络文学实质就是情感劳动的载体,写手通过作品操纵读者的情感欲望,读者通过充值、购买的方式进行情感消费。

"三岁半文学"的消费群体很大一部分是"云养娃"迷群。"云养娃"迷群是自《爸爸去哪儿》播出后形成的粉丝群体,以互联网为场所实现虚拟养娃,通过网络媒介将现实儿童作为审美对象自发加工、生产、创作。③ 自媒体晒娃博主的出现为"云养娃"提供了更直观的素材,形成以孩子为审美对象集结在一起的女性社群。萌宝的可爱美好带来的治愈感是"云养娃"迷群形成的根本动因,丰富的萌宝素材提供具体的审美对象,其内在的吸引力被"三岁半文学"提

---

① 朱琴:《萌文化流行的心理原因解析》,《文学教育》(上)2014 年第 11 期。
② 李敏锐:《网络文学的情感劳动、内容生产和消费解读——基于平台经济视角》,《社会科学家》2021 年第 12 期。
③ 张琳敏:《"云养娃"审美心理分析》,《美与时代》(下),2022 年第 10 期。

炼在故事中,通过设置虚拟情境展现萌宝的人性光辉。萌文化、情绪经济和"云养娃"迷群的形成都是旨在通过温情抵抗后工业社会的异化,这些现象背后是深刻的社会因素。

二、精神生态的失衡:风险社会对疗愈文化的场域依赖

"场所依赖"指某些地方与人之间存在特殊的依赖关系[①],认为某地的环境会给人们的心理带来依靠。固定空间与安全感的挂钩,与空间的舒适性、可靠性不无关系。"场所依赖"是建筑学、地理学中的社会文化体现,本质上仍然是处于风险社会的人们对疗愈文化的场域依赖。

(一)风险社会与后现代危机:社会群体情绪失衡

乌尔里希·贝克认为工业社会在为人类创造了巨大财富的同时,也为人类带来了巨大的风险,人为制造的风险开始充斥着整个世界,在工业社会以后,人类已经进入一个以风险为本质特征的风险社会。所谓风险,可被定义为"以系统的方式应对由现代化自身引发的危险和不安"。[②] 现代化社会潜藏着巨大的有别于传统社会的风险,例如生态污染物、食品安全、核风险,它们通过系统的无法更改的方式影响着人们的生活。随着全球化程度的加深,风险也呈现出全球化的蔓延,金融危机、新型冠状病毒肺炎疫情,日本核废水的排放,美国氯乙烯泄漏,各国都在面临"大衰退"的时代背景。

后资本主义反向运动"追求平等的狂怒与受全球消费经济所驱使的对繁荣的追求结合在一起,进一步加剧了已经在公共领域表现出来的人们内心世界的紧张和矛盾","现代性经历的广泛传播如旋涡一般,增强了人们的怨憎心理——因妒忌和羞辱感以及无力感的强烈混杂而造成的对其他人的存在的怨

[①] 黄向、保继刚、Wall Geoffrey:《场所依赖(place attachment):一种游憩行为现象的研究框架》,《旅游学刊》2006年第9卷。
[②] [德]乌尔里希·贝克:《风险社会:新的现代性之路》,张文杰、何博闻译,南京:译林出版社,2018年,第7页。

恨"①。危机四伏的风险社会加剧了社会群体的情绪失衡。《中国青年网民社会心态调查报告(2009—2021)》发现近七成受访青年网民或多或少表达了不同程度的焦虑感,学习、工作、外貌、健康成为焦虑感四大来源,青年女性、海外青年、东部青年、高学历青年压力较大。青年面临学业、就业、成家的多重焦虑,"先立业,后成家"也是中国社会的主要观念,巴希拉·谢里夫·特拉斯科指出全球化为进入劳动市场的底层青年带来了经济不稳定的风险,并推迟了他们的婚育年龄。② 婚育意愿的下降很大部分与工作生活压力太大有关,经济负担重、职场对婚育女性的"母职惩罚"、强竞争的职场文化,人们宁愿在互联网中云养娃,也不愿在现实世界结婚生子。

此外,国家的城市化程度也影响了成人儿童化倾向。日本青少年的蛰居、中国社会"巨婴""妈宝男"词语的出现,一方面是因为城市化进程加快,核心家庭增多,社会人际关系淡薄,青少年自立意识、抗挫折能力弱化,另一方面青年人面临独当一面的转折期,而时代造就的空前压力触发了青年人的自我防御机制,他们不得不通过扮演孩童的方式表达自我的真实诉求,甚至需要孩童的帮助主动走向成长。而"三岁半文学"就为这样一批渴望回到童年的大人提供了成长的园地,《影帝他妹三岁半》中的哥哥楚肖逸因为经历了严厉的教育方式与父母产生隔阂,由于艺人工作的特殊性,他的知识储备和自理能力都极其不足。他的神童妹妹楚肖肖以自己的方式帮助哥哥和家人破冰,让哥哥领悟到严厉教育背后的亲情,同时鞭策哥哥努力学习知识,提高自理能力。三岁半的妹妹带领二十多岁的哥哥成长,读者也跟随主角共同成长,温馨的家庭互动模式有效缓解了读者的焦虑情绪,也让读者勇敢地改变自己。

(二)新型冠状病毒肺炎疫情和新媒体疗愈文化的兴起

2020年2月3日江月年年开始更新的小说《影帝他妹三岁半》。2020年2月9日,晋江网文作家锦橙紧随其后开始了《黑化女配三岁半》的更新。两部

---

① [德]海因里希·盖瑟尔伯格编:《我们时代的精神状况》,孙柏 等译,上海:上海人民出版社,2018年,第177页。
② [美]巴希拉·谢里夫·特拉斯科:《全球化与家庭:加速的系统性社会变革》,周红译,北京:中国社会科学出版社,2021年,第149—150页。

小说更新的时间点非常巧妙,刚好是新型冠状病毒肺炎疫情在我国大规模爆发后不久。新型冠状病毒肺炎疫情的高传染性放大了社会群体的焦虑情绪,肉体的禁锢、精神的空虚、死生的危急和对世界的不信任,公众的情绪健康或多或少受到疫情影响。

2020年联合国发布了新型冠状病毒肺炎疫情与精神健康状况的简报指出:疫情不仅损害人的生命和身体健康,同时,也给人的心理和精神带来严重的影响,并导致相关的疾病,因疫情导致心理压力增加的人群比例在中国为35%、伊朗为60%、美国为45%。2022年3月2日,世卫组织发布的科学简报显示:在COVID-19(新型冠状病毒肺炎)大流行的第一年,全球焦虑和抑郁患病率大幅增加了25%,年轻人和女性是受影响最大的群体。《2022Bilibili青年心理健康报告》显示,2021年有约9776万人在B站学习心理健康知识,76%为24岁及以下的人群。B站心理健康相关视频播放量超76亿次,"焦虑""抑郁""压力"等心理相关词汇搜索量达9930万。长期在家线上学习的年轻人不仅要面对疫情带来的生命焦虑,还时常因代际生活方式的差异与家人发生冲突。女性在疫情期间面临的社会压力和家庭压力更大,张春泥和周洁根据2020年1月至3月在国内疫情上升期和下降期对同一批受访者的网络追踪调查,发现新型冠状病毒肺炎疫情扩大了性别不平等,加剧了女性可能遭受的就业压力、家务责任、家暴风险。[①] 女性急剧增长的精神压力是"三岁半文学"得以从女频小说中脱颖而出的外在原因,疗愈舒压是社会消费的新生趋势。

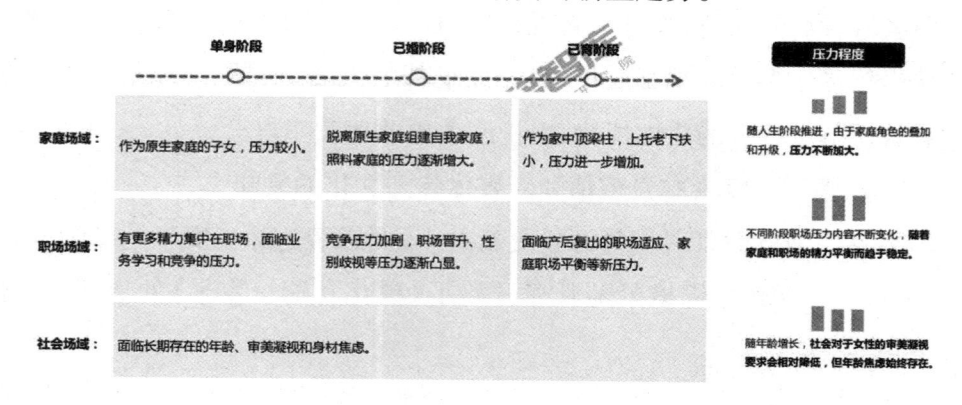

---

① 张春泥、周洁:《国内新型冠状病毒肺炎疫情下的工作、家庭关系及其对负面情绪影响的性别差异》,《妇女研究论丛》2021年第2期。

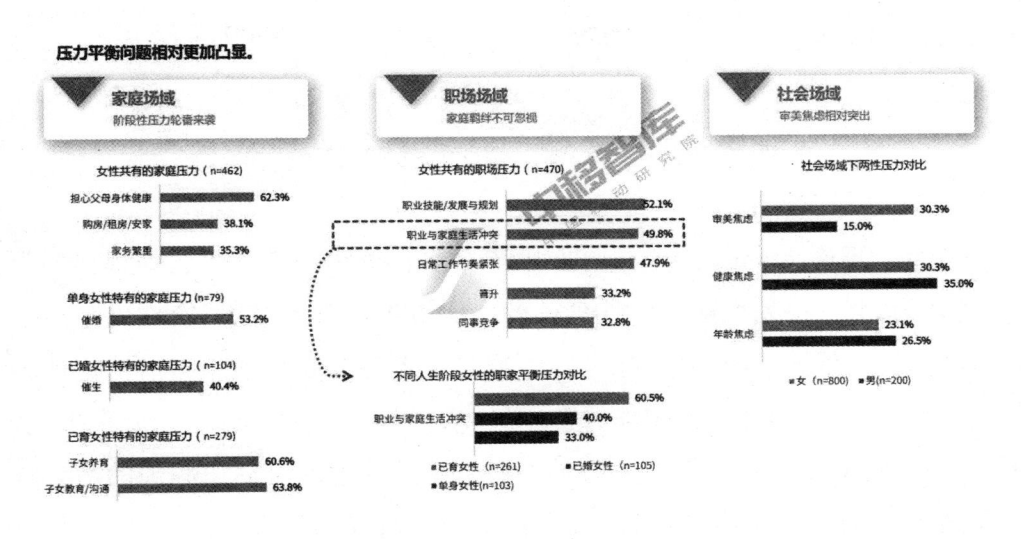

图 1、2 《梧桐中移指数系列报告——"她"经济研究报告》

2022年5月中国移动信息技术中心与中国移动通信研究院发布的《梧桐中移指数系列报告——"她"经济研究报告》指出,随着女性经济收入和多重压力的提高,女性消费者通过"疗愈消费"舒缓减压。

文学的疗愈功能早已有之。亚里士多德曾说过:"文学具有健康的心理作用。而就'悲剧'而言,它能清除过度的恐惧和怜悯。"西方阅读疗愈方法的施行从中世纪就开始了,到现代已经渐趋成熟。对于深陷痛楚中的人们而言,写作也成为一种疗愈方式。人们写下个体的伤痛经历,通过复刻、再现、改变的方式进行自我疗愈。阅读疗愈强调阅读对读者的疗愈功能,写作疗愈则强调作者在书写时的自我治愈,毕肖普和伍尔夫都把创作视为创伤疗愈的重要手段。从这两种情况来看,文学的疗愈作用对读者和作者而言都十分重要。具有疗愈性质的漫画、短视频、小说都可以帮助我们忘却外在的喧嚣,全身心投入作品世界的宁静中,在二次元世界获得三次元生活的力量。言情小说在20世纪就是女性躲避现实生活的工具,"单单是拿起一本书这个活(event)就足以让她们有能力应对日常生活中所遭遇到的种种压力和焦虑"[1]。"三岁半文学"对美好亲情的描绘让读者在躲避中获得疗愈。读者在阅读中得到疗愈,作者

---

[1] [美]珍妮斯·A.拉德威:《阅读浪漫小说:女性,父权制和通俗文学》,南京:译林出版社,2013年,第173页。

在书写中得到疗愈。

三、个体经验的书写：边缘群体的创伤修复

"创伤"理论（trauma theory）是1996年美国学者凯西·卡鲁斯提出的观点，她认为"某一突发性或灾难性事件的一次极不寻常的经历"会在发生后一段时间内给人留下精神创伤，甚至会影响受害者的未来生活。弗洛伊德认为创伤是一种具有持久性、隐藏性的个体经验，一旦在环境中有创伤元素出现，创伤经验便会被激活，重现创伤场景。创伤场景的重现对创伤心理的治疗具有关键作用，如果主体有意回避、排斥移情便会造成创伤修复的失败，主体可以通过叙述进行创伤回忆，在重现的场景中拥有不同的结果，实现自我拯救。"三岁半文学"的治愈性正在于它很好地为创伤群体提供了可供移情的真实感叙述空间，通过个体经验的书写引起同病相怜者的共鸣，在理解和美好的构想中实现创伤修复。

（一）原生家庭的创伤叙事

"原生家庭"是与"新生家庭"相对的社会学概念，意在强调亲子关系对孩子婚姻关系的影响。"原生家庭创伤"是童年时期由父母亲或其他亲密家庭成员造成的复合型创伤，对成年后的个体仍然留下心理伤害。因此，大部分原生家庭的创伤叙事都采用追叙的方法，通过场景再现、记忆闪回或对话交流激活，追叙创伤事件的过程也是个体了解创伤、走出创伤的康复渠道。莫雷·鲍恩的跨代家庭治疗理论认为家庭系统治疗师的职责不在于提供建议，而在于帮助个体表述家庭创伤，找寻到家庭定位。

在中国原生家庭的创伤普遍存在，这与历史文化和民族性格有关。中国古代社会长期以来由内到外地贯彻着封建家长制的管理制度，尽管时代更迭，但是这种浓厚的家长制观念仍然扎根在大部分的中国家庭中，"中国式家庭关系"一度被认为是一个不平等的权力机构，如何治愈原生家庭带来的创伤，如何与中国式家庭关系和解，这是很多年轻网民都在思索的问题，也是"三岁半文学"得以兴盛的重要原因。社区论坛帮助受伤群体言说和书写自我的童年

创伤,在其他网友的分享中确立自我的情感认同。但是理想的家庭关系是什么样?个人经验的分享不足以抚慰大众,反而容易激发对幸福家庭者的敌意。"三岁半文学"适时而出,为年轻群体提供了虚拟蓝本和疗愈空间。

"三岁半文学"以中国式家庭关系和代际关系为主,指向了长期被忽视的家庭创伤叙事。作品中的家庭创伤主要是某些具体事件中家长不恰当的教育方式带来的童年阴影,在多子女家庭中更为显著。除了《影帝他妹三岁半》是以哥哥的创伤事件作为贯穿故事的主要线索,其他的三岁半文学都是将创伤情境嵌套在幼崽的成长线中,具有相似经历的读者在场景重现中激活创伤回忆,自发在评论区讲述自己的创伤经验,《千万不要和妖怪做朋友》《团宠锦鲤三岁半》等多部作品评论区都有读者就情节表达自己具有相似的童年经历。

"家庭人伦是非常复杂的关系,真实的家庭生活和亲密关系中往往没有全然的对错,重在理解而非批判。"[①]江月年年在小说开篇便事先声明,探讨理解家庭关系是小说的初衷。小说涉及两个问题,一是二胎政策放开后独生子女如何与年龄悬殊的二宝相处,二是代际关系和教育方式的碰撞。哥哥楚肖逸是家庭创伤的受害者,他的家庭创伤经验源于严厉古板的父亲,父亲的棍棒和对他梦想的粗暴阻止导致了父子俩的隔阂。对于原生家庭的创伤,楚肖逸的方式是通过离开家庭或避免与父亲独处来进行情绪阻断。从妹妹的视角来看,哥哥是脱离家庭的他者,家庭中每个成员都有自己的定位和分工,哥哥承担怎样的角色呢?这实质上是一种寻找家庭定位的关系实验,在妹妹的疑问中哥哥逐渐意识到家庭系统的整体和自己在其中扮演的角色。此外,由于兄妹的成长是在父母不同的人生阶段,两人接受的家庭教育方式也大相径庭,相似的成长场景中妹妹和父亲展示了与哥哥回忆中截然不同的处理方式,与回忆结果不同的场景重置有效帮助哥哥与过往和解,同时哥哥也逐渐发现父亲严厉外表下的爱,从而修复过往亲子相处中的家庭创伤。

对于深受原生家庭之苦的女性读者而言,三岁半文学让她们产生情感共鸣,通过良好家庭关系的呈现改变负面的亲子互动模式,建立新的家庭互动模

---

① 江月年年:《影帝他妹三岁半》,引自晋江文学城。

式,让她们不再惧怕家庭关系,更轻松地组建自己的新生家庭。

(二)性别枷锁下的成长叙事

妇女与幼童在权力关系中属于弱势群体,"三岁半文学"聚焦女童的成长,以孩童的中性身份将女性回归到人的视野,拓宽女性的情感世界,言说女性作为主体存在的本真自我,实现文本内外的双向成长。

"女人的戏剧性在于每个主体'自我'的基本抱负都同强制性处境相冲突,因为每个主体都认为自我是主要者,而处境却让他成为次要者。"[①]充满性别枷锁的现实社会就是限制女性主体自我发展的强制性处境,"三岁半文学"将拯救世界的命运交付给女童,让女童成为故事世界的中心,拥有更广阔的主体成长空间,与重男轻女、性别歧视的现实形成讽刺对照。

小说中的团宠待遇指向现实的不公地位,在实际的网络舆情中走红的女童仍然面临着对其性格的恶意揣测,媒体传播、职业选择、家庭教育等社会大环境的厌女氛围构成牢固的女性监狱。玛丽小贝的《团宠锦鲤三岁半》设置了一个性别倒置的社会背景,对男权社会种种性别不平等现象的性转极具现实意味,由于事件的极度真实感,读者一方面对性别压迫的行为感到抵触,同时女性被压迫的现实遭遇又让其五味杂陈。玛丽小贝的作品只是个例,大部分"三岁半文学"中女童的成长更像是女性在理想环境下成长的家庭实验,女童形象凝结了女性读者的理想自我。

肖映萱将"三岁半文学"视为女性对婚姻爱情失望后的产物[②],女性主义思想日益在网络普及,独生子女长大的Z世代自我意识更加强烈,她们不再将幸福期待寄托在配偶身上,而是从父母、手足、朋友中获得乐观向上的力量,对爱情的淡化是女性自我意识的觉醒,但尚未发展到女性主义的审思。作者只是编织了另类的女性童话抚慰女性,让女性更有勇气追寻理想自我的实现。需要注意的是,现实世界不会因为童话而改变,女性读者们是沉浸在奶头乐中还是撕破偏见的面纱呢?

---

① [法]西蒙娜·德·波伏娃:《第二性》,北京:中国书籍出版社,1998年,第23页。
② 许婷、肖映萱:《从"一夫"至"多宝":数字人文视角下女频小说的情感位移》,《文艺理论与批评》2021年第4期。

结语　走出永无岛：治愈还是停滞？

"三岁半文学"对儿童化的成人而言就如同《彼得潘》中的"永无岛"，人们在儿童世界中远离社会的残酷，重寻最初的宁静，获得心灵的治愈。但是"三岁半文学"发展过程中也暴露出一些不足。

其一是造成读者人格的自我矮化与自立意识的缺乏。儿童化叙事导致部分"三岁半文学"流于小白文，作者不能准确把握儿童不同阶段的身心发展特点，故事情节有强行降智之嫌。一旦习惯了孩童化思维，读者的深度思考能力便会下降，还会陷入人格的自我矮化，不能正常处理人际关系，缺乏自立意识，对外界世界的认识过于片面单薄。读者在虚拟世界中获得治愈，在现实世界中碰壁，又不得不在虚拟世界寻求帮助，陷入始终无法改变的恶性循环。这时，一味地治愈反而阻碍了读者的成长。

其二是由于网络文学的商品属性和情感市场的广大潜力，"三岁半文学"可能被消费文化异化。从目前的作品来看，"三岁半文学"在下沉市场已经产生部分畸变，故事不再执着于对异化的抵抗，而是为了迎合消费者彻底向古早言情套路倒戈，女童主角某种意义上是古早小说团宠女主的缩小版投射，丢失了"三岁半文学"的精髓，具有媚俗化倾向。对自我的过度关注容易陷入自恋情结中，对创伤的过分暴露则会强化受害者的负面情绪。

归根到底，亲情是"三岁半文学"的核心。"三岁半文学"要想长远发展，就需要加强对内容主旨的审思，减少消费文化和自恋情结的影响，以真诚的态度面对读者，同时不被读者的广泛需求冲昏头脑，打造出精品化的文学作品。

新作评介

《生如稗草》：一部生动展现"网络文学原生评论"美学特征的佳作

桫椤[①]

【摘　要】"在线批评"和大众介入批评活动是网络文学评论中独有的现象，是"网络原生评论"的主要构成。安迪斯晨风作为当下最活跃和具代表性的网络文学原生评论家，其评论集《生如稗草》集中展现了他关于网络文学的见解，是一部弥补原生评论短板、扩大评论实践活动以及评论内容文学和社会价值的作品，具有朴实的文风、对自我感受的勇敢表达、扎实的文本细读和故事分析等特点，是一部彰显了网络文学原生评论美学特征的重要文本。

【关键词】　网络文学原生评论；《生如稗草》安迪斯晨风

由于网络文学与传统文学之间存在着诸多不同，以之为对象的评论活动也出现较大差异。欧阳友权、周志雄、邵燕君、禹建湘、江秀廷等对此进行了深入的研究，虽然各家意见不尽相同，但关于网络文学评论具有特殊性这一观点是有共识的。综合来看，网络文学评论中有两方面是传统评论中所没有的：一是从空间上看，除了在专业学术研究和评论刊物、报纸上发表评论文章外，衍生出了在网络上进行的"在线批评"；二是从评论主体上看，大众介入批评活动，打破了传统评论中以学院派为主的专业人士一统天下的局面。这两点不仅成为网络媒介时代文学评论的创新性发展，也是彰显网络文学发展动力、态势和未来前景的重要标志——而这两个特征实际上可以合二为一，因为在赛博空间从事"在线批评"的一定是网络文学的读者，是难辨个体和主体的"大众"。

---

① 作者简介：桫椤，男，中国作协网络文学委员会委员、河北网络作协副主席。

《生如稗草》：一部生动展现"网络文学原生评论"美学特征的佳作

对于这种网络文学独有的文学评论形式，之前有媒体直接将其称作"网生评论"，例如在《文学报》关于"20年20部网络文学作品"评选的报道中写道："而在网络文学的评论队伍中，专业评论者与网生评论力量该如何有效结合，也是当下网络文学发展中亟须解决的问题。"并引用欧阳友权的观点认为，"在专业研究者不足的同时，与作品共同成长的网生评论则显示了勃勃生机"[1]等。最近，青年学者江秀廷在对此前包括"网生评论"在内的"在线批评""草根批评""粉丝批评"等概念进行辨析后，将之规范为"网络文学原生评论"（以下简称"原生评论"），认为原生评论"是一种以网络文学为对象，网民大众参与的、网络原创的、内容和形式多样的评论"，并进一步分析了它所存在的"在线化注疏""多媒体挂载""体认式评价"等多种形态和特征，指出这种评论形式对于网络文学而言具有不可或缺的重大意义[2]。

而在当下的网络文学现场，原生评论最具代表性的评论家当属安迪斯晨风。2022年10月，他出版了评论集《生如稗草：网络文学导读》[3]，汇聚了主要发表在新浪微博上的35篇书评文章，每篇文章都是阅读一部网络小说后所写的"长评"；而他的新浪微博粉丝有124.7万之多[4]，由此也可见这些文章的读者"流量"之大。安迪斯晨风长期而大量地阅读网络小说，是网络文学的"铁粉"。他在该书后记中说，2002年上大学后，"当时正是网络文学发展壮大的关键时期，我作为第一代网文读者群体的一员，有幸看到了它最初绽放时的样子"[5]。到2009年，他开始有意识地"尝试写作书评"；2016年他还创办了"晨曦杯"网文阅读、书评和推荐活动，至今已经举办了7届，吸引了众多网文读者参与。"能够从阅读中获得趣味才是真正的阅读"，正是凭着经久不衰的兴趣持之以恒地畅游在网文的海洋中，安迪斯晨风成为深谙网络文学内在奥秘、在网络上最知名的"大众"读者之一。

---

[1] 张滢：《网络文学：书写中国文学的新范式》，2018年4月8日《文学报》。
[2] 江秀廷：《网络文学原生评论的形态、特征与意义》，《中国文学批评》2023年第2期。
[3] 安迪斯晨风：《生如稗草：网络文学导读》，百花文艺出版社，2022年。
[4] 2023年10月2日查询数据。
[5] 安迪斯晨风：《生如稗草：网络文学导读》，百花文艺出版社，2022年，第204页。以下引用该书内容不再一一注明。

原生评论由于散布在网络中,以简短的跟帖、点评等形式表达不同评论者对同一部网文中的情节、人物、世界观设定等的片段意见,虽然显现出传统文学评论所不具备的及时性、鲜活性、直感性等特征,但其支离破碎的特点缺乏对被评论作品的系统性意见也是个客观事实。进一步而言,原生评论的散在性本身也是一种缺憾,因为仅凭只言片语,我们难以从整体上了解一个评论者在网络文学阅读中所表现出的审美偏好、思想观念和价值主张等的"个人风格",从而降低了它的文学意义。《生如稗草》将安迪斯晨风的网文书评文章聚合在一起,集中展现了他关于网络文学的见解,无疑是一部弥补原生评论短板、扩大评论实践活动以及评论内容本身文学和社会价值的作品。同时,收录于该书中的评论文章不仅对于推荐作者所评论的作品和引导读者阅读发挥了积极意义,其与学理化的专业文学评论不同的风格也凸显了独特性,是一部彰显原生评论美学特征的重要文本。

质朴、平实的文风扑面而来,是阅读《生如稗草》的直观体验。与发表在学术期刊上的学院派批评文章为了佐证文章观点,需要调用理论知识而大量使用只有专业人士才能懂的学术概念、引经据典,或利用理论工具"肢解"文学作品不同,安迪斯晨风倡导一种"读后感"式的写作。他不为自己对网络小说的意见罩上一件看上去能够提升所谓文章学术水平的面纱,而是运用大众读者能够顺畅阅读和理解、贴近日常说话习惯的话语方式来表达自己的感受和思考。"尽管秦朝如此重要,但它毕竟的确太过短暂,就犹如一颗刚开始大放光明就已然陨落的启明星,在历史中一闪而过。我们虽然知道它十分重要,但还没来得及多看两眼,就已经进入了秦末烽烟四起、楚汉争霸的时代。""但是作为读者,我们可以看出,这种在三个鸡蛋上跳舞的玩法也已经日渐窘迫,而书中人更是早早便意识到了这一点。"(《〈秦吏〉:透视秦政的成与败》)"《天之下》的写法就像是一块层层叠叠的千层糕,里面夹杂了太多奇妙的配食作料。"(《〈天之下〉:传统武侠小说的守墓人》)这种朴实而形象的口语表达基本上不会出现在学术论文中。由于不掉书袋、不故作高深、不虚与委蛇兜圈子,安迪斯晨风的评论表现出诚恳、率真的态度,更让阅读者心生亲切之感,非常有利于理解和接受。这是原生评论在风格上最明显的特征。

《生如稗草》：一部生动展现"网络文学原生评论"美学特征的佳作

这种话语方式预示着作者的评论是主观的情感表达，而非像学术评论那样追求客观性。这是《生如稗草》所体现出的原生批评的另一个特征。在评论文章中，作者丝毫不掩饰对一部作品、一种类型、一个桥段、一个人物甚至作者的好恶，酣畅淋漓地说出自己的意见。这些文章由此充满了个人的温度。袒露自己主观情感的表达，在学院派理性、冷静的评论文章中是很少见的。《〈悟空传〉：向狂妄的少年时代致敬》一文的结尾写道："即便已经过去了这么多年，即便如今回想起当年的自己都恨不得脚趾抓地抠出三室一厅，但初读《悟空传》时那种热血沸腾的感受，却仍然不受控制地盘桓在我的脑海中。"作者用这段"接地气"的话表达出这部作品留给自己血脉贲张的长久记忆。在《〈瘟疫医生〉：点亮希望的灯火》一文中，作者这样表达对"系统文"的看法："我不是很喜欢读主角带系统的网文，但是也不能不承认，对作者来讲，系统流写起来省时省力……系统这种东西既让不会安排布置情节的人有了偷懒的工具，也破坏了小说本身的'顺理成章'。"站在自己的感受上对系统文的批评毫不留情。不仅如此，对网络小说作者编织故事的方法等也"夹枪带棒"，《〈死在火星上〉：浪漫的绝境求生之旅》一文在肯定作者"如此结构简单的故事，在作者笔下却有着如同电影一般的悠长余韵和磅礴画面，让人再也无法嘲笑理工男的文笔水准"之后，却又说"但作者同时亦是个太过浑蛋的命运操作者"，以揶揄、嗔怪的语气调侃作者对人物命运的强制性安排。

在江秀廷的研究中，将"自指性"归纳为原生评论的主要特征之一。在与学院派批评进行对比后，他认为："前者（学院派批评）本质上是以作家、作品为中心，体现了鲜明的'他指'特征，而后者（原生评论）则完全指向自己，以满足自我为核心，'自己爽'才是评判的动力和出发点。"[①]安迪斯晨风写出的正是自己的"爽点"或"槽点"。江秀廷认为"紧贴着故事，少有深刻的反思和批判"是"自指性"的重要方面，这一点在《生如稗草》中虽然有所体现，但要从两方面看。一方面，这些批评文章虽然未能像学院派批评那样在深度和广度上挖掘作品在主题上的社会意义和思想价值，但是同样进行着对现实社会、人性命

---

① 江秀廷：《网络文学原生评论的形态、特征与意义》，《中国文学批评》2023年第2期

运、理想价值的追问与反思,只不过,这种追问与反思是紧贴故事情节来进行的。《〈修真四万年〉:大气磅礴的宇宙科幻史诗》就是典型的例子,安迪斯晨风采取"述评"的手法在讲述主角李耀在乘列车去上大学的路上遇到危险的"兽潮""修真者"们主动站出来保护普通人之后,评论道:"这是一段写得极为动人的情节,作者也第一次诠释了'修真'的内涵:修的是人性的至真,探究的是世界的本源。"此外,文章还指出:"在描绘一个个独立文明的同时,他还尝试着探讨在这样的文明背景下将会催生出怎样的社会结构,这样的结构又将导致怎样的结果?"这样的追问也并非不深刻,但只是"就事论事",不去展开对作品意义的系统性探析。

另一方面,安迪斯晨风对故事的细致分析,充分显示了他对网络小说架构故事、排布情节、建构世界、安排人设等写作技巧的准确把握;特别是对不同类型网文作品——乃至大众文学经典名著叙事特征的了解和熟悉,是他阅读实践积累的反映。对于整体和单部作品都有着巨大体量的网络文学,有若非有大量作品的阅读经验,是无法做到如此精通的。他极少孤立地分析某部作品的内在特征,而是将其放在作者自己的创作序列或者同类型的序列中加以分析和评价。《〈亵渎〉:主角可以"恶贯满盈"吗?》并没有直接切入对原著的分析,而是先述说普遍意义上的主角与作者之间的关系,其中不仅举了鲁迅先生和《孔乙己》的例子,还用《射雕英雄传》《笑傲江湖》《鹿鼎记》里主角的形象来证明"金庸先生自然不可能分身成这么多人物",以此来论证《亵渎》中罗格这个形象的合理性;并同时述及了作者的《尘缘》《狩魔手记》等作品来支撑自己的观点。《〈覆汉〉:长留史册的英雄史诗》将原著放在三国题材创作中加以观察比较,"从网文诞生初期历史的《真髓传》到近年来的赵子曰《三国之最风流》、赤军《汉魏文魁》,都用精湛的文笔和丰沛的历史知识把三国历史中的英雄传奇讲述得非常好看",之后才抛出自己认为的《覆汉》是"网络文学中真正写出了三国英雄豪气担当的"作品这一结论。虽然这些评论文章带有强烈的主观情感色彩,但是这种论证方法具有某种程度上的客观性,令人感觉作者的持论和评价是公正的。正是在大量阅读、获取样本的基础上,安迪斯晨风才拥有了一个自己评价网文的"坐标系"。可以说,《生如稗草》全面展示了他的网络文学观。

在后记中,安迪斯晨风说:"读书本身不是为了帮助你获得什么,而是作为一种羁绊,陪伴你度过漫长的人生。"这说中了网络文学影响读者的方法:作为一种连载更贴的消遣性读物,它让读者养成每日读书的习惯,从而让阅读成为生活的一部分,就像吃饭喝水一样;正是在这种陪伴中,读者潜移默化地受到影响。《生如稗草》中的文章恰恰是日常阅读中的有感而发,作者的感受和思考所代表的不仅仅是他一个人,而是与他一道的广大网民。但从全书的内容看,作者也绝不仅仅是想以出版的方式保存自己的所想和所得,同时也暗含着对网络文学评论的自我期待与认同。书中以"附录"的形式收入了由作者的朋友"菜籽"所作的女频网文评论文章5篇,至于收录的原因,作者在自序中交代说是自己对女频作品缺乏了解,因此邀请了"网文阅读量较大的评论者菜籽(原名蔡颖君)"来从"女性视角"进行解读。而二人的文本解读方法和文章风格有着很大的一致性——对于这种评论方式,他们显然有着高度的共识。

总之,《生如稗草》朴实的文风、对自我感受的勇敢表达、扎实的文本细读和故事分析等特点都使之与讲求学理化的学院派批评不同,堪称是网络文学原生评论的集大成之作。其符合大众审美习惯的表达方式不仅契合网络文学实际,以之为代表的原生批评更是一股评论新风;以此为借鉴,对于网络文学评论乃至整个文学评论事业都是有益的。

文学史书写、IP现象与价值阐释
——评夏烈《网络文学的新传统与未来性》

段廷军[①]

【摘　要】　《网络文学的新传统与未来性》是夏烈教授对网络文学阶段性研究的回顾与总结,呈现出三大特点:以宏观、中观与微观相结合的方法对网络文学史进行研究;对网络文学IP现象展开了系统深入的探讨;对网络文学价值进行了阐释。该著以宏阔的视角、翔实的论据对网络文学领域的相关问题展开了研究,取得了丰硕的成果,产生了广泛影响。

【关键词】　网络文学;网络文学史;IP现象;网络文学价值

从1998年这一约定俗成的网络文学元年算起,中国网络文学已经产生了20余年。20年来,作为富有本土特性,又应网络时代到来之势而产生的网络文学,其发展不可谓不迅猛,已经从出生时的"星星之火"发展至如今的"燎原之势",颇有成为"一时代文学"之代表的潜质。网络文学发展至今天的形态,网络作家厥功甚伟,而从历时角度来看,不难发现一些网络作家已消失在当今的网络文学现场。作家是文学研究的重要组成部分,此种情形呼吁更多研究者展开更为全面的网络文学史研究。同时,作为大众文学的典范,网络文学同样引发了许多热点文化乃至商业现象,典型如IP改编、粉丝经济等。而网络文学辐射周边的出圈现象,又引人再度思考其价值所在。这些问题是网络文学研究无法回避的核心问题,而网络文学是新兴、新型文学的特点,使得这些问题看上去不那么艰难。不过,如果考虑到网络文学与资本的紧密勾连以及网

[①] 作者简介:段廷军,男,河南舞阳人,浙江大学文学博士,烟台大学文学与新闻传播学院讲师,研究方向为网络文学。

络文学未来的发展嬗变,问题就变得殊为不易了。杭州师范大学教授夏烈多年来深耕网络文学研究领域,其著作《网络文学的新传统与未来性》正是着眼于此。该著对相关问题展开的探讨,无疑为学界的研究提供了路径启发。

一、宏观、中观与微观相结合的网络文学史研究

一般而言,所谓文学史,简单来说就是作家、作品史,网络文学史概莫能外。相异在于,网络文学作品与读者密切相关,优秀的网络文学作品往往深受读者欢迎,通常伴随大量读者评论。这些评论构成网络文学作品的有机组成部分,成为网络文学史研究不应或缺的一环。不过,由于要在有限的篇幅内论述内涵颇为复杂的网络文学史,因此,许多著述往往难以兼顾读者维度。《网络文学的新传统与未来性》则不然,一定程度上考虑了读者评论。同时,网络文学史研究又面临特别困难之处,即作家如此之多、作品如此之巨。加之许多作品动辄数百万字,这使任何试图囊括全部网络文学作品与网络作家的网络文学史研究都成了不可能实现的抱负,而浅尝辄止的梳理往往不能深入网络文学现场,从而太过粗疏、流于表面。但是,如果对网络文学浸淫颇深,熟知网络文学发展的重要节点,了解其中的代表性作家与作品。那么,即使不能通读每一部作品、了解每一位作家,但从宏观上勾勒出某一时期网络文学发展的轮廓则是可能的。这正是夏烈教授在《网络文学的新传统与未来性》中所进行的研究,而其优势也在此体现出来。作为网络文学的亲历者、组织者、推动者与评论者,他以在场的方式参与了网络文学发展变化的历程。因此,他笔下的网络文学史也更为鲜活生动、多姿多彩,呈现出宏观、中观和微观相结合的特点,并成为该著的一大特色。

宏观的网络文学史实际上是从网络大神及其作品组成的体系这一角度展开论述的,以时间为经,以事件为纬,而非局限于某类作品或某种类型的网络作家,这体现在该著多次提及的著者的又一代表作《大神们:我和网络作家这十年 星火时代》(下文简称《大神们》)。《网络文学的新传统与未来性》对网络文学史的研究基于《大神们》之上,并拿出部分篇幅讨论了《大神们》。《大

神们》是著者以参与者的身份进行的网络文学史书写,以一种别开生面的方式呈现出来,迥别于传统文学史的书写模式及风格。诚然,由著者以参与者的身份来执笔回顾网络文学发展史固然更具可信性,但利弊相依,如何保持客观性也成了要切实面对的问题。为此,著者多方查阅资料,力求实事求是,尽量争取文本的客观性。毕竟,绝对的客观性是不存在的,心理学研究已然表明"对主体来说,客体只能是客体显示于主体的那个样子,而不能是别的什么"①。《大神们》概述了与著者有密切交往的十多位网络文学大神的创作历程,如沧月、南派三叔、唐家三少等。该著行文风趣幽默,写人纪事,不溢美,不讳过,不掩饰,其语真诚,其事真切,是一部别出心裁的有趣的网络文学史实纪录。在著者笔下,网络作家们不再是一个个长时间在电脑前码字的码农,简短的篇幅,寥寥数语,大神们形象毕现,仿佛跳跃在纸上。所以如此,在于著者在书中描述了许多趣事,包括一些囧事。著者秉承"知人论世"这一传统观点,坚信大部分情况下"文品与人品的统一"。因此,叙述他们的生活,有助于加深对他们的了解,从而更好地了解其作品。而通过对这些大神以创作为中心的事件的描述,生动活泼的网络文学史已经浮现在读者面前。

  中观的网络文学史指某一类型的网络文学史以及某一地区的网络文学发展史,该著对此皆有精辟独特的阐释。如著者选取了网络武侠小说进行研究,这不仅因为著者在此领域浸淫颇深,还因为"武侠文化已被融入了中华文明的文化基因,成为某种'集体无意识'"②。著者对网络武侠小说进行了细致地梳理探讨,包括网络武侠小说的起始时间、影响中国网络武侠小说创作的两种力量以及网络武侠小说发展的阶段划分等问题。再如,该著梳理了浙江的网络文学发展情况。著者认为 2015 年浙江网络文学经过之前的积淀与发展,逐渐由边缘进入中央。2016 年浙江网络文学呈现出向精品化迈进的强劲趋势,而 2017 年浙江网络文学的特征可概括为新军突起("90 后"成为浙江网军的重要新势力)与主流转化。至于浙江网络文学发展良好的原因,《网络文学的新传统与未来性》认为有三点:第一,创作优势,大神多,类型覆盖全;第二,组织优

---

① [瑞士]皮亚杰:《发生认识论原理》,王宪钿等译,北京:商务印书馆,1981 年,第 95 页。
② 刘春:《汲取·映照·问道:武侠小说与武侠电影》,《上海文化》2021 年第 4 期。

势,网络作家们找到了家,形成了浙江经验和浙江模式;第三,产业优势。① 该著之所以能对浙江网络文学发展情况做出细致周密的分析,与著者多年来对浙江网络文学的组织、参与、引导不无相关。

微观的网络文学史指个体性的网络作家与作品研究。对作家与作品的评论几乎贯穿全书,有些是对作品三言两语的精辟评点,如对《有药》《赘婿》《雪中悍刀行》的点评;有些是单独成篇的完整评论,如对《美人谋》《血歌行》《青木微雪时》的批评。著者对网络文学的评论不仅着眼于语言、人物、结构,更注重作品的内在精神意蕴,如评价《美人谋》时说道"更加独立、淡定、控制力强的女同学万翼,是现代女性意识和女性精神的体现"②。

对网络文学展开史的研究,困难之处一方面在于网络文学还在发展变化中,而著者也身处网络文学发展嬗变的旋涡中。因此,以在场的身份研究网络文学史难免出现"不识庐山真面目,只缘身在此山中"的窘境,不能恰当地做整体把握,出现挂一漏万的现象,而从更长久的角度看,对宏观和中观的文学史的归纳总结也可能存在偏颇。不过,由于文学史现场的丰富材料是层垒递减的,许多材料逐渐在时间的流逝中湮没不闻,因此此时写作更具时效性与可信性。另一方面,还会伴随偏爱现象,即著者对自己了解、喜爱的网络作家作品着墨甚多,而对其他则不置一词,出现唐人选唐诗而集体黜落杜甫的尴尬现象。对此,《大神们》也不能免俗,但好在著者明言这是"我和网络作家这十年"所发生的事,意即这是和自己直接有关的网络文学史实记录。《大神们》的书写风格近似纪传体的史书写作风格,以人为主,而在著者所选择的作家之间编排次序以及篇幅的差异上,则体现出著者的文学史写作理念。对网络文学作品的分析亦然。但以此身份写作也有优势,著者身为内中人,对网络文学发展过程中的些微变化有比一般人更为敏锐的感受力,这远非事隔几十年后再写作可比。概言之,著者宏观、中观与微观相结合的文学史研究充满个人风格,在使论证更为充实丰富的同时,也一定程度上削弱了论述的理论力度。

---

① 夏烈:《网络文学的新传统与未来性》,杭州:杭州出版社,2019年,第213页。
② 夏烈:《网络文学的新传统与未来性》,杭州:杭州出版社,2019年,第197页。

二、网络文学 IP 现象分析

网络文学 IP(Intellectual Property,知识产权,其"实质是经过市场验证的用户的情感承载"[①])现象出现的根本原因是有一批网络文学作品深受读者欢迎,拥有庞大的粉丝群体。而已有的知名 IP,在粉丝群体中业已形成的情感认同能够有效地转化为消费需求,这显然使其容易在影视改编市场取得成功,也因此更易得到资本的青睐。在网络文学 IP 耳熟能详的今天,首先要问的问题是网络文学 IP 热是在什么背景下产生的?《网络文学的新传统与未来性》对此进行了翔实周到的分析,明确指出影视业普遍出现内容上的"网文转向"至早也不过是 2010 年开始的事,更遑论目前著名的跨界词汇"IP"的风行,则更在 2013 年之后。[②] 这同时也意味着之前已经存在零散的网络文学作品影视改编的例子,如《第一次的亲密接触》《蓝宇》《双面胶》《蜗居》《与空姐同居的日子》。其原因在于优秀作品的大量出现需要时间的积淀,在网络文学前几年的发展过程中,优秀作品断续出现,加之影视改编对作品的选择、改编都需要时间。因此,此时影视业出现内容上的普遍"网文转向"条件尚不成熟。正是在网络文学不断发展壮大的过程中,网络文学作品虽然依旧庞大芜杂,泥沙俱下,但逐渐实现量变到质变的转换,涌现并沉淀出一批优秀作品。换言之,到 2010 年尤其是 2013 年前后经过十余年的发展积淀,已经涌现出一批优秀的网络小说,如《杜拉拉升职记》《失恋 33 天》《甄嬛传》《裸婚时代》《致我们终将消逝的青春》《仙侠奇缘之花千骨》《斗破苍穹》《微微一笑很倾城》。在此期间,网络文学作为优质内容资源受到资本方的广泛关注,弥补了影视产业原创优秀内容供给的不足。在此背景下,网络文学 IP 风行便是顺理成章之事了。

在此基础上,该著由此及彼、由表及里,围绕 IP 现象展开了深入系统的阐释。譬如 IP 开发,该著认为网络文学虽然提供了许多知名 IP,但 IP 开发却不尽如人意。该著指出 IP 开发一般来说有三种情况:基本尊重原著,如《何以笙

[①] 程武、李清:《IP 热潮的背后与泛娱乐思维下的未来电影》,《当代电影》2015 年第 9 期。
[②] 夏烈:《网络文学的新传统与未来性》,杭州:杭州出版社,2019 年,第 216 页。

箫默》《美人心计》;沿用原著人物原型,但做较大充实修改,如《甄嬛传》《杜拉拉升职记》《琅琊榜》;脱离原著主要借用其 IP 价值进行改编,如《鬼吹灯·寻龙诀》。① 每种类型的改编都有成功与失败的例子,这说明网络文学改编的成功与否与是否遵循原作无关,作品质量和市场接受是其获得成功的保障。究其实质,小说和影视是两种艺术门类,原作和影视改编作品是两部作品。但小说和影视并非决然不同的作品,其共性在于二者都是叙事作品,都讲述故事。其中,叙事作品的结构是共通的,包括话语表达与故事内容两部分,而故事则具有独立性。因此,小说能被改编为影视,用克劳德·布蕾蒙(Claude Bremond)的话说是"它可以从一种媒介转换为另一种媒介,而不改变其基本特性"②。故而,为了更好地对网络文学作品进行影视改编,工匠精神应该被召唤,改编的重心应倾斜在艺术的维度上,市场对艺术的影响与干预力度要不断降低,靠不断精进的艺术经验和艺术上的好胜心打磨作品,不断完善故事内容以及讲述方式,从而最终创作出优秀作品。就此而言,该著对网络文学 IP 开发存在的问题,不仅分析了原因,还从理论上探讨了可行的解决之策。

　　网络文学不仅仅为影视改编提供内容,还为动漫、游戏等下游产品提供了丰富的创意资源,《网络文学的新传统与未来性》对此有翔实的分析。综观当下的网络文学 IP 现场,以网络文学为核心 IP 来源的产业生态逐渐形成,越来越多的网络文学作品开始进行影视和游戏改编,对网络小说的全版权开发运作也成为新文创时代的主流思路。在此过程中,网络文学 IP 开发呈现出新的特点,《网络文学的新传统与未来性》敏锐地指出有两种现象值得特别注意。一种是"定制"模式,著者认为"作为文化工业,必然希望有更合乎工业管理体系和个性化精准服务的做法,作品定制乃至 IP 定制就是一种未来趋势"③,在这种模式下,影视方根据自身判断,提出作品要求,雇用网络作家创作。另一种是网络作家自己运营 IP,南派三叔、唐家三少等作家是个中翘楚,此种情况

---

① 夏烈:《网络文学的新传统与未来性》,杭州:杭州出版社,2019 年,第 225 页。
② Seymour Chatman: *Story and Discourse: Narrative Structure in Fiction and Film*, Ithaca: Cornell University Press, 1978, P20.
③ 夏烈:《网络文学的新传统与未来性》,杭州出版社 2019 年,第 221—222 页。

下,网络作家"不但是故事、小说的原创者,还是影视剧本、情节的构架师之一,更是 IP 运营、资本合作的决策层、把控方"①,这样做利弊相依,著者对此有详尽的解释。此外,著者也指出了网络文学 IP 面临的一些困境,如版权问题。著者认为版权意识淡薄虽然在前期客观上起到了为网络文学做宣传的功用,但在 IP 风行的今天确实带来了许多负面影响。故而,对网络文学 IP 现象要从长远的角度考虑,做好顶层设计,而非迷失于短期利益。网络文学 IP 涉及许多重要论题,该著对一些主题进行了详尽探讨,但遗憾在于对另一些需要研究的主题并未深入,浅尝辄止。

三、网络文学的价值阐释

对由网络文学衍生出的如 IP 现象等诸多文艺现象展开分析,以"出乎其外"的角度"观之",有助于加深对其价值的认识。的确,对网络文学的认识"须入乎其内,又须出乎其外"②,而韦勒克的"内部研究"与"外部研究"相结合这一传统而有效的研究方法也借此在该著中得到鲜明体现。"入乎其内"指深入网络文学作品,对文本进行赏析、评鉴、研究。熟读作品,便会发现网络文学既承继了通俗文学的传统,又深受包括 ACG、好莱坞电影以及科幻小说在内的外国文学等文艺作品的深刻影响。而"出乎其外",深入网络文学现场,便会发现在网络文学的发展中,资本等力量发挥了不可或缺的作用。如在资本的操纵下,到了 2003 年左右,文学网站得以基本完成对网络小说的"类型归类"。而内外因素的叠加对网络文学造成的最重要影响是形成了网络文学的类型性。相应的,对类型性的探讨,成为该著的一大理论贡献。网络文学类型之多及每种类型作品数量之巨,远非以往任何时期所可比拟。所以,今天狭义理解上的网络文学(笔者注:指网络小说),其文学性就是类型性。③ 因此,由至少可上溯至唐传奇的中国通俗文学这一脉相承的传统中一直隐含的类型基因,最终在

---

① 夏烈:《网络文学的新传统与未来性》,杭州:杭州出版社,2019 年,第 238—239 页。
② 王国维:《人间词话》,滕咸惠译评,长春:吉林文史出版社,1998 年,第 94 页。
③ 夏烈:《网络文学的新传统与未来性》,杭州:杭州出版社,2019 年,第 34 页。

网络文学中得到继承与发扬光大,并形成了新传统即类型传统,而这从文学史的角度标志了网络小说的价值。

网络文学虽渊源颇深,但毋庸置疑,它是一种新兴、新型的文艺。对网络文学"新兴、新型"的理论定位与阐释,是该著秉持的基本立场,也是又一理论贡献。"新兴"在于与网络媒介紧密相依,无网络,则无网络文学。"新型"在于网络文学开创出许多新的文学类型,形成了新的"形态"。而每种文学类型又都形成了一些常见的叙事模式,经过迭代融合,不断推陈出新。这一新兴、新型的文艺表现出一种新的精神气象,即改革开放后随着国力的增强,中国人对于自身认同及民族性与中华性的再认识。文学与时代关系莫逆,更是透视时代的一扇窗。在历史文、幻想文、军事文、都市文中,网络文学书写了对中华历史的再理解,从文化心理上对自我展开自觉的反观自照。比如网络武侠小说,武功和侠义提炼和凝聚了中华性——中国人的想象力和生命镜像,将力与善和美有效结合,构筑了中国人清新刚健的面向——从而成为传达中华文化和人文精神的一种有价值的媒介。①

这一新兴、新型的文艺样式在发展过程中逐渐主流化。从现象出发,进而对表象下的原因进行鞭辟入里的分析,是该著采用的基本阐释方法。该著指出:"网络文艺的主流化并非政治赋权的结果,虽然它在社会体系中最终需要政治的认可。"②换言之,网络文学的主流化是自身发展使然。大众读者被网络媒介赋予话语权,得以发表关于情感、意志、态度的判断,从而打破了职业批评家把持批评话语的垄断地位,改变了原有的文学生态。大量优秀的网络文学作品获得了庞大读者群体的喜爱,这是其主流化的根本原因,而政治认可则是一种标志与态度。网络文学的快速主流化说明其生命力的强悍,这正是其具有未来性的底蕴与深层价值所在。无疑,网络文学是更具未来性的文学,不仅因为届时一切作品都会在网络上发表,更因为网络文学的包容性与开放性,其形成源于兼容并包,未来还会因此种特性而海纳诸多文学作品。但同时网络文学这个概念也内涵解构、消解自身的特性,因为"当一切创作的发表、阅读、

---

① 夏烈:《网络文学的新传统与未来性》,杭州:杭州出版社,2019年,第27页。
② 同上,第274页。

评价都以网络及新媒体的方式展开时,再提网络文学已经没有了新鲜和革命的意义"[1]。的确,未来的文学将全都是网络文学,并将以网络文学的方式"构建网络空间命运共同体",这要求网络文学对人的存在及意义给予伦理关怀。基于此,《网络文学的新传统与未来性》对网络文学的伦理内涵做了深入分析。该著指出网络文学以"爽感"和"情怀"作为两大柱石,关注读者的感受。因此,为了吸引读者,网络文学的情节架构不断突破读者的期待视野,引领读者关心反省自由意志、公平正义、家国情怀和儒释道的精神旨趣,从而建构起网络文学的伦理操守。

著者指出网络文学的发展离不开读者、市场、国家政策、知识精英的协作与博弈,由四者的介入形成的合力矩阵已经开始发挥作用,初步显现出时代文艺场域中较为精彩的交互作用,塑造出网络文学多姿多彩的时代样貌。而从四者形成的矩阵来阐释网络文学的发展这一理论建构,显然借鉴了布尔迪厄的文学场理论,但又对其有所扬弃与发展。由此形成的场域理论,成为该著重要的理论贡献。网络文学在场域力量的作用下已呈现出成为"一时代之文学"的强势,那么网络文学势必会被政治、社会、历史等因素赋予多重价值,这是"文脉与国脉相连,文运与国运相牵"的大势使然。这是网络文学的荣幸,也是其被期冀应有的价值所在。

《网络文学的新传统与未来性》对网络文学的研究立于史、据于当下、着眼于未来,以宏阔的视角、翔实的论据研究了许多问题,在许多方面的成果具有弥补空白的开创性作用。但作为对网络文学及由其引发的现象的评论,该著不可避免地存在这样那样的瑕疵,这是理论写作无法避免的,因为一个人不可能穷尽文学现场的所有细节,只能对其进行选择,而囿于个人见解,疏漏在所难免。同时,作为论文集,难免存在内在逻辑上欠缺的可能性,但也使得该著的论证呈现出多元、思辨的特点。再者,该著是对网络文学现阶段呈现出来的特点进行的研究,世殊事异,相关观点自然随之过时。但正如热奈特所说"这套武器(笔者注:指热奈特在《叙事话语》中提出的叙事分析的概念、范畴与程

---

[1] 夏烈:《网络文学的综合治理与时代使命》,《文艺报》2015年3月20日第2版。

序)不出几年必然过时……自知本质上无效并必然消亡正是可以称为科学努力的特点之一"①，相关研究虽然会过时，但启发了时人及来者，因而自有其价值。

---

① ［法］热拉尔·热奈特：《叙事话语 新叙事话语》，王文融译，北京：中国社会科学出版社，1990年，第187页。

去现场，看现实
——评崔宰溶《网络文学研究的原生理论》

谭 天[①]

时至今日，网络文学研究已经随网络文学一道发展繁荣起来。如果在知网上检索关键词"网络文学"，我们会发现页面上显示有超过一万条搜索结果。按照下载数量排列，这些研究中排名第一的是崔宰溶的博士论文，名为《中国网络文学研究的困境与突破——网络文学的土著理论与网络性》，其下载量高达一万七千次（截止到2023年8月）。博士毕业后，崔宰溶赴韩国明知大学中文系任教，并将他的博士论文修改出版，这就是《网络文学研究的原生理论》（中国文联出版社，2023，以下简称《原生理论》）[②]，被收入邵燕君主编的"北京大学网络文学研究丛书"之中。

《原生理论》的前身论文之所以有如此高的下载量，是因为它在网络文学研究史上具有极为重要的地位，也代表着学界研究视角的转换节点。其文写于2011年，那时的网络文学研究成果数量已较为可观，但在崔宰溶看来，这些成果存有很大偏颇，在研究的整体思路上体现出"概念先行，脱离实际"的倾向。具体来说，此前的学术界常常在网络文学上寄予空泛的理想，一厢情愿地设想网络文学"应该"与传统文学有多么大的不同，盲目套用西方的后现代与先锋文学理论来解读当时的网络文学，并且以传统文学与精英文化的价值观来衡量网络文学的价值。因此，当时的研究过于蹈虚，无法就真正热门的、商业化的长篇网络小说做出有力的分析。针对这一情况，崔宰溶提出学者必须要真正进入网络文学之中，在读者社群与技术环境里体验网络文学、理解网络

[①] 作者简介：谭天，北京大学中文系博士研究生。
[②] 该论文出版时，"土著理论"改为"原生理论"，本文沿用书版用法。

文学,才能得出切中肯綮的研究结果。他提出了两个突破口:"原生理论"与"网络性"。

一、原生理论:介入的态度

从根本上,原生理论强调的是一种介入式的学术态度。它要求学者放弃"观众"的位置,进入研究对象的生态活动之中,体验这种文化的运转流程,积极与文化的"原住民"互动,熟悉他们的语言,细听他们的声音。

这种态度背后的理论支撑来自美国学者托马斯·麦克劳克林(Thomas McLaughlin)。他从休斯顿·贝克(Houston Baker)对美国黑人蓝调音乐的研究中获得灵感,提出要关注"非精英、非学术的研究者在日常生活当中进行的一种文化批评活动"[1],也就是"原生"(vernacular)批评。在麦克劳克林的设想里,大众文化的主流受众,并非法兰克福学派认为的被动承受者或者被洗脑者,而是"具有主动力量的实践者"[2],甚至是一群"对该文化的前提和意识形态拥有深刻的、不亚于任何学者的洞察力"[3]的"原生人"[4](native)或"原住民"。这就意味着他们可以产生自己的批判意识与观点,主动改写意识形态灌输的流行文化产物。更可贵的是,这样一种意识并非是先在的理论灌输(如经历过系统的文化批评课程)的结果,而是长期浸淫于流行文化得来的实践体悟。当然,这一观点毕竟过于理想化。麦克劳克林也意识到了大众群体是多样的、参差不齐的,不可能每个人都拥有充足的理性思考能力。所以他尤其强调聆听来自"精英粉丝"——即具备文化自省意识的粉丝——的声音。这样的粉丝提出的观点,才是麦克劳克林定义的"原生理论"。

面对"原生人"式文化群体,学者应该如何研究呢?崔宰溶给出了两条路径:第一、观察"精英粉丝"们活动的社区,以学术的思维收集、整理、提炼他们

---

[1] 崔宰溶:《网络文学研究的原生理论》,中国文联出版社,2023年版,第70页。以下引用只写页码。
[2] 第71页。
[3] 同上。
[4] 同上。

的一手感悟。第二、自己去做一个"学术粉丝"(aca-fan),更加深度地介入流行文化的粉丝群体,这是另一位美国学者亨利·詹金斯(Henry Jenkins)提供的答案。崔宰溶选择了第一条路径,而受他启发的中国学者邵燕君更偏爱第二条路径。她吸收了詹金斯及其后继者马特·希尔斯(Matthew Hills)、琳·朱贝尼斯(Lynn Zubernis)与凯瑟琳·拉尔森(Katherine Larsen)等人对"aca-fun"的进一步阐释①,认为网络文学的研究者需要"学者型粉丝"与"粉丝型学者"的双重身份。简单来说,网络文学的学者应该先融入粉丝社群,积极参与其活动,成为一个"学者型粉丝",然后带着这份鲜活的经验回到书斋,将其转述为学术思考,这就是"粉丝型学者"。"学者型粉丝"与"粉丝型学者"是 aca-fan 的一体两面,这种学者与传统学者的区别,就在于采取介入的态度,充分汲取流行文化原住民们的体悟,弥补学者们缺乏的"局内人知识"②(insider knowledge)。

不管是第一条路径,还是第二条路径,都强调以介入的态度提炼文化社群的原生理论。诚然,"介入"会给人以丧失学术客观性、中立性的感觉。但学术知识本身就是具体历史与物质环境下的产物,也是某一群有血肉、有情感的人的产物,它不可能不带有相对性与主观性。既然如此,还不如一开始就大大方方承认自己的研究带有粉丝情感,提醒读者注意甄别。

跳出崔宰溶的论述,我们可以对他的研究方法予以进一步阐释。介入的研究姿态,其实是一种克服现代科学"分离"特征的努力。现代科学直接起源于笛卡尔为代表的近代理性。这种理性观念建基于视觉,强调一种主客分离的对象化思维,主体要超然物外地冷静审视自己的研究对象,探寻其中的规律。进入 20 世纪后,学术界逐渐发现这种思维方式会导致一系列问题,比如将他人视作客体,就会导致社会强势群体傲慢地对弱势群体(如女性、穷人、第三世界国家居民)进行居高临下的审视乃至凝视,并且将这种基于权力的凝视冠以"理性、科学"的名义。具体到文化研究领域,研究者不假思索地以刻板印象

---

① 这一过程详见王毅:《从粉丝型学者到学者型粉丝:粉丝研究与抵制理论》,湘潭大学学报,2014 年第 1 期。
② 第 78 页。

(如商业化、庸俗)或猎奇视角(如怪力乱神)批判流行文化,是这种理性傲慢的最典型表现。分离式思维的另一个后果是造成身心分离。思维、理性、心灵成为某种高高在上、超验抽象的完美之物,肉体却被贬斥为低端的兽性残留。于是人的身体沦为理性驯化的对象,却无人在意理性本就是血肉组成的大脑所运转的结果。用心灵驯化身体,无异于一个人试图揪着自己的头发飞起来。不仅无用,还造成了身体欲望的压抑。人的一部分自我规训另一部分自我,导致的结果是"精神分裂"成为现代人普遍的心灵征候。在网络文学研究上,这种分离意味着2010年前的大部分研究者将虚浮的网络文化概念强加于具体鲜活的网络文学实践之上。

介入其中而不是置身其外,让研究者与研究对象重新聚合为aca-fan,是在反拨主客分离造成的歧视;强调原生理论和粉丝实践,是用具身的情感体验来抵消冰冷的理性规训。《原生理论》强调的研究方法,不仅在拔除网络文学研究界的积弊,也是对现代科学"天生不足"的调理。越过崔宰溶提及的麦克劳克林与詹金斯,我们还可以看到这条思想脉络的源头闪烁着海德格尔、梅洛—庞蒂与福柯等人的智慧火花。

二、网络性:网站超文本与互动进行时

2010年以前,网络文学研究常常使用"超文本"(hypertext)概念。按照这一概念所述,网络文学的作品不应称为"作品"(work),亦非传统意义上的"文本"(text),而是一个打破了线性叙述模式和作者掌控力的互动网状结构,即"超文本"。也就是说,网络文学"本应"是互联网之网络性的"道成肉身",是其根本特征的文学表达。

据崔宰溶的梳理,超文本的提法来自乔治·兰道(George Landow)、大卫·博尔特(David Bolter)等美国学者。他们在继承罗兰·巴特文本理论的前提下,结合本国互联网上的先锋文学实验状况,在总结和推演出这样一种网络文学的新形态。但是,超文本概念跟中国网络文学的实际情况格格不入甚至南辕北辙(需要补充的是,即便在这一概念提出近20年后的欧美国家,这种超文

本状态的网络文学也远非创作主流)。单纯从文本结构而言,中国的网络文学主流仍是注重线性叙事与作者特质的长篇小说。因此,当时的学者要么对国内网络文学中占据最多网络流量、文字体量和读者受众的类型小说视而不见,要么从超文本的概念出发将这些小说贬斥为一种残缺、落后的文学形态。

这些学者的做法,并不仅仅是由于脱离现实或眼界所限。事实上,互联网—超文本这一组概念的推导极具逻辑性,带有清晰澄澈的理性之美,对于擅长逻辑思考的学术界人士来说,这一理论自带着强大的诱惑力和说服力。唯一的问题是,它不符合现实。所以,学者们几乎下意识选择了无视现实(无视网文主流是什么)或者认定现实需要按理论来改变(指责现有网文太落后)。

与之相对,将网络文学完全等同于印刷时代通俗小说的观点也是不适用的。正如麦克卢汉在《理解媒介》中指出的,媒介不仅是载体,本身亦改变着其承载信息的特质。网络文学在新的媒介环境下诞生,必然会有新的特性出现,这就是网络性。它会出现,但未必按前人预测的样貌出现。

网络性来自技术媒介的革新。那么学者将考察的目光转向网络文学所处的技术环境,就顺理成章了。在此视角下,崔宰溶创造性地提出:文学网站才是超文本,也是网络文学的网络性所在。通过网站页面的超链接,读者们可以自由地在不同类型、不同作品和不同章节之间跳转,这是以文学网站的形式达成的、规模空前的超文本。

随后,《原生理论》引用列夫·马诺维奇(Lev Manovich)的"数据库"(database)概念来阐释文学网站。马诺维奇提出的数据库既是互联网技术,也是一种象征形式。崔宰溶以此作为文学网站与网文作品的结合点,他认为文学网站是"以众多的组成片段(lexia)及其目录的连接结构构成的巨大的数据库本身"[1]。而因为超链接的存在,网站里的小说也不再是线性封闭结构,其内容被页面分成无数段落,被放置在一个布满网站超链接的空间里,每一个超链接都意味着一种阅读方向的新可能。这使得一个人的阅读行为不再是完全按照这部小说的轨迹运行,他有可能看到这章的三分之一处就关闭网页,也有可能直

---

[1] 第102—103页。

接跳到故事的大结局章节,抑或者返回网站首页选择另一部网文阅读。即便他老老实实、按部就班地读下去,这些网站超链接按钮也客观存在,提示着他依然有不同的选择,整个结构是开放式的。

不过,网站的超文本性并不能完全等同于网络性,它只是后者的一部分。我们在这里可以按《原生理论》的思路追加一个判断:网络文学的网络性,就是指它出版为实体书后损失掉的东西。具体来说,这一过程中损失掉的主要是两点:一、发表网文的文学网站,即媒介技术环境。二、连载网文时与读者交流的经历,即文本生产过程。前者被崔宰溶定位为中国网络文学的"超文本",后者则在书里表述为网文的"实践性"与"时间性"。

网络文学的"实践性"是指读者在阅读上代入主角,成为一个故事的"亲历者",实践着成为一个幻想的主体。同时在阅读之外,读者还是一个积极参与互动的粉丝,是小说生产过程的实践者。"时间性"则是指作者的创作状态随时间而改变,文本的超链接量(超文本性)随时间而改变,作者与读者的剧情推理博弈也随时间而改变。

综合这两点可以看出,小说的文本并非是崔宰溶真正在意的研究对象(虽然他表示自己"并不排斥传统的'作品'研究或超文本理论"[①])。他在意的是网络文学生成的过程,是一个随着时间推移,读者与作者之间不断互动、实践、变化的信息流通之网。书评区的帖子,读者的投票行为,小说获得的排行榜荣誉,作者某一章对读者的回应,都构成了崔宰溶心目里网络文学的一部分。

因此,《原生理论》创造性地提出一个新定义:"网络文学不是固定的实体,而是不断的变化,是一种运动……是在文学网站里发生的运动及其整个过程。"[②]

网站超文本与互动进行时,从媒介技术与文学生产两个维度重新阐释了中国网络文学及其网络性。它背后展现出的是一种动态的、具体的思路,也是一种过程的、能指的思路,更是一种尼采、德勒兹式的思路(而不是照搬他们的

---

① 第104页。
② 第109页。

观点)。崔宰溶称其"是一种由'名词性'世界观向'动词性'世界观的转变"①,可谓恰如其分。

结 语

　　文化研究领域普遍存在"解构容易建构难"的状况。指出前人研究的问题,尤其是牵扯到"现代性"特质的问题,并不太难。但如何开辟新路,将诸如"动态、过程、弥合主客体分裂"之类的抽象主张转化成真正广受同行认可、凝聚学术共识的研究方向与研究结果,才是最难的地方,也是《原生理论》一书最为可贵的地方。

　　诚然,受到材料收集、语言文化等条件所限,《原生理论》留有一些遗憾之处,例如书中提到"中国网络文学具有较强的后现代文化特征的主张是不正确的"②的论断,就大可商榷。但崔宰溶的洞见至今仍对我们研究网络文学有极大的启发,他总结的诸如"原生理论""爽文学观""网站超文本"等具体观点,还有待学术界进一步挖掘与对话,而全书"动词性"的思考方式,更加值得我们深思。如果说"传统网文"尚且可以用"名词性"的文本批评来做出卓有成效的研究,近几年兴起的免费阅读就很难再依循旧例了。面对基于算法的大数据推送和超出研究者阅读极限的海量文字,或许"动词性"方法能给我们提供新的研究思路。

---

① 第181页。
② 第53—54页。

世界"不必当真",但我们"选择相信"
——评王玉玊《编码新世界:游戏化向度的网络文学》

蔡翔宇[①]

关闭浏览器,合上电脑,打开外卖 APP 点一餐晚饭,然后在晚高峰的地铁上刷短视频、看公众号、读网络小说……这是一个当代随处可见的青年人生活片段。随着技术的进步,数码环境已经成为人的生活乃至生存中不可忽视的组成部分。今天,"90后""00后"正迈入青壮年,逐渐在社会舞台上发出自己的声音,这一批"数码原住民"如何理解自我、社会乃至世界?在《编码新世界:游戏化向度的网络文学》一书中,王玉玊带领我们以电子游戏及网络文学为透镜,观察当代人经验的变迁。

一、理论建构的努力

初读此书,便是大量新鲜的概念扑面而来:或然性真实、宏大叙事稀缺症、宏大叙事尴尬症、时间同调、二次元存在主义……作者在本书中体现出强大的理论原创能力,为描述和解释当代"网络原住民"的生存方式提供了令人耳目一新的方案。

这样的理论视野与关怀并非凭空而来。现代性与后现代理论、游戏研究、东浩纪为代表的宅文化研究,都是本书的理论先驱与对话对象,这其中又以对东浩纪的继承和发展最为明显。本书中反复提及的"萌要素""数据库""半自律"角色、游戏性写实主义、人工环境等概念都来自《动物化的后现代:御宅族如何影响日本社会》《游戏性写实主义的诞生:动物化的后现代2》这两部东浩

[①] 作者简介:蔡翔宇,北京大学中文系博士研究生。

纪观察日本御宅族及相关现象的著作;而"本书最核心的研究对象既不是电子游戏,也不是网络文学,而是人的经验的变迁"①这样的宣言,与东浩纪"尝试认真思考我们怀抱着御宅族系文化这种奇妙次文化的社会,究竟是什么样的社会"②"笔者的关心点并非是对御宅族这种共同体或世代集团的考察,而是透过他们生命形态可见之后现代生命形态进行全面向的考察"③的创作意图无疑是一脉相承的。

举一例具体而言,王玉玊丰富并进一步发展了东浩纪对萌要素的解释,将其与当下中文互联网泛二次元语境中的"萌属性"、网文平台的"标签"等概念做了更广泛的勾连。在《动物化的后现代》中,东浩纪将"萌要素"定义为"为了有效刺激消费者的萌而孕育成的记号",它们"几乎都是图形"④。在对当时的日本宅文化的研究中,针对ACGN作品及男性御宅族群体,这样的定义是精确而有效的,但对于溢出"第三世代男性御宅族的行动"的对象,无论是因为"御宅族系文化的性别差异有叫人无法忽视的地方"⑤,还是二十一世纪中国网络环境的特殊性,萌要素的此种含义都难以原封不动地起效。

具体研究中,王玉玊认为,萌要素是"一套行为方式""人物属性"⑥,即使是形象萌要素,实际上也是"人物性格与行为特征在身体、服饰、造型方面的外化"⑦,所以萌要素"并不是一个静态的外形特征或者性格特征,而是一套行为

---

① 《编码新世界:游戏化向度的网络文学》,王玉玊著,北京:中国文联出版社,2021年3月,第3页。
② 《动物化的后现代:御宅族如何影响日本社会》,东浩纪作,褚炫初译,台北:大鸿艺术,2012年7月版,第14页。
③ 《游戏性写实主义的诞生:动物化的后现代2》,东浩纪作,黄锦容译,台北:唐山出版:正港资讯文化发行,2015年9月,第11页。
④ 《动物化的后现代:御宅族如何影响日本社会》,东浩纪作,褚炫初译,台北:大鸿艺术,2012年7月版,第71页。此书的后续内容中,萌要素的内容有了一部分的拓展,如清凉院的"推理的要素也是萌要素",但并未明确说明拓展的界限。
⑤ 《动物化的后现代:御宅族如何影响日本社会》,东浩纪作,褚炫初译,台北:大鸿艺术,2012年7月版,第16页。
⑥ 王玉玊:《编码新世界:游戏化向度的网络文学》,中国文联出版社,2021年版,第116页。
⑦ 王玉玊:《编码新世界:游戏化向度的网络文学》,中国文联出版社,2021年版,第117页。

指令和行为逻辑"①。在后来的研究中,她将萌要素进一步阐释为欲望的"凝结核":"原本围绕在它周围的欲望是流动的、暧昧的、复杂的、混同的,但是凝结核出现的时候,环绕在周围的欲望会被吸附到这个凝结核上面,它会赋予这些欲望一个具体的命名和形式,也暂时压抑掉这些欲望中暧昧和差异性的部分。"②相较于东浩纪原本的定义和描述,王玉玊扩大了"萌要素"的指称范围,更偏重于它在具体作品中的使用方式而非在数据库中的存在形式,动因也从消费维度更深入个体欲望层面去了。

类似地,《编码新世界》还将雪莉·科特尔的提出的"仿真文化"中对唯一真实的描述作为"实存性真实"与"或然性真实"这对概念的起点;以存在主义和犬儒主义标定"二次元存在主义"在不同情境中实践为"选择服从""选择相信"与"二次元存在主义英雄"三种形式的位置;对照"羁绊",借用本土作品《龙族》中的"血之哀"概念描述没有社会基础的孤独……正是在这样的概念发展和调整中,本书消化了外来的资源,提供了适用于观察当代中国网络文学和数码原住民生存经验的理论视角。

二、"不必当真"的世界

无疑,要讨论"游戏化向度的网络文学",不能仅仅谈论网络文学,还要讨论电子游戏;而为了探索数码原住民的生活,还需要将更多的文化产品纳入观察之中。王玉玊正是这么做的。无论是日本的 ACGN 作品、偶像工业,还是国内外的流行影视、同人歌与 B 站视频等多媒体内容,都属于本书的材料来源;作为重点研究对象的网络文学作品,也不仅包括男频、女频的商业化类型小说,还有在贴吧、乐乎、微博等平台的大量同人创作。能够收集、掌握如此繁复的材料殊为不易,这充分体现了作者的广博视野与深度参与;而梳理、分析它们更是一项艰巨的任务,作者在这里娴熟地运用理论勾连起它们,又以恰切的

---

① 节选自王玉玊 2023 年 6 月 4 日在北京大学全国网络文学高级研修班《游戏化向度的网络文学》课上的发言。

② 同上

作品反身证明自己的论断。

　　本书开篇就提出了这一代如何认识"真实"的问题，指出"'虚拟'实际上只与'真实'中的'实'相关"[①]，轻巧地绕开了有关"真实"过于厚重繁复的理论渊源，用"或然性真实"描述这代人对真实新的理解方式：真实是复数的。于是，虚拟只与现实相对，在"真"上却不再有那样的高下之分，在这个复数的统摄下，"虚拟世界"是与现实世界对等的"平行世界"，游戏世界与异世界的边界变得模糊。

　　王玉玊推导与描述这些世界及这一代人对它们的认识的过程，正是徐徐展开当代流行文艺画卷并借此透视人类心灵的过程。1999年，美国电影《黑客帝国》呈现虚拟世界时真实与虚拟的二元对立"带着一种天真的明朗"[②]；2002年，日本轻小说《刀剑神域》通过"不可选择、不可退出的唯一世界，以及不可控制、不可复生的绝对死亡"让游戏里那个"剑与魔法的世界也同样是真实的"[③]，人们对世界的认识变化也就显而易见。2013年开始连载的中国网络小说《惊悚乐园》中，一些游戏数据产生自主意志，主人公将它们视作与人类平等的生命，而主人公看待NPC正与现实生活中的我们看待"纸片人"[④]同构，这是另一个视角观测到的真实与虚拟观念之变……作者一步一步地证明，网络原住民有着和前人不同的世界观，现实世界已经不再是唯一的真实，而这正是一种后现代状态。

　　世界观的演变并不是"一帆风顺"的，人类的肉身毕竟还停留在现实世界，这是唯一的。将精力投入虚拟世界、虚拟人格的过程中，现实主义的惯性阻止我们"当真"：《独闯天涯》（蝴蝶蓝，2005）这样的早期网游文营造两种相反的幻觉：这一切如此真实；这一切不必当真。《剑三》贴吧的常见回复中说"我不明白我们为什么要那么认真"，其实是暗含类似的意思："所有人都心知肚明，

[①] 王玉玊：《编码新世界：游戏化向度的网络文学》，中国文联出版社，2021年版，第6页。
[②] 王玉玊：《编码新世界：游戏化向度的网络文学》，中国文联出版社，2021年版，第47页。
[③] 王玉玊：《编码新世界：游戏化向度的网络文学》，中国文联出版社，2021年版，第49页。
[④] 最初指ACG作品中出现的角色。由于这些角色都是二维的，就像印在纸片上一样没有厚度，所以称为"纸片人"。偶像明星也同样具有这种看得见、摸不着的特征，所以广义上也可以称为"纸片人"。本书第2页。

这一切'不必当真'"但"原本'不必当真'的东西实打实地变成了真的"[1]。

这个"不必当真",可以说是本书中的一条重要线索:"不必"是理性的判断,但它又暗含着"当真"的可行性,这本身就指向一个双层结构。作者敏锐地指出,在当代每个人都是复数的,有生物学意义上的身体,也有数码的身体,复数的分身的集合体才是完整的个人。读者的情感状态是"在同一时刻,'不必当真'与'真情实感','抽离旁观'与'全情投入'等诸如此类的对立的情感,在同一个读者身上和谐共处的状态",因为只有在首先声明了'不必当真'的叙事里,'真情实感'才是安全的"[2]。这种看待自我、看待世界的方式,是一种矛盾而过渡的中间态,也是犬儒主义的表现。

这些"不必当真"的东西,"在游戏化向度的网络文学中……实际上我们都可以称为设定"[3],而设定正是东浩纪所说的"人工环境"的组成部分,王玉玊进一步具体地称这个底层逻辑深植于数码环境、网络空间与计算机程序逻辑的环境为"(数码)人工环境",认为如果使用艾布拉姆斯的理论,它与现实主义追求的"自然"一样,是"世界"。只不过,显然这已经是复数的世界,而复数个"不必当真"的虚拟世界在眼前铺展开,已经损伤了曾经唯一的现实世界的"真实性",这正是本书描述的当代人的生活处境。

在书中上述的梳理中,大量文艺作品中纷繁复杂的虚拟世界及其创作过程被展现出来,这也正是"编码新世界"的其中一重含义。当然,本书在分析中更用力的方面还是"编码"的过程。本书的三个部分可以视作编码的递进:"把虚拟现实游戏写进小说"的阶段,是游戏本身成为小说的内容;"副本、支线与再造世界:以游戏经验结构叙事"的阶段,玩家的游戏经验已经进入小说的结构,写作与阅读本身变得像是游戏的创作与互动,有了数值化、代入感和系统;"平行世界狂想曲"的阶段中,游戏经验已经更新了人对时间和情感关系的认知和想象,于是看待世界的眼睛焕然一新,理解世界的方式悄

---

[1] 王玉玊:《编码新世界:游戏化向度的网络文学》,中国文联出版社,2021年版,第175页。
[2] 王玉玊:《编码新世界:游戏化向度的网络文学》,中国文联出版社,2021年版,第147、148页。
[3] 王玉玊:《编码新世界:游戏化向度的网络文学》,中国文联出版社,2021年版,第149页。

然变革。

三、"选择相信"的我们

当平行世界与多元宇宙充满(实质上溢出)了我们的视野,复数的世界成为现实,接下来我们该走向何方？这无疑是一个选择问题,而选择,也正是本书的一个核心议题。平行世界、世界线等概念在本书所关注的社群中并非生僻的名词,王玉玊简要分析日本文字冒险游戏《命运石之门》后指出,泛二次元网络亚文化社区对于平行世界或世界线的想象与游戏中的分支叙事基本等同,而分支叙事除了多个可能性的存在,也意味着最终要选择其中一个,放弃其他所有可能性。这种理解也包含着对现实生存状况的感受:无数的小社群虽然有公共的部分,但分歧大于共识,所以"每个人都必须不断回答这样一个问题:你选择在哪里生活,你选择与谁站在一起"①。

这是一种典型的后现代状况,本书一个重要概念由此诞生:"人们越来越难以天然地相信什么,而为了活下去,人们只能为自己选择去相信什么,我将这种生存状态命名为'二次元存在主义'"②。因为不再有无须选择的相信,这一代人患上了"宏大叙事稀缺症",渴求着填补空白;与此同时,他们又忍不住怀疑那些可能,同时患有"宏大叙事尴尬症"。在宏大叙事已然失落却并不遥远的当下,王玉玊概括的这一对症候精准地描摹了人们对宏大叙事的纠结与矛盾。

但即便纠结,依然要选择。在王玉玊的论述中,玩家们对分支的选择,拓展出了远大的可能:"我们"会选择自我的可能和命运,也有机会选择他人,选择对自己生效的时间轴,甚至选择世界:"我爱这个世界,不是我偶然降生的世界,而是我自己选择的世界……与世界本身建立联系……在这个世界中行动,承担属于我的责任。"③选择的下一步是承担,这是重建一个具有行动力的主体

---

① 王玉玊:《编码新世界:游戏化向度的网络文学》,中国文联出版社,2021年版,第21页。
② 王玉玊:《编码新世界:游戏化向度的网络文学》,中国文联出版社,2021年版,第21页。
③ 王玉玊:《编码新世界:游戏化向度的网络文学》,中国文联出版社,2021年版,第140页。

世界"不必当真",但我们"选择相信"——评王玉玊《编码新世界:游戏化向度的网络文学》

的过程,也正是"二次元存在主义"的题中之意:"我选择,我相信,我行动,我创造自己的价值与信仰,我为由此产生的一切后果负责。"[1]在文艺作品中,这个信念可以被推到极致,王玉玊称其为"二次元存在主义英雄";在现实生活中,则有限度地退化为"选择服从"与"选择相信"两种实践。

"选择服从"是作为权宜之计的对秩序的服从,王玉玊认为其呈现效果正是齐泽克描述的"犬儒主义";而这一代人在自己的空间(二次元亚文化空间和网络社群)中的实践,更倾向于"选择相信":王玉玊将之分析为一种类似人格分裂的能力,为了行动而分离出一个全身心投入的自我,同时另一个自我在安全距离冷眼旁观,牢记"相信"只是选择。在许多网络文学(尤其是女性向作品)中,用设定屏蔽现实人格,尝试重建公共性,也就成为一种可能的努力。

"选择相信"本身包含着非常积极的面向,"选择"是主体的行动,"相信"是确定性的信念,这与后现代状况的描摹中常见的破碎、混乱、怀疑形成了鲜明的对比。"游戏化向度的网络文学基于设定的叙事本身,总是热衷于去探索那些尽管不现实,但却更乐观、更光明、更动人的可能性。"[2]尽管同样身处支离破碎的后现代状况中,王玉玊仍然以乐观的眼光看待现实及其未来,她认为,"游戏化向度的网络文学作者们远离了现实主义强势而稳定的认知与讲述世界的程式之后,并没有走向现代主义,他们走向了平行宇宙,走向了这个世界无穷无尽的应然与或然"[3]。

《编码新世界》并非一部完美的作品,或许限于作者本身的文艺偏好,本书中日本文艺资源的比重略高,可能也高估了(至少没能充分论证)二次元文化(尤其是日本二次元文化)对中国网络文学创作、接受以及这一代人世界认知的影响力度。但"新世界"携带着独特的信心和朝气,或许这是本书及王玉玊其他的著述在今天格外珍贵的原因。和大多数生存在当代、面对后现代状况的研究者一样,她清醒地意识到世界的脆弱与破碎,但她仍然可以从

---

[1] 王玉玊:《编码新世界:游戏化向度的网络文学》,中国文联出版社,2021年版,第268、269页。
[2] 王玉玊:《编码新世界:游戏化向度的网络文学》,中国文联出版社,2021年版,第228页。
[3] 王玉玊:《编码新世界:游戏化向度的网络文学》,中国文联出版社,2021年版,第316页。

中汲取力量、保持乐观,用"创造了这一切的,是爱啊!"①的热情和信念朝向未来。

---

① 《破壁书:网络文化关键词》邵燕君主编,北京:三联书店出版有限公司,2018年版,第505页。

数字时代,如何研究浪漫爱情的版本更迭
——评高寒凝《罗曼蒂克2.0:"女性向"网络文化中的亲密关系》

项　蕾　谢欣玥[1]

2017年,一款名为《恋与制作人》的恋爱题材氪金[2]手游正式发行。在这款游戏中,玩家将作为女主角经历各类离奇事件,邂逅多位男性角色并与之缔结和培养起深刻的情感关联。该作初告问世,立即引发热潮,此后数年间更有诸多同类作品陆续上线,且单部、单日营收的峰值可高达数十万美元[3]。这些作品以及围绕其产生的线上社交创作活动,共同构成了近年来互联网女性向社群中最受瞩目的文化现象。

诚然,这一现象既非女性向网络文化的起点,亦非终点,但确是其症候最为典型的一次浮出与涌现。在这一系列作品中,玩家和男主角间的爱情体验既不来自命运的垂赐,也不来自作者的安排,它被游戏厂商制作、归拢在一张张虚拟卡牌的背后,需要玩家依靠自己的"肝"(投入时间)、"氪"(花费金钱)、"欧"(博取概率)[4]有策略地进行获取,这甚至催生出专业的攻略组,其间成员每见新卡释出,便会立刻使用千锤百炼的数学模型去计算在运气最差的情况下,至少要完成多少任务、充值多少金额才能将与男主角的约会过程、视频电

---

[1] 作者简介:项蕾,北京大学中文系博士研究生;谢欣玥,北京大学中文系硕士研究生。

[2] 氪金,本写作"课金",在游戏圈里指一种在游戏中使用现金购买游戏追加资源(如游戏内货币、道具、角色等)的游戏盈利模式,也指玩家在这种模式下的消费行为。参见邵燕君主编:《破壁书:网络文化关键词》,北京:生活·读书·新知三联书店,2018年版,第393—396页,"氪"词条,该词条编撰者为王恺文。

[3] 根据移动产品商业分析平台七麦数据的估算,2024年度,《恋与制作人》《未定时间薄》和《时空中的绘旅人》这三款游戏在ios平台的日营收峰值,均一度达到十几万乃至数十万美元。

[4] 电子游戏领域术语。"肝"指通过投入大量游戏时间来补足与高金钱投入玩家的游戏收益差距,"氪"指玩家花钱购买游戏内追加资源,"欧"指在游戏随机系统中运气好、收益高的现象。

话、短信互动转化为自己所有。换言之,金风玉露一相逢、便胜却人间无数的浪漫爱情,这个人类文明有史以来最难解的谜题之一已然为数字时代的理性符号所重新编码,它系于手中轻巧的移动终端之上,无须肉身性的介入;也不再令人辗转反侧、患得患失,因为只要遵循规则,那就一定可以得到。

上述两种转变,即生动地浓缩了高寒凝在《罗曼蒂克2.0:"女性向"网络文化中的亲密关系》(以下简称《罗曼蒂克2.0》)一书中选取的研究对象——"亲密关系的虚拟化"与"亲密关系的商品化"[①]。数字时代,当浪漫爱情的获得变成"肝""氪""欧"的配置运算,一种前所未有的断裂和迭代就早已于无形中酝酿、发生,数字媒介以其截然不同的底层逻辑形塑着原住民们的情感、精神生活,《罗曼蒂克2.0》便着眼于此,作者通过高度理性化的方式,尝试建立一种概念模型去述说新兴媒介时代的爱欲生命经验。

一、定义"罗曼蒂克2.0",而非止于"罗曼蒂克消亡史"

正如恋爱题材氪金手游,以及其他诸多《罗曼蒂克2.0》的案例素材所昭示的那样,伴随着数字技术的快速发展、互联网络的空前普及与消费主义的高度繁荣,上一世代爱情神话的消亡与分解似已不只是正在发生的事件,而更是人尽皆知的事实。

这一趋势在学术领域和社会范围内已各有体现:于前者,既有伊娃·易洛思在《爱,为什么痛?》一书中视过度的理性化、套路的普及化为爱情终结的起因[②];又有韩炳哲在《爱欲之死》中断言爱欲死亡的本质是他者的死亡,当今社会的人们之所以仅能享有一种病态的爱,是因为他们被巨量的信息和选择包

---

① 虚拟化与商品化是罗曼蒂克2.0的两大重要属性。其中,虚拟化一方面指向行为主体是两个虚拟实在或虚拟化身,另一方面代表二者之间的亲密关系是虚拟形态而非自然实在。商品化则指的是,这一亲密关系能够通过各种互联网女性向文化消费与生产活动来直接获得。参见高寒凝:《罗曼蒂克2.0:"女性向"网络文化中的亲密关系》,北京:中国文联出版社,2022年版,第55—57页。

② 参见伊娃·易洛思:《爱,为什么痛?》,叶嵘译,上海:华东师范大学出版社,2015年版,第305—348页。

数字时代，如何研究浪漫爱情的版本更迭
——评高寒凝《罗曼蒂克2.0："女性向"网络文化中的亲密关系》

裹,陷入极致的自恋之中,由此既无法认识到他者,亦无法向他者敞开自我[1];不一而足。除此之外,网生一代有关恋爱无能的戏谑自嘲、有关婚育焦虑的反思辨析更是不胜枚举,在大众舆论中,对爱情叙事的不信和质疑不再隐没于冰山之下,反而作为常规在场的态度之一,时时在相关讨论中踊跃地浮出水面。总之,人们已充分地意识到了爱情的断裂,并为此贡献出诸多研究成果和一手语料。那么,在如此普遍的"理性病""自恋症"及由其引致的"爱无能"背后,是否存在一种爱情的替代品或升级版,用以满足人类这种古已有之的精神需求呢？

答案当然是有。《罗曼蒂克2.0》在根本上即以此为研究的对象。

在本书的研究立场部分,作者自述从20世纪90年代起即接触游戏机、个人电脑等电子设备[2],这使其具备一种数字化、网络化的思维能力和惯性,可以与计算机、互联网纪元的新型之爱同频共振。是以,她自然恰切地借用了数码产品更新迭代的思路,在爱情这个模糊概念的基础之上,发现并分析了女性在当前媒介时代亲密关系想象方面的基本运作模型,同时极富创新性地将其命名为"罗曼蒂克2.0"[3]。这一概念有着极强的开拓性,为网生一代理解、表达与放置自我的生命经验,提供了一个全新且恰如其分的诠释途径与框架。

作为本书的锚点,"罗曼蒂克2.0"的重心显然落在后半"2.0"的部分。可以说,作者正是先敏锐地把握到了这一已然更新过的版本,感知到了断裂,才回溯性地向上个媒介文明时期寻觅"1.0"的前史——她将这一急剧变化的情感脉络锚定在罗曼蒂克,亦即浪漫爱情的范畴里,从罗曼蒂克的词根"Roman"与爱情"Love"在西方社会中的语义变迁,梳理出"宗教体验——宫廷之爱——浪漫之爱"这一线性的流变,并借此巧妙地搁置了有关超越性的部分,将其排

---

[1] 参见韩炳哲:《爱欲之死》,宋娀译,北京:中信出版社2019年版,第9—11页。
[2] 参见高寒凝:《罗曼蒂克2.0:"女性向"网络文化中的亲密关系》,北京:中国文联出版社,2022年版,第4页。
[3] 参见高寒凝:《罗曼蒂克2.0:"女性向"网络文化中的亲密关系》,北京:中国文联出版社,2022年版,第20—21页。

除在本书志在讨论的文化现象及症候之外①。换句话说,作者借由"罗曼蒂克1.0"所试图给出的乃是界定、分析"罗曼蒂克2.0"的基础坐标,是浪漫之爱这一概念在亲密关系运作机制层面上的重点阐释,是一个可供比照区分的对象。

或正因此,作者将"罗曼蒂克1.0"最低限度地定义为"发生在两个人类个体(通常为异性)之间的,包括性爱元素的亲密关系"②,用以强调浪漫爱情的行为主体与关系形态,其中前者必定是两个生物学意义上的人类或近似于人类的超自然生物,后者也必然存在于现实维度。如此,"罗曼蒂克2.0"天然地拥有了定义自己的独特质性,它运转于互联网平台上的各类文化生产活动和现象之中,其行为主体不再是生物学上的自然人或文学形象,而是由欲望符号所构成的虚拟化身或虚拟实在;其亲密关系亦不发生在现实中的个体间,而是一种虚拟的想象、一种对要素设定的匹配运算③。作者将这一标志性特征总结为"亲密关系的虚拟化",并以穿越、角色扮演等网络文化的支柱概念为例展开解说。在这一过程中,她对行为主体之蝶变的论述其实已超越浪漫爱情的范围,展现出对数字时代媒介变革大背景下,后人类虚拟化生存经验的深度关切与建构尝试,而这正是亲密关系版本更迭的先决前提与真正起因。

二、从粉丝文化研究范式到概念史的方法、概念簇的图谱

数字时代,研究浪漫爱情的版本更新,其实就是在研究后人类于虚拟化生存中构建亲密关系的方式的变迁,本质上来说,这是一种人类生命经验的变迁。因此,《罗曼蒂克2.0》必须要面对这样一个问题,那就是要如何进入、提取并最终表达这类经验。

考虑到本书对网络文学女频小说、偶像及流量明星、二次元和电子游戏等

---

① 参见高寒凝:《罗曼蒂克2.0:"女性向"网络文化中的亲密关系》,北京:中国文联出版社,2022年版,第21—24页。
② 参见高寒凝:《罗曼蒂克2.0:"女性向"网络文化中的亲密关系》,北京:中国文联出版社,2022年版,第24页。
③ 参见高寒凝:《罗曼蒂克2.0:"女性向"网络文化中的亲密关系》,北京:中国文联出版社,2022年版,第56—57页。

数字时代,如何研究浪漫爱情的版本更迭
——评高寒凝《罗曼蒂克2.0:"女性向"网络文化中的亲密关系》

诸多亚文化圈层及其粉丝社群的关注,加之作者本人拥有的多重亚文化身份,《罗曼蒂克2.0》似乎天生与粉丝文化研究两相契合。这一领域尽管近年来才随诸多社会文化现象在中文学界得到较多关注,但于世界范围内其实早已有非常成熟的体系化发展:从20世纪90年代第一代研究者将粉丝社群视为与主流社会完全相异的乌托邦,对其展开理想化的描述,为其进行辩护性的正名;到第二代研究者开始正视粉丝社群的阴暗面,正视其无法与资本主义割裂的事实,把它们看作社会权力关系、社会文化资本差异等级的微缩化体现;再到第三代研究者基于上述前提进一步进入细节和具体文化情境的多样化发展。[1]从这一源流中,作者既获得了对粉丝圈内外资本主义权力运作的知觉敏感度与关注的惯性,结合媒介变革的特殊背景,寻得数字资本主义的理论资源,颇具创造性地指出了"亲密关系的商品化"这一趋势,使本书在相当程度上拥有了回应社会现实问题的能力;又在如何观察、如何研究粉丝文化这种建基于情感、甚至是私密情感之上的文化方面,完成了方法论的充分积累和反思。

如其所述,在亨利·詹金斯的《文本盗猎者:电视粉丝与参与式文化》一书问世以来,粉丝学者这一研究立场与网络民族志这一研究方法的深度结合,亦即作为一个兼而掌握文化理论、批评、文献和粉丝社群知识与传统的人从内部进行观察、理解和书写[2],就成为粉丝文化研究的一项通行范式。然而正如马特·希尔斯认为粉丝社群充斥着以"防御性的表达"垒砌起来的话语叙事[3]一样,本书作者也指出网络民族志观察中有无法避免的"话术"陷阱,再加上自始至终未得解决的伦理难题,她最后选择将上述工作视为前置预演,而通过概念史、概念簇来推进正式的研究[4]。

概念史作为历史语义学的重要分支和变体,是文化研究的常用方法。它

---

[1] 参见郑熙青:《学术粉丝作为一种研究方法:来自粉丝文化研究的启发和挑战》,《百色学院学报》2002年第3期,第26—27页。
[2] 粉丝学者,指既是学术界人士,了解一定的文化批评理论,同时又是流行文化粉丝的一类研究者。网络民族志,指的是以线上社区、网络平台作为观察对象的民族志研究。参见亨利·詹金斯:《文本盗猎者:电视粉丝与参与式文化》,郑熙青译,北京大学出版社2016年版,第4—5页。
[3] 参见 Hills, Matt. Fan Culture. London and New York: Routledge. 2022。
[4] 参见高寒凝:《罗曼蒂克2.0:"女性向"网络文化中的亲密关系》,北京:中国文联出版社,2022年版,第5—10页。

通常注重考察重要概念在不同文化语境中的运用、沿革及变化,试图通过分析起源和嬗变,认识特定社会中人们惯常的经验和思想,是事物被概念化的历史,或不同文化、不同时期的人们如何理解与思考该事物的历史[①]。毋庸置疑,《罗曼蒂克2.0》面对的就是互联网女性向社群这一文化语境,作者凭借对社群文化的高度了解和属于学者的精准把握,从其内部纷繁复杂的关键词和流行词中抓取最具有症候性的部分,运用颇富洞见的原创提法凝练最具有生命力的部分,并将它们与学界现存的理论话语在恰当的节点勾连起来。这使本书得以跳出网络民族志的缠绕、干扰和互联网术语解释的窠臼,用概念去驾驭、统摄一系列语料素材,对互联网粉丝文化研究而言非常具有借鉴意义。

在概念史的研究方法之外,作者还借用凯瑟琳·海勒在《我们何以成为后人类》中采取的概念簇[②]形式将诸多概念纽合起来,以概念集群深入阐释"罗曼蒂克2.0"的具体内涵,即"在以女性向为边界,以角色配对为前置动作所构筑而成的亲密关系实验场中,由虚拟化身或虚拟实在担任主体,以虚拟性性征作为基本属性的一种虚拟化、商品化的亲密关系"[③]。其中"女性向""角色配对"等是产生自网络亚文化内部的原生概念,"虚拟化身""虚拟实在"等乃是学术概念,"亲密关系实验场""虚拟性性征"等则是作者基于深入观察创造得出的新兴概念,它们共同服务于"罗曼蒂克2.0"的含义建构,有序地支撑起了专属于它的知识网域。

三、透视"Coupling",发现"实验的动作"及"虚拟性性征"

在"罗曼蒂克2.0"的概念簇中,其自身占据着最为核心的位置。它的重点

---

① 参见方维规:《概念史研究方法要旨》,载《新史学(第三卷):文化史研究的再出发》,北京:中华书局,2009年版,第3—20页。

② 概念簇,又叫概念丛,指的是一些相互牵连、支撑、生发的理念所形成的聚合,具有内在的一致性,同时以新旧拼缀的方式发生着变化。参见凯瑟琳·海勒:《我们何以成为后人类》,刘宇清译,北京大学出版社2017年版,第20—22页。

③ 参见高寒凝:《罗曼蒂克2.0:"女性向"网络文化中的亲密关系》,北京:中国文联出版社,2022年版,第56页。

数字时代，如何研究浪漫爱情的版本更迭
——评高寒凝《罗曼蒂克2.0："女性向"网络文化中的亲密关系》

是标志着虚拟化的"2.0"，与之相比，作为前缀的浪漫爱情更像一个暗示着过去的奇点，以它残存但又与生俱来的吸引力召唤着环绕在周边的网生、学术、原创诸概念向心汇聚。在这些概念中，尤以"角色配对""亲密关系实验场""虚拟性性征"最为重要，因其分表代表着数字时代亲密关系建立的动作、场域和基本属性，正是这三者串起了"罗曼蒂克2.0"的运作骨架与本书的知识图谱。

基于对东浩纪"萌要素"[①]的分析梳理，作者将女性在亲密关系中展现的欲望形态，或能使其被唤起的欲望指示物命名为"亲密关系要素"[②]。从它到虚拟行为主体需经历组建或拼接的过程，如果说"罗曼蒂克1.0"是发生在通俗类叙事文学作品内部的亲密关系，那么"罗曼蒂克2.0"的核心本质则在于此进行配对的动作，亦即"角色配对"。这一概念译自Coupling（或Character Pairing），最早在日本漫画同人[③]社群予以使用，指的是将虚拟作品中的角色进行相互组合搭配的行动。后来"CP"的简写形式逐渐成为主流，它从动词被误用为名词，代指被配对的角色双方。作者在处理该词时，以"角色配对"的翻译替代具有驳杂含义的原概念，且尤为注重阐释构词中"-ing"的部分，也就是正在进行时的动词特征，强调粉丝将不同要素进行配对、探索不同组合适配性的生产消费行为[④]。

有了"角色配对"这一动作，"亲密关系实验场"才终于开启，因其正作为实验的第一步骤存在。在这一步，女性参与者在无数可选择的角色与要素中进

[①] 萌，在日语中写作"萌え"（moe），是燃え（燃烧）的同音词。日本御宅族往往会使用这一词语来形容喜爱一个角色到胸口仿佛在燃烧的程度。"萌要素"是日本学者东浩纪创造的概念，指能够令御宅族感到喜爱的特定元素，例如特定的服装（水手服、女仆装）、发型（双马尾、黑长直）等，御宅族在消费作品与角色时，本质上是消费构成角色的萌要素。参考东浩纪：《动物化的后现代：御宅族如何影响日本社会》，褚炫初译，大鸿艺术股份有限公司2012年版。

[②] 参见高寒凝：《罗曼蒂克2.0："女性向"网络文化中的亲密关系》，北京：中国文联出版社，2022年版，第47页。

[③] 同人，一般指借用流行文化文本中的人物形象、人物关系、基本故事情节和世界观设定所展开的二次创作。参见邵燕君主编：《破壁书：网络文化关键词》，北京：生活·读书·新知三联书店，2018年版，第74—79页，"同人"词条，该词条编撰者为郑熙青。

[④] 参见高寒凝：《罗曼蒂克2.0："女性向"网络文化中的亲密关系》，北京：中国文联出版社，2022年版，第36—42页。

行挑选和匹配,宛如利用实验数据计算亲密关系模式的正确答案。而当参与者找到符合自己期望的CP后,便会进入下一步,对该CP的合理性、艺术性和存在证据进行深入的分析和阐释,乃至围绕这一配对组合进行二次创作与社群交往[1]。值得注意的是,"亲密关系实验场"是与本书题中"女性向"一词关联最为紧密的概念,二者都以拒绝外界的窥探来定义自己的边界,或者说,它正是女性向社区最初这一意涵的学术化的表达。

而上述动作与场域都建立在"虚拟性性征"[2]的基础之上。作为全书最根本的原创概念,作者借鉴了安东尼·吉登斯"可塑性性征"的构词模式,后者来自《亲密关系的变革:现代社会中的性、爱和爱欲》[3],吉登斯借此构想一种亲密关系的发展愿景,希望能由技术入手缔造一种民主化、去中心化的性状态。正如"可塑性性征"意味着性关系脱离权力关系的自由,"虚拟性性征"作为数字时代性关系的虚拟化,也意味着一种脱离肉身、脱离自然实在的存在方式。在这一意义上,此概念相当贴近于唐娜·哈拉维的赛博格理论[4],但它更精细地踏入性关系、亲密关系的范畴。与此同时,得益于对控制论与有机体结合的理解,作者未如吉登斯那样抱有乐观的态度,在价值判断上显露出相当克制审慎的一面。

自我认同不再局限于现实身体,爱欲对象不再局限于真实人物,人们转向取之不尽用之不竭的欲望符号,在想象中完成亲密关系的体验。《罗曼蒂克2.0》从亲密关系入手,描摹数字时代的虚拟化生存经验;又以本体论的虚拟化为前置条件,去深入探索亲密关系的版本迭代。它们最初、最终都着落在"Coupling"身上,对"角色配对"这一动作及由其引发的、如多米诺骨牌一般的

---

[1] 参见高寒凝:《罗曼蒂克2.0:"女性向"网络文化中的亲密关系》,北京:中国文联出版社,2022年版,第44页。

[2] 虚拟性性征,指的是行为主体成为"虚拟化身",与另一个虚拟化身达成想象性亲密关系/性关系的状态。参见高寒凝:《罗曼蒂克2.0:"女性向"网络文化中的亲密关系》,中国文联出版社2022年版,第55—56页。

[3] 参见安东尼·吉登斯:《亲密关系的变革:现代社会中的性、爱和爱欲》,汪民安译,北京:社会科学文献出版社,2001年版,第242—245页。

[4] 参见唐娜·哈拉维:《类人猿、赛博格和女人——自然的重塑》,陈静译,开封:河南大学出版社,2016年版。

数字时代，如何研究浪漫爱情的版本更迭
——评高寒凝《罗曼蒂克2.0："女性向"网络文化中的亲密关系》

诸多变化的发现，以及对其展开的、如精密仪器说明手册般的理论化，是本书最核心亦最令人惊艳之处，它为数字时代人类构建亲密关系的行为提供了一套清晰简明的单元模型的提法。

唯一略感遗憾的是，作者未对"Coupling"的前半投以太多关注，拉丁语动词Cōpula（连接）及名词Copulatio（合体）指向的爱欲体验①，或正通往"罗曼蒂克2.0"概念簇中那个模糊未明、正在断裂的奇点，激情、幻想、无法释然的爱欲②和虚拟化将蕴生何物仍有待研究者的进一步发现。

---

① 拉丁语中的Copulatio代表的是一种经由想象、与"可能的智慧"合体的爱欲体验，这种爱欲的对象往往是在某种意义上不太真实的影像，是人类获得救赎的唯一道路。参见吉奥乔·阿甘本：《宁芙》，蓝江译，重庆：重庆大学出版社2016年版，第76—78页。

② 此处的爱欲更接近于柏拉图主义的超越之爱与纯洁之爱，即经由肉身的、世俗的爱，最终抵达绝对的美与善的观念。

名家访谈

写作纯正的中国古典仙侠小说
——风御九秋访谈录

周志雄　风御九秋等[1]

访谈人：

风御九秋，著名网络作家

周志雄，安徽大学教授

鲁浩、戴丙益、张瑞哲等安徽大学文学院本科生

时间：2023年7月2日

访谈途径：腾讯会议

一、"我的作品非常受底层读者的欢迎"

周志雄：今天非常荣幸邀请著名网络作家风御九秋来与同学们交流。九秋是一个非常有个性的作家，在2015年的时候，我有几个学生去访谈他，那个时候他就给我留下深刻的印象。我记得当时九秋讲了一句话，他说，我就是要让那些传统的作家知道我们网络作家也可以写得很好，我们一点不比他们差。这些年我看到九秋不断地进步，影响力越来越大，获得了很多的奖项，有第二届"茅盾文学新人奖"，作品进入了中国作协网络小说排行榜，获得了中国作协重点扶持，他当选为山东省网络作家协会主席，成为中国作协全国委员会委员。他的作品在网上读者的评价中，口碑非常好。下面我们请九秋先讲一下自己的创作道路与写作理念，然后回答同学们的提问。

---

[1] 周志雄，男，安徽大学教授，博士生导师，主要研究中国网络文学。风御九秋，男，著名网络作家，山东省网络作家协会主席。

风御九秋：咱经常说的两个词，叫"阳春白雪"和"下里巴人"。我属于正儿八经的下里巴人。我1997年高中毕业，没考上大学去当兵了。今天有幸和安徽大学的同学互相学习，我很高兴，因为没有读过大学是我终身的遗憾。有句话叫见多识广，大家今天利用我来观察一下网络作家的特点，观察一下一个一直在写作的一线，没有很好学历的网络作家，他是什么样的？

高中毕业后，我在济南服役了五年。我服役的那个环境是在一个大山里，闲暇之余，我喜欢阅读，当时也没想到走文学创作这条路，只是打发时间而已，那时候别人都喜欢看光碟，而我喜欢看小说。

你比如说做生意有这个原始积累的过程吧，像我们写作，它也有这么一个前期积累的过程，我这个过程几乎就是在当兵的那五年完成的。二十四岁退伍回来之后，我进了一个外资企业，从事对外贸易工作，做了五年之后，开始自己做收废品，又干了五年。后来忽然之间我想，我的人生太坎坷了，太悲惨了，实在不行，我得给自己写个自传啥的。

当兵的一些经历，还有自己的一些想法，以及在部队五年看的一些作品会给我一些感悟，我就想写点什么。我不喜欢抄袭借鉴，我要写个20万字的长篇，这就是第一部《气御千年》，开写后我发现20万字可能是打不住了。实际上我在写的过程中也很痛苦，因为我刚开始写的时候犯了一个毛病，就是我逐字逐句地进行推敲，我恨不得每一句都写得非常漂亮。然后改来改去，改好了之后我发现下面灵感没了。在这个过程中，我有个总结，就是态度一定要端正，但是没必要逐字逐句去进行推敲，尤其是在创作的前期，先把那个感觉写出来。

那部作品当时是在天涯"莲蓬鬼话"论坛发表的，最好的时候日点击过10万，回复过千条，就是人家对我的回复有千条，这在2012年的时候是一个很恐怖的数据了。后来写到80多万字，我写了一年多，免费的，没有钱。那时候我还做那个废品回收，没有收入总不行吧。

后来就去了一个网站，是人家邀请我去的，说你这个作品可以出版啊，我们可以给你2万块钱。当时2万我就感觉好多呀！去了之后，人家发现咱是新人说2万，说太高了，给你1万5吧，我说行啊，只要能出来就行，后来又说给你

8000，我说8000也行啊，只要能把我这个作品出版出来就OK，后来又说给3000，那时候我就比较生气了。我说我把这3、4个月的稿费2000多块钱退给你，你给我解约吧。走了之后，我又回天涯那边写了两个多月，在天涯这部作品更火了。

后来到了中文在线旗下的17K网站，中文在线现在是一家上市公司，17K是它最大的子公司，当时是和起点并驾齐驱的一个文学网站。我记得很清楚，第一个月的收入是7800多，我当时就感觉这么多啊。因为我从天涯带了很多的读者过去，也就是说好的作品，读者的忠诚度是比较高的。所谓忠诚度，就是他喜欢追着读，当月就是订阅总榜的第三。拿了钱很高兴，我终于赚到钱了，前期那八九十万字，我写了一年多，一分钱没有啊。到了第二个月，收入是9000多，然后第三个月就过万了。

《气御千年》写了200多万字，当时压力比较大。我担心第二部如果写得不好怎么办？在这个过程中，我想我应该写一部什么样的作品能够确保自己不会昙花一现，能够持续性地火下去。当时的想法是比较简单的，我仔细想过之后我决定写一个爱情故事。这个爱情故事就是《残袍》，这是一部没有女主的爱情故事，直到现在这部作品还有回款，当年非常非常地轰动。

故事中，女主角死掉了，这个男主角穷其一生做了一件事情，他想复活这个女主角。这个女主角死之前给男主角做了一件衣服，男主角就一直穿着，从来没有脱下来过，到最后很破旧了，所以小说叫《残袍》。

在复活女主角的过程中，男主角也经历过无数的诱惑，因为优秀的男女，都会经受诱惑，但是不管什么样的诱惑，这个男主角始终不曾淡忘过女主角，尽管女主角已经死去好多年了。

这部作品有两个结局，第一个结局是到最后男主角虽然竭尽所能，最终还是没能复活女主角。我觉得这个太惨了，后来我又加了一卷，就是男主角为了拯救世人牺牲掉了自己，天道赏赐他回到了曾经和这个女主角相识的那一年。这部作品非常悲愤，写到最后，我有点驾驭不了。就是那段时间，我的情绪始终处于悲愤状态下，它实际上已经反过来影响我了。我给大家简单说一下收入吧，我们没有必要刻意避讳文学创造的物质价值。《气御千年》在北京理工大学出版社出版的收入,连带网络销售不到100万,《残袍》应该是200万左右。

　　写完这个悲愤的故事,就开始写第三部。当时我比较有自信了,我有持续创作的这个能力。我当时想写一部有深度的小说,然后就写了《紫阳》,一部非常正统的古典仙侠小说,描写的是魏晋南北朝五胡乱华的时候,那段历史被认为不是非常值得去宣扬,后来五胡乱华被改成了少数民族南迁。这部作品比较有深度,主要是对人生的思考,对人性的思考。

　　接着写了《太玄战记》,一个现代的军人穿越到了远古时期。接下来是《参天》,《参天》是《紫阳》的姊妹篇。《参天》获了好多奖项,也被华策买走了影视版权,就是拍《三生三世十里桃花》《仙剑奇缘》的那个影视公司。《参天》已经正式立项了,开始挑演员了,这是我从央视那边得到的消息。

　　《参天》是一部非常正统的古典仙侠小说,可能比《蜀山剑侠传》还要正统,这部作品里,我尽量用复古但又不隐晦,让大家看着舒服又有古韵的那种语言去描写。

　　《参天》之后是《归一》,写得就比较放肆了。写的是远古时期的一个首领的儿子,他有法术,他的部落受到攻击之后,族人用法术想把他转移到几千里之外。结果法术出现了问题,把他给弄到了几千年之后。就是反穿越,他后来发现自己不属于这个时代,他想方设法地去寻找当年留下的类似于时空穿越的那种东西。

　　中间还写了一部定制的作品《大梦山海之史诗战役》。这部作品是深圳一家文化公司定制的,他们当时找到17K,说把你们的头号作者找来,我们要高价定制一部作品。这部作品人家要的是50万字。

　　我的读者认为这个《大梦山海之史诗战役》写得非常好,实际上那部作品我是在闲暇之时写的。过节的时候,我的读者给我打赏,就是刷礼物,结果创造了一个记录,当晚的打赏金额达到了216万人民币,这已经破了全网的记录。

　　现在写的这部作品《长生》,写的是唐代的事情。这部作品也属于百仙作品,那这个百仙、百盟是什么?这是网络文学的一个术语。比如说有100个人为你这部书花了1000块钱,这属于百仙;有100个人为你这部作品花了2000

块钱就属于百盟,也就说是我的百仙和百盟在网络作家中是最高的,我的打赏总金额也是。

我的作品非常受底层读者的欢迎,但凡喜欢我作品的读者,他都是有一定经济实力的,我的读者虽然粉丝数量不是最多的,却是忠诚度最高的。

别人有时候做活动就和粉丝说,你给我打赏或者什么,我从来都不会说。如果有什么活动的话,我一说话,几十万打赏,一句话就可以。但是我感觉我现在经济已经相对自由了,我没有必要再让大家为我付出,以后类似于这种打赏活动,我都尽量不要求他们参加。

《长生》这部作品写到60万字的时候,漫画版版权就卖掉了。现在写到200万字,预计要写到今年年底。

我2013年加入山东省作协,2015年加入中国作协,2021年12月份去北京开会,在组织推荐和大家的厚爱之下,进了中国作协的全委,这个中国作协全委全国只有167个人。这是组织对我个人,也是对网络作家的一种认可。

周志雄:我先回应你两句,然后我们同学再提问。你今天一开始讲到你高中毕业,没有读大学。我跟你讲几个著名作家的情况:王安忆初中毕业;余华是高考落榜生;阿来是中师毕业;老舍就是中师生啊,也没有读过大学,但是他当了大学教授;沈从文也是中学毕业。还有莫言,在2000年前后,我读莫言的小说,莫言小说的勒口介绍说莫言高小五年级毕业。其实他后来上了军艺,在北师大还读了研究生,他说的是起始第一学历啊。所以,对于作家来说,第一学历不代表什么,也不是那么重要。下面就请我们同学自由提问。

戴丙益:今天听您交流,感觉您的性格和您笔下的主角其实很多都很像,就好像您的各个部分,化成了一个一个碎片穿入您笔下的各个主角身上。我想问一下,您在写作的时候用第一人称写作是如何去分离自我和笔下那么多人物的,就是不会把它写串掉。

风御九秋:这个问题非常的有针对性啊。实际上,只有《气御千年》用的第一人称,其他的所有作品全是用的第三人称,但是我依旧是第一人称的写法,也就说我的镜头始终是随着主角在走的,你刚才问的就是说,我当时是如何区分虚拟与现实。我说实话,我和主角,我区分不出来。我就是主角,这件事情我遇到了之后我会怎么处理,实际上呢,我就是一种类似于用我自己的人生观、价值观来左右这个于乘风。还有其他的作品,其他的人物,我当时写作的时候已经30多岁了,实际上在此之前,我还经历过一段弯路,是我人生非常落魄的一段。我到港口码头装化肥,你知道吗?那还是比较好的一个工作,在此之前,干过很多装卸的工作。我们四个人一天要装240吨,装到最后的时候,你想吧,当时是中国援助哪个国家的化肥,火车运过来,我们从火车厢里卸下来。卸下来之后,然后叉车给它叉到码头边上,码头边上的壳令吊再吊起来放到船舱里,我们再在船舱里给摆好。装卸工基本上就是活在社会底层的这么一类人。我身边有很多的装卸工,在部队我也遇到很多战友,然后呢,在公司里我也经历了很多同事,尤其是当我当这个装卸工的时候,我更深切感受到每个人的性格特点。

见得多了,我设置一个人,他是什么样的性格特点,我只需要把我的精神注入主角身上。至于其他的配角,因为我经历了太多的事,见过太多的人,我随手拈来一个人的人物性格,我就可以把它塞进去。

二、"遵循忠孝仁义,这不叫奴性"

李亚轩:《太玄战记》是仙侠小说,您是想通过这个"仙"来传达什么理念呢?还是说"仙"在这里只是一种比较单纯的力量体系呢?

风御九秋:网络小说有很多等级的设定。我所设定的这个等级,在真正的道家经典中是有记录的。你比如说这个紫气居山、淡紫居山、紫气洞渊、深紫太玄,这是道家对于我们修仙等级的一个设定,包括我设定的红、蓝、紫。这个与物理学里那个三色光谱,也是完全契合的。就是说我尽量从古代的经典中找根据,尽量避免或者减少杜撰虚构。我希望大家别忘了咱真正的古典的东西,我就是这么一种想法。对于你说"仙"的这个设定,说实话,你看漫威的很多电影体现了什么?你看人家多团结呀,这个人多勇敢哪,说实话,这实际上是意识形态,是文化价值的一种输出。

美国才多久的历史,我们中国历史文化之悠久,是四大文明古国中唯一没有出现文化断层的一个国家。我们写小说总得找到我们的文化亮点与西方的意识形态入侵进行对抗,我认为咱最正统的还是仙侠故事传统。在两三千年的历史中,我们的仙侠传说神话一直都存在,这是对我们最有利的一张王牌,只要做好了,完全可以像漫威一样进行文化辐射。

李露露:我阅读了《残袍》这本书,我的问题,就是您刚刚提到的关于《残袍》的两个结局。我看到有读者说这本书一开始是到左登峰在巫心语尸骨旁自尽,这里其实是已经结束了的。但是因为一些读者无法接受这样的结局才会有后来那个时间倒转的情节。您最初希望给左登峰一个 BE 的结局吗?因为我们现在看到的是一个大团圆结局,只是因为当时读者的一些需求吗?是否带有您个人的主观情感,希望能够获得一个美满的结局呢?

风御九秋:这个问题问得非常有水平。实际上《残袍》这个作品一开始的时候,我感觉我能驾驭得了它,我感觉我是上帝,它只不过是我造出来的亚当与夏娃,它的命运完全由我操控。实际上,作为一个单纯的文学作品来说,如果成悲剧的话,会更荡气回肠。但是写到最后,我发现我情感投入太多太多了,我发现我不允许了,实际上末世那一段,它有些许违和。我对文字、对故事的掌控能力,我自认为不低,但是我驾驭得也极为辛苦。到最后我终于给了它一个比较好的结局。实际上那时候我已经失去了我造物主的俯视视角,我把我自己代入这个左登峰身上了。我认为人生不应该这样,好人不应该吃亏。所以我冒着极大的风险,冒着被人骂狗尾续貂的风险,我也要给这个悲苦的、忠贞不渝的、不忘初心的、这么一个很可怜又可敬的男人一个好的结局。实际上到最后是我感性了,如果我还能保持理智,置身事外的话,从他最后回到那个清水观,躺到这个巫心语的尸骨旁边,到这里结束,这部作品的悲情程度不亚于《梁山伯和祝英台》,但是我还是任性了,我还是感性了,我还是想,无论如何,我要给他这个好人一个好的结局,哪怕我挨骂。

吴问婷:您的作品结合了不少真实的历史文献以及地理文化知识,使得一些幻想性的玄幻设定有理有据。您是如何在写作中平衡现实知识与想象内容的比例的?

风御九秋:这个问题很有针对性,也很深刻。这个问题我总结一下,就是一个代入感的问题,对不对?现代人写现代的文章,比较容易有代入感,写这个古代前朝的文章的话,读者很难代入。中国有5000年的文明,实际上夏朝之前的2000年都是以神话来填充的。我用地名以及很多好像很真实的事情,都能够解释得清,其最终目的就是为了增加代入感。

我经常说的一句话是,只要有了足够的铺垫,你一拳去打爆太阳,别人都不会说你荒谬,前提是做一件事情之前,一定要有足够的铺垫,让人感觉发生这件事情是合情合理的。就好像《三体》,越是这种硬科幻的作品,它越要重逻辑。逻辑就是让每个人认为它的这种分析是正确的,是符合现在物理逻辑的。我之所以写很多这些方面的内容,就是为了冲淡其中偏神话、偏唯心的一些内容,更好地增强这个代入感。

鲁浩:您刚刚谈到《参天》和《紫阳》是姊妹篇,它们的故事背景其实都是在魏晋南北朝这样一个时期,在阅读的时候,我就想,为什么会选择这样一个历史时期呢?

风御九秋:你想听实话吗?我之所以选择这个有好多原因。第一,这个历史年代很少有人去写,这个比较新颖;第二,这个朝代它比较混乱,只有乱世才出英雄嘛,比较有利于我这个故事的展开;第三,那段时间的历史是比较乱的,我即便是写错了一点点,别人也不知道。

鲁浩:小说中有真实的历史人物,将玄幻因素与真实历史融合的过程中是否会感到困难?

风御九秋:这个没什么困难,但是一定要注意一点,就是一定不要去改变历史人物的命运,要不然就是历史虚无主义了。很多人会拿这个作品当历史看待,作者一定要对历史负责,不要误导人家,我可以少写一点啊,让你知道有这个人,他经过一些什么事情,他最终的结局,这个一定是和历史吻合的。

把道教色彩融进故事中去,这个有没有困难,这个的确有。我当时想的就是,我这人比较好斗,我想张三写得不纯粹,李四写得不真,我就要写一个纯粹的,我让别人看看什么叫真正的仙侠小说,什么是道家的原汁原味,让人看了之后保证很舒服,用北京话就是,你看多地道。我当时就是为了追求一个古色古香、清风拂面、非常流畅的那种阅读效果,让故事有历史根据,有文化出处,我是下了很大功夫的。

　　王晶然：我读了《长生》，主角长生的目的是为了拯救苍生，但是小说背景已经到了大唐后期，这个时候已经有了亡国之兆，为什么他不去参加起义军，反而选择做官进宫服侍皇上呢？

　　风御九秋：哎呀，和你们聊天非常的愉快，你们提出的问题也真是一针见血的那种感觉。我为什么不写底层的逆袭，不写我命由我不由天呢？说实话，我的性格还是比较明显的，但我不是那种很愤青的人。

　　我认为，看问题一定要全面。大部分人都有这个缺点，就是看见一件事情之后，就着急评价。说实话，我们真的了解内情吗？伟人曾经说过，没有调查就没有发言权。现在有些人是我看你不顺眼我就去骂你，我看你顺眼我就去捧你。说话非常不稳定，朝三暮四，总是喜欢改变。我为什么不写一个造反的，而写了一个保皇派。我想让大家真切地了解一下皇上是什么样的，能够当皇上的人真的不傻，不要认为他就是骄奢淫逸，就是祸国殃民。

　　在封建时期，国家是谁的国家？国家是皇上一个人的。每一个皇上只要他的精神比较正常，他都会希望自己的这个国家永远存在，都会希望自己的子民过得好，国家都没了，他就没有富贵了。

　　前一段时间，有个读者问我，如何看待感情问题，说谁谁总是很紧张。我说这是正常的，一个人只有把对方当成自己的，他才会真心地毫无保留地去付出，而把他当成自己的，他肯定会紧张。他肯定会问啊，你今天干吗去了？有的时候他可能不好意思问，如果对方聪明，可能就会说，我今天干吗去了，你不用担心我。

　　皇上对待长生的态度，虽然有些忌惮他，但是他一直是委以重任的，就是给予了长生足够的尊重，足够的权力，足够的荣耀。在这样一种前提下，因为很多人写的是，皇上那边鸟尽弓藏啊，臣子这边立了功之后功高盖主啊，桀骜不驯啊。真实情况不是这样的，像长生立得功劳越大，他对皇上越恭敬，他越摆得正自己的位置，避免皇上对他的忌惮，必要的时候急流勇退。而作为皇上来说，实际上正确的做法就是那种杯酒释兵权。我们对皇上对历史的认知受影视剧的误导很严重，就是这个昏君，大臣只要立了功了之后的话，一定会反叛，就会狂妄。实际上我们每个人有再多的优点，我们可能也会有一点点的小瑕疵，但是你不能因为说我们有一点小瑕疵，我们就对这个社会心存不满，这个不对。

我写《长生》就是要让大家真正理解到，这是一个真正有能力的人。长生文武装全，头脑清醒，是一个忠孝仁义的好人。遵循忠孝仁义，这是我们中华民族的一个特点。

现在很多人活得不如意，你想讨好一个人，最好最直接的方法就是为他的懒惰，为他的无能，为他的失败寻找合理的借口，然后对方一看，哎呀，你真了解我呀。我不走这个路，我想让大家保持清醒，什么是对的，什么是错的，该往哪条路上走，正道只有一个啊，错误的路有千万条。长生是一个有能力的人，应该走一个正路，而不是去造反，这我一开始就不喜欢。

周志雄：有一个同学指出你小说的一个细节，蘑菇有没有毒，就是看上面有没有生虫子，她说这个知识是错误的。

风御九秋：接受批评，我不可能什么事情我都非常清楚。

鲁浩：您有没有比较喜欢的网络文学作品，您接触最早的网络文学作品是哪一部呢？

风御九秋：我一说实话就得罪人，我看完《诛仙》之后气得我都喘不过气来了，怎么就来了个山崩地裂，把女主埋了呢。当然萧鼎是非常优秀的一个作者，我只是感觉到那个情节不太符合我的心意啊，我就想我肯定不这么写。

我不怎么看网络小说，我看明清时期的小说比较多一点。照猫画虎咱也找一个真正的虎来观摩，如《三刻拍案惊奇》。明清时期的一些章回小说都很有意思。现在的网络小说，说实话，它同质化非常严重。

三、"我在小说中讲道理是出于善意"

孙诚：我读了您的作品《太玄战记》，您为什么要把《太玄战记》的背景放在夏朝呢？

风御九秋：夏朝它没有准确的历史，我发挥的余地比较大，也不太容易被人挑毛病。

孙诚：您对《太玄战记》结局的安排是怎么想的，您当时抱着一种怎样的心态去写那个姐姐？

风御九秋：我认为，能力越大，责任越大。现在说好像有点空泛，比如说现在直播间里有12个人，假如这件事情我们12个人都有能力去做，但是都没做，每个人承担1/12的后果，背负1/12的骂名。如果这件事情只有一个人能去做，但是他没做，他就要背负骂名。当你拥有的财富越多，拥有的权力越大，你所肩负的这个责任就越大。那件事情只有这个吴东方他们能去做，然后他们去做了。

李亚轩：您为什么要给这部作品取《太玄战记》这个名字呢？在作品中，太玄是巫师修炼的一个最高的品级嘛，在这里只是单纯指最高的那个境界呢，还是说有什么别的深意呢？

风御九秋：这个名字是一个总编辑给我起的。他起的，我就用了吧，按照我个人的习惯，我喜欢两个字的名字。网络文学的收入基本上有两种签约模式：一种是订阅，就是挣一毛钱，网站五分，我五分；另一种是保底，就是你写多少字，网上给你多少钱。我写《太玄战记》的时候，基本上就是从吃订阅到吃保底的转换，所以当时我就比较尊重网站的意见。

周志雄：李亚轩同学读了《太玄战记》，写的作业里提了一个问题，她刚才没问，我代她问一下。这部小说中存在情节节奏把控方面的问题，这个问题在第一卷中较为明显。小说第一卷描写细腻、内容详尽，可这同时也拖慢了小说的情节节奏，导致故事发展太过拖沓。第一卷已过大半时，男主还是毫无修为的低等级菜鸟。可能为了尽快推进后面的情节发展，男主在第一卷最后十几章开始修行后就不断取得神速进展，一路顺利晋升，几章内便升至最高层境界。对于晋升的描写相对简略，感觉有些操之过急了。由此，造成了情节节奏把控上的不平衡，您认为创作长篇网络小说应如何把控叙述节奏呢？

风御九秋：这个问题提得非常好。我给你解释一下，我故意为之。你如果不提我都忘了，那是八九年前写的作品了。你这么一提，我立刻想到，的确，《太玄战记》是这样的，不是循序渐进的，前期我一直压。这可能就是我一个没有经历过科班培养的下里巴人的一种思维特点，我不是很遵守什么规矩。这个大的方向我不差，你比如说忠君爱国这个我不差。但是在行文上，我不是非要按照理论逻辑，前期我就是故意的，等到到了后期的时候，有点连升三级那种感觉。拖了那么长时间，你如果只升一级不合理，我直接让他跳级的，只有跳级才能带来足够的震撼和冲击，我是故意为之。谁规定只能一级一级地升，我就让他连升三级。

你们就通过我来看一看，没有经过科班训练的这么一个网络作家，可以说是头部的网络作家，是怎样的一种思维特点，有什么样的特征，你们从我身上进行一个判断。其他和我同级别的作家，他们往往会注意自我形象，我不是很在乎，我把我真实的想法展现出来，让大家来观摩，来分析。

周志雄：《气御千年》的感言里面，你讲到你要感谢血大，血大给了你很多的建议，我还看到血酬给你写的一些评论文字，血酬对你的帮助应该比较大。他写的《长生》的评论，说这是一部充满人文关怀，散发着人性光辉，偏传统的网络小说。小说写市井人情，写民俗风貌，给读者带来更精致更全景式的阅读体验。我觉得他这个评价真的是很到位，评价也很高。我就想请你给大家说一说，血酬对你的帮助具体体现在哪些方面，你觉得他的哪些建议对你是有用的？

风御九秋：实际上，在我成长的道路上，很多人给了我帮助，我感受到了很多人对我的善意，包括您周教授。今天能和安徽大学的这些年轻才俊学习交流，说实话，我是非常荣幸的。对我一个心无旁骛、隐居深山、专心创作的人来说，我也主要是受您的邀请，因为您对我帮助很大。血大对我的帮助，当时我自我怀疑，说实话，我不认为我自己的想法是正确的，他说九秋你有哪些长处，你应该继续保持。你的作品有一个共同的特点，就是因果非常对等，就是说，你从来没有辜负过一个对你好的人，也从来没有放过一个坏人。除了左登峰那个疯子，其他所有的作品，所有的人物你都是对等的，能做到这一点很不容易。

血大对我当时怎么说呢，类似于拳王泰森的那个老师和泰森的关系，他更多的是一种指引。到了后期血大和我聊天比较少，他说九秋，作为网络作家来说,你已经成功了。接下来,你只要坚信自己的路,不要懈怠,你还能够再往上走。他曾经对我说,你虽然不是科班出身,没有很好的学历,你挺努力的,你的价值被严重低估,等到电视剧出来之后,世人就会给你一个公平对等的评价。

当然了,血大现在已经不在了,我心里非常难受。也感受到了世事的无常。我更加珍惜身边的每一个人,包括和我萍水相逢的您的这些学生。他们如果用学术的眼光看待作品的话,我的作品到处都是瑕疵,我感谢诸位同学给我留了面子,没有很尖锐地来批评我啊。

我作为一个有点经验的老大叔,我给大家一点建议,你们现在都是天之骄子,但是大家一定记住了,哪怕我们再优秀,也一定要专注,三百六十行行行出状元,这句话真的不假。网络文学并不是很赚钱,一万个作家中可能只有十个八个可能会有比较好的收入,但是其他的作者可能只能是温饱水平。大家以后不管从事什么行业,一定记住了,在这个行业里面,不停地积累,做到他人之不能为之,同样的领域,你们能做到别人做不到的高度,你们就成功了!

周志雄:《紫阳》中,莫问下山看到林若尘和那个胡人交合时的那个情节,有一个同学写了一篇作业,她的意见跟网上读者的那个意见完全相反。她并不觉得这是一个不好的情节,莫问与林若尘只是奉父母之命结为夫妻,也并未同房,"绿帽"也是无稽之谈。林若尘被胡人掳走,她无依无靠,为了活命委身胡人也是情理之中。莫问吹箫扔钗一方面是为了告知林若尘:我没有放弃你,我来找你了;另一方面则是借此与过去的事情告别,一心传扬道法。说到这,她还有一个疑惑的事情,为什么莫问学成之后并未去给父母亲人复仇呢?后面每个朋友遇害,他都会去报仇,怎么把家破人亡的血海深仇给忘记了。是不想报仇还是不能报仇?

风御九秋:《紫阳》写在2013年,距今已经十几年了。我现在一直自己独居了这么多年。没有经常和外界打交道,除了偶尔开会你能看到我,平时我一般都自己一个人住,一个人住的时候自己想的也比较多。对于这个问题,我现在的感觉是什么?求同存异。我现在几乎没有恨的人了,每个人他都有自己的性格特点。对于莫问当时的那种心境啊,它是一种什么样的心境?前半段分析得很有道理。实际上就是告诉对方,我来了。林若尘的做法也没有错。

错在我不该说实话,因为当时大部分的人他都会选择那么做的,这是人求生的本能,我错就错在不该去过高估计人的承受能力,我就是想把真相写出来。但是现在我可能会用更柔和的方法,我现在很少和人发生争吵,好,你说我怎么样,我也不和你争辩,你有你的看法,我尊重你的看法。

我现在有这种心境,当时可能没有。莫问的杀父仇人,他已经杀掉了,他没有去迁怒别人,莫问这个人他是一个书生。他和左登峰不是一类人,如果是左登峰的话,肯定会去挨个杀人。但是莫问他是一个书生,甚至是一个书呆子。他是能不牵涉别人就不牵涉别人,他是有点迂腐。有些人喜欢雷厉风行,有些人喜欢人文关怀,有些人喜欢恩怨分明,所以对同一部作品,每个人可能会给出不同的评价。我现在面对大家对我的评价,不管是褒也好,贬也好,我都比较从容了,那是人家的权利,也可能我的确写得不好。

四、"未经他人苦,莫劝他人善"

吴问婷:我读了您的《残袍》这部作品,有人说《残袍》所叙述的,是一个"乱世畸人"的故事。您觉得是乱世造就了左登峰"畸人"的形象吗?您将左登峰塑造成"畸人"形象,有什么深意吗?

风御九秋:实话实说,我当时写这部作品的时候,我讨厌一种行为,就是人总喜欢给自己找理由。他想背叛这个人,想辜负这个人了,他能找出一万个理由。我当时想的就是,我要写一个让所有人羞愧的这么一个人物。你只要为我真心付出了,哪怕接下来,十年、二十年你没办法再为我付出,我也永远都不会辜负你。我就是不忘记过去,就是不忘记曾经的那一刻。我不管遇到什么事情,遇到什么困难,我坚守我的初心,我就是不辜负你。

我就是要让人看看,什么叫真正的重情重义,重情重义就是只要你对我足够好,哪怕你不在,我终生对你忠诚,左登峰做到了。你说左登峰是一个复杂的人,实际上他不复杂。从巫心语死掉的那一刻开始,实际上这个人他已经疯了。他不是个正常人。他偏执到不可理喻了,就是说很多人认为他都不正常了,但是正是因为他的不正常,他一辈子都没有辜负自己的爱人。他在复活巫心语的过程中,是极度艰难且痛苦的,有无数个优秀的女士主动向他示好,他都没有忘记这个已经不在了好多年的巫心语。

有个调查,《残袍》的女性读者能够占到将近50%。女性一般喜欢看大女主之类的,男人写的作品一般不喜欢看,能够获得这么多女性的认可,证明我这部作品是非常成功的,因为左登峰几乎成了很多女性心目中最佳的一个郎君人选。实际上我们每个人都有为对方付出一切的勇气,但是很少有人值得我们那么做,或者说我们那么做了之后,可能到最后换不来对方对我们同等的回报。由此导致了很多人就是一种无奈之下的变通吧,也可以说是苟且,差不多行了。

戴丙益:我特别喜欢《气御千年》这个作品,我读了两遍,我有一个疑问,就是于乘风这个主角是特别立体的一个人物。刚刚您也说了,好人应该有一个好的结局。于乘风我觉得他最大的转变就是在他穿越回南北朝开始他第三世之后,他突然选择不去做一个烂好人。我觉得这个人物这个转变特别有意思,好像他的整个价值观就被扭转了,我想请问一下,您在写这个转变的时候,是不是把您现实中的一些感悟或者价值观体现在余乘风这个人的思想转变上?

风御九秋:阅读的过程是一个学习和提升的过程,写作的过程也是。主角穿越回南北朝之前,那时候我还没有找到那种行文的感觉,我的整个状态都非常的不好。我写得并不是行云流水,你们看小说好像跌宕起伏很有意思,实际上的话,可能是我在床上抱着脑袋在那冥思苦想,或是我自己一个人走在乡间的小路上,我不停地走,接下来怎么办,再怎么办?再怎么写能够有意思?再怎么写能够合理?再怎么写能够不让人感觉这个是加上去的?这种痛苦,除非你们亲身经历过,否则的话不太容易去理解。

于乘风回到南北朝之后,我开始用古文来表述的时候,我立刻找到了那种感觉,我要的那种古韵那种意境和感觉。瞬间我就顿悟了,是由很艰难的闷头走到忽然间豁然开朗的一个大转变。这种转变不但体现在我行文的方式上,也体现在我对很多事情的认知和看法上,你说的于乘风从此之后,他就决定不再做一个烂好人,实际上是他格局的一种提升。

现在很多人经常批评人家没素质,没格局,好像是一种道德绑架一样,后来我发现格局和素质这东西它真的存在。

你们每一个人,你身边的环境都会对你产生潜移默化的影响。为了找到这种感觉,我就开始独处了。我为了写出古韵来,我甚至尽量避免和现代人说话。我不知道您能不能理解。因为一说话,我就要用方言。尽管我的普通话也不是很标准,但是我一说方言,我就找不到那种感觉了。也就是说我在写作过程中,是一个近乎偏执的甚至有点强迫症的这么一个作者。

王晶然:您既然决定让长生做一个走正路的人,但是长生从小被人欺负,然后又被雷劈,被人瞧不起,被人算计,我觉得这种情况放到我身上来说,我可能长大之后就会反社会。但是长生得到秘籍之后,突然就变得心怀天下,想要救百姓于水火之中,我觉得他的这个性格转变很突兀。作为一个拥护正统的人,对他儿时的成长环境,为什么要给他增加这么多的困难和复杂的情况?

风御九秋:你们提出的问题就是有水平的,我给你解答一下。你认为他前期的经历和他后期的行为好像不对等,假如说我们早期受到了不公正的待遇,我们免不了会心生怨气,对不对?

左登峰在巫心语死后,他不知道巫心语死没死,他曾经向周围的村民去求助过。但是所有人都不帮他,在最困难的时候没有任何人来拉他一把,让他万念俱灰,从此以后对所有人和事心存怨恨,戾气极重。

长生在村民要打死他和那头老牛的时候,他的师父罗阳子和那些师兄出现了,阻止了那些村民,救下了他。他在最需要人帮助的时候,好人出现了。他以后的话,他不怨恨社会,因为他知道我在最困难的时候,有好人帮助过我,人间自有真情在。而左登峰所以跑向了极端,就是因为他在最需要的人帮助的时候,所有人都冷眼旁观,他彻底心凉了。也就是说,他面临了同样的一种处境,一个是有人帮,一个是没人帮,导致他俩的性格两极分化了。

不管什么事情,它都是有因必有果啊,也就是说当我们需要帮助的时候,我们遇到了一个真心无私帮助我们的人,您成功了之后,或者遇到类似的事情,大家都会把这种善意传递下去。如果我们在最困难的时候,所有人都落井下石,所有人都冷眼旁观。说实话,当我们凭着一己之力,从地狱爬出来的时候。我们看身边的每一个人,我们心里都会存有怨气的。所以能与人为善的时候,尽量还是帮一帮,摔倒了之后讹人的那些坏人没有那么多,还是好人多。

周志雄:叶含馨同学读了《参天》,她的问题是,主角性格为何前后差距那么大?

风御九秋:因为《参天》里有九片龟甲。《参天》是最难写的,为什么?你参悟一片,你的人生认知得抬高一层。这个如何体现是最难的,因为既然是天道里的东西,说实话,我写起来很惶恐。我只能说我看到什么,我就给他展现什么,他共有九片龟甲,他每参悟一片,他的性格,他的认知就要上升一个台阶。随着认知的上升,他的性格也会随之产生变化。你比如说我现在很少和人生气,哪怕对方就是说我,我也很少去否定别人,也很少去评价什么。我不是对方,我不知道对方经历过什么,我也不知道这件事情的前因后果,所以贸然去评价可能会陷入自以为是的误区。

周志雄:束咏昕同学读了《紫阳》,觉得主角莫问这个人物形象有一定程度的分裂,是否存在人物原型?您最初想塑造一个怎样的形象?

风御九秋:《紫阳》没有参天那么成熟。那是我试着进行深度思考的一部作品。我发现您带的这些个学生,有一个共同的特点,分析能力、观察能力和总结能力都非常强,他们很擅长学习观察。我还发现一个问题,就是他们的思维往往比较集中,不是那么发散。《紫阳》中莫问的性格并不是一种分裂,他每一次性格的转变,你们只要仔细阅读,都会发现有一件事情促成了他性格的变化。我非常非常注重逻辑,不可能出现没有原因的爱或者没有原因的恨。哪怕是三分爱,三分的善意,肯定会换来三分甚至更多的善意。随着他的成长,或者他遇到的事情,性格会发生变化,如果不发生变化就不对了。这位同学提出的分裂可能是什么?可能会是当这件事情之后,人心里总是同时存有两种想法,我在《紫阳》里说过一句话,"小善之人心存恶犬,大善之人心蛰妖龙"。实际上很多人也想与人为善,但是他们往往把人定性为单纯的好人或者坏人。好人哪怕有一个不好的想法,立刻就感觉自己罪大恶极,坏人一点好事都不能做。

实际上人是很矛盾的综合。你比如说这个同学年纪不小了,非常喜欢一个女同学,但是我已经有女朋友的时候,只有极少数人会当机立断,这对我一点诱惑也没有,我恪守我的底线,我对我的女朋友专一。大部分人会犹豫,哎呀,我女朋友对我特别好,这个女同学也特别优秀。犹豫不怕,我个人认为犹豫没什么问题,不是罪大恶极,哪怕脑子里有想法,对这第二个女同学我也动心了,也不怕。只要到最后,你能够战胜自己不好的想法,让自己坚定去做正确的事。你怎么想都不要紧,你怎么做要紧。也就是说在这个过程中,哪怕自己脑子里有这个冲突、矛盾,这是很正常的。这个同学说莫问人格分裂,他不分裂,我只不过写了大活人,写了别人不敢写的东西而已。每个人脑子里都会有这种想法,谁也不是百分之百纯粹的。有不好的想法不要紧,只要能够克制住啊,别去做不好的事情就是好人。

周志雄:这是一位同学作业中的一段话,这是一个女同学,她读了《气御千年》,认为书中女性面孔大多落入刻板印象化。几位主要的女性王艳珮、白九妤、慕容追风、许霜衣没有出场之前,女性仅仅是作为男性谈话中的他者被谈论,是男性欲望的观照对象,是不能够被称之为"人"的女性。女性的性格往往从一而终,并且伴随着明显的男频幻想。如王艳珮作为其前世妻子徐昭佩的转世,于乘风本人对王艳珮本人并没有多少感情,二人也不存在感情基础。这位同学希望你能把女性人物形象写得更丰满一点,跟男人更平等一点。

风御九秋:的确存在这样的问题。《气御千年》是我的处女作。这个同学说的我完全接受,我对女性的描写确实存在不足,我也没有丰富的感情经历。我不希望别人仰视我,我希望你们观察我,如实客观地分析我。我知道自己是如何走到今天的。我就是一个喜欢讲故事的人。一个自我成长起来的网络作家,究竟是怎样的一种状态?这个应该就是大家的收获。大家千万不要把我的作品和那些名著进行对比,它是有差距的。因为我每天都要更新,我很难保证作品的质量,这些年我写了1400万字。可能大家看的网络文学作品并不是很多。但是比较一下,你们就会发现,九秋的写作的确很认真,也是相对优秀的。我得养家糊口,在这种前提下,我不可能心无旁骛地去进行过分完美的那种精雕细琢。这也是网络文学作品的共同特点。

周志雄:这个同学读了《残袍》,文中写到有一次左登峰跑了很远的路,但是时间很急,他在一个小镇落下来。急匆匆地要了一碗面,但是因为他衣衫褴楼,冷漠的店家把这个面先给了后来的一个衣着体面的中年人吃,左登峰苦笑了一下,他没有时间等,他很急。于是他就杀了那个店家和那个中年人,吃到了那一碗面。在小说的"完结感言"里你写道,左登峰是一个"偏激固执、自以为是、气量不大、报复心重、极度情绪化"的人,也就是说你在写这个主角的时候,其实是有意识地去写一个有缺点的人,这个确实是违反一般的爽文套路。

这里还有一个问题就是滥杀无辜的问题,在《长生》中,陈立秋为他的亡妻复仇,烧了一座楼,一下子死了很多无辜的人。类似一些学者批评《水浒传》中武松复仇,血溅狮子楼,杀了很多无辜的人,对生命不尊重,缺乏人文关怀。你在写的时候是怎么考虑的,有没有想过我刚才说的这个问题?

风御九秋:不管是什么样的作家,网络作家也好,传统作家也好。作品能够被读者追捧,它必然有一个共同点,那就是他知道读者喜欢看什么。也就说在巫心语死后,左登峰做这件事情符合他的人设。左登峰心里只有一个人,就是死了的那个人,我就不辜负她。说实话,少有人能够做到他那样永远不忘初心。为什么很多人坚持几年之后,都会背离初衷,都会逐渐淡忘?因为他们太随和,太正常。因为忘记过去、减少痛苦是人的本能。左登峰这样一个人,说实话,他一直靠着满心的戾气活着,他心里只有那一个女人,因为只有那一个女人对他好。他并不是一个完美的人,他就是一个疯子。"左",他本来就是一个激进派;"峰",他就是一个疯子。为什么疯?当他爱的那个人为他而死之后,他满脑子就一个念头,我就得把这个人救活。别人对他来说,无所谓的,别人的死活他不关心。左登峰的前期经历注定他后期做出那种事情是正常的。陈立秋为什么会把那个楼给点了?他有没有原因?是有原因的。未经他人苦,莫劝他人善。当我们真正把我们代入那个角色里,我们做的可能比他还极端。你们这些同学是非常优秀的,但是你们年纪比较小,你们不是很清楚这个社会,也不是很了解人性真实的一面。慢慢来吧,现在挺好的,我也希望你们一直被社会善待,一直能够满心阳光。

周志雄:这个同学讲到你小说中的人物,他喜欢登峰的狂放不羁,莫问的洞察冷静,他们的性格和处事方式更贴切现实生活,但南风高度太高,能力太强,偏离了芸芸众生,但反过来说,他的一生,是波澜壮阔、跌宕起伏的一生,达到了所能达到的巅峰,但他确实是为自己活着的吗?这就说到就是怎么写人物的问题,到底是高度重要,还是现实感重要,到底该怎么处理?

风御九秋:当一个人明白天道,他就是天道本身。所以南风的高度高到最后,他已经成为规则了。他本来就不应该接地气。怎么说呢,你比如说我现在不会很生气,也不会很快乐的,就是这么一种平静。有的时候,我很羡慕还有疑惑的人,有疑惑才有痛苦,有疑惑才有快乐。等到一个人什么事情都看得很透的话,他会倾向于悲观。

五、"己所欲,勿施于人"

张瑞哲:我读了您的《归一》,作品中经常喜欢穿插一些您对人生的一些深刻见解和认识。我感觉到一个有点矛盾的地方在于,作品中您处处使用一些道家的思想和概念。但是道家思想就像老子说的,道可道,非常道,名可名,非常名。庄子也认为他的那种道不是自然本体,而是人的本体。就是把人作为本体提到一个高度来看的话,提出人的本质存在,与宇宙自然存在一种同一性。为了论证这个独立自主、绝对自由的这种无限人格本体,它其实采用一种相对主义的一种不可知论的方法。比如说《庄子》里面的那个"夫大道不称,大辩不言,大仁不仁",也就是说,各种知识都是相对有限而不真实的,那么真实的知正是知其所不知,它是不能用语言概念逻辑,只能用直接的体验才能把握和达到的。

您既然想弘扬这种道教文化传统,但是又喜欢用这种议论的方式,而不是通过一些描述,就是立象尽意的方式来传达您的观点,这是为什么呢?

风御九秋:这个问题非常有深度。能看得出来瑞哲同学善于思考。我打一个比方吧,比如说现在我写多少字,网站给我多少钱,我只要写就有钱。最难写的是什么?

最难写的就是理论方面的内容。最好写的就是打架,谈恋爱,寻宝。这是最好写的,我写这个也很快。我为什么要出力不讨好给人讲道理?我好为人师吗?不不不,我一点都不好为人师。

既然看过《归一》，你应该看到了最后有一句话，就是"己所欲，勿施于人"。我为什么要给大家传递这样一种思想？比如说我喜欢喝咖啡，你喜欢喝果汁，这并不影响。不要把自己的想法强加给别人，也不要非要让别人接受自己的观点。

写作的前期我是为了养家糊口，到了后期，当我忽然之间通过写作改变了自己的命运，我开始感到惶恐了。因为我感觉我的收入远远多于我的付出，我感觉我多拿了。你懂我的意思吗？就是我感觉人家辛辛苦苦地上班，我一个月的收入是人家几十倍，我凭什么拿这么多？我何德何能，我做了什么贡献？在这种心态的驱使之下，我就想我能回报别人点什么，人家对我这么好。

那我就把我的一些人生感悟告诉大家。我认为对的，我写出来让大家看，我不是强求大家去接受，只是供大家参考。假如说一万个人里有两三个人，因为看了我的小说有了改变，有了提升，那我也算是积德行善了，对不对？

真正的道是什么？你刚才提到过，是只可意会不可言传的东西。比如说吧，我虽然我没有像诸位这样在大学里学习过，但是我这么多年的积累学习，我如果要写一个作品，按照我最舒服的状态，我写出来就是通篇古文，很多人都看不懂。我为什么还要用这种大家能够理解和接受的这种语言去写，这实际上就是一种俯就。就是说我们不能曲高和寡，再怎么样，哪怕人家不理解我们，哪怕人家误会我们，哪怕人家骂咱们，咱们也要做对大家有益的事情。而不能自己跑到一个角落，自己过自己的，上天给了我们多大天赋，给了我们多大的成就，就注定我们理应回馈多少。

实际上我也不是宣扬道家，我不迷信道家，不迷信佛家，我只相信道理就是天道公平。你比如说不管什么事情，咱一定要公平，包括我拿钱多了之后我惶恐，我感觉我不该拿那么多钱，我感觉我应该做点什么。实际上就是这么一种善意的传达，我知道我不喜欢和人讲道理，我也知道讲了道理之后没有几个人能够听得进去的。

我也会做一些善事，比如说我遇到跌倒的老太太，我是会去扶的，我遇到贫困的学生，是会去赞助的，我不是说我有多少钱，而是我真正感受到了读者们给我的支持和认可。我感觉上天给我的东西太多了，我应该想方设法把这种善意传递给更多的人,让更多的人心存善意,心中充满阳光。在这种心态的驱使之下,我才耐下性子,干那种出力不讨好给人讲道理这种事情。

张瑞哲:您的意思是追求修辞立其诚,也就是,"君子敬德修业。忠信,所以进德也,修辞立其诚,所以居业也"。所以您追求的是在人际关系中确立个体的价值是吗?虽然知道小说中的议论并不为读者所喜欢,但还是在坚持,是吗?

风御九秋:我在人生谷底的时候没有任何人帮助,我完全是靠自己的努力。我的努力可能超乎你们的想象。比如说我现在是自己在山上,我这里的信号不是很好,为了创作,我在山上一个人住了好多年,与世隔绝。每天我不能说太多的话,说太多话的话,我的头就会疼,有的时候用那种日本的进口止疼片,我要吃两片。我明明知道红牛有很强的依赖性,我还是要喝。我在吃过药喝过红牛,我还是没办法静下心的时候,我就把窗户打开,那时候外面大雪纷飞,我让自己冷,寒冷可以缓解我的头疼。然后我再趴一会,再硬撑着起来,类似这种情况我经历过无数次,我完全是靠自己的努力,从一个社会底层的装卸工人到受组织认可,受读者认可的网络作家。在我起步的初期,没有任何人帮助我,我以为我会成为左登峰,我会对别人心存怨恨,但是当我拥有了一定的地位,有了相对的财富自由,我发现不是这样。我发现我的心态还是能够善待身边的人,我能够体谅别人的自私狭隘,我会想,他不容易啊,他每个月挣不了多少钱,他计较点是对的啊,然后我会想,你说他脾气不好,没办法,你看他没有别的方法,他只能用这种方法进行自我保护。

当自己到了这个高度之后,我发现我的心胸会很宽很大。你如果能真正理解"己所不欲,勿施于人",您就没白看《归一》。我把我认为对的东西尽可能去回馈给别人,你喜欢你就拿走,你不喜欢的话,我也不强迫你接纳我的观点。你说我佛系,实际上我也不服气,但是我不喜欢和人争,真的不愿和人争,也可能你说的是对的,我说这句话的时候,我并不是和人赌气,或者怀着这种俯视的心态,我不和你一般见识。我是抱着自我怀疑的态度,也有可能我不了理解别人对这件事情有多深的思考,也可能人家真是对的,我现在是这样一种心境。

周志雄:我读到你小说中那些道理的时候,我倒觉得那些道理讲得都非常

293

对,也都非常好。要把道理隐含在故事当中,不要很直白地去讲道理,从文学理论上讲是这样的。

风御九秋:要不咱俩讨论一下。您感觉我为什么这么做?我为什么不把这些个道理放到故事情节里面来拉长情节去多赚钱?反而要把这些讲出来,显得很突兀,您来分析一下我。

周志雄:你刚才已经讲到了这个问题嘛,就是说你是希望你的这个作品能够给读者一些很积极正向的东西啊,你想给读者更多的干货回报读者。

风御九秋:如果我把这些思想稍微埋得深一点,或者是掺杂在故事里,不是那么明显,我怕读者看不到。现在很多读者看书就是走马观花,少有人进行思考。哪怕让我背着一个喜欢说教的这个骂名,我也要把这些给它嚼碎了,皮扒好了,让很多人能够一眼看见。

说实话,我的读者人数,官方统计是八百万,我自己的粉丝很多,这么多年,在无数粉丝的认可和表扬中,我的虚荣心已经得到了极大的满足。现在我尽量让自己回归原始,尽量挑自己的毛病,我在小说中讲道理,不是好为人师,纯粹是出于善意。

周志雄:我读你的小说,没有觉得特别的不舒服,因为那些说教的段落和故事之间是相互契合的。虽然说有多处这种所谓的说教,但是和故事的分量相比,它的文字量还是很少的。在文学作品中,像托尔斯泰的《复活》,张炜的《古船》,张洁的《沉重的翅膀》,张贤亮的《男人的一半是女人》等名家名作中也有大段大段的这种议论性的文字。

再有一个很重要的问题,就是网络小说有很多低龄的读者。十几岁的孩子读小说,我觉得讲这些道理还是非常重要的,比如你小说里面讲人要向善啊,要明道理懂是非,对人尊重。你有些细节写得很好,比如《长生》中瞎子进到破庙里,南风给他倒了一碗热水,后面瞎子就会帮他嘛,就是说你的善举,人家是看在眼里的,有这样的一个因果关系,这些地方其实是写得非常细腻的。我觉得这是你小说中非常可贵的地方,应该继续保持下去,还是应该这样写,没有什么太大的问题。所谓把思想完全融入人物故事当中,这只是一个理论上的说法,所有的理论都是有限度的。

风御九秋：咱俩实际上此前交流过无数次，难得这回和同学们一起进行交流。很多人说，九秋，你看你也没读什么书，你看读书什么没有用啊。实际上我不是这样认为的，我和别人说，可惜我没有读过大学，我如果上过大学的话，我可能就不止这样。现在的话，我只是一个会讲故事的人。比如刚才同学们提出来的这些问题，我如果有这方面的自觉，我可以避免走很多弯路。所以我非常羡慕这些同学。真的，自己的孩子经历过高考之后，我才知道原来考这个211、985有多难啊，这些全是优秀的孩子啊！

周志雄：我理解你的羡慕，从另外一个角度来说，如果你真正上了大学，你可能写不出这些小说了。就是说你在得到的同时，你会失去一些东西。你小说当中那种很有个性的东西，包括你前面说的那些很苦的生活体验，这都是你写小说的材料。莫言如果不是小时候在农村里面放牛，接触那么多现实生活中的人和事情，他一路读书很顺利的话，他可能不是今天的莫言。恰恰是那种原始、野性的生命力，民间的那种想象力在他的作品里成为一种气韵。我觉得你的小说也是这样，人物很有个性，你能塑造出像莫问、左登峰这样的形象，左登峰是有缺点的人，但是读者就是喜欢看这样的人，因为他鲜活、接地气。同学读你的小说之后如果需要写评论文章的话，我觉得这是值得探讨的一个问题，就是就关于网络作家的写作个性的问题。

风御九秋：通过今天与同学们的对话，我真切感受到大家的思维深度。大家学汉语言文学这个专业，不管从事什么职业，它都不受限，不管大家以后从事什么行业，要从某一个领域直接冲到巅峰，每个行业做到极致都很好。大家一定要抓紧这个学习时间，到了社会上之后，你们就没有这么专心致志的读书环境了。

周志雄：又要谢谢你啊，你的这番话，如果能够听进去，我觉得对每一个同学都是非常受益的。

在17K上，每个小说后面都有完本感言，里面你跟读者互动的那个部分还是比较多的，这个我能理解，毕竟读者对你很重要。你刚才讲到读者对你的打赏，好多年前我就看到有一个数据说有个读者一次就打赏给你100万元人民币，这个确实是有经济实力的粉丝。我想这也是我们同学想了解的，你可不可以讲一讲你跟粉丝读者之间互动的一两个小故事。

风御九秋：说实话和大学生进行沟通交流，我是比较有压力的，因为理论上我肯定不如人家。但是，我有一个原则，就是当我不知道该怎么说的时候，我就实话实说。

我很少和读者私下聊天，除非他们有什么困惑找我，我也是言简意赅，而且我会加上一句，仅供参考。因为做决定的人要承担后果。我很少给别人出主意，因为人家如果听了我的之后，错了怎么办？就像您刚才说的，如果这个在我的认知当中，凡是虫咬的蘑菇都是没毒的，但是人家可能比我更专业，人家提出这个问题。

但是我发现了一个我和读者交流时很有趣的现象，就是我的读者有一部分是成功人士。这些人有很强的消费能力，经济相对比较自由。我会问他们，他们是做什么的，甚至还有驻别国大使。他们的认可给了我很大的信心，让我很高兴。因为这可以证明我的逻辑、我的道理或者什么东西得到了他们的认可。

这也可间接证明，就是说我作品中的说教不是痴人说梦，不是自以为是，是有一定道理的，要不然的话不会被这些成功人士所认可。而且作品是能够深深触动他们的，为什么打赏？打赏就是产生了精神的共鸣，就是认为你说得太对了，我如果早知道这些，我当年会怎么怎么样。我听过无数人和我说，说是秋哥改变了我的一生。

比如说读者经常会给我邮东西，我都不太敢给他们留地址啊。福建有一个读者很有意思，他邀请我去福建玩。他会把他们福建那边所有的好东西都弄过来，到了晚上八点的时候，他就会撵我走，说你回去赶紧写更新去。他们继续唱歌、聊天、喝酒，把我安排到一个很偏僻、很幽静的地方。就是说有很多这种好朋友，他们有时候也会到我这里来。他们来的话尽量不给我添麻烦。你所说的趣事就特别特别多，但是我很少和人私下聊天，你看我和你也很少聊天啊，但是我们深交这么多年。

读者比较认可我，说九秋，我只喜欢你的思想，我们之间的交流往往是作品里我所表达的一些理念，我处事的一些方法，他们比较认可，他们认为他们也会这么做。

周志雄：是的，读者认可你的作品，进而认可你这个人。我们之间，我也有这种感受，我们交往很多年，开会经常见面。你的这种个性在你作品当中呈现很清晰。你是一个拎得清的人，有个性、有正气，也很讲义气。你刚才跟同学们讲的那些话我非常认可，就是做事要专注，要努力。这些说起来很简单，但是又有多少人能做到呢？其实道理不需要太多，就你刚才讲的这些道理，在任何一个行业扎扎实实坚持十年以上，都能够在这个行业里站住。

但是很多人其实做不到。有很多人在一个行业里做了很多年，其实是不怎么努力的，晃悠晃悠的，并不清楚自己要干什么，有好多这样的人。

风御九秋：很多人一辈子也不知道自己想要什么。

周志雄：是的，所以你讲那些成功人士很认可你，这都不是些常识吗？是的，就是常识，你能做到吗？像你这样，在山上一个人住这么多年，一个人很安静地写作。这是一个很重要的品质，古人叫慎独，现在的说法叫自控力。就是说你在一个人独处的时候，你能够严格自律，你的时间要用在写作上，按自己的节奏很有效地去写作。很少有人能够做到这样，有很多人是坐不住的。

问最后一个问题，你喜欢读一些明清时期的小说，可否讲一下你喜欢看的古典小说，这些小说对你的写作产生了哪些影响？

风御九秋：名著我读得比较少，四大名著我肯定读过，我比较喜欢看道经啊，佛经啊，这些东西别给孩子看，同学们只是听一听，不用去研究这些。大家可以多多看一看现代的作品。网络文学作品，大家可以了解，但是不要沉迷其中。

网络小说作为茶余饭后的消遣是可以的，由于快速生产，网络小说内涵会低一点，它的篇幅长，阅读起来也需要大量的时间，我还是倾向大家多读一读历史，不要听那些什么历史都是胜利者书写的偏激言论。

为什么像我们这些自己成长起来的网络作家，会被中国作协，甚至是国家领导所认可？因为现在属于网络时代，网络小说受众群体很大，正是因为如此，所以我们肩负着更大的责任。如果我们三观不正，就会影响很多人，这个很可怕。

周志雄：最后我再讲两句。今天非常感谢九秋,连续讲了三个多小时,很辛苦。今天谈的信息量很大,今天的访谈最有价值的东西是什么？我觉得就是你讲的一句话,你要写纯正的中国古典仙侠小说,那种古色古香、有文化传承的小说。

中国有深厚的仙侠故事传统,你写的道教题材小说,在中国网络文学中确实是独树一帜。我想到学生们写论文评论你的作品,题目我都想好了,《纯正的中国古典仙侠小说——论风御九秋的小说创作》,这篇文章要探讨网络小说如何传承我们的传统文化,我觉得你的小说已经做了很好的探索。以前我们讲马克思主义和中国革命实践相结合,现在中央提出来马克思主义和中国文化传统相结合,这是一个很重要的问题。

像现在的中国网络小说出海,目前产生比较大的影响是在亚洲地区,慢慢扩展到欧美。我们时代发展到这一步了,随着中国国力的日渐强盛,中国的文化产品对世界的影响力也会越来越大,愈是民族的愈是世界的,传承、发展中国传统文化的文学作品一定会越来越受重视。

我今天还有一种感觉,2015年前后,在山东省作协开会的时候,你给我的感觉是脾气很急,很有个性。但今天听你讲,你已经很平静了,你的精神修养明显有很大的提升。

随着你身份的转换,接下来可能还有更多的荣誉,类似人大代表啊,政协委员啊,中宣部的"四个一批"人才啊。如你所说,更高的荣誉意味着更大的责任感。

这些年你写作的态度一直是很严谨,你讲你是不注水的,有那么多忠实的粉丝也证明了这一点。再往下一步,你的起点更高了,当然也有更有利的条件,就是没有那么急迫地每天写多少字,经济上已经相对自由了,在这种情况下呢,可以写得更有追求一点啊,更自信一点,甚至更自我一点,就是说你最想写,我恰恰觉得在后面。我们期待你更高水准的作品问世。

你说你感觉到自己拿多了,我还是第一次听到有作家这么讲,谁会觉得自己挣钱挣多了呢？你觉得读者这么善待你,你要努力地去回报读者。你这个心态令我很感动,这和你作品中所传达的那种善意、充满阳光、充满正气的格调是相契合的。文如其人,你的作品和你的为人都很令人敬佩!

　　今天访谈的内容是很丰富的,因为时间关系,有很多问题也没有办法谈得很透。同学们读一遍作品,也是不够的,还需要反复读,有些问题也需要反复思考,和我们已有的阅读经验关联起来,才可能把这些问题想清楚,才能抓住作家的个性,我们才有可能把评论文章写好。再一次感谢九秋,辛苦了!谢谢你!也谢谢同学们的参与!

《网络文学研究》征稿启事

　　文变染乎世情,兴废系乎时序。改革开放带来的盛世推动了社会文化繁荣发展,中国网络文学在20多年的时间里成长为社会主义文艺的一支重要力量。在文学、媒介、资本、读者、意识形态等多重历史合力形成的文化场域中,网络文学摆脱了"垃圾小说""厕所文学"的偏见和污名,成为中国当代文坛上一道亮丽的风景线,是国家文化产业战略的重要组成部分。在"百年未有之大变局"的历史节点上,网络文学也进入了换挡转型的关键时期,在生产、创作和传播的链条上正发生着深刻的变化:发展理念上从增量到提质,创作题材上由偏幻想到重现实,商业模式上从付费到免费,传播影响覆盖面由国内到海外,中国网络文学成为世界级的文学现象。

　　洪钟万钧,夔旷所定。良书盈箧,妙鉴乃订。批评之于文学,乃鸟之两翼、车之双轮,中国网络文学正从"弱冠"走向"而立",其良性发展离不开批评家、研究者的深度参与。中国网络文学评价体系和批评标准需要重新建构,网络文学史料亟须"抢救",优秀网络作家和作品应该受到批评家的更多关注,网络文学发展机制与内在规律值得深入探讨。纵览当下学术刊物建设现状,几无专事网络文学批评、研究的期刊,这与我国网络文学创作的繁荣现状不相匹配。

　　《网络文学研究》愿为网络文学交流提供阵地,为网络文学青年后备批评人才的成长提供空间。刊物将设《学者立场》《宏观视野》《跨界研究》《类型探析》《名作细读》《名家访谈》《新作评价》等栏目,走进网络文学发生现场,倡导网络文学批评新风,助推中国网络文学良性发展。《网络文学研究》已被中国知网收录,凡网络文学论者,英才不问出身,著文不拘陈规,但求真知灼见,欢迎投稿。投稿邮箱:wangluowenxue123@qq.com。

安徽大学网络文学研究中心

附:

稿件格式

来稿系原创首发,以 word 文档(电子文档)格式投稿,字数一般以 8000~15000 字为宜。具体格式如下:

1. 按照标题、作者、摘要、关键词、正文(注释)、基金项目和作者简介的顺序成文。

2. 标题。字数不宜过多,可设副标题。

3. 作者。如有多位作者,中间用空格分开。

4. 摘要和关键词。中文摘要限制在 300 字以内;关键词 3~5 个,中间用分号隔开。

5. 正文。宋体小 4 号;一级标题独立成行,加粗并居中;如引用其他文献单独成段的,用楷体 5 号。

6. 注释。采用页下注,序号为带圈阿拉伯数字,宋体小 5 号,格式如下:

①期刊。作者:《论文名》,(××译),《期刊名》××年××卷(期)。

②书籍。作者:《书名》,(××译),出版地:××出版社,××年版,第××页。

③文集。作者:《论文名》,见××编:《文集名》,出版地:××出版社,××年版,第××页。

④报纸。作者:《题名》,《报纸名》出版日期。

⑤电子文献。作者:《题名》,引自"文献网址或出处"。

7. 基金项目、作者简介。置于文末。基金项目:本文系××××项目(项目编号:××××)的××××成果。作者简介:姓名,学位,职称,职务,研究方向。附联系电话,详细通讯地址。